W0397152

Annelies Verbeke

Dreißig Tage

How with this rage shall beauty hold a plea
Whose action is no stronger than a flower

WILLIAM SHAKESPEARE, SONNET LXV

30

Er fährt durch das warme, heitere Wetter, durch die Landschaft, die ihm fremd bleibt, die er aber zögerlich zu lieben begonnen hat. Zuweilen fehlen ihm noch die Stadt, die Farben, die Geräusche, die Ablenkung. Hier ist es anders, nicht schlechter. Die Blüten und das Summen des Frühlings sind in einen vielversprechenden Sommer übergegangen, der vor einem Zuviel an Regen die Flucht ergriffen hat und dann zurückgekehrt ist, um den nahenden Herbst zu verwirren. Die Äcker sind noch sumpfig. Als würden sie nie stumpf und fleckig werden, nicken die Baumkronen mit verhaltenem Siegeswillen dem Himmel zu, unaufhörlich: immer nur her damit. Hopfenstangen ächzen unter der Last dicker Glocken, trunken von sich selbst, bereit für die Ernte. Einsamer Staub wird aufgewirbelt und strandet in Pfützen. Die Kreisverkehrskunst ist an einem Tiefpunkt angelangt. Er weiß nicht genau, ob ihn das alles stärkt oder eher betäubt.

In einem Dorf, das sich Frankreich und Belgien teilen, sieht er auf dem Gehsteig zwei Männer mit Mützen und Körben, darin ein paar Tauben, vielleicht. Außerdem viele Ponys und einen Bauern, Möwen umkreisen leidenschaftlich seinen blitzenden Traktor. Die anderen Leute bekommt man nicht leicht zu Gesicht, sie sitzen hinter Fassaden, oder, so wie er, in Autos, zwischen zwei Häuserreihen.

Heute wird er in einem besseren Wohnviertel erwartet. In diesem Landstrich gibt es weniger Häuser als in den anderen Flickstücken, aus denen dieses kleine Land besteht. Vorwiegend roter Ziegelstein, man hält es hier einfach. Nur hier und dort eine spanische Hazienda zwischen den Anwesen im

Landhausstil, Pagoden wie im Brüsseler Speckgürtel hat er hier noch nicht entdeckt. Die oft als geschmacklos abqualifizierte Kakophonie von Baustilen hat ihn immer auf eine fröhliche Art gerührt: Häuser, die wie die Zwölfjährigen an ihrem ersten Tag in der Mittelschule betreten und erstarrt nebeneinanderstehen, durch Zufall zu einer lang andauernden Nachbarschaft gezwungen. Der Anblick der beiden modernen Häuser, die aus der Einförmigkeit herausstechen, bereitet ihm daher durchaus Freude, als er den Lieferwagen davor parkt.

Er hebt die Kiste mit Schwämmen, Lappen, Rollen und Pinseln aus dem Laderaum und wählt einen der Farbeimer aus, die er zuvor bereitgestellt hat. *Pick Nick* aus der Kollektion *Joie de Vivre*, für die größte Küchenwand, sein Vorschlag, ihre Zustimmung.

»Alphonse!«, hört er, als er über die Trittsteine im kurzen Rasen zum Eingang eines der Häuser geht.

Es ist die Frau, die hier wohnt, eine schöne Frau mit einer selbstsicheren Stimme, die er an dem Abend, an dem sie die Farbtöne ausgesucht haben, kennengelernt hat. Ihre Sportkleidung sieht neu aus, am Stoff sind keine Spuren von Anstrengung zu entdecken, der Schweiß perlt nur an ihren Schläfen und entlang ihrer zu einem Pferdeschwanz gebundenen Haare, sie winkt etwas verlegen. Er setzt den Farbeimer ab, damit er ihr die Hand reichen kann.

»Sie warten doch hoffentlich noch nicht lange«, sagt sie. »Mein Mann bringt gerade unsere Tochter zur Schule, und ich dachte, ich könnte noch eben joggen gehen, aber dann stand ein Teil der Strecke unter Wasser und ich habe mich verlaufen.«

»Ich bin gerade gekommen«, sagt er.

Er wird ihre Küche und ihr Wohnzimmer streichen, hat mit drei Tagen gerechnet, vermutet jetzt aber, dass es schneller gehen wird: sie haben sich sorgfältig vorbereitet. Die Gardinen und die Steckdosen wurden schon entfernt. Die Möbel wurden in die Mitte des Zimmers geschoben und mit Laken abgedeckt, die lange Küchentheke ist leer.

Ein schwarzer Hund rennt wie von Sinnen auf ihn zu, stößt mit dem Kopf gegen ein Tischbein, setzt seinen Lauf nicht weniger stürmisch fort.

»Björn!«, ruft die Frau.

»Hallo Björn«, sagt er. Wedelnd beschnüffelt der Hund seine ausgestreckte Hand, lässt einen Furz und dreht sich erschrocken danach um.

Die Frau lacht mit, bis Björn erneut in Raserei verfällt und sie das Tier am Halsband in das angrenzende Zimmer zerrt, wo sie ihn einsperrt. »Ich glaube, er hat eine multiple Persönlichkeit!«, schreit sie über das ratlose Gejaule hinter der Tür hinweg. »Und die Katze fehlt ihm! Benny! Benny und Björn! Wie bei ABBA?!«

Das Aussehen des Hundes erinnert eher an einen Hardrocker aus den späten Siebzigerjahren, findet Alphonse.

»Sie waren unzertrennlich! Wenn Hunde und Katzen zusammen aufwachsen, können sie Freunde werden!«

»Meistens leben Katzen länger als Hunde!«, ruft er zurück.

»Sie wurde ermordet!« Und weil Björn sein Klagelied während dieser Worte eingestellt hat, wiederholt sie es mit leiserer Stimme: »Unsere Katze wurde ermordet.«

Es ist die Pointe einer Geschichte, die sie ihm gerne erzählen möchte, eine lange Geschichte, die hinter ihren Lippen schwelt, doch es ist noch zu früh – als sie das Auto ihres Mannes hört, schluckt sie sie hinunter.

Auch der Mann ist athletisch gebaut, ein Schwimmer.

»Hey, der Fons!«, sagt er, als würden sie sich schon Jahre kennen. Die Stimme seines Herrchens bringt Björn wieder in Gang. Der Mann streckt beide Daumen in die Höhe.

Ihre Vornamen hat er vergessen, die muss er später noch mal raussuchen.

»Bereit für das große Werk? Ich würde dir ja gerne helfen, aber da sind noch Pläne, die ich fertigmachen muss.«

Er ist Architekt, erinnert sich Alphonse, er arbeitet zu Hause.

»Ich habe ihn eingesperrt«, sagt die Frau, als ihr Mann auf die Tür zugeht, hinter der das Gejaule und Gekratze lauter wird.

»Eingesperrt?«, fragt der Mann mit einer kindlichen Stimme. »Hat man Herrchens dicken Freund eingesperrt?«

Hin- und hergerissen zwischen gemischten, aber extremen Gefühlen, tappt Björn über den Fußboden, zitternd vor Unentschlossenheit.

Der Mann hebt ihn hoch. »Es ist ein Portugiesischer Wasserhund«, sagt er, während das Tier versucht, seine Zunge in den sprechenden Mund zu stecken. »Unsere Tochter ist auf die meisten anderen Rassen allergisch.« Er wendet sich wieder mit der Kinderstimme an den strampelnden Hund, während er ihn auf den Boden setzt: »Und wer hat auch einen Portugiesischen Wasserhund? Was sage ich, sogar zwei?«

Für die Antwort blickt er zu Alphonse, seine Hände vollführen eine zierliche, gebende Geste, die in zwei deutende Finger übergeht, zwei Pistolen. »Obama!«

»Also wirklich«, murmelt die Frau. Sie tätschelt kurz und leicht den Unterarm von Alphonse, kündigt an, dass sie duschen geht, und verlässt eilig das Wohnzimmer.

Der Mann krault Björn am Kopf, kniet vor ihm, nimmt den Hund an den Vorderpfoten, schaut ihm tief in die runden Augen und quengelt: »Herrchen hat sich doch gar nichts Böses dabei gedacht.«

»Ich werde dann mal anfangen«, sagt Alphonse.

Els und Dieter heißen sie, so liest er auf dem Kostenvoranschlag. Els hat ihm eine Tasse Kaffee angeboten, bevor sie gegangen ist, und Dieter ist schon seit einigen Stunden oben bei der Arbeit, in seinem Büro auf der anderen Seite des Hauses. Er geht oft auf die Toilette.

Wenn die Bewohner abwesend sind, geben die Häuser Alphonse oft Hinweise auf die Art von Geschichte, die sie ihm erzählen werden. Oder sie führen ihn in die Irre, das kommt auch vor. Ein Papierkorb, darin in kleine Fetzen gerissene Kinderzeichnungen, Hausaltäre, ein Loch in einer kürzlich eingetretenen Gipsplatte.

Das Haus von Els und Dieter gibt wenig preis. Sie haben ihre Sachen ordentlich in fachkundig eingebauten Schränken und Schubladen verstaut, an der Wand hängen Fotos der Familie im Schnee, der Familie in Badeanzügen auf einer Rutschbahn, die Reihe setzt sich thematisch über alle vier Jahreszeiten fort.

Eine ganze Wand des Wohnzimmers besteht aus verschiebbaren Fenstertüren, durch die man in den Garten hinter dem Haus sieht. Verglichen mit der Ordnung im Haus und dem millimeterkurz geschorenen Rasen des Vorgartens macht dieser einen verwahrlosten Eindruck. Die am Holzzaun lehnende Leiter erinnert ihn daran, dass er seine eigene Leiter vergessen hat. Er kann sich mit einem Stuhl behelfen, zieht seine Schuhe aus, um sich daraufzustellen, aber leichter wird die Arbeit dadurch nicht.

Björn leistet ihm Gesellschaft. Er verhält sich ruhig, verfolgt jedoch aufmerksam jede seiner Bewegungen mit dem Blick. Lange Zeit hat Alphonse geglaubt, Hundegebell lasse sich auf die Aussagen »Das darfst du nicht!« oder »Hey!« reduzieren, und dass die Tiere weiter nichts zu verkünden hätten. Björn ist nicht der erste Hund, der ihn daran zweifeln lässt. Er gähnt mit Alphonse mit, als der sich nach dem Abkleben dehnt. Zufall, denkt Alphonse, doch später passiert es noch einmal.

Er erzählt es Dieter, als dieser herunterkommt, um zu sehen, ob alles seine Ordnung hat.

»Das bedeutet, dass er dich mag«, sagt Dieter. »Hunde haben eine große Empathie. Ich habe neulich gelesen, dass sie nicht bellen, um untereinander zu kommunizieren, es ist eine Sprache, die sie entwickelt haben, um mit uns zu sprechen.«

»Ich dachte, nur Menschen würden sich vom Gähnen anstecken lassen.«

»Wir kennen wenige Menschen, die mit uns mitgähnen, nicht wahr, mein Bester?«, jammert Dieter dem Hund vor. Eine nähere Erklärung bleibt aus.

»Ich habe meine Leiter zu Hause vergessen«, sagt Alphonse. »Ich kann sie natürlich holen, aber ich habe gesehen, dass eine Leiter im Garten steht.«

»Könntest du sie dir selbst holen?« Dieter macht sich wieder aus dem Staub.

Draußen ist es noch wärmer geworden. Alphonse bemüht sich, nicht in die Hundehaufen zu treten, als er durch den Garten geht. Wird Björn überhaupt nicht ausgeführt? Als er die Leiter wegnehmen will, stellt er fest, dass auf der anderen Seite des Gartenzauns auch eine steht, sie sind mittels eines abgenutzten violetten Schwimmbretts verbunden. M UND L FOREVER hat jemand mit Filzstift daraufgeschrieben. Es ist eine wackelige Konstruktion, einfach auseinanderzunehmen. Er lehnt das Schwimmbrett an den Gartenzaun und nimmt sich vor, später alles fester miteinander zu verbinden.

Begleitet von dem Geräusch der harten Bürste, die er beim Säubern der Wände im Wohnzimmer benutzt, schläft Björn ein. Die Ammoniak-Lösung, mit der Alphonse die fettigeren Oberflächen in der Küche behandelt, weckt ihn dagegen wieder auf. Er niest und trollt sich mit einem beunruhigten Blick, seine Krallen klackern auf der Treppe. Alphonse öffnet die Schiebetür, um den Geruch zu verjagen.

Als Herrchen wieder herunterkommt, um sich ein Brötchen zu schmieren, bleibt der Hund oben.

»Willst du auch was?«, fragt Dieter, sichtlich mit seinen Gedanken noch ganz woanders.

Alphonse hat seine eigenen belegten Brote, nimmt jedoch gern eine Tasse Kaffee an.

Dieter schaut an ihm vorbei, auf die Leiter, dann aus dem Fenster. Er geht hin und schließt die Schiebetür, langsam.

»Mila hat die Leiter da hingestellt«, sagt er. »Kinder«. Er lächelt entschuldigend, verweist dann auf seine Gewohnheit, vor dem Computerbildschirm zu essen.

Mila ist um die dreizehn Jahre alt und sieht weder Vater noch Mutter ähnlich. Mit einem theatralischen Schwung wirft sie ihren Rucksack ab.

»Hallo«, sagt sie, und dann, entgeistert: »Wieso ist denn meine Leiter hier?«

»Vielleicht könntest du erst mal Alphonse Guten Tag sagen?« Ihre Mutter ist hinter ihr hereingekommen.

»Ich hab Hallo gesagt. Wieso ist meine Leiter hier?«

»Ich habe sie kurz ausgeliehen, weil ich meine vergessen habe. Ich stell sie gleich wieder zurück. Ich werde das Schwimmbrett besser befestigen. Versprochen.«

»Aber ich brauche sie jetzt.«

»Erst die Hausaufgaben«, sagt Els.

»Ich hab keine Hausaufgaben.«

»Das glaube ich nicht.«

Mila stürmt hinaus. Im selben Moment betritt ihr Vater das Zimmer.

»Hallo!«, ruft er ärgerlich. Sie antwortet nicht und rennt die Treppe hinauf.

»Die Pubertät – das bleibt einem nicht erspart«, sagt Dieter schmunzelnd. »Wenn du selber drinsteckst, denkst du natürlich nicht daran, dass dir die eigenen Kinder das alles später auch antun werden.«

»So schlimm ist es nicht«, sagt Els.

Sie erkundigt sich, ob Alphonse auch Kinder hat.

»Ich glaube nicht.«

Sie finden es witzig, und es glimmt etwas in ihren Augen, ein bisschen Neugier, ein bisschen Argwohn. Alphonse nimmt sich vor, den abgestandenen Witz nicht mehr zu machen.

Er holt Kabelbinder aus seinem Lieferwagen. Im Hintergarten verbindet er die beiden Leitern wieder mit dem Schwimmbrett.

»Übrigens werde ich nachher bei euren Nachbarn vorbeischauen«, sagt er, wieder in der Küche.

Els und Dieter starren ihn an, als stecke eine Axt in seinem Schädel. Wieso bei den Nachbarn?, wollen sie wissen. Er erklärt, dass er mit einem Farbfächer zu ihnen gehen will, damit sie eine Farbe aussuchen können – sobald er hier fertig ist, fängt er bei ihnen an.

Dieter fasst sich mit beiden Händen an den Kopf, Els schlägt mit der flachen Hand gegen eine frisch gestrichene Wand. »Scheiße«, sagt sie, schaut von ihrer *Pick-Nick*-rosa Handfläche auf die Skelettfinger an der Wand. »Tut mir leid.«

Alphonse drückt einen Lappen an die Öffnung einer Terpentinflasche, hält ihre Hand, um sie zu säubern. Für einen Moment steht sie belämmert da wie ein Kind, ihre Finger weit gespreizt, damit er mit seinen gründlichen, väterlichen Bewegungen sämtliche Farbspuren abwischen kann, dann flammt ihr Zorn wieder auf: »Das ist doch krank! Einfach nur krank!«

Er holt eine kleine, neue Rolle aus der Verpackung und lässt sie mit luftigen Bewegungen wie eine leichte Straßenwalze über den Handabdruck fahren. Es funktioniert.

»Alles, was wir machen, wollen sie auch«, erläutert Dieter. »Keine Ahnung, was in den Köpfen dieser Leute herumspukt. Sie haben deinen Lieferwagen vor unserem Haus stehen sehen, und zack, schon braucht ihre Küche auch eine neue Farbe.«

»Ihre Schlafzimmer.« Sie haben ihn nicht gehört.

»Das geht jetzt schon Jahre so. Wir ein Haus, sie ein Haus. Wir ein Kind, sie ein Kind. Wir ein neues Auto oder eine Reise durch die Vereinigten Staaten – sie auch.« Düster entfernt Els Farbreste unter ihren Nägeln. »Was sollen wir machen? Umziehen?«

»Wir ziehen nicht um.« Es ist Milas Stimme. Sie haben nicht gehört, dass sie die Treppe heruntergekommen ist, und während sie das Wohnzimmer durchquert und die gläserne Schiebetür öffnet, starren sie sie schweigend von der Granitarbeitsplatte aus an.

Els wartet, bis Mila draußen ist, bevor sie fortfährt: »Und es geht sogar so weit, dass sie angefangen haben, in unser Leben einzugreifen. Dass sie der Meinung sind, sie könnten bestimmte Anpassungen in unserem Leben vornehmen.«

Dieter will sie unterbrechen. Sein Mund weist in ihre Richtung und seine Lippen schürzen sich wiederholt, unterstützt von einem Zeigefinger, der die Flugbahn eines kraftlosen Insekts beschreibt.

»Das wissen wir nicht«, sagt er schließlich.

»Ich komm morgen wieder«, sagt Alphonse.

Sie danken ihm, etwas erschrocken über das abrupte Ende und einigermaßen entsetzt darüber, was sie alles preisgegeben haben, doch sie sind noch nicht am Ende ihrer Geschichte.

Bevor er in den Flur hinausgeht, sieht er sie auf einem kleinen fliegenden Teppich über dem Gartenzaun schweben. Zwei dreizehnjährige Mädchen, die ihre lachenden Köpfe in den Nacken werfen.

Auch durch das Fenster auf der Rückseite des Nachbarhauses sieht er kurz die beiden Mädchen, bevor er zu einem Sessel geführt wird. Das Ehepaar setzt sich auf zwei getrennte Sessel zu seiner Linken, beide schlagen ein Bein über das andere. Sie sind etwas rundlicher und kleiner als Els und Dieter. Zwischen ihm und dem Ehepaar knistern leise die Luftbläschen in dem Glas Tonic, das sie vor ihn auf den Couchtisch gestellt haben. Zu seinen Füßen keucht ein aufmerksamer kleiner Hund unbestimmter Rasse. Als Alphonse das Glas von der Tischplatte zum Mund führt, scheint das Tier den Atem anzuhalten.

»Wo kommen Sie her?«, erkundigt sich die Frau.

»Aus Brüssel«, sagt er. »Aber ich wohne jetzt seit fast neun Monaten hier.«

»Jaja«, entgegnet die Frau. »Aber wo kommen Sie wirklich her?«

»Aus Brüssel, hat er doch gesagt.« Ihr Mann steht nervös auf. »Möchten Sie Oliven?«, fragt er. »Bisschen Käse?«

»Nein danke. Und sagen Sie ruhig Alphonse. Und du.«

»Wir heißen Sieglinde und Ronny. Ich werde doch mal was holen gehen«, sagt die Frau, als ihr Mann sich wieder gesetzt hat. Sie geht in die Küche, die vom Wohnzimmer abgetrennt ist. Es klingt, als würde sie sämtliche Schränke leer räumen.

»Wie war es bei den Nachbarn?«, fragt der Mann. Man

hört heraus, dass er bemüht ist, die Frage so neutral wie möglich auszusprechen.

»Ich denke, dass ich morgen Abend bei ihnen fertig bin.«

»Hat Els nichts gesagt, als sie gehört hat, dass du auch bei uns vorbeikommst?« Sieglinde stellt die Schälchen mit Oliven und Käse ab, Zahnstocher und einen Halter mit Servietten daneben.

Alphonse weiß nicht sogleich, was er darauf antworten soll. »Es schien sie zu interessieren«, sagt er dann.

Ronny schnaubt. »Darauf kannst du Gift nehmen!«, ruft Sieglinde aus. »Sie spinnt total, Alfredo!«

Dass sie so unverblümt redet, kommt unerwartet.

»Alphonse«, verbessert Ronny an seiner Stelle.

»Entschuldigung. Sie erzählt schon seit Jahren jedem, der es hören will, dass wir sie nachmachen. Wir könnten dasselbe über sie sagen, aber das machen wir natürlich nicht, schließlich sind wir noch einigermaßen bei Verstand!«

»Das kam mit einem Mal alles raus, bei einem Fest«, setzt Ronny fort. »Eine Party, und das auch noch bei uns, sie waren unsere Gäste. Zuerst hingen sie aus welchem Grund auch immer miesepetrig in einer Ecke rum …«

»Sie vor allem.«

»Und die beiden haben wie üblich zu viel getrunken, und plötzlich hieß es ›was für ein Zufall‹, dass wir auch einen dunkelblauen Peugeot hätten. Es ist nicht mal dasselbe Modell! Und ›ach, sieh mal, kommt dir die Lampe nicht irgendwie bekannt vor‹, und der Strauch hinten im Garten und was weiß ich noch alles.«

»Das ist ja alles noch gut und schön, aber dass wir Lana in die Welt gesetzt hätten, nur weil sie gerade ein Kind gekriegt hatte, ich bitte dich, Albert, wer kommt denn auf so was?«

»Alphonse.«

»Pardon. Wer kommt denn auf so was? Ich war schon über Mitte zwanzig, jeder aus unserem Umfeld bekam sein erstes Kind damals, ich war schon im vierten Monat, bevor ich überhaupt mitbekam, dass sie auch schwanger war, aber nein: das war alles nur, um es ihnen nachzumachen. Wie selbstverliebt muss man sein, um so was auch nur in Erwägung zu ziehen?«

Im Verlauf ihrer Reden sind Sieglinde und Ronny aufgestanden und haben einen abgehackten Tanz aufgeführt, der bei Ronny nun mit einem Faustschlag auf seinen Oberschenkel endet und in Sieglindes Fall mit dem Zeigefinger verebbt, der wie der Schnabel eines Spechtes an die Mitte ihrer Stirn tippt.

Alphonse lehnt sich in seinem Sessel zurück. Wenn die Beichte so energisch beginnt, dann dauert sie meistens länger.

»Und wenn es nur dabei geblieben wäre, aber nein, nein, es kommt noch absurder.« Sieglinde steht jetzt wie eine Äffin über den Couchtisch gebeugt, gestützt auf ihre Fäuste, Gesäß nach oben gereckt, mit geblähten Nasenflügeln und aufgerissenen Augen hinter den Brillengläsern. »Hat sie etwas über ihre Katze gesagt?«

Alphonse braucht eine Weile, bis die Frage zu ihm durchdringt. »Die ist gestorben, glaube ich?«

»Aber das ist doch bestimmt nicht alles, was sie dazu gesagt hat, oder? Sie behauptet nämlich, dass wir ihre Katze ermordet haben.«

»Ja, und weshalb wir das getan haben sollen, ist noch interessanter. Wir hätten das getan, weil unsere eigene Katze überfahren wurde, und weil sie denken, dass wir denken, dass sie das getan hätten – wir machen uns, ganz nebenbei, überhaupt keine Gedanken, wer dafür verantwortlich ist, wir gehen davon aus, dass es ein Unglück war – und deshalb hätten wir, Auge um Auge …«

»Katze um Katze!«

»… das Tier ermordet, indem wir es – wohlgemerkt – mit einem Pfeil durchbohrt hätten! Ein Pfeil aus einem Blasrohr! Mit einem Giftpfeil sollen wir die Katze erledigt haben!«

»Verstehen Sie, Alphonse? Anscheinend hält man uns für Menschen, die zu so etwas imstande sind!«

»Alphonse«, sagt Ronny.

»Hab ich doch gesagt.«

Für den Plafond in den Schlafzimmern rät er zu *Balanced Mood*, aus der Kollektion *Colores del Mundo*. Sie finden das helle Blaugrün, das er aus dem Farbfächer schiebt, ungemein passend.

Auf dem Weg nach Hause kreuzt Alphonse auf schmalen Straßen durch weite Äcker. Die tief stehende Sonne vergoldet die langen Halme des Getreides und weckt eine unbestimmte Sehnsucht. Keiner weiß, dass er morgens, noch empfindlich und ungerichtet nach der Umarmung des Schlafs, selten Musik hört, weil die Unmittelbarkeit für ihn dann kaum zu ertragen ist. Jetzt schaltet er das Radio ein, und als er wieder aufschaut, kommt ihm ein Wagen entgegen, der keine Anstalten macht, abzubremsen. Er selbst fährt seinen Wagen bis dicht an den Rand eines mit Mais bepflanzten Ackers und bleibt stehen, um zuzuhören.

Duke Ellingtons »Caravan«, in einer Version von Dizzy Gillespie, er kennt sie. Kamele ziehen durch die Wüste, doch dann setzt die Trompete Springbrunnen in Gang. Das Wasser fließt an seinen Schultern entlang, über seinen Rücken. Das seltsame Geigensolo auch. Als die Nummer zu Ende ist, schaltet er das Radio ab.

Er isst die Nudeln, die noch vom Vortag übrig sind. Kommt es ihm ruhig oder einfach nur still vor, ohne Kat? Er hofft, dass die Yogawoche ihr das gibt, was sie sich davon erwartet hat, obwohl er nicht genau weiß, was das ist.

Ihr Telefon scheint abgeschaltet zu sein. Er muss Amadou zurückrufen. Warum schiebt er das immer auf? Dass sein Freund nach all den Jahren wieder Kontakt zu ihm aufgenommen hat, hat ihn so gefreut, dass er Amadou spontan für ein paar Tage Urlaub eingeladen hat. Amadou wird seine neue Freundin mitbringen. In weiten Teilen von Alphonses Erinnerungen geht er an seiner Seite. Es gibt keinen Grund, ihm jetzt auszuweichen.

Er könnte auch Skype starten und seine Mutter sehen. Sie ist immer da, in einem vollen Haus, umgeben von Menschen, die ihren Rat benötigen, einfach nur bei ihr sein wollen oder versuchen, einen Vorteil aus ihrer Güte zu ziehen.

Er ist müde und kann die Müdigkeit nicht wegduschen. Was er spürt, lässt sich immer schwerer benennen. Er weiß, was es nicht ist. Es ist nicht etwas, was wehtut. Im Gegenteil. Doch es wartet auf etwas.

Der Klingelton des Telefons, Festnetz diesmal, dringt durch das Wasser in seine Ohren. Er dreht den Hahn zu und wirft sich einen Bademantel über. Er tippt auf Dieter.

»Alphonse?« Es ist Sieglinde.

»Ja«, sagt er.

»Ich wollte mich noch mal melden. Weil wir uns heute doch ziemlich haben gehen lassen und wir darauf nicht besonders stolz sind. Wir wollten dir auch danken, dass du uns zugehört hast.«

»Nicht nötig. Nicht weinen.«

»Es liegt nicht in unserer Hand, verstehst du?«

»Ja.«

»Okay. Entschuldige die Störung. Und schon mal eine gute Nacht.«

»Gute Nacht.«

29

Am Morgen erreicht er Kat. Sie klingt vergnügt.

»Also fühlst du dich gut?«, fragt er.

»Ja«, sagt sie, möchte jetzt aber nicht weiter darüber reden. »Jetzt muss ich schon wieder los.«

»Wohin?«

»Zum Yoga. Noch vier Tage.«

»Viel Spaß.«

»Tschüss, Alphonse.« Sie hat sich nie einen Kosenamen für ihn ausgedacht, was er zu schätzen weiß. Mit Ausnahme ihrer Eltern wird sie von allen Kat genannt. Vor nicht allzu langer Zeit hatte sie einen bösartigen Tumor. Sie müssen davon ausgehen, dass er nicht wiederkommt.

»Fonsy!«, ruft Dieter. Er trägt einen dunkelblauen Morgenmantel und räumt gerade den Frühstückstisch ab. »Great that you also work on Saturdays.« Manchmal reden Leute plötzlich auf Englisch mit ihm, auch nachdem er schon Gespräche auf Niederländisch mit ihnen geführt hat, und obwohl es vier Sprachen gibt, die er besser beherrscht.

Els, die ihn eingelassen hat, ist zur Tür hinausgejoggt, diesmal mit Björn an der Leine. Im Garten sitzen die Mädchen über ihr Schwimmbrett gebeugt in Anoraks auf den obersten Sprossen ihrer Leitern und schreiben abwechselnd etwas auf ein Blatt Papier oder eine Karte. Als sie ihn hinter dem Fenster stehen sehen, winken sie wie Hofdamen. Er grüßt sie wie ein vorbeifahrender Papst.

Dieters Blick flattert an seiner Schulter vorbei durch das Fenster; eine nervöse Motte, die dem Ruf des Lichts widersteht und rasch wieder ins Halbdunkel zurückkehrt. Er murmelt, dass er sich etwas anziehen will, durchquert das Wohnzimmer bis zum Fuß der Treppe, geht aber nicht weiter, als er hört, dass Alphonse die Schiebetür öffnet. Er ist ein Vater, Dieter, und muss Verdacht schöpfen, wenn ein erwachsener Mann, ein Fremder letzten Endes, mit seiner pubertierenden Tochter und deren Freundin sprechen will und ihn dabei nicht einbezieht, ohne dass es einen erkennbaren Anlass dafür gäbe. Also macht er kehrt, um Wache zu halten, Dieter, er späht in den Garten hinaus, den er in letzter Zeit zunehmend gemieden hat, berührt wie immer von der Eintracht der Mädchen, über die in diesen Wänden nicht mehr gesprochen wird, aus Angst, sie zu beschädigen.

Die Mienen der Kinder werden unsicherer, ernster während des Gesprächs mit Alphonse. Was fragt er sie? Ist es an der Zeit, einzugreifen? Dann wird genickt, die Mädchen nicken, Alphonse nickt, und alle wenden sie die Köpfe zu ihm, schwach lächelnd, meint er.

»Setz dich doch eben mal«, sagt Alphonse, der die Tür hinter sich schließt. Im Hintergrund beugen sich Mila und Lana wieder über ihr gemeinsames Geschreibsel.

Dieter tut, wie ihn Alphonse geheißen hat. Er lässt die Hände auf seinen Oberschenkeln ruhen und schaut zu Boden, bleicher als soeben, der Morgenmantel verleiht ihm nun eine verletzliche Würde.

»Sieglinde und Ronny haben die Katze nicht ermordet.« Alphonse bleibt selbst während des Gesprächs stehen.

»Das habe ich mir gedacht.« Dieter blickt nicht auf. »Wie ist es passiert?«

»Es war ein Freund der Mädchen. Ein Junge aus dem Viertel, der sich seitdem nicht mehr hertraut.«

»Ich weiß, wen sie meinen. Ich habe ihn hier aber nie mit Blasrohr und Pfeilen gesehen.«

»Es war ein Versehen. Der Junge darf dafür nicht bestraft werden. Deine Tochter und ihre Freundin auch nicht.«

Dieter nickt. Und nickt dann noch einmal.

Danach zerfließt der Leim, mit dem das Wohnzimmer

während ihres Gesprächs angefüllt zu sein schien. Die Stille wird von Metallgeräuschen vertrieben: das Öffnen und Aufstellen seiner eigenen Leiter, sein Schraubenzieher, der einen Deckel öffnet. Oben lässt Dieter die Badewanne ein.

Den größten Teil des Tages lassen die drei Familienmitglieder ihn in Ruhe malen. Sie schleichen respektvoll vorbei oder äußern sich anerkennend, wenn er sich zu ihnen umdreht. Die Arbeit geht schnell voran. Eine Wand nach der anderen beginnt zu leuchten.

Kurz vor der Mittagsstunde hört er den Klang von Els' und Dieters Stimmen durch die Decke. Els regt sich über irgendetwas auf, lenkt dann ein. Als sie mittags am Küchentisch essen, wollen sie, dass er sich dazusetzt. Sobald er das getan hat, findet keiner mehr ein Gesprächsthema. Sie legen Käsesorten aus dem Umland auf seinen Teller, geschältes Obst, direkt vom Baum, er soll kosten. Auch Björn wartet seine Reaktion ab.

Als er abends aufräumt, wird das Ehepaar unruhig.

»Gute Arbeit«, findet Els. »Und so schnell.«

»Dass du hier gerade mal zwei Tage gebraucht hast«, sagt Dieter.

Alphonse klopft gegen die Scheibe, Mila und Lana winken zurück. Danach drückt er Els und Dieter die Hand.

»Ich bin nicht weit weg«, sagt er. »Montag fang ich bei den Nachbarn an.«

Sie nicken.

»Hier gibt es auch noch Arbeit.« Panik in ihren Worten.

»Die Zimmer oben könnten dieses Jahr auch noch einen Anstrich vertragen.«

»Ihr wisst, wie ihr mich erreichen könnt.«

Sie begleiten ihn durch den Flur, suchen seinen Blick, sobald sich eine Gelegenheit bietet.

Als er sich vom Lieferwagen aus noch einmal zu ihnen umdreht, rennt Björn in vollem Tempo auf ihn zu. Er hebt den strampelnden Hund hoch und trägt ihn zur Haustür, wo er ihn in Els' Arme legt. Eine Sekunde lang schauen sie Alphonse an, als habe er ihr Baby zur Welt gebracht, dann lachen sie darüber hinweg.

Auf dem Dorfplatz von Watou bestellt er einen Cappuccino auf der leeren Terrasse eines vollen Cafés. Er muss der Besitzerin recht geben: endlich Sommer, aber das Wetter spielt verrückt. Zu sehen sind Motorradfahrer auf der Durchreise, zwei junge Menschen auf schlanken Pferden. Neben der Kirche, vor dem Kirchhof, steht eine Jesusstatue mit ausgebreiteten Armen. In der Mitte des Platzes ein Soldat, an seiner Seite ein Löwe.

Er ist in ein seltsames, schönes Leben geraten. Verlangt er zu wenig? Bekommt er zu viel?

Nachdem er gezahlt hat, auf dem Weg zu seinem Lieferwagen, sieht er das Denkmal von vorne. Der Soldat hält einen Revolver an seine Brust gedrückt, den Lauf von sich weg gerichtet. Die Christusfigur, ein Stück weiter drüben, hält den Kopf gesenkt, es wirkt jetzt so, als seien ihr beim Ausbreiten die Arme eingefroren.

Manche Dinge setzen ihn immer wieder in Erstaunen. Zwanzig Minuten Fahrt für einen Döner.

Es ist ein neuer Laden, mit einem Aushängeschild aus lauter spiegelnden Pailletten, sodass sich die Buchstaben von *Pita Merci* im Wind bewegen und mit aller Macht das schwache späte Sonnenlicht reflektieren. Drinnen ist es sauber und leer. Linoleum. Mit großer Sorgfalt ordnet der junge Mann neben der Kasse die Rolle Alufolie, die Messer und das große Salzfass. Danach richtet er konzentriert alle Plastikgabeln im Halter aus, sodass die Zinken auf ihn weisen.

»*Kardesch*«, sagt er fröhlich, als er Alphonse hereinkommen sieht.

Sie kennen sich nicht. Es ist schon lange her, seit ihn jemand so genannt hat, es gefällt ihm.

»Schöner Laden.«

»Merci. Aber eben auch teuer. Arbeit, Arbeit, Arbeit.«

»Das glaube ich. Machst du mir einen großen Döner mit allem und Samurai-Soße, bitte?«

Der Junge lacht. »Also scharf. Wie immer, eben.«

»Bitte?«

»Also, ihr nehmt eben immer scharfe Soßen. Und viel Huhn.«

Obwohl Alphonse sich diesmal für den anderen drehenden Fleischbatzen entschieden hat, stimmt es, dass er viel Huhn isst. Genau wie fast alle Leute, die er kennt. Und in der Tat, er hat eine Vorliebe für scharfe Soßen. Er möchte sich trotzdem nicht fühlen, als sei er bei etwas ertappt worden. »Ich dachte eigentlich, ich hätte meine eigenen, ganz persönlichen Essgewohnheiten.«

»Also, eben nicht«, sagt der Besitzer bestimmt, und dann, plötzlich schelmisch, plötzlich noch jünger: »Zu jedem Döner: eine Gratis-Show!«

Er legt das Brot in den Ofen und beugt sich über sein Smartphone, das er an eine Box angeschlossen hat. Nach einem Fehlstart findet er die richtige Nummer. Zuerst erklingen anschwellende und wieder verebbende Töne, wie Suchlichter über einer dunklen Fläche. Der Besitzer lässt seine Finger eine Art Dehnübung auf der Theke zwischen ihm und Alphonse ausführen, die Arme gestreckt, den Kopf mit den dicken, nach hinten gekämmten Haaren leicht geneigt. Der Blick, den er auf seinen Kunden richtet, ist der eines Falken. Alphonse fragt sich, ob etwas von ihm erwartet wird. Dann bricht ein elektronischer Beat los, darin mengt sich ein oft wiederholtes, orientalisch inspiriertes Motiv. Der Besitzer wendet sich dem Fleischbatzen zu. Wie er das Fleisch abschneidet, kann Alphonse nicht richtig sehen, doch er lässt die beiden Messer, mit denen er hantiert, regelmäßig mit schnellen Würfen von Hand zu Hand wandern, hinter seinem Rücken, über seinem Kopf. Mit einer zierlichen Verbeugung zaubert er anschließend das Brötchen aus dem Ofen und füllt es, mit den Salatlöffeln jonglierend, mit Tomaten, Zwiebeln, Gurke und geriebenen Karotten. An einem bestimmten Punkt saust auch das Salzfass, das er gar nicht benötigt, in Ellipsen durch die Luft. Eine Schale mit Gewürzen setzt zur Verfolgung an und hinterlässt bei jeder Drehung ein rotes Wölkchen. Er setzt sie, wie auch die Löffel, nicht nur mit den Händen in Bewegung, sondern schubst sie auch mit den Ellbogen, Schultern und der linken Hüfte. Als das Salzfass aufrecht auf seinem Kopf landet, bewegt er es wie eine indische Tänzerin von links nach rechts, während er die roten Gewürze in das Brötchen streut. Alphonse klatscht Beifall. Als es mit dem Jonglieren von zwei Messern und einem kleinen Hackebeil weitergeht, weicht er einen Schritt zurück. Wie der Besitzer es schafft, das Fleisch, das noch ein bisschen auf dem Backblech unter den drehenden Batzen simmert, zwischen den Messerwürfen in das Brötchen zu befördern, ist ihm schleierhaft. Klar ist allerdings, dass der junge Mann von einem Augenblick auf den andern vollkommen erstarrt, während die Messer und das Beil um ihn herum auf den Boden scheppern. Mit bebenden Lippen und einem heftig blutenden Ringfingerstumpf dreht er sich zu ihm um.

Alphonse reißt ein Dutzend Servietten aus dem Halter, die der Mann an die Wunde drückt. »Wo ist der Finger?«, fragt er.

Gleichzeitig wenden sie den Kopf zum Backblech, und weil sie ihn dort nicht sehen, spürt Alphonse fast so etwas wie Erleichterung – und sei es auch eine, die Gänsehaut nicht ausschließt –, als er das Körperteil unter seinem Schuh entdeckt. Gerade noch kann er sich zurückhalten, sein Gewicht auf den Fuß zu verlagern. Er hebt sein Bein wieder an, als sei er auf eine Landmine getreten. Die äußerste Hilflosigkeit eines abgetrennten Körperteils, das Unwirkliche daran. Er hebt es mit einer Papierserviette vom Boden auf. Es ist das dritte Mal, dass er so etwas sieht, in den beiden anderen Fällen ging es auch um Finger. Er erinnert sich an einen Unfall mit einer elektrischen Säge in einem Bauunternehmen, bei dem er gearbeitet hat; der Finger stand aufrecht auf dem Boden, als würde jemand aus dem unteren Stockwerk durch die Decke zeigen. Und vor längerer Zeit war es die Zeigefingerkuppe von Aline, seiner Schwester, die in der Küche geholfen hatte, mit einem Messer, das viel zu groß für sie war.

Der dumpfe Aufprall des bewusstlos zusammensackenden Mannes vertreibt die Erinnerungen. Er liegt in einer seltsamen, krummen Haltung auf den bespritzten Fliesen. Das Einzige, was sich an ihm bewegt, ist das Blut, das aus der Wunde strömt. Mit einer Hand legt Alphonse die schweren Füße auf eine umgedrehte Plastikschüssel, danach macht er sich auf die Suche nach einem Tiefkühlschrank. Die meisten Schubladen sind mit Eis überfroren, die erste, die er nach ein wenig Rütteln und Ziehen losbekommt, ist gefüllt mit äußerst detaillierten Eisskulpturen, Figuren in der Größe von Playmobilmännchen, ein Wikinger, ein König, ein orientalischer Krieger, alle mit demselben Gesicht. Es muss das besondere Gesicht des Besitzers sein, des jungen Mannes auf dem Fußboden. Alphonse hat nicht die Zeit, sich das näher anzuschauen, will den Fund nicht für das Stillen der Wunde verwenden. Eine Schublade höher findet er gewöhnliche Eiswürfel.

Er verteilt sie auf zwei Geschirrtücher, in eines der gefüllten Tücher legt er den Finger, das andere legt er auf die Stirn des Jungen. Es dauert eine Weile, bis dieser zu sich kommt, Alphonse will gerade einen Krankenwagen rufen, als der Verletzte die Augen öffnet und ihn voller Angst anschaut.

»Kannst du stehen?«

Der junge Mann nickt und lässt sich auf die Beine helfen.

Er heißt Duran. Während der Fahrt zum Krankenhaus und im Wartezimmer der Notaufnahme wandelt sich seine Miene von erschrockener Verwirrung zu düsterer Resignation. Immer, wenn sein mit einer Mullbinde umwickelter Fingerstumpf niedergeschlagen in den Schoß absinken will, ermahnt ihn Alphonse, ihn wieder neben sein Ohr zu halten, das verringert die Blutung und stärkt die Kampfeslust.

»Also, mein Vater hat gesagt: ›Duran, du wohnst zu weit weg, was willst du in diesem Kaff, deine Familie kann dir nicht helfen mit dem Laden, und du kannst es eben nicht allein, mit deinen Augen.‹ Ich sage: ›Meine Augen sind gut, das war früher‹ – also, ich hatte eben ein faules Auge, ein abgeklebtes Brillenglas, schwierig für ein Kind. ›Du kannst die Schmetterlinge nicht sehen‹, sagt mein Vater – also, bei diesem Test eben, mit den Schmetterlingen und so, die zwischen Flecken versteckt sind, alle haben sie auftauchen sehen, und ich eben nicht. ›Ich brauch die Schmetterlinge nicht zu sehen‹, sag ich. Viel Streit, aber ich hab's dann eben doch gemacht. Ich dachte: Warte nur ab, Vater, überall sind Flecken, also schau nur hin, bis ich erscheine, du wirst mich schon sehen.«

Er streckt den umwickelten Stumpf voller Entsetzen von sich. Alphonse will ihn gerade wieder ermahnen, seine Hand senkrecht zu halten, als eine vollbusige Ärztin auf dem Flur erscheint. Sie muss Ende vierzig sein und hat orangene, hochgebürstete Haare, was den Eindruck hervorruft, ihr Kopf stünde in Flammen.

»Fingerchen ab?«, fragt sie.

»Ich habe ihn dabei.« Alphonse deutet auf den Plastikbeutel neben ihm. Das Handtuch mit den Eiswürfeln darin ist inzwischen durchgeweicht.

»Darf ich mal sehen?« Sie brennt vor Ungeduld, das ist ihr deutlich anzusehen. Er hofft, sie nicht zu enttäuschen. Den Finger hat er in Frischhaltefolie gewickelt, weil er befürchtete, dass er sonst von der Kälte angegriffen würde. Duran schaut so unauffällig wie möglich weg.

Die Ärztin nimmt den verpackten Finger und klopft ihn sanft gegen die Armlehne des Stuhls. »Gut, nicht gefroren.« Sie lacht kurz vor Begeisterung auf. »Folgen Sie mir!«

»Nun schau doch mal hin! Eine einmalige Gelegenheit, deinen Finger von innen zu sehen.« Die Worte sind an Duran gerichtet, der vermutlich lieber eine Vollnarkose gehabt hätte.

Die Ärztin hört kurz mit dem Nähen auf, um sich an Alphonse zu wenden, der auf einem Stuhl an der Wand Platz genommen hat. »Sie dürfen ruhig etwas näherkommen.«

Dass beide Herren ihren freundlichen Aufforderungen nicht nachkommen, scheint sie zu beunruhigen. Sie hat alles, was sie getan hat, sorgfältig beschrieben und benannt, mehr kann ein Patient doch nicht von ihr verlangen?

»Wird er seinen Finger wieder benutzen können?«, fragt Alphonse. Er hat den Eindruck, dass ihre Verständnislosigkeit sich allmählich in Ärger verwandelt.

»Da er von mir wieder angesetzt wurde, höchstwahrscheinlich ja«, sagt sie, defensiv, aber doch vor allem stolz.

Durans Ringfinger ist mit einem Streifen Metall und einem steifen Verband versehen worden. Im Auto nimmt er die Hand aus der Schlinge, die ihm im Krankenhaus um den Hals gehängt worden ist.

»Also ein Ringfinger, das ist eben besser als ein Zeigefinger«, sagt er, fest entschlossen, noch an diesem Nachmittag wieder die Arbeit aufzunehmen. »Und ich bin eben Linkshänder.« Er blickt zur Seite auf den Fahrer.

Merkwürdig, findet Duran, dass dieser Mann der Einzige ist, der ihn je in bewusstlosem Zustand gesehen hat. Er hat ihn nicht alleingelassen, nicht im Laden, und nicht in der Notaufnahme. Es berührt ihn, dass er das normal fand.

»Also, merci eben.«

Alphonse schaut kurz zu ihm und zieht einen Mundwinkel hoch.

»Nee, also echt. Kann ich irgendwas tun, um dir zu danken?«

»Ich wüsste etwas. Die Männchen in deinem Tiefkühlschrank, die würde ich gerne noch mal sehen.«

Manchmal wird die Luft durch ein Gefühl ersetzt. Plötzlich ist das Auto vom Boden bis zum Dach mit Verlegenheit ausgefüllt. Bin ich der Einzige, der seine Eismännchen kennt, fragt sich Alphonse. »Ich fand sie schön. Deshalb würde ich sie gerne noch mal sehen.«

»Also, es ist vielleicht ein komisches Hobby, aber sonst arbeite ich ganz normal. Ich arbeite wirklich hart. Oft vierzehn Stunden am Tag. Und ich gehe auch ins Fitness-Studio.«

Alphonse drängt nicht weiter. Aber er ist einverstanden, dass Duran ihm etwas zu essen macht. Er parkt direkt vor dem Döner-Laden. In diesem Teil des Landes gibt es keinen Mangel an Parkplätzen.

Mit den gesunden Fingern seiner verletzten Hand bewegt Duran einen Teebeutel in einer Tasse heißem Wasser auf und nieder. »Also, du darfst sie dir ansehen«, sagt er. »Aber eben da hinten.«

»Natürlich«, sagt Alphonse. »Sonst schmelzen sie.«

Sie stellen zwei Stühle an den geöffneten Tiefkühlschrank und beugen sich über die Schublade.

»Sie sehen dir alle ähnlich«, sagt Alphonse, auf die Gefahr hin, Durans Schamgefühl erneut zu beleben.

»Und sie heißen eben alle Duran«, sagt Duran. »Der hier ist Duran Khan – mit den Kleidern von Dschingis Khan. Und der hier ist eben Ataduran.«

Der Apfeltee dampft auf einem niedrigen Tischchen neben Alphonses Beinen, die schwitzenden Fleischbatzen haben ihren Derwischtanz wieder aufgenommen, und der Boden ist mit Blut bemalt. Gemütlichkeit hat seltsame Gesichter, denkt Alphonse heiter.

»Hier«, sagt Duran. »Wenn du seinen Namen errätst, darfst du ihn haben.« Er zeigt Alphonse einen mit Stroh und Federn bekleideten Duran, mit einem Lendentuch, einem Speer und einem Schild.

»Shaka Duran?«

»Ja. Der ist also für dich. Aber du darfst ihn niemand zeigen.«

Zu Hause befreit Alphonse das Männchen aus dem Kühlelemente-Häuschen, in das ihn Duran eingesperrt hat. Er steckt Shaka Duran in die kleinste Tiefkühldose, die er findet, und legt ihn zwischen zwei Päckchen Spinat im Gefrierfach seines eigenen Kühlschranks schlafen. Wenn Kat ihn findet, wird er ihr erklären müssen, dass das Geschenk gut gemeint war.

28

Am Sonntag regnet es. Früh am Morgen schleudert der Wind harte Tropfen gegen die Fenster, die Salven halten an, bis Alphonse seinen Kopf vom Kissen hebt.

Er setzt sich auf den Rand des Bettes und begreift, dass das Geräusch des Regens in seinem Traum umgeformt worden ist zum Geknatter von Maschinengewehren, die Uniformierte auf nackte Männer abfeuerten, die an einer Mauer standen. Er war nicht dabei.

Beim Kaffee bekommt er Lust, Kat zu hören, die sich atemlos meldet. Sie hat keine Zeit, steckt mitten in einem Sturm, der aufgekommen war, nachdem sie alle Matten, Kissen und Decken tief in den Wald geschleppt hatten, jetzt bringen sie alles wieder ins Gebäude zurück, die Stimmung hat einen Tiefpunkt erreicht, nicht nur das Wetter, auch der Gastlehrer ist enttäuschend.

Alphonse sagt, sie fehle ihm. Er ihr auch.

Sie hat ihm einmal den Kopfstand beigebracht. Shirshasana soll die Gehirnzellen verjüngen, den Stoffwechsel optimieren und sowohl graue Haare als auch Krampfadern vermindern. Ob er ihn noch kann? Ihm ist bewusst, dass das Vorhaben nicht ganz ohne Gefahr ist, als er eine zusammengefaltete Decke vom Sofa nimmt und auf den Boden legt. Er setzt seine Ellbogen an den Rand, in Schulterbreite, schiebt die Finger ineinander und drückt den Scheitelpunkt seines Kopfes in die Decke, der Hinterkopf ruht in seinen Händen. Es geht darum, die Schultern tief zu halten, erinnert er sich, damit der Hals nicht belastet wird. Dann bewegt er die Zehen mit kleinen Schritten auf sein Gesicht zu, richtet den Rücken gerade, streckt seine Beine. Und er steht. Es ist unwahrscheinlich schön, bis der Wunsch, noch lange weiter so stehen zu bleiben, von der Einsicht verdrängt wird, dass er nicht mehr genau weiß, wie er schmerzfrei wieder herunterkommt. Als er die Beine leicht beugt, um den Abgang einzuleiten, kommt es ihm vor, als würde er auseinanderfallen, daher streckt er sie wieder.

Es klopft an der Haustür, eine Gewohnheit, die er nur von seinem Nachbarn Willem kennt.

»Tür ist offen!«

»Ihr müsst abschließen! Wir sind hier zwar nicht in Brüssel, aber trotzdem!«, ruft Willem vom Flur her, und dann, Auge in Auge mit dem Shirshasana: »Oh je, wie ist denn das passiert?«

»Kannst du mir eben mal helfen?«

»Was soll ich machen?«

»Einfach dagegenhalten. Stützen.«

»Du bist gut. Ich bin beinahe achtzig.« Mit dem Ernst alter Menschen nimmt Willem zuerst eine Gewichtheberpose ein, um anschließend Alphonses Beine wie die Griffe einer Schubkarre festzuhalten. Danach gibt er sich keine Mühe, seinen Stolz zu verbergen. Endsiebziger hilft wesentlich jüngerem Mann aus einer körperlichen Notlage. Mit Erfolg. Er streicht mit den Fingern durch seine graue Mähne und lächelt Alphonse an. Ja, er möchte einen Kaffee.

»Ist Kat noch nicht wach?«, ruft er zur Küche, wo Alphonse ihm eine Tasse einschenkt.

»Die ist auf ihrer Yogawoche.«

»Und deshalb hast du gedacht, du könntest auch ein bisschen auf dem Kopf stehen? Ich habe immer gesagt, dass das gefährlich ist. Kat sollte lieber auch damit aufhören, sie ist sowieso viel zu dünn. Marie-Jeanne hat das auch gesagt. Sie hatte ein Auge für solche Dinge, deshalb hat sie die vielen Kuchen für euch gebacken. Dass ich die nie mehr essen werde.«

Als Marie-Jeanne noch lebte, sprach Willem vorwiegend über die Irritationen, die sie bei ihm auslöste. Weil ihr Anteil bei Gesprächen hauptsächlich aus der Frage »Das ist doch nicht wahr, oder?« bestand. Oder weil sie es nicht genießen konnte, auswärts zu essen. Noch bevor die Rechnung bezahlt war, begann sie, nach Schlüsseln zu kramen, die sie später, zu Hause, an Orten ablegte, wo sie erst nach langen Suchaktionen gefunden wurden. Oft hatte er sich beklagt über ihr mangelndes Interesse an der Bibliothek über den Großen Krieg, die er anlegte, ein Desinteresse, das fast schon Ablehnung war. »Der Erste Weltkrieg ist vorbei!«, hatte Alphonse Marie-Jeanne noch eine Woche vor ihrem Tod wütend schreien gehört. Sie war der Ansicht, dass Garagen für Autos und nicht für Bücher gemacht seien, und Gewächshäuser für Gemüse. Laut Willem hing das mit einem Mangel an Bildung zusammen, ein Unterschied, der oftmals einen Keil zwischen sie getrieben hätte. Aber so hatte er es nur betrachtet, als sie noch lebte. Ihr Tod war sogar den Zeitungen eine Meldung wert gewesen, wegen der Pechsträhne, die ihm vorausgegangen war. Auf dem Weg zum Fischgeschäft war sie das Opfer einiger Geranien geworden, die mitsamt einem Terrakotta-Kasten auf sie niedergegangen waren. Mit einer gebrochenen Schulter und einer ebensolchen Zehe sollte sie mit einem Krankenwagen in die Klinik gebracht werden, der jedoch unterwegs eine Kurve verpasste, wonach sie mit zwei ebenso heftig streitenden wie blutenden Sanitätern in einen anderen Krankenwagen verlegt werden musste. Nach der Explosion einer Gasflasche im Zimmer eines rauchenden Lungenpatienten in dem Krankenhausflügel, in dem ihre Brüche eingegipst worden waren, dem nachfolgenden Brand und der chaotischen Evakuierung, versagte das eigentlich recht zähe Herz von Marie-Jeanne Maes endgültig seinen Dienst.

Sie waren erst seit ein paar Monaten Nachbarn, als sich diese Tragödie ereignete. Willem hatte sich nach der Beerdigung in seinem Haus eingeschlossen, bis Alphonse und Kat ihn zum Essen eingeladen hatten. Seither kam er mindestens ein Mal pro Woche vorbei. Nachdem er sie mit einer Kiste alter Seife, einem Harlekin von der Größe eines siebenjährigen Kindes, einem tonnenschweren Gerät, um Lebensmittel zu vakuumieren, einer blank geputzten Granatenhülse, die als Regenschirmständer dienen konnte, und dem bemalten Kopf einer Sphinx bedacht hatte, war es Kat gelungen, ihn vorsichtig von der Idee abzubringen, ihnen bei jedem seiner Besuche ein Geschenk mitzubringen.

Diesmal hat Willem ein Buch mitgebracht, bemerkt Alphonse, doch es sieht nicht so aus, als wollte er es herschenken.

»Es gibt keinen *boche*, keinen deutschen Doktor an den Universitäten von Berlin oder München, der es in Bezug auf Schönheit und *grandeur* mit einem Senegalesen aufnehmen könnte!«, deklamiert Willem, streckt einen Finger wie einen trockenen Zweig empor und wirft einen bedeutsamen Blick auf das Buch. »Premierminister Clemenceau, 1914. Man kann über Frankreich sagen, was man will, und Kanonenfutter waren die Senegalschützen allemal, aber die Franzosen betrachteten die afrikanischen Soldaten wenigstens als Menschen. Na ja, das ist jedenfalls die eine Seite der Geschichte.«

»Sie hielten ihr Kanonenfutter wenigstens für menschlich«, grinst Alphonse.

Willem nickt. Seit der Ankunft seines neuen Nachbarn hat er sich näher mit dem Schicksal der Senegalschützen im Ersten Weltkrieg befasst, und seit dem Tod seiner Frau sind sie zu einer Obsession geworden.

»Für die Deutschen waren sie Affen, eine Gefahr für weiße Frauen, die aus Mangel an historischem Bewusstsein Interesse an den Kerlen zeigten. Das sagt natürlich auch etwas darüber aus, wie damals die Frauen angesehen wurden. Eine stetige Gefahr für die Gesellschaftsordnung. Sie hatten ganz bestimmt einen niedrigeren Bildungsstand, die Frauen damals, aber Bildungsstand und Intelligenz, das sind zwei Paar Stiefel, nimm nur Marie-Jeanne: die ist nur bis vierzehn zur Schule gegangen, aber was habe ich nicht alles von ihr gelernt?«

Alphonse lehnt sich auf dem Sofa zurück. Willem ist zum Witwer einer Heiligen geworden, und diese Rolle hilft ihm, über den Verlust hinwegzukommen. Seine Empörung über das Schicksal der Afrikaner im Ersten Weltkrieg scheint ihn auf die eine oder andere Art zu trösten, oder wenigstens von seinem Kummer abzulenken. In den ersten Wochen der Trauer vergoss er so viele Tränen, dass Alphonse sich nicht zu helfen wusste, sie waren die Antwort auf alle Fragen, die Reaktion auf jeden Scherz. Jetzt geht es deutlich besser. Außerdem liebt er das gewählte Niederländisch mit dem typisch westflämischen Akzent des betagten Französischlehrers. Nie hat er Mühe, ihn zu verstehen, was bei den Gesprächen mit manchen seiner Kunden immer wieder vorkommt. Willem betont jede Silbe, artikuliert sorgfältig jeden Konsonanten, auch wenn er ihn durch einen anderen ersetzt.

»Die Deutschen hatten natürlich ein großes Interesse daran, die afrikanischen Soldaten zu entmenschlichen, so konnten sie den Franzosen eine unlautere Art der Kriegsführung in die Schuhe schieben. Und die Franzosen mussten ihrerseits ständig wiederholen, wie mutig, stark und loyal die afrikanischen Schützen waren. ›Loyale Kinder‹, als solche wurden sie bezeichnet. Aber das entspricht nun wahrhaftig nicht dem Bild, das die schwarzen Soldaten von sich selbst hatten.«

»Magst du ein Butterbrot mitessen? Ich habe noch nicht gefrühstückt. Es gibt Rosinenbrot.«

»Von welchem Bäcker?«

»Moeyersons.«

»Dann gerne, in dem von Gaudesaboos ist nicht genug Salz. Und natürlich hat sich auch das Bild, das sie von ihrem Kolonisator hatten, dadurch verändert: sie sahen, dass die Franzosen mit einem Mal einem mächtigeren Gegner gegenüberstanden.« Er späht an Alphonse vorbei, als könne er die Szenerie auf den Äckern hinter den Gardinen verfolgen. »All die jungen Burschen, die davor nur die Sonne gekannt hatten und sich hier die Füße abfrieren mussten für einen Kampf, der sie überhaupt nichts anging. Ich weiß, ich hab schon einmal danach gefragt, aber hättest du nicht mal Lust, mit mir zu den Gräbern der Senegalschützen zu fahren? Auch auf dieser Seite der Grenze gibt es einige davon. Wenn es noch eine Sache gibt, die ich machen will, bevor ich das Zeitliche segne, dann ist es das: ein vollständiges Inventar dieser Gräber und Namen anzulegen.«

»Das lässt sich machen«, sagt Alphonse. »Aber nicht bei diesem Wetter.«

Er hat Lust, den ganzen Tag drinnen zu bleiben. Er ist schon oft umgezogen, doch erst vor Kurzem ging er eines Morgens durch dieses Haus mit dem Gefühl, dass es ein gutes Haus sei, schön und angemessen, und dass er, ohne es zu merken, zu Hause angekommen sei. Seither erfreut er sich an der Tragkraft und Solidität der Mauern, wie sie die Wärme drinnen, den Regen draußen halten.

Er schaltet den Computer ein, öffnet Skype. Seine Mutter scheint online zu sein, er ruft sie an mit einer Art von frohem Heimweh, das ihn dabei jedes Mal überkommt. Das Geräusch, das zur Kontaktaufnahme auf Skype gehört, ist passend gewählt: zunächst ein paar abwartende Töne, die mit einem Fragezeichen enden, dann, wenn auf einem anderen Kontinent jemand auftaucht, so etwas wie aufsteigende Luftblasen. Und da ist Dakar, die Wohnung im Erdgeschoss, wo sie jetzt wohnt.

»Tag Sohn«, sagt sie auf Diola, der Sprache, die er fast nur noch mit ihr und seiner Schwester spricht. »Du wirst langsam dick.«

»Tag Mutter. Das sind Muskeln.«

Er sollte öfters ablehnen, wenn seine Kunden anfangen, ihm den Teller vollzuladen, besonders bei den Kuchenstücken. Ihr roter Kopfputz verrutscht keinen Millimeter, als sie sich heftig schüttelt vor Lachen. Es herrscht viel Lärm um sie herum, wie immer.

»Wirst du wieder von allen um Rat gebeten?«, fragt er.

»Manche sind hier, um Rat zu holen, andere tun nur so, die laufen von der Hintertür zur Vordertür, weil das der schnellste Weg von der einen Straße zur anderen ist. Solange sie zuerst anklopfen, lass ich sie gewähren.«

»Und sonst?«

»Tante Agnes ist gestorben.«

Ihre jüngere Schwester. »Wann ist das passiert?«

»Vor drei Tagen. Wir haben sie noch am selben Tag begraben. Sie war schon eine Zeit lang krank.«

»Du hättest mich doch anrufen können!«

»Was hättest du denn tun können?«

»Geld schicken für Medikamente. Trösten.« Er hat wenig Erinnerungen an diese Schwester seiner Mutter, die in ein Dorf in der Casamance gezogen war und sich vom Rest der Familie fernhielt, oder vielleicht besser gesagt, vom Rest der Menschheit. Agnes' auffallendste Eigenschaft war, dass sie Schroffheit mit Lebenshunger zu verbinden wusste. Der Eigensinn, der die meisten Mitglieder der Familie kennzeichnet, hatte sich bei ihr zu einem trotzigen Starrsinn ausgeprägt. Sie arbeitete als Imkerin, die einzige Frau in Senegal, die diesen Beruf ausübte, und bei dem einzigen langen Gespräch, das sie mit ihm geführt hatte, ging es ausschließlich um die Bienenzucht. Er musste ihren Honig probieren. Um die sechzehn muss er gewesen sein, seine Tante war damals jünger als er heute.

»Tante ist nicht weg. Die Atome, aus denen ihr Körper bestand, sind jetzt frei. Sie brauchen nicht länger zusammenzuwirken, um diesen Menschen aufrechtzuerhalten, es ist wie beim Aufribbeln eines Pullovers, eine Masche nach der anderen verlässt die Form, in der sie gefangen war. Und all die Milliarden Atome gehen in etwas anderem auf: in dem Haus einer Schnecke, einer Mangoblüte und ihren Bienen. Sie wird sich in Flüsse ergießen und zum Meer fließen, eine glatte Muschel auf den Wellen wird sie sein, die Federn eines aufsteigenden Fischadlers und der Wind, der durch sie hindurchbläst. In ihrer Grenzenlosigkeit ist sie glücklicher, als sie jemals als Mensch gewesen sein kann.«

Seine Mutter kann schöne Geschichten erzählen. Es fällt ihm schwer, Fragen über Ebola daran anzuknüpfen, aber er tut es dennoch. Es gibt nichts Neues. Senegal ist umgeben von Nachbarländern mit einer wachsenden Zahl von Krankheitsfällen, bleibt jedoch bisher davon verschont. Kritische Stimmen flüstern, dass dies nicht unbedingt der Wahrheit entsprechen muss.

Die folgenden Stunden verschwinden in Musik. Er greift zum Bass, das vertraute glatte Holz in seinen Händen, die dicken Saiten, die in die Rillen auf seinen harten Fingerkuppen passen. Er stellt sich vor das Fenster und spielt, was ihm in den Sinn kommt, ein tiefes Lied für die grünen und braunen Gewächse, die Schlammspuren auf den Straßen, den glimmenden Wolkenrand, den Flecken Helligkeit. Er drückt das Pedal mit dem Fuß, schickt die Klänge in eine Schleife, die anhält, als er den Bass in den Ständer zurückstellt und die abgerundete Rückseite der Kora auf den Schoß legt. Auf einem Teppich aus Basstönen erzählt die Kora eine mehrstimmige Geschichte über die Schützengrabenfuße der Senegalschützen, die Kuchen von Marie-Jeanne, das Gelächter dreizehnjähriger Töchter, über todgeweihte Kranke in den Straßen Liberias, summende Bienenschwärme und seine tote Tante. Und durch das Fenster die Äcker, immer nur die Äcker, die aufgereihten Bäume, aus dem Boden, zum Himmel empor, er sieht es geschehen, immer wieder aufs Neue.

27

Als Alphonse eintraf, war nur noch Sieglinde zu Hause. Obwohl sie ihn hastig zu den Schlafzimmern hinaufgeführt und schon vor einer Stunde angekündigt hat, zur Arbeit zu müssen, ist sie immer noch da. Sie läuft von einem Zimmer zum anderen, von oben nach unten, das Hündchen auf dem Arm. Er kreuzt sie auf der Treppe und begegnet ihr in der Küche, wo sie, in Gedanken versunken, spitze Küsse auf den kleinen Hundeschädel drückt. Das Tier hält dabei seine Augen auf ihn gerichtet. Er vermeint, ein »sag etwas« darin zu lesen.

»*Ça va*?«, fragt er.

Ihre Augen hinter den Brillengläsern kommen ihm noch größer und blauer vor als vorhin.

»Hast du eine Familie?«, erkundigt sie sich.

»Eine Freundin. Frau.«

»Keine Kinder?«

»Nein.«

Sie beißt sich auf die Unterlippe, weiß, dass es eine riskante Frage ist, stellt sie dennoch: »Warum nicht?«

»Das hat sich eben so ergeben«, sagt er.

»Willst du noch Kinder haben?«

Er findet es seltsam, dass die meisten Menschen in der Mehrzahl über hypothetische Kinder reden, als träten diese grundsätzlich als Gruppe in Erscheinung. »Ich hätte nichts dagegen. Es muss nicht sein.«

»Es ist dir egal?« Sie gibt sich keine Mühe, ihren Unglauben zu verbergen. »Und wie denkt deine Frau darüber?«

»Im Moment möchte sie sich lieber nicht damit befassen.«

Das kann viel bedeuten. Sie fährt nun auch mit der Zunge über ihre Lippen: noch so ein Tick, der verhindern soll, dass die Neugier in Sprache umgesetzt wird. Dann verhärten sich ihre Züge. »Sie sollte es besser tun. Sich damit befassen.«

»Wir haben noch Zeit.«

Das meint sie nicht. Sie redet rasch und getragen, als spräche sie einen Theatermonolog, dessen Text sie seit Jahren Wort für Wort kennt. »Es kann sich viel verändern, in dir selbst, und nicht nur zum Guten. Darüber, wie es ist, wenn man sein erstes Kind kriegt, hatte ich vorher immer nur das eine gehört, dass es das schönste Ereignis in deinem Leben ist, eine unvergleichliche Erfahrung, die dich mit allem verbindet. Dass du erst dann wirklich fühlst, was Liebe bedeutet, was es heißt, ein Mensch zu sein. Das wurde mir erzählt. Und natürlich wusste ich sehr wohl, dass hier und da eine aus der Art geschlagene Frau herumläuft, bei der das anders ist, eine, die sich niemals dazu bereitfühlen wird, ein schwaches Glied in der Kette, das einfach nicht für die Fortpflanzung gemacht ist. Ich war so jemand, wie sich herausstellte. Dennoch hatte ich nicht geahnt, dass ich, als ich schwanger wurde, auf eine abschüssige Bahn geraten würde. Während der Wehen fiel ich in ein tiefes Loch. Das kommt vom Schmerz, redete ich mir ein, gleich legen sie dir das Kind auf den Bauch, und dann kommt die Euphorie. Und dann legten sie das Kind auf meinen Bauch, und ich hatte nur den einen Gedanken im Kopf: Nehmt es wieder weg. Am Tag darauf war es nicht vorbei, und den Tag danach auch nicht. Es dauerte anderthalb Jahre, bis ich etwas anderes als Ekel spüren konnte. Nicht nur vor dem Kind. Niemand wusste davon, außer meinem Mann. Ohne ihn hätte ich mit dem Leben Schluss gemacht. Das ist auch etwas, was mir aus jenen Monaten in Erinnerung geblieben ist: dass es einfach unvorstellbar ist, was man alles verbergen kann. Ich hatte das Kind auf dem Arm und schwatzte mit der endlosen Reihe von Besuchern, und gleichzeitig war mein größter Wunsch, dass im nächsten Moment ein Meteorit in unser

Haus einschlagen möge. Und ich glaube, ihr geht es recht gut, meiner Tochter, aber ich habe ständig Angst, dass sie etwas davon übrigbehalten hat. Denn das war nichts Natürliches, was ich gehabt habe. Dass die Natur ihre grausamen Seiten hat, das ist mir bewusst, selbst ihre Gleichgültigkeit kann ich akzeptieren, aber so wie ich war, das hatte keinerlei Sinn, das war die reine Vernichtung, und die hat mühelos Besitz von mir ergriffen.«

Die Stille wächst. Vorläufig ist sie fertig, denkt er, aber da ist noch mehr.

»Lana ist sehr nett.«

»Ja.« Sie beugt sich erschrocken über das Hündchen auf ihrem Arm, stempelt erneut das kleine Schädeldach mit Küssen. »Wann hast du sie gesehen?«

»Zusammen mit Mila, auf ihrer Leiter. Ich habe kurz mit ihnen gesprochen.«

Sie starrt ihn an, ohne mit der Wimper zu zucken. »Sie waren hier. Die Nachbarn. Gestern standen sie plötzlich vor der Tür, wir dachten ›was wird das jetzt?‹, aber sie hatten Kuchen dabei. Kuchen und viel Drumherumgerede, viel Verlegenheit. Ich hab Tee gemacht. Kurz über die Kinder und die Hunde geredet. Auch über dich. Ein Eiertanz. Nach einer Dreiviertelstunde sind sie wieder gegangen, und Ronny und ich wussten nicht, was wir davon halten sollten. Im Grunde genommen lief es ganz glimpflich ab.«

Sie setzt das Hündchen auf den Boden. »Na gut, ich muss jetzt los. Ich bin schon spät dran. Und ich halte dich von der Arbeit ab.«

»Wie heißt er?«, fragt Alphonse.

»Wer?« Wieder die blauen Blinklichter hinter der Brille.

Er blickt auf das Hündchen hinunter, das sich mit der Schnauze auf seine Schuhspitze gelegt hat.

»Sie heißt Happy. Eine Hündin. Sie scheint sich bei dir wohlzufühlen.«

Er wippt mit dem Fuß. Happy hebt das Köpfchen und trollt sich, sodass er seine Sachen nach oben tragen kann.

»Alphonse«, sagt sie unten an der Treppe, als er beinahe oben ist. »Kannst du mal ins Badezimmer schauen? Das ist zwischen den beiden Schlafzimmern.«

»Soll ich das auch in Angriff nehmen?«

Sie zögert. »Nicht unbedingt. Einfach nur sagen, was du davon hältst. Aber es muss nicht sofort sein. Bis heute Abend.«

Hastig zieht sie ihren Mantel an. Happy kläfft die sich schließende Haustür an.

Er sieht nichts Besonderes im Badezimmer, nichts, was gestrichen oder repariert werden müsste. Die Wände sind vollständig gefliest, die Decke mit einer Folie beklebt. Worauf will sie ihn hinweisen? Dann sieht er es, auf dem viereckigen Waschbecken, zwischen Wasserhahn und Haarbürste. Er betrachtet das weiße Stäbchen genauer. Der blaue Deckel ist abgebrochen. Ein kurzer und ein längerer senkrechter rosa Strich zeigen ein positives Ergebnis an, glaubt er zu wissen. Nicht notwendigerweise ein günstiges.

Er weiß nicht, was er ihr sagen soll, zerbricht sich den Kopf darüber, während er die Fußbodenleisten abklebt. Auf jeden Fall muss er ihr klarmachen, dass er nicht die geringste Erfahrung mit postnatalen Depressionen hat.

In Brüssel hatte er in den vielen Phasen, in denen er nicht von der Musik leben konnte, für eine Baufirma gearbeitet, auch als Malergehilfe oder im Innenausbau. Damals erzählten ihm die Leute auch vieles. Als Musiker passierte ihm das nicht so häufig. Es muss mit den Wohnungen zu tun haben, mit Innenräumen.

Man hatte ihn vor dem spröden, schweigsamen Charakter der Einwohner des Westhoek gewarnt, doch nach seiner Erfahrung verhalten sie sich nicht viel anders als seine früheren Kunden: Wenn sie einmal zögernd ihre Probleme vor ihm ausgebreitet haben, machen sie auch kein Geheimnis mehr aus den dazugehörenden Bedürfnissen. Kat meint, seine Hautfarbe betone, dass er außerhalb ihres Lebens stehe, und deshalb gewährten sie ihm Einblick. Seine Hautfarbe ist die

Soutane des Priesters, das Berufsgeheimnis des Psychiaters. Er ist nicht überzeugt von dieser Theorie: in der Hauptstadt hat er mit anderen Afrikanern gearbeitet, von denen viele eher Misstrauen oder zumindest Zurückhaltung hervorriefen, obwohl sie dazu seiner Meinung nach keinerlei Anlass boten. Der abwehrende, zur Blindheit bereite Blick, der auf ihnen ruhte, sie nach Unterschieden abtastete, auf die Bestätigung von Vorurteilen bedacht war, hatte auch ihn gelegentlich gesucht und getroffen. Und dennoch fingen seine Kunden immer häufiger an, mit ihm zu reden. In seiner Anwesenheit breiteten sie ihr Leben mit einem Eifer aus, der ihn überwältigte; es war, als hofften sie, dass er sie davon erlösen würde. »Du hast einfach nur eine unbeschreibliche Geduld«, hatte Kat schon öfter dazu gesagt. Sie ärgert sich immer noch über die viele Zeit, die er seinen Kunden widmet. Ihm ist es nie gelungen, ihr zu erklären, was genau passiert, wenn die Herzensergüsse beginnen, warum er immer wieder darauf eingeht. Er kann es einfach nicht richtig in Worten ausdrücken. Wechselseitige Hypnose, so hat er einmal versucht, es für sich selbst zu beschreiben. Laut Kat ist er ein Magnet für alle Gestörten, und auch Kollegen und Freunde aus früheren Zeiten haben ihn schon auf diese Art von Anziehungskraft hingewiesen. Er selbst kann sich nicht mit dieser Sichtweise anfreunden: das hier sind einfach Menschen, die eine andere Farbe an ihren Wänden sehen wollen, ihnen ist seine Telefonnummer im Internet oder unter dem Regenbogen-Logo auf der Seitenwand seines Lieferwagens aufgefallen. Es geht nicht um Außenseiter, die vor sich hin murmeln, ihn von der anderen Seite eines vollen Platzes aus erblickt und sich an ihn herangemacht haben. Hier geht es nicht um abweichendes Verhalten, hier geht es um die Norm in den eigenen vier Wänden.

Und er? Wenn es stimmt, dass seine Geduld größer ist als die der meisten Menschen, und er aus welchen Gründen auch immer mehr Vertrauen weckt und Hoffnung erzeugt, ist es dann an ihm, sich anzupassen?

Das Zuhören ist ihm nie schwergefallen, Ratschläge zu geben schon. Er geht damit sparsam um, auch wenn es oft so scheint, als erwarteten die anderen einen Spruch von ihm. Im Falle eines ausgearteten Streits unter Nachbarn wie dem von Dieter, Els, Sieglinde und Ronny wagt er es, beherzt aufzutreten, weil alle Betroffenen – die vier sind nicht der erste Fall, der ihm über den Weg läuft – erklären, dass es der Streit selbst ist, der sie am meisten quält, und die Beilegung das einzige Heilmittel ist. Sie wissen das, können jedoch nicht danach handeln. Dann kommt er, zufällig, und lässt nebenher eine Bemerkung fallen.

Happy ist schon ein paar Mal verlegen an der Tür vorbeigetrippelt. Diesmal beschließt sie, etwas mitzuteilen, bei jedem Bellen rutscht ihr kleiner Körper einen Zentimeter nach hinten.

»Pipi?« Er fragt es heiser, weil seine Stimme schon einige Stunden geschlafen hat.

Das Hündchen läuft in voller Fahrt vor ihm die Treppe hinunter.

Er öffnet die Tür zum Garten und wartet drinnen, bis das Tier fertig ist und wieder mit nervösen Sprüngen um ihn herumtollt. Er streichelt ihr über den Kopf, bis sie auf dem Teppich im Wohnzimmer einschläft.

Das ist etwas, was er kann. Zuhören, beruhigen, trösten. Hin und wieder auch konfrontieren. Anspornen, anregen? Kunden, die mehr verändern wollen als die Farbe ihrer Innenräume, müssen das letzten Endes selbst tun. Darf man wirklich keine Hilfe anbieten, selbst wenn man darum ersucht wird, aus Angst, der Satz, der Weg zur Hölle sei mit guten Vorsätzen gepflastert, könnte wahr sein? Sollte er auf einen Fall stoßen, bei dem sein Eingreifen zu einer Verschlimmerung geführt hat, so würde er einen anderen Beruf wählen. Es ist nicht anormal, dass ihm das gefällt, nicht verkehrt, dass er morgens gerne zur Arbeit fährt, weil man auf ihn wartet. Es ist keine Eitelkeit. Kein Hochmut. Es ist etwas, was ihm widerfährt und was er kann. Er schiebt die Farbrolle auf und nieder, umgibt sich mit *Balanced Mood*. Er hat immer noch keine Ahnung, was er Sieglinde sagen soll.

Happy bellt, als sich die Haustür öffnet. An ihrem Gang kann er hören, dass sie es ist, die nach Hause kommt. Sie kommt sofort die Treppe herauf, nimmt zwei Stufen auf einmal.

Zuerst schaut sie sich im Zimmer um. »Ja. Ruhig. Schön. Danke.« Dann richten sich die riesigen Augen auf ihn: »Und?«

»Ich weiß nicht, was ich dazu sagen soll.«

»Der Test war vor vier Monaten, ich habe ihn aufgehoben. Ich bin jetzt im fünften Monat. Es ist zu spät, um noch etwas dagegen zu tun.«

Ist sie im fünften Monat schwanger? »Manche Leute kommen leichter zur Ruhe und können freier denken, wenn ihre Optionen begrenzt sind. Andere nicht, natürlich.«

»Ich habe den Test aufgehoben, weil ich morgens beim Aufwachen manchmal glaube, dass es gar nicht stimmt. Ich nehme auch kaum zu.«

»Weiß dein Mann Bescheid?«

»Ja. Der sagt, dass es dieses Mal anders sein wird.«

»Das ist doch schon mal was.«

Sie blickt ihn nur an. Noch immer hat sie nicht die ganze Geschichte erzählt. Sie scheint es ihm nicht übel zu nehmen, dass er es noch nicht erraten kann.

»Sag mal, hast du überhaupt was getrunken heute?«

»Ich hatte Wasser dabei.«

»Nimm dir einfach, was du brauchst, ja? Soll ich Tee machen?«

»Gerne.«

Sie hastet wieder nach unten. »Möchtest du einen Chocotoff?«, ruft sie unten an der Treppe.

Durch das Halbdunkel fährt er nach Zoetemore, dem Dorf, in dem sie jetzt wohnen. Er hat Hunger, muss in nächster Zeit mal bei Duran vorbeischauen, will wissen, wie es ihm geht, aber heute Abend hat er keine Lust auf Döner. Er denkt an Durans Finger und an die abgetrennten Finger, die er früher gesehen hat. Das Leben besteht aus einer ungeheuren Zahl von Wiederholungen, die meisten davon sind einem nicht mal bewusst; immer, wenn man etwas Gleichartiges erlebt, oder all die Handlungen, die man verrichtet – wie oft man einen Eimer füllt, eine Schulter küsst, wie oft auf einer Schaukel sitzt – und wie viele Male einem noch bleiben. Er denkt daran, als er den Hausschlüssel in das Schloss steckt, dann hebt er den Blick, weil heftig an eine Scheibe geklopft wird. Willem winkt ihm durch das Fenster aus dem ersten Stock seines Hauses zu, bedeutet ihm mit Gesten, dass er auf ihn warten möge. Er scheint in Panik zu sein.

»Hast du das schon gesehen?«, fragt sein betagter Nachbar, der mit einem Spachtel in der Hand zur Tür hinausstürmt. Er deutet an ihm vorbei auf die gegenüberliegende Betonmauer, eine Scheußlichkeit voller Asbest, die laut Versprechen der Gemeinde noch vor dem nächsten Frühjahr verschwinden soll. Obwohl schon einige Monate seit den letzten Wahlen vergangen sind, klebt dort das Plakat eines rechtsextremen Politikers. Willem stürzt sich darauf und fängt an, es mit dem Spachtel abzukratzen. »Das sind die Söhne vom Zeitungsladen«, sagt er. »Oder der Papa selbst. Oder auch Mama. Sowohl ihre als auch seine Familie waren im Krieg auf der falschen Seite. Das kriegst du niemals aus denen raus.«

Alphonse erinnert sich an die Frau, die ihm immer wie ein unbeholfenes, alt gewordenes Mädchen vorgekommen ist. Bei ihren flüchtigen Kontakten war sie ihm durchaus sympathisch gewesen. Wäre das möglich? Er weiß es nicht. Willem auch nicht. Gibt es noch Menschen in diesem Dorf, die ihn loswerden wollen? Alphonse spürt, wie schwach seine Beine sind, als er auf seinen Nachbarn zugeht. Er bleibt neben ihm stehen, bis Willem die letzten Fetzen Papier entfernt hat.

»*Voilà*«, sagt er. »Und jetzt was trinken? Was Starkes?«

Alphonse schüttelt den Kopf. »Aber danke für alles.«

Zu Hause packt er seinen Rucksack aus. Sein Smartphone

meldet, dass Amadou zwei Mal versucht hat, ihn anzurufen. Er schenkt sich ein Glas Saft ein und ruft zurück.

»Ah, da bist du ja.«

»Ja, endlich, entschuldige. Und, Mann, *ça va*?«

Sie lachen kurz, wegen des schnellen, mit Französisch durchsetzten Wolof, das sie sprechen, und um die Male, die Alphonse nicht zurückgerufen hat, als unwichtig abzutun.

»Ist alles in Ordnung?«

»Ja, Mann. Wann kommt ihr?«

»Nächste Woche, wenn das noch geht?«

»Ja, das passt gut.«

Er hört eine Frauenstimme etwas im Hintergrund murmeln, Amadous Freundin, die er nicht kennt.

»Findet deine Frau das auch gut?«, fragt Amadou.

»Kat ist immer froh über Besuch. Aber die Sache ist so: Ich muss arbeiten, ich kann mir nicht freinehmen.«

»Ja, das hast du schon gesagt. Wenn es dir lieber ist, dass wir ein anderes Mal kommen, machen wir das.«

»Ich freu mich, dich zu sehen.«

»Lange her.«

Er diktiert seine Adresse noch mal, hört, wie ein Bleistift sie aufschreibt.

Sie werden nicht versuchen zu rekonstruieren, wie es dazu kommen konnte, dass zwei Männer, die jahrelang beinahe zusammenlebten, sich so lange nicht gesehen haben. Falls jemand danach fragte, würden sie es auf die räumliche Distanz schieben, auf den Stress. Es hat aber einen deutlicher umrissenen Moment des Bruchs gegeben, weiß Alphonse, und obwohl er sich die genauen Einzelheiten nicht mehr in Erinnerung rufen kann, meint er, dass es mitten im Trubel eines Bahnhofs passierte, ein unscheinbarer Vorfall, der am liebsten unbemerkt und banal geblieben wäre. In diesem Bahnhof hatte Amadou ihn gebeten, ihm Geld zu leihen, einen Betrag, ausreichend für ein Essen und eine Fahrkarte, und er, Alphonse, hatte abgelehnt, ohne sich näher zu erklären, aber überzeugt davon, dass es zu oft geschah, dass er Leuten Geld lieh, während er selbst keines hatte, plötzlich erbittert über die vielen Male, bei denen er nicht zurückerhielt, was er gegeben hatte. Sofort hatte er begriffen, wie sehr ihm die Ablehnung übel genommen wurde, an der Krümmung von Amadous magerem Körper, und später musste er auch einsehen, dass Amadou nicht in seine Statistik gehörte, dass er einen Fehler begangen hatte. Nach diesem Tag liefen sie noch eine Zeit lang Seite an Seite, doch jeder mit einem spitzen Stein im Schuh. Die räumliche Distanz und der Stress kamen ihnen dann recht gelegen.

Er ist froh, dass sein Freund den Kontakt wiederaufgenommen hat und er ihn bald wiedersehen wird. Ob ihm Amadou gefehlt hat, kann er nicht mit Gewissheit sagen. Es gibt Menschen, die er nicht einfach nur als Teil seiner Vergangenheit ansehen kann. Kat meint, das sei Unsinn: Wenn man jemanden jahrelang nicht mehr getroffen hat, dann bedeutet das ihrer Meinung nach, dass man diese Person für nicht so wichtig erachtet, oder man umgekehrt selbst nicht wichtig für sie ist. Den bevorstehenden Besuch von Amadou und seiner Freundin bezeichnet sie in ihrem Telefongespräch am selben Abend als »merkwürdig«. Sie warnt vor Enttäuschungen, weil es schon mit dem Teufel zugehen müsste, wenn sie »sich auf dieselbe Art verändert hätten«. Ansonsten hält sie es für eine gute Idee.

Er findet das auch, doch dazu passt nicht so ganz, dass er lange gezögert hat, bevor er Amadou zurückrief, um etwas mit ihm zu verabreden. Manchmal denkt er, dass er seinen Beruf so gerne macht, weil die Kontakte genauso flüchtig wie intensiv sind. Er hört zu, lässt die Menschen reden, und geht wieder, als begegnete er ihnen auf einer Reise.

Auf der Suche nach eingefrorener Suppe fällt sein Blick auf die Dose mit Shaka Duran. Er öffnet sie und schaut hinein. Als er die Figur aufrecht hinstellt, saugt sie sich kurz mit eiskalten Lippen an seiner Fingerspitze fest.

Während er seine Suppe isst, liest er die Zeitung. Legasthenie nötigt ihn, bei jedem Wort die Buchstaben stets langsamer, als er möchte, an ihren Platz zu zwingen. Diesmal obsiegt das Interesse, das der Artikel bei ihm geweckt hat, über die Ermüdung, die dieser Kampf verursacht. Eine der Spitzenpolitikerinnen der größten Partei bezeichnet sich als fundamental glücklich. Das berührt ihn. Mit dieser Frau hat ihn bisher nichts verbunden, doch hat er sich selbst in Gedanken auch schon so genannt, das ist noch gar nicht lange her: fundamental glücklich. Berührungspunkte, Verbindungen, die er vorher nicht gesehen hat – heute erfüllen sie ihn eher mit einer sommerlichen Hoffnung als mit Verwirrung. Ähnlich war es ihm einmal mit einem Artikel über die Liebesbriefe eines rechtsextremen Politikers an seine inzwischen verstorbene Geliebte ergangen. »Soyons heureux, vivons cachés«, hatte der Mann einen der zitierten Briefe beendet. Die französische Redensart, die dem Politiker in seiner Leidenschaft in die Feder floss, ist Alphonse selbst schon oft durch den Kopf gegangen. Kat würde etwas anderes heraushören. Nachdem sie hier seit fast einem Jahr wohnen, stellt sich mittlerweile heraus, dass sie die Vorteile der Abgeschiedenheit nicht recht einsehen will. Außerdem wäre sie der Ansicht, die Devise passe ganz und gar nicht zu Alphonse, der so viel Zeit und Mühe für wildfremde Menschen aufbringt. In Verbindung mit der extremen Rechten klingt in »vivons cachés« auch ein abgewandter Rücken mit, eine zugeschlagene Tür, gefolgt von verschränkten Armen, einem »nicht in meinem Hinterhof!« und einer drohenden Faust für jeden, der es wagt, am Fenster vorbeizulaufen. Doch in jenem Haus hocken der Mann und seine Geliebte. Einen Augenblick lang sieht Alphonse die Verbindungen deutlich, ein aufleuchtendes Bündel immaterieller Fäden zwischen den unterschiedlichsten Menschen, die – vielleicht nur sporadisch, vielleicht nur in diesem Augenblick – ihr fundamentales Glück in der Abgeschiedenheit finden: ein spielendes Kind mit einem Legosteinabdruck auf der Pobacke und leicht geöffnetem Mund, eine alte russische Dame, die murmelnd vor einer Ikone in einer Petersburger Kirche steht, der Politiker, der während eines Kurzschlafs träumt, allein und doch vereinigt mit der Frau, die ihm fehlt, eine chilenische Sängerin, die in ihrem Lied verschwindet, vor einem Spiegel auf ihrem Bett sitzend, und er selbst, hier, gerührt, beinahe in Tränen. Dutzende, Tausende andere sind kurz davor, eine Form zu bekommen, aufzusteigen, als das Gefühl genauso plötzlich wieder verschwindet, abgelöst wird von peinlicher Verlegenheit, einem trockenen Hüsteln, dem Geräusch des Geschirrspülers, seiner neuen Angewohnheit: durchs Fenster auf die andere Straßenseite schauen, um sich zu vergewissern, dass dort kein neues Plakat klebt. Er trinkt seine Suppe aus. Ist fundamentales Glück eine Anmaßung, ein Wahn? Kann es einem genommen werden?

26

Sieglinde will gerade in ihr Auto steigen, als er die Tür seines Lieferwagens zuschlägt. Lana sitzt schon auf dem Beifahrersitz und winkt ihm über die Schulter hinweg zu, ihr Gesicht im Rückspiegel lächelt freundlich. Sieglinde wirft einen spähenden Blick auf ihre Tochter und die Fenster im oberen Stockwerk und macht dann kurz ein Telefonzeichen mit Daumen und kleinem Finger. Er nimmt an, dass sie ihn anrufen wird. Fünf Monate, denkt er, ob ihre Tochter davon weiß?

»Die Tür ist offen«, ruft sie.

Drinnen trifft er auf Ronny, der über eine Schüssel mit aufgequollenen Honey Loops gebeugt dasitzt. Er liest in einem kleinen Stoß zusammengehefteter Papiere, den er in eine lederne Aktentasche stopft, als Alphonse das Zimmer betritt. Sein Kopf zuckt ein paar Mal zur Seite, ein Tick, der Alphonse noch nicht aufgefallen war.

»Was isst der denn da, denkst du.« Mit dem Löffel deutet Ronny auf sein Frühstück. Die Frage war Alphonse nicht in den Sinn gekommen. »Meine Tochter hat es stehengelassen. Ich kann nur hoffen, dass sie nicht magersüchtig wird. Und ich kann nun mal nichts wegwerfen.« Wieder das Zucken mit dem Kopf. Er legt die Hand jetzt wie eine Muschel über sein Ohr und lässt ein klagendes Wimmern vernehmen.

Nicht nachfragen, denkt Alphonse, es kommt wahrscheinlich von allein.

So ist es. »Gestern habe ich im Garten gearbeitet, und ich glaube, dass da etwas in mein Ohr geflogen ist. Oder gekrochen.« Er benutzt seine Hand jetzt wie eine Saugglocke. »Es muss raus!«

Insekten in Körperöffnungen: ein Wespenstich im Mund eines Klassengenossen, der in aller Eile ins Krankenhaus gebracht werden musste, vor dreißig Jahren; eine kleine Fliege in Kats Nase in einem Restaurant, ihr Auge, das zu tränen begann, und er, der dachte, dass es vor Rührung wäre, ein Käfer in seinem eigenen Ohr, auf seiner letzten Reise in den Senegal.

»Es summt. Könntest du mal nachschauen?«

Er hatte die Bitte erwartet, willigt ein.

Ronny stellt sich vor das Fenster. »Im Licht.«

Behutsam betritt Alphonse die private Zone, die den Mann umgibt, das Gebiet von Poren, Haarwurzeln und Verwundbarkeit, das ihn bei allen Menschen außer Kat im ersten Moment abschreckt, zugleich aber auch fesselt. Er konzentriert sich auf das überraschend kleine, rosige Ohr, zieht sanft am Ohrläppchen, um eine bessere Sicht in den Gehörgang zu haben.

»Siehst du es?«, fragt Ronny, ein beunruhigtes Auge ganz nah, die Iris im Winkel.

Die Innenseite des Ohrs bleibt dunkel.

»Ich kann nichts sehen.«

»Warte, ich hole eine Taschenlampe.«

Ronny lässt ihn am Fenster stehen, kramt in einer der Küchenschubladen und kehrt mit einem röhrenförmigen Lämpchen zurück.

»Ich sehe es wirklich nicht. Es könnte auch ein Härchen oder so etwas sein.«

»Aber es summt doch! Und es reibt die Füßchen aneinander, hör doch mal hin!«

Auf Ronnys Anweisung hält Alphonse sein Ohr an das seine. »Nur das Meer«, sagt er.

»Dass du das nicht hörst.« Ronny erschrickt selbst darüber, dass er so wütend klingt.

»Vielleicht solltest du damit zu einem Arzt gehen.«

»Ja. Ich weiß zwar nicht, wie ich die Zeit dafür finden soll, aber ich werde wohl müssen, es macht mich wahnsinnig.«

»Das wird schon wieder.«

»Danke. Und Entschuldigung. Sehr gelungen, übrigens, die Farbe wirkt so …« Er denkt darüber nach, während er seine Krawatte bindet. »… beruhigend. Auch dafür danke. Und bitte entschuldige noch mal. Ich muss jetzt dringend los.« In seiner Eile stößt er sich die Hüfte an der Ecke der Marmortischplatte, er schafft es, sich den Schmerz zu verbeißen, bis er zur Tür hinaus ist.

Alphonse ist schon einige Stunden konzentriert bei der Arbeit, als Sieglinde ihn anruft. Er nimmt den Anruf an.

»Ronny ist doch schon gegangen, oder?«, ist ihre erste Frage.

Er kann sie beruhigen.

»Ich habe etwas Merkwürdiges geträumt. Ich sollte ein Kind gebären – etwas, was ich trotz meiner Vorgeschichte noch nie geträumt habe – und obwohl die Geburt in einer schlampig zusammengezimmerten Holzkonstruktion vonstattengehen sollte, weswegen mein Mann beschloss, Anzeige gegen den Arzt zu erstatten, ging es im Großen und Ganzen eigentlich recht glatt. Ich bekam mein Kind, einen Sohn, und es war anders als beim ersten Mal. Ich war zwar verwirrt, aber ich spürte keine Riesenlast, fühlte mich nicht wie zerschmettert. Ich hielt ihn in den Armen, und im nächsten Augenblick trat Dieter an meine Seite.«

»Der Nachbar?«

»Ja. Langsam schritten wir eine breite Treppe hinunter, zur Eingangshalle des Krankenhauses. Auf halber Strecke fiel Sonnenlicht durch ein Dachfenster auf das Gesicht des Kindes, innig und unwirklich. Ich sah, wie der Staub in den Strahlen tanzte. ›Schau mal‹, sagte Dieter, ›er hat einen kleinen Schnurrbart.‹ Jetzt sah ich sie auch: goldbraune Härchen auf der Oberlippe des Babys, glatt und voll, wie die kurzen, gebogenen Wimpern einer Puppe, in einer geraden Reihe. ›Wir werden ihn Führer nennen‹, sagte Dieter, ›unser Führerchen.‹ Wir sahen noch einmal hin, und diesmal hatte das Kind eindeutig das Gesicht von Adolf Hitler, ältlich, wie die Gesichter von Säuglingen sein können, mit einem Schnurrbart, der die typische Form angenommen hatte.« Sieglinde macht eine kurze Pause. »Was könnte dieser Traum bedeuten?«

»Was hast du dabei gefühlt?«

»Dieter und ich verlangsamten unsere Schritte und tauschten unsere Besorgnis aus. Ja, mein Sohn sah wirklich Adolf Hitler sehr ähnlich. Und da spürte ich schon, wie Kummer, ja Verzweiflung, in mir aufkam, aber ich nahm mir dennoch fest vor, das Kind so gut wie möglich großzuziehen, es bedingungslos zu lieben.«

Er lacht los, kann sich nicht zurückhalten. »Das ist ein witziger Traum, oder nicht?«

»Ich musste zuerst auch darüber lachen. Obwohl es mich auch berührt. Ehrlich gesagt, berührt es mich sehr stark.«

»Wenn du dich diesmal dazu bereit fühlst, Hitler liebevoll großzuziehen, dann wird bestimmt alles gut.«

»Ja, genau das meine ich«, sagt sie froh.

Er ist fertig, bevor sie nach Hause kommen. Weil er nicht ohne Abschied gehen will, schreibt er »Fertig! Guten Abend« auf einen Klebezettel, darunter seinen Namen.

Von unterwegs ruft er Kat an, die früher als geplant angekommen ist. Sie bittet ihn, sie zu Hause abzuholen, um gemeinsam einkaufen zu gehen, in den »echten Supermarkt«, wie sie es nennt. Sie hat ihm mehr als einmal erklärt, warum sie für diesen bestimmten Laden so weit fahren will, aber er vergisst es immer wieder.

Kat reißt die Haustür auf, als er gerade den Schlüssel in das Schloss stecken will. Sie ist nicht zu dünn, sie ist schön dünn, und sie sieht gesund aus, alles wird gut.

»Schätzchen«, sagt er.

»Nenn mich nicht so.« Sie drückt ihm ein Lächeln auf die Lippen, sie umarmen sich.

Er nimmt schnell eine Dusche und zieht andere Kleider an, setzt seinen Hut auf.

Auf dem Weg zur Tür kämpfen Kats Arme mit der Lederjacke, derjenigen, die er mag, wie sie weiß. »Können wir mit meinem fahren?«

Sie gehen zu ihrem Auto, er öffnet die Tür an der Beifahrerseite.

»Wie war die Yogawoche?« Er lässt den Motor an.

»Ach ja. Yoga.«

»Übermaß schadet?«

»Nein, nein. Die Sache ist die, so wahnsinnig Zen sind die meisten Yogi auch nicht. Jedes Mal, wenn ich denke, hier gehöre ich hin, stellt sich nach einer Weile heraus, dass es doch nicht so zu sein scheint. Es wird wohl an mir liegen. Kein Gruppenmensch.«

»Zum Glück bin ich keine Gruppe.« Er setzt seine liebevollste Miene auf und streichelt ihre rechte Brust wie ein Kind ein kleines Tier.

Sie blickt kurz nach unten. »Du bist früh fertig?«

»Ja, und ich habe mir morgen Vormittag auch frei gelassen. Ich werde dich begleiten.«

»Nein, ich geh allein hin.«

»Aber wieso denn?«

Ihr Blick bleibt auf die Straße gerichtet. »Es ist meine Untersuchung.« Seine komische Frau.

Wie niederschmetternd war dieses erste Urteil gewesen. Ovarialkarzinom – Pussykrebs, er verbat ihr, es so zu nennen –, seit der Diagnose war sie ebenso mutig wie wütend. Die Bestrahlungen und die Operation hatten das gewünschte Ergebnis geliefert, die Rehabilitation verlief mühsam, doch beständig, bei einer späteren Untersuchung wurde ein zweiter, kleinerer Eingriff für notwendig erachtet. Metastasen waren nahezu ausgeschlossen, Kinder nicht. Ihre Haare wuchsen wieder in kleinen tapferen Wellen. Eine Routineuntersuchung, morgen. Mit guten Nachrichten. Guten Nachrichten. Guten Nachrichten.

Sie setzen die Fahrt wortlos fort, parken schweigend.

Werbespots für den Supermarkt über das Supermarktradio fand er schon immer merkwürdig: jemanden an den Ort locken, an dem er sich schon befindet. Heute senden sie das Gespräch zweier höchst aufgedrehter Damen, Marlies und Suzanne. Marlies gibt einen Wein- und Käseabend, hat aber vergessen, den Käse zu kaufen, Suzanne wollte ihren Mann Bert mit Muscheln und Fritten überraschen, hat aber die Fritten vergessen. Sie lachen und freuen sich über ihr Glück, denn der Supermarkt hat noch geöffnet.

Kat meint, die beiden hätten einen sitzen. Er grinst.

Sie betastet gerade eine Mango, als »Águas de Março« die Stimmen von Marlies und Suzanne überschwemmt. Elis Regina und Tom Jobim übernehmen, ihr Holz, ihr Stein, das Ende des Weges – genau wie er mag sie dieses Lied, das weiß er, sie betastet die Mango jetzt rhythmisch, nimmt noch eine in die andere Hand, wiegt sie diskret auf und ab, ihre Füße folgen. Es ist Glas, es ist die Sonne, die Nacht und der Tod, eine Schlaufe und ein Haken, ein kleines Stück Brot. Er steht hinter ihr, sie legt die Mangos zurück. »Matita-pereira … mistério profundo.« Er spricht kein Portugiesisch, hat es aber oft gehört, ihre Hand sucht die seine, ihr Rücken schmiegt sich in seinen Arm, kleine Schritte über den Boden unter den verstohlenen Blicken von heimlichen Zuschauern. Es ist der wehende Wind, Hochmut und Fall, Regen, der regnet, und zu viel Gelaber. Er singt die letzten Zeilen des Refrains, sein Mund an ihrem Ohr. »… É a promessa de vida no teu coração.« Eine gute Nachricht, morgen. Ein Dorn, ein Fisch, der Plan für ein Haus, ein Körper im Bett, und die Sehnsucht nach dir. Die Umgebung fängt sie ein, sie möchte sich umdrehen, sehen, ob man ihnen zuschaut. »Noch ein bisschen«, bettelt er, das berührt sie. Ständiges Fieber, ein Licht, eine Gebärde, ein Vogel, der fliegt, und einer auf der Erde. Als das Pfeifen von Elis und Tom in ein Sasasisa und Lachen übergeht, lässt er sie langsam los.

Eine ältere Dame starrt sie verzaubert an und geht so schnell wie möglich weiter, als sie dabei ertappt wird. Ein athletischer Mann und eine kleine, mollige Frau bewegen sich hinter einem Einkaufswagen auf das Regal mit den Zwiebeln zu. Der Mann legt einen Beutel zwischen die anderen Einkäufe im Wagen, worauf seine Hand, kurz, keine halbe Sekunde lang, den Hintern der Frau berührt.

»Was ist los?«, fragt Kat.

»Ich kenne die Leute.«

Dieter sieht ihn zuerst. Weil sie bemerkt, dass er erstarrt, folgt Sieglinde seinem Blick. An ein Entkommen ist nicht zu denken. »Alphonse!« Ihre Stimme bebt.

Dieter zögert, zweifelt, ob er den Wagen mitnehmen soll, lässt ihn dann stehen. »Hey, Fonsy«, sagt er. Ihm scheint nicht bewusst zu sein, dass sein Körper hin und her schaukelt, als stünde er vor einer Klagemauer. »Schöner Hut.«

»Das ist Kat«, sagt Alphonse. »Meine Frau.«

Sie geben einander die Hand, Dieter und Sieglinde lachen, als hätte jemand einen schweinischen Witz erzählt.

»Wir dachten …«, bringt sie hervor, doch sie hat offensichtlich keine Ahnung, was sie dachten.

»Wir haben …«, sagt Dieter.

»Zufällig …«

»Beide vergessen, etwas zu kaufen!«

»Und sind uns hier über den Weg gelaufen! Hahaha!«

»Käse!«, ruft Dieter.

»Hatte er vergessen! Hahaha!«

»Und ich sag …« Dieter macht eine Bewegung mit dem Ellenbogen in Richtung seiner Nachbarin. »Komm!«

»Einkaufen!«

»Okay«, sagt Alphonse.

Fünfter Monat, denkt er, doch jetzt muss er etwas sagen, sie werden sich noch die Zähne kaputtbeißen mit diesem verkrampften Gegrinse. »Ich bin gerade fertiggeworden mit den Schlafzimmern. Ich hoffe, das Ergebnis wird dir gefallen.«

»Oh ja, ganz bestimmt! Hundertprozentig! Danke!«

»Bei uns auch! Klasse Arbeit!«

»Dann werden wir jetzt mal weiter einkaufen«, sagt Alphonse.

»Ja!«, rufen sie gemeinsam.

Sobald sie die mit Chipstüten abgedichteten Regale weit genug hinter sich gebracht haben, tippt Kat mit dem Zeigefinger an seine Stirn. »Magnetisch.«

»Das sind Nachbarn. Vor ein paar Tagen waren die noch total verfeindet«, erklärt er so gedämpft wie möglich.

»Und jetzt befummeln sie sich.«

»Hast du das auch gesehen?«

»Es fehlte nur ein Schild um den Hals mit der Aufschrift ›Affäre‹. Ganz schön riskant, sich im Supermarkt zu treffen.«

»Sie wohnen noch weiter weg von hier als wir.«

»Dennoch! Waren sie! Hier! Zufällig!«

»Pssst, wir reden im Auto weiter.«

Mit einträchtigem Lästern, flüchtigen Liebkosungen und gemeinsamem Gemüseschneiden verbringen sie den Abend. Kat wartet auf ihn im Badezimmer, als sich das Telefon dazwischendrängt, Festnetz.

»Nicht rangehen«, sagt sie.

Er tut es dennoch, setzt sich auf die oberste Stufe der Treppe, mit dem Hörer am Ohr.

»Es ist von ihm«, ist das Erste, was Sieglinde sagt.

»Von Dieter?«

»Ja.«

»Wer weiß davon?«

»Du. Ich.«

Warum er? »Ich dachte, ihr hättet euch bis vor Kurzem gehasst?«

»Stimmt auch. Aber es war vor allem Els, mit der ich nicht konnte. Dieter und ich können uns meistens auch nicht ausstehen, aber da ist auch eine Anziehungskraft.«

»Kompliziert.«

»Furchtbar.«

Er hört Kat aus dem Badezimmer kommen.

»Und Lana? Weiß sie …?

»Oh Gott, nein! Nein, nein. So lange geht das auch noch

nicht.« Sie zögert kurz. »Hast du dich nie in jemanden verliebt, den du kaum ertragen kannst?«

»Nein.« Er ist sich ziemlich sicher bei dieser Antwort.

»Manchmal denke ich, die Natur macht, dass ich mich in Menschen verliebe, um zu verhindern, dass ich sie ermorde. Wenn ich nicht in sie verliebt wäre, würde ich sie ermorden, meine ich.«

»Vermutet denn Ronny etwas?«

»Er ist gerade beim Arzt. Mit einem Insekt im Ohr.«

»Das hat ihn schon heute Morgen beunruhigt. Er hat mich gefragt, ob ich es sehen kann.«

Ein Seufzer. »Er hat kein Insekt im Ohr. Es ist psychosomatisch. Bei ihm ist das immer so.«

Kat läuft an ihm vorbei, ohne ihn zu berühren oder sich umzudrehen, sie geht die Treppe hinunter. Er versucht, den lose herabhängenden Gürtel ihres Bademantels zu fassen, verfehlt ihn jedoch. Unten schaltet sie den Fernseher ein.

»Er hört das Tier summen, hat er gesagt.«

»Jaja«, sagt Sieglinde. »Er hat eine kleine Wohnung gegenüber vom Delhaize. Dieter, meine ich. War natürlich nicht sehr schlau, auch gemeinsam einkaufen zu gehen. Das Angenehme mit dem Nützlichen verbinden, dachten wir. Aber nachdem du uns erwischt hast, haben wir beschlossen, in Zukunft jeder seinen eigenen Einkaufswagen zu nehmen.«

Dieser Traum, denkt er. Er muss das jetzt abrunden.

»Aber was das Kind betrifft, hast du da nicht mehr so große Befürchtungen?«

»Ich weiß es nicht.«

Aus dem Wohnzimmer dringt das Geräusch des Fernsehers.

»Ich weiß nicht, was ich sagen soll.«

»Nichts. Ich wollte es dir nur erklären.«

»Okay.«

»Die Zimmer sind wirklich wunderschön geworden, übrigens.«

»Danke.«

Sie verabschieden sich. Diese Erklärung. Es gelingt ihm nicht, sich etwas Konkretes unter der Anziehungskraft zwischen Dieter und Sieglinde vorzustellen.

Kat ist auf dem Sofa eingeschlafen, weggesackt in ihrem Bademantel, den geöffneten Laptop auf dem Schoß. Auf dem Couchtisch steht eine Flasche Weißwein, darin ist nur noch ein kleiner Rest, Kat hatte sie schon im Badezimmer angefangen. Er schaltet den Fernseher aus und weckt sie vorsichtig, wissend, dass sie wenig so sehr hasst, wie in der ersten Schlafphase geweckt zu werden. Am heutigen Abend ist das nicht anders. Nachdem sie eine Weile mit geschlossenen Augen aufrecht sitzengeblieben ist, geht sie ohne ein Wort die Treppe hinauf. Als er unter der Daunendecke seinen Arm um sie legt, schüttelt sie diesen ab.

»Patienten«, brummelt sie. So nennt sie seine Kunden manchmal.

25

Das Erste, was er sieht, ist eine Wolke, die wie ein Schiff geformt ist. Sie segelt zwischen ihm und der Sonne dahin, und je weiter sie treibt, desto mehr Strahlen gestattet sie, das Fenster zu erwärmen, sich zur Bettdecke hin zu strecken, zu seinen Armen, Händen und zu seinem Gesicht. Er bleibt liegen, bis die Sonne vollständig zu sehen ist, es überrascht ihn, welche Rührung ihre Umarmung bei ihm hervorruft. Für gewöhnlich schläft er bei offenen Gardinen, weil das Licht ihm hilft, wach zu werden und das Grenzenlose des Himmels das Erste ist, was er sehen will. Doch dieser Morgen erscheint ihm noch großartiger als der vorangegangene. Großartiger und freundlicher zugleich. Als würde der Sommer in diesem Jahr nicht mehr weichen.

Er blickt auf Kat, die noch schläft. Bald wird sie eine gute Nachricht erhalten, denkt er. Vorsichtig lässt er die Rollos herunter, sie beklagt sich manchmal über zu viel Licht, zu früh am Morgen. Im Badezimmer sind es die Gerüche, die ihn überfallen, sowohl sein Stuhlgang als auch das Duschgel, jeder Geruchspartikel ist intensiv vorhanden, beinahe greifbar. Was ist mit mir los, fragt er sich, doch die Gerüche sinken schon in den Hintergrund.

Er trägt Unterhose und T-Shirt, als er den Wasserkocher füllt, wühlt in der Garage, auf der Suche nach einem leichteren Overall. Während er die Schulterträger überstreift, läuft er barfuß den Flur entlang und holt die Zeitung.

Das Bild des toten palästinensischen Kindes auf der ersten Seite ruft seinen Traum der vergangenen Nacht wach, wenn auch nur gruselige Einzelheiten daraus, in Nahaufnahme, keine Geschichte. Da waren ein Mann, dem das Gehirn an den langen Haaren heruntergliitt, die blutenden Brustwarzen einer Frau, ein Kind mit abgerissenen Stümpfen anstelle von Fingern, und keiner von ihnen war tot, sie schrien sich die Seele aus dem Leib, panisch und bei vollem Bewusstsein starrten sie auf ihre Wunden und stolperten umher.

Und dann war da die Sonne und dieses Wolkenschiff, warmes Licht, wie eine Bestätigung der äußersten Glückseligkeit, mit der er aufgewacht war. Wie ist das möglich, fragt er sich, wie kann ich so froh aufwachen nach so einem Traum? Er sucht sein Gedächtnis nach einer gleichartigen Erfahrung ab, findet keine. Überkam ihn beim Aufwachen die Empfindung, selbst von extremem Leid verschont geblieben zu sein? Früher empfand er die Behauptung »es kann viel schlimmer kommen« wie eine Bedrohung, als würde er schon noch dahinterkommen, dass Leid viel größer sein kann, als er es bis jetzt erfahren hatte. Heute sieht er das anders, sieht er den außergewöhnlichen Glanz jedes Tages, an dem ihm die Schicksalsschläge erspart bleiben.

Er hört Kat die Treppe herunterkommen, nimmt noch eine Tasse aus dem Schrank.

»Ich hab schlecht geschlafen«, sagt sie.

Sie hat seinen Bademantel an, der jeden Außenstehenden über ihre Figur im Ungewissen ließe. Sie ist jedoch viel weniger bleich, als sie es in letzter Zeit war.

Als er die Tasse vor sie auf den Tisch stellt, dreht sie den Kopf in seine Richtung, und er drückt ihr einen Kuss auf die Lippen. An einer Ecke zieht sie die Zeitung zu sich heran, stöhnt beim Anblick des verbrannten Kindes und wirft sie neben sich auf einen Stuhl.

»Ich hatte einen merkwürdigen Traum«, sagt er. »Es war gruselig, ich habe lauter verstümmelte Menschen gesehen, aber als ich aufgewacht bin, war da nur Licht, und ich fühlte mich glücklich.«

Sie schaut zu ihm auf, argwöhnisch.

»Auch jetzt noch. Es geht etwas Merkwürdiges in mir vor. Etwas hat sich verändert.«

Er will es ihr erklären, findet die Worte nicht. Er erreicht damit nur, dass ihr Argwohn wächst. Mit dem Messer zerteilt sie einen Zuckerwürfel auf dem Boden ihrer Tasse; ein fleißiger Kobold, aufgebracht über einen Stein in der Erde, in die er gerade etwas pflanzen will. Ihre Mundwinkel sind nach unten gerichtet.

Kat beobachtet ihren Mann. Manchmal wirkt er auf sie wie eine Witzfigur an Vitalität, ein Mann aus der Joghurtwerbung. Sie liebt ihn mit einer Intensität, die sie ihm nicht immer gönnt, weil sie sich nicht vorstellen kann, dass er sie in demselben Maße erwidert. Dass er gerade an diesem Morgen seine Lebensfreude ausstellen muss, macht das deutlich. Er nimmt keine Rücksicht auf sie, nicht wirklich. Nur weil er eine gute Nachricht erwartet, muss diese nicht auch eintreffen. Heute Morgen wird sie sich weigern, sich von seiner Zuversicht benebeln zu lassen.

»Lass mich dabei sein.«

Es macht keinen Unterschied, dass er ihre Verstimmung richtig gedeutet hat. Entschlossen schüttelt sie den Kopf.

»Ich kann auch im Auto warten«, drängt er.

»Ich möchte alleine hingehen«, sagt sie.

Er will, dass sie ihn anruft, sobald sie etwas weiß.

Weil er sich einen halben Tag freigenommen hat, um sie zu begleiten, und erst am Nachmittag einen Termin mit einem neuen Kunden hat, macht er sich widerwillig an seinen Bürokram. Er legt sein Mobiltelefon vor sich auf den Tisch, prüft, ob der Festnetzapparat funktioniert – er funktioniert.

Der Ordner mit den Rechnungen ist ein Katalog von Beziehungsproblemen. Obwohl ihn sein Gedächtnis meistens im Stich lässt, was Namen und Gesichter betrifft, erinnert er sich an die Häuser und an die Gespräche, die er in ihnen geführt hat. Weil diese Gespräche sich während der Arbeit ständig in seinen Gedanken wiederholen, scheint es ihm nachher oft, als habe er sie auf den Wänden hinterlassen, sie mit einer dünnen, doch undurchdringlichen Schicht gegen die Zeit geschützt.

Heute können ihn jedoch die Rechnungen und die daran geknüpften Erinnerungen nicht ablenken. Kats Termin war um halb neun. In Krankenhäusern ist manchmal viel los. Er darf sie nicht aufscheuchen, muss warten, dass sie ihn anruft.

Um zehn Uhr hält es ihn nicht länger. Sie hat ihr Telefon ausgeschaltet. Weil sie beim Arzt sitzt, redet er sich ein. Gerade sitzt sie dem Arzt gegenüber. Letztes Mal war das Ergebnis so gut, wie es zum damaligen Zeitpunkt nur sein konnte, heute müsste sie als vollständig geheilt gelten, sie schien davon auszugehen, dass man ihr das Ergebnis sofort mitteilen würde.

Noch eine halbe Stunde läuft er mit zunehmender Geschwindigkeit durch die Flure und Treppen ihres Hauses, dann ruft er wieder an. Und noch ein Mal, nachdem sie nicht rangegangen ist.

»Ja?«, sagt sie, ihre Stimme klingt kraftlos.

Möwen, denkt er, ist das die See? »Warum rufst du nicht an?«

»Ich bin ans Meer gefahren.« De Panne vielleicht, wo ihre Eltern wohnen. Will sie zuerst von ihnen getröstet werden? Das kann er sich nicht vorstellen.

»Was hat der Arzt gesagt? Nicht in Ordnung?«

»Nein.«

Ein eiskalter Fisch wird in seine Magenhöhle geworfen, zappelt dort um sein Leben.

Er kann sich vorstellen, auf welchem Teil des Strandes sie herumläuft: dort, wo er am breitesten ist, zwischen einem Campingplatz, den Dünen und dem Meer. »Bleib, wo du bist«, sagt er, hört nicht auf ihren Protest.

Er verflucht diese Gegend mit ihren kurvenreichen kleinen Straßen. Gäbe es von ihrem Haus aus eine Umfahrungsstraße nach Norden, könnte er in einer Viertelstunde bei ihr sein, jetzt braucht er doppelt so lange.

Nachdem er den Lieferwagen geparkt hat, findet er sie

jedoch fast sofort. Sie sitzt auf dem trockenen Teil des Strandes, im Schneidersitz. Es ist der Ort, wo sie meistens frische Luft schnappen gehen, nachdem sie bei ihren Eltern zu Besuch waren.

Wie sie aufsteht – zögernd, voller Unbehagen – lässt ihn weich vor Mitleid werden. Er wird immer an ihrer Seite bleiben. Die beiden Regenjacken fliegen in einem wilden Tanz auf, als sie sich umarmen.

»Was hat der Arzt genau gesagt?«

Sie macht eine wegwerfende Bewegung, wendet sich von ihm ab und geht los.

»Der vorige Test war doch gut! Ist es wieder zurückgekommen? An derselben Stelle? Wie kann das sein?«

Sie zuckt die Achseln. Er drückt sie wieder an sich. An die Grube, die man Pech nennt, glaubt man immer erst, wenn man hineingefallen ist. Mit welcher Willkür das Schicksal zuschlägt. Seine Wut richtet sich gegen sich selbst. Wie kann es sein, dass er sich mit vierzig noch durch ein paar Monate Wohlbefinden und innerer Harmonie in die Irre führen lässt? Insgeheim hatte er angefangen, an eine autobiografische Erfolgsgeschichte zu glauben. Ein Licht, das in ihm leuchtete. Fundamentales Wohlbefinden. Würde er einem bestimmten Glauben anhängen, käme er zu der Überzeugung, er werde nunmehr gestraft für die Art und Weise, in der er in letzter Zeit sein persönliches Glück gehegt und gepflegt hat. Eine bittere Warnung ist es auf jeden Fall.

Kat will nicht darüber reden, nicht jetzt. Sie will auch nicht bei ihren Eltern vorbeischauen, nennt sie die schlechtestmögliche Wahl bei schlechten Nachrichten, eine Meinung, der er nur beipflichten kann.

Er begreift nicht, weshalb sie ihn aus dem Spiel lassen will, bittet sie, es ihm zu erklären, sie haben bisher immer ihren Kummer geteilt. Doch auch sie bedrängt ihn: er soll seinen Termin mit dem Kunden nicht absagen, sie möchte noch eine Weile allein in Wind und Seeluft stehen. »Ich werde mir schon nichts antun«, sagt sie schließlich irritiert.

Alles an ihm ist schwer, als er beim Lieferwagen ankommt. Es fühlt sich nicht richtig an, in diesem Moment von ihr wegzufahren. Außerdem nagt es weiter an ihm, dass sie ihn nicht in ihrer Nähe haben will. DIE LETZTEN ERDBEEREN! liest er, eine Botschaft, mit Kreide auf ein Schild am Straßenrand geschrieben, eine Metapher, der Titel eines Liedes über den heutigen Tag, an dem die Dinge sich völlig überraschend doch noch gegen ihn gewendet haben. Er darf nicht so pathetisch denken, fährt an den Rand, nahe an einen matschigen Straßengraben, um ein riesiges landwirtschaftliches Fahrzeug vorbeizulassen. Alle wollen ihren Kummer mit ihm teilen, nur seine Geliebte nicht. Er findet den Gedanken verwerflich, kann ihn jedoch nicht abschütteln.

Die Frau pflanzt gerade eine Hortensie in ihrem Vorgarten ein, zwischen eine kleine hölzerne Windmühle und eine niedrige Stechpalmenhecke. Sie ist um die sechzig und hält den Kopf gebeugt. Mit ihrer Kittelschürze wirkt sie ebenso zeitlos wie dieser ganze Ort, der sich auf der Grenze zwischen Märchenhaftigkeit und Armseligkeit bewegt. Er mag alte Häuser, besonders diese kleinen, schon etwas aus der Form geratenen, mit ihren Handtuchgärten voller Kitsch und Naturpracht, jede Sonnenuhr so blank geputzt, jeder Kelch so liebevoll gehegt, dass selbst der zynischste Wächter des guten Geschmacks davon ergriffen sein muss. Die Pflege, die diese Frau ihrem Gärtchen angedeihen lässt, rührt Alphonse. Vielleicht ist er dafür empfänglicher, nachdem seine Laune ins Trübe abgerutscht ist.

Dann schaut sie zu ihm auf, und er erschrickt vor seinem eigenen Kummer, der in alle Richtungen vergrößert und gedehnt wird, wie in einem Zerrspiegel. Sie lächelt zwar, die Frau, doch hinter ihren tief eingesunkenen Augen hat sich etwas anderes angehäuft.

Er stellt sich vor, erinnert sie an das Zimmer, das er für sie renovieren soll. Es ging um ein einzelnes Zimmer, und sie heißt Madeleine Claeys, er weiß es wieder.

»Ja, danke«, sagt sie, seufzt sie vielmehr, monoton und heiser, todmüde muss sie sein. »Ich werde Ihnen das Zimmer zeigen.«

Er folgt ihr, eine schmale Treppe hinauf. Im Gegensatz zum Vorgarten ist das Haus arg verwahrlost. Die Tapete im Treppenhaus schreit nach Erneuerung, möglicherweise ist sie älter als er selbst, doch er macht nie von sich aus Vorschläge.

Ach, darum geht es also, denkt er, als sie die Tür öffnet. Das eingefrorene Kinderzimmer aus einem anderen Zeitalter, strahlend vor wöchentlich gereinigter Nichtbenutzung, der faltenlose Patchwork-Bettüberwurf auf der schmalen Matratze jährlich gewaschen, der uralte Teddybär und der gruselige Clown auf dem Kopfkissen, die Flecken auf der Tapete, die nur vom Schwarz-Weiß-Foto eines süßen, ein oder zwei Jahre alten Jungen geziert wird. Ein hübsches Kind, natürlich. Sieht aber alt aus, findet Alphonse.

»Mein Bruder. Er ist tot.« Die heisere Stimme der Frau klingt bestimmt.

Er nickt, wartet nicht auf nähere Erläuterungen, nicht nach dem heutigen Vormittag. »Möchten Sie, dass es ähnlich aussieht wie früher, oder soll es nicht mehr wiederzuerkennen sein?«

»Letzteres«, sagt sie. »Die Wände, die Decke, der Fußboden, die Fußleisten, die Tür und die Fensterrahmen. Alles. Die Möbel können einstweilen in das Zimmer nebenan. Wenn Sie etwas sehen, was Sie gebrauchen können – nehmen Sie es ruhig mit.« Steif steigt sie die Treppe wieder hinunter.

Nachdem er das Zimmer leergeräumt hat, ruft er Kat an, die zu seinem Ärger nicht rangeht, ihm wird fast übel vor Sorgen. Durst quält ihn, wegen des aufreibenden Vormittags hat er nicht daran gedacht, eine Flasche Wasser mitzunehmen. Seit sie ihn im Zimmer des toten Kindes zurückließ, hat sich die Frau nicht mehr blicken lassen.

Behutsam, seine großen Füße schräg auf die Stufen setzend, geht er die Treppe hinunter. Er klopft an die Tür, öffnet sie, als er eine schwache Zustimmung von ihr vernimmt.

An einem Fenster, das auf den Vorgarten hinausgeht, sitzt sie in einem Korbstuhl mit hoher Rückenlehne und raucht eine Zigarette. Sie dreht sich kurz zu ihm und zeigt auf einen Schrank über dem Spültisch, als er sie um ein Glas Wasser bittet. Sein Dank scheint nicht zu ihr durchzudringen, sie starrt die Amsel auf dem Fensterbrett an, dann ihre Finger mit dem brennenden Stummel, den sie in dem Berg von Kippen im Aschenbecher ausdrückt.

Noch jemand, der keine Lust hat, mit mir zu reden, denkt er. Vielleicht war es etwas, das ich bis dahin ausgestrahlt habe und das jetzt aufgehört hat. Die Amsel flattert wild gegen die Glasscheibe.

Im Zimmer betrachtet er noch einmal das Porträt des kleinen Bruders. Es fällt nicht genug Tageslicht durch das Fenster und die Deckenleuchte ist schwach. Seine Handgriffe sind ungeschickter als sonst, ihm unterlaufen Fehler. Als er prüfen will, ob eine Fußleiste fest an der Wand sitzt, bricht diese ohne den geringsten Widerstand mit einem morschen Geräusch entzwei.

Er besieht sich den Teil, der mit Bündeln krummer Nägel an der Wand hängen geblieben ist, und verflucht die Generationen von Heimwerkern, die ihm die Arbeit erschweren, nicht nur in diesem Haus. Sie murksen an den Leitungen einer defekten Fußbodenheizung herum, vergessen aber, das Wasser abzulassen. Fernsehkabel werden einzementiert, Tragbalken durchgesägt, Abflüsse zugemauert. In diesem Fall liegt der Fußboden nicht waagrecht, ein Mangel, den die ungleichen Fußleisten mit einer optischen Täuschung beheben sollten, in Wirklichkeit aber nur verstärken. Und was haben diese Stümper in die Fuge zwischen Wand und Boden gestopft, Papier?

Es sind Briefe, oder zumindest gefüllte Umschläge. Er zieht einen nach dem anderen heraus, von der Ecke, wo zwei Wände und der Fußboden zusammenkommen, bis zu der Stelle, wo die Leiste sich nicht gelöst hat. Vielleicht sind es noch mehr, er könnte alle Leisten von der Wand stemmen. Zuerst will er prüfen, was drin ist, falls es Geld ist, könnte es ein Test sein, ob er es mitgehen lassen würde, so etwas hat er schon bei einem früheren Auftrag erlebt.

Als er das Blatt entfaltet, reißt das karierte Papier durch. Ganz oben steht eine Ziffer – 1972 –, vielleicht eine Jahreszahl. Darunter der Text, in einer unregelmäßigen Handschrift, zunächst mit blauem, dann mit schwarzem Kugelschreiber geschrieben. Menschen, die ihre Legasthenie überwinden, entwickeln ihr Gehirn gründlicher als Menschen, die nicht unter dieser Störung leiden, das hat ihm eine Lehrerin einmal eingeschärft. In seinem Fall springen die Buchstaben wie verspielte Lämmchen einer über den anderen. Bei handgeschriebenen Texten muss er sich noch mehr anstrengen als bei gedruckten, und Madeleine scheint sich nicht um Satzzeichen zu scheren. Erst als er die Sätze zum vierten Mal durchliest, beginnt sich ihm der Sinn des Ganzen zu erschließen.

»ich seh ihn noch jeden Tag nach der Schule was soll ich machen Mama keine Besserung Papa nichts Neues und er ist älter als ich damals niemand kann sich je daran gewöhnen meine Platte v Moustaki zerbrochen *dix-sept ans et vivre à chaque instant ses caprices d'enfant ses désirs exigeants* aber ich bin siebzehn und egal es wird bleiben wie es ist Pech gehabt«

Er öffnet einen zweiten, ebenfalls unbeschriebenen Umschlag. Auf dem Blatt, diesmal liniiert, steht eine sorgfältig geschriebene Ziffer »1987« und die Botschaft:

»Immer dasselbe ohne das Geschrei würde alles anders sein versuche die Natur zu genießen«

Es muss sich um ihre nach Jahren kurz gefassten Aufzeichnungen handeln. Im Jahr 1990 schreibt sie:

»er könnte eine Behinderung haben etwas Besonderes was aber nicht auffällt Farbenblindheit z.B. ich würde immer die Einzige sein, die ihn beruhigen kann wenn die Eltern seiner letzten Freundin einen Reitstall hätten und wenn die Beziehung vorbei wäre weil sie ihn betrogen hat würde ich ihm sagen dass ich schon immer fand dass sie nach Stall roch ich würde ihn auch beraten was er anziehen soll Tennis dafür hätte er eigentlich Talent aber nicht genug Ehrgeiz weil er auch v seiner Jugend profitiert hat und s Trainer würde damit Mühe haben wir würden immer gerne und viel manche Fernsehprogramme gucken er und ich aber er immer weniger und dadurch würden wir allmählich weniger darüber diskutieren dafür aber viel ü den Garten reden und manchmal ü kochen und das würden wir nicht schlimm finden«

Sein Telefon stört ihn aus den Briefen auf. Kat. Was liest er auch diesen ganzen Kram? Er muss die Kontrolle zurückgewinnen, zumindest das Chaos abwehren. Er drückt das Gerät an sein Ohr, bevor er den Namen des Anrufers vom Display hätte ablesen können.

Es ist nicht Kat, es ist Duran. Er weiß sofort, dass es der mit dem Finger ist, mit dem er redet, versteht aber nicht gleich, was er von ihm will.

»Ich hab deine Nummer aus den Gelben Seiten«, beginnt Duran. »Also, es ist nur, weil ich eben nach Sapporo mitdarf. Mit einer Gruppe aus Argentinien.«

»Bitte?«

»Also, ich fliege nach Japan. Da gibt's eben noch viel mehr davon.«

»Wovon?«

»Eisskulpturen. Sapporo, noch nie gehört? Also, sie haben mich eben übers Internet gefunden, die Argentinier. Sie sind schon vor Monaten ausgewählt worden, hatten mich auf einer alten Nummer angerufen, aber eben auch gemailt, ich habe es gerade noch rechtzeitig gesehen, es ging also noch.«

»Fantastisch. Ich wusste nicht, dass deine Figuren im Internet sind. Ich dachte, keiner darf sie sehen.«

»Ich halte das lieber getrennt vom Geschäft«, sagt er ernst. »Aber ich bin jetzt eben in dieser argentinischen Gruppe, die sind sehr stark. Sie wollen Durans aus der ganzen Welt haben. Und Shaka Duran gehört dazu.«

»Ich kann ihn gern vorbeibringen.«

»Ich bitte dich nur ungern, es war ja eben ein Geschenk. Ich hab versucht, einen neuen Shaka Duran zu machen, aber das geht nicht mit meinem Verband. Sonst würde ich sie auch dort machen, wie die anderen Teilnehmer, aber angesichts der Umstände muss ich diesen eben mitnehmen, verstehst du?«

»Bis wann brauchst du ihn?«

»So schnell wie möglich. Also, wenn ich aus Japan zurück bin, kriegst du ihn sofort wieder. Danke dir.«

»Ich komme morgen früh vorbei, einverstanden?«

»Das ist also echt sehr nett von dir.«

Er muss zu Kat, auch wenn er viel weniger geschafft hat, als er sich vorgenommen hatte. Schon lange hat er nicht mehr eine solche Scham verspürt. Sie dringt durch das allgemeine Unbehagen an diesem Tag. Nicht nur hat er wenig gearbeitet, er hat auch das Briefgeheimnis der Frau verletzt, und beim Lesen sind ihm deswegen nicht einmal Bedenken gekommen. Die Umschläge wieder in die Fuge zu stopfen, findet er albern. Er schichtet sie zu einem Stapel auf dem Fußboden.

»Ich habe ein paar Briefe gefunden«, sagt er, als er ihr Wohnzimmer betritt.

Sie sitzt immer noch in derselben Haltung, nur hat sie ein geblümtes Tuch um die Schultern gelegt.

»Nehmen Sie sie ruhig mit«, sagt sie, ihr Ausdruck hinter Zigarettenrauch verborgen.

»*Ça va*«, sagt er, unfähig, sich eine andere Antwort auszudenken.

Er will die Briefe nicht mit ins Haus nehmen, lässt sie auf dem Beifahrersitz liegen.

Kat hat gekocht. Sie spricht über ihre Eltern und dass sie diese Woche mal wieder bei ihnen vorbeischauen müssen – und über die Übersetzungen, an denen sie arbeitet, ein spanischer Mystiker aus dem sechzehnten Jahrhundert und das Faltblatt eines Holzunternehmens, sie findet es absurd, dass sie sich finanziell genötigt sieht, diese Art von Aufträgen weiterhin anzunehmen. Er weiß das.

Er möchte sie fragen, ob sie Angst hat, doch trotz ihrer gesprächigen Stimmung, die ihn an Madeleines Notizen erinnert, vermeidet sie jeden Blickkontakt. Im Bett schläft sie sofort ein. Stunden später wacht er erregt und verwirrt auf, ihre Lippen sind um sein Glied geschlossen, sie leckt und gleitet, besteigt und reitet ihn, er kann nicht mit ihr mithalten, will verzögern, das Licht anknipsen, um sie zu sehen, doch sie ist ein Wirbelsturm, ein Tier mit hundert Zungen, das ihm keine Chance lässt und ihm genauso jäh wieder entflieht. Er schlingt einen Arm um ihren warmen, regungslosen Körper und hofft auf eine traumlose Nacht.

24

Gemeinsam mit dem Morgenlicht streicht er über ihren Rücken. Er muss mit ihr reden, nachher, hinter diesen unbekannten Schutzvorhang dringen, den sie zugezogen hat, doch jetzt muss sie schlafen, so lang sie kann.

Waschen, anziehen, Kaffee und Zeitung; Handlungen, die man zu festen Zeiten wiederholt, stimulieren das Gedächtnis nicht genug, um erinnert zu werden, doch die Rituale leiten ihn, unmerklich am Beginn froher Tage, mit mehr Nachdruck an einem Morgen wie diesem.

Er isst seine Brote mit Schokoaufstrich im Herumgehen, auf der Suche nach seinen Schuhen. Das Gefühl, etwas vergessen zu haben, beschleicht ihn, er läuft zum Auto in der Hoffnung, dass es nichts Wichtiges ist, fährt die Straße hinunter, langsamer als sonst.

Vor dem letzten Haus stand in den letzten Monaten immer ein geistig behinderter Junge, der ihn mit »du Gauner« ansprach. Er lässt sich schon seit ein paar Tagen nicht mehr blicken. Bestimmt auch Krebs. Er versucht, das Wort aus seinem Kopf zu schütteln. »Nein, nein«, murmelt er. Lange her, dass er mit sich selbst gesprochen hat.

Dann, kurz vor der zweiten Abzweigung, weiß er, was er vergessen hat: Shaka Duran. Er wendet und fährt denselben Weg zurück, diesmal Schrittgeschwindigkeit, hinter einem Mähdrescher her. Wieder wird er später als erwartet beim Kunden sein. Er umklammert das Lenkrad, redet sich ein, es habe überhaupt keinen Sinn, sich aufzuregen.

Es ist immer noch still in der Küche. Wenn man unvorhergesehen das eigene Haus betritt, fühlt es sich manchmal wie ein fremdes an. Er sucht nach der Tiefkühldose mit Shaka Duran, öffnet sie vorsichtig, um sich zu vergewissern, dass die Skulptur noch intakt ist – selbst der feine Speer scheint unversehrt zu sein. Mit der Dose zwischen zwei Kühlelementen in einer Plastiktüte eilt er wieder hinaus.

»Merci, merci!« Der Inhaber von Pita Merci macht einen sehr müden Eindruck. »Pass auf, da ist es glatt.« Der Fußboden ist nass und sauber, in der Ecke steht ein Eimer mit nach Rosen duftendem Seifenwasser. Behutsam öffnet Duran eine Ecke des Deckels. Er nickt befriedigt, schließt die Dose wieder und trägt sie feierlich zum Tiefkühlschrank.

»Und dein Finger? Wann können die Fäden raus?«, fragt Alphonse in seinem Rücken.

»Also, in fünf Tagen, aber dann bin ich eben schon in Japan. Das kann man überall machen lassen, hat die Ärztin gesagt.«

»Ha!«, schnaubt eine Stimme neben der Theke.

Als Alphonse einen Schritt zur Seite macht und sich reckt, gewahrt er einen grimmigen älteren Mann auf einem niedrigen Stuhl. Sein Kopf ruht auf seinem Arm, sein Arm auf seinem Knie.

»Also, das ist mein Vater«, sagt Duran.

»Angenehm«, sagt Alphonse.

Der Vater nickt ihm zu, ohne eine Miene zu verziehen, und wirft Duran etwas auf Türkisch an den Kopf. Duran antwortet zurückhaltend, fügt noch etwas Schmeichelndes hinzu.

»Also, mein Vater findet es eben keine gute Idee, dass ich nach Japan gehe. Da haben wir die ganze Nacht drüber geredet. Also, er sieht eben keinen Sinn darin. Ich bin ihm dankbar, dass er in dieser Zeit meinen Laden am Laufen hält.«

Der Vater steht abrupt auf und ruft seinem Sohn etwas zu, macht eine Geste in Richtung Alphonse.

»Er sagt, dass ich kein Argentinier bin. Er findet, meine Eisskulpturen sind etwas für Kinder, und ist neugierig, was du davon hältst.«

»Ich finde sie schön«, sagt Alphonse. »Toll gemacht.«

Duran übersetzt triumphierend, der Vater hebt seine Hände zur Decke und schreit etwas.

»›Noch so ein Verrückter‹, sagt mein Vater.«

Bei seinen folgenden Worten macht der Vater einen Schritt auf seinen Sohn zu und hält ihm den Zeigefinger unter die Nase.

»Er sagt, ich soll aufhören zu übersetzen.«

»Ich muss jetzt sowieso los. Viel Erfolg in Japan. Auf Wiedersehen.«

»Merci«, sagen Vater und Sohn gleichzeitig, beide etwas überrascht vom schnellen Abschied ihres Zuschauers.

Madeleine Claeys tut, als sei sie in Gedanken versunken, während der Lieferwagen in die Auffahrt einbiegt, doch hinter der spiegelnden Fensterscheibe, die sie vom Vorgarten trennt, behält sie den Fahrer aufmerksam im Auge. Er ist einer, der ungern zu spät kommt. Dass es dennoch schon zum zweiten Mal geschieht, muss mit einer Störung des Friedens zusammenhängen, der ihn umgibt. Das hat sie ihm sofort angesehen; dass er einer ist, der von Frieden umgeben ist. Von so jemandem will sie es hören.

Er erschrickt, weil die Tür so prompt geöffnet wird.

»Tut mir leid«, setzt er an, doch sie unterbricht ihn.

»Hast du sie gelesen?«

Jetzt erst fällt ihm der Stapel auf dem Beifahrersitz ein. Er kann sich nicht erinnern, ihn am Morgen dort liegen gesehen zu haben.

»Nur ein paar«, sagt er. »Es war einiges los in den letzten Tagen. Wollen Sie, dass ich sie lese?«

»Ich möchte, dass du alles liest und mir dann etwas darüber sagst. Bevor du weiterarbeitest.« Sie hat es trotz leichten Stotterns mit voller Überzeugung gesagt.

Er ist einverstanden, geht zum Lieferwagen zurück. Der Stapel Briefe liegt tatsächlich noch dort. Er nimmt ihn an sich und verabredet mit Madeleine, dass er sie im Zimmer lesen und danach zu ihr gehen wird.

Es sind Variationen zu demselben Thema.

»1993 wenn ich neben ihm sitze zeichne ich mit dem Finger Herzen auf seinen Handballen ich rede was mir gerade einfällt über feige Männer und dass die Zeiger sich langsam bewegen doch die Jahre schließlich schnell vorüberziehen und dass ich mich damit abgefunden habe dass es noch schneller gehen könnte aber dass ich ihn nicht alleinlassen werde das sage ich oft dass ich ihn nicht alleinlassen werde ich erzähle was ich gesehen habe an dem Tag oder am Abend davor es ist nie viel ein Schwalbennest manchmal eine Prozession eine Blasmusik meistens schweige ich und putze ihm den Mund ab ansehen geht eigentlich nicht die Augen drehen sich weg aber echter Kontakt was ist das ich streichle ihn kämme seine Haare meistens mit Ohrstöpseln denn Routine und Ohrstöpsel das darf ich mir erlauben«

»2001 am Ende kommt es darauf an den Schaden für andere zu begrenzen deshalb habe ich eingewilligt vorigen Monat haben sie bei meinem Bruder die Stimmbänder durchgetrennt Nachbarn vom Tageszentrum beschweren sich schon seit Jahren über das Schreien und Kreischen und am Ende haben mich auch die Pfleger deswegen angesprochen ich nehme niemand etwas übel er schrie fast den ganzen Tag an jedem Tag jahrein jahraus und ich weiß dass es ihnen nicht in erster Linie um die Dezibel ging sondern darum wie er rief denn wer es hörte dachte er hat unerträgliche Schmerzen jetzt sieht man das nur noch aber nur wenn man näher hingeht«

Als er alles gelesen hat, steigt er die Treppe hinunter.

»Gin Tonic?«, fragt sie. Er nickt und nimmt auch eine Zigarette aus der Schachtel, die sie ihm anbietet, er raucht einige wenige pro Jahr. Auf der Fußbank, die zum Sofa vor dem Fenster gehört, wartet er, bis sie sich zu ihm setzt. Sie stellt sein Glas auf das Beistelltischchen, setzt ihres an die Lippen.

Er erzählt ihr die Geschichte, die sie kennt, über ihren jüngeren Bruder, der normal geboren wurde, doch nach einem Sturz oder einer Infektion besser tot gewesen wäre. Er erzählt ihr, dass sie immer felsenfest überzeugt gewesen sei, es sei ihre Schuld, ihre Mutter habe ihr das eingeprägt; nicht nur am Zustand ihres Bruders trage sie die Schuld, auch am Verschwinden ihres Vaters. Sie habe den Gedanken nicht zulassen können, dass es vieles gibt, was mit Schuld nichts zu tun hat, dass ein Kind unaufmerksam sein kann und Unaufmerksamkeit fatal. Dass Geschehnisse nicht einmal der Unaufmerksamkeit bedürfen, um fatal zu sein. Als Einzige habe sie ihn jeden Tag besucht, aus Liebe und um sich selbst zu bestrafen. Einige Male drohte ein Partner dazwischenzutreten, aber nie für längere Zeit. Wer nicht aus eigenem Antrieb verschwand, den verjagte sie mit doppelt verglaster Einsamkeit, mit ihrer Welt aus Wundliegen, durchtrennten Stimmbändern und schrecklichem Schicksal, einem Leid, so groß und unwiderlegbar, dass jeder davor Reißaus nahm. Und dass ihr Bruder dann endlich Ruhe gefunden habe, während sie weiterlebe, das erzählt er auch. Nun muss sie ein Feuer machen, er wird das Zimmer streichen, und sie muss die ihr noch verbleibenden Jahrzehnte mit dem füllen, was ihr Freude macht, mit allem, wofür sie noch Zuneigung empfindet.

Er wartet, bis das Schluchzen nachlässt, dann streicht er die dünne graue Strähne von ihrem Gesicht.

»Fallen gelassen, das war's«, sagt sie.

»Komm.«

Sie nickt.

Draußen, in dem langen, schmalen Garten an der Rückseite des Hauses, sammeln sie Holz. Er zündet es mit dünnen Zweigen und einem der Briefe an. Es brennt schnell in der trockenen Luft. Ohne zu zögern wirft Madeleine die anderen Briefe ins Feuer, einen nach dem andern, um es nicht zu ersticken, bis sie fertig ist und seine Hand ergreift. Erst als der letzte schwarze Fetzen zu weißer Asche geworden ist, lässt er sie los.

Den Rest des Tages befeuchtet er die Tapeten des Zimmers. Sie scheinen nur auf seinen Spachtel gewartet zu haben, sie lösen sich ohne Widerstand und entblößen glatte Wände. Er bürstet die abgeblätterte Farbe von der Decke, schleift Parkett und Fußbodenleisten ab. Am Ende des Tages befindet er sich in einem Kubus, der nackt und munter auf neue Kleider wartet.

Madeleine bekommt er erst wieder beim Aufräumen zu Gesicht. Einmal hat sie zu ihm hinaufgerufen, dass sie einkaufen geht. Als er das Haus verlässt mit dem Versprechen, morgen wiederzukommen, räumt sie gerade eine ansehnliche Menge Nudeln in einen Vorratsschrank, Eistorten in eine leere Tiefkühltruhe.

»Hunger«, sagt sie.

Zu Hause trifft er auf Kat, ebenfalls vor einem leeren Tiefkühlfach, in dem sie dennoch sucht und herumtastet. Er sieht Tränen in ihrem Gesicht. Auch die Pakete mit Spinat, den Beutel mit Kroketten und die Reste Suppe, die sie herausgeholt und auf den Boden gestellt hat, weinen.

Er will sie in die Arme nehmen, doch der Anblick hält ihn zurück, zunächst, weil er ihn beunruhigt, dann, weil er vermutet, dass er alles aufklären kann, auch wenn er noch nicht weiß, wie.

»Ich werde allmählich verrückt«, sagt sie.

»Aber nein«, sagt er.

»Ich weiß nicht mehr, was Traum und was Wirklichkeit ist. Gestern wollte ich etwas aus dem Gefrierfach nehmen und sehe ganz hinten eine kleine Dose – als habe jemand sie dort versteckt.«

Mit heimlicher Freude beschließt er, sie die ganze Geschichte erzählen zu lassen.

»Ich öffne sie und sehe eine Figur, ein kleines Männchen aus Eis darin, ungefähr so groß wie mein Zeigefinger, mit einem Lendenschurz und Beinschmuck aus Bast, dazu Schild und Speer. Toll gemacht, ich habe so was noch nie gesehen, ganz aus Eis. Ich weiß nicht, ob es einen Afrikaner darstellen sollte, der Kopf schien mehr der eines Weißen zu sein. Ich lege ihn zurück in die Dose und denke: das muss ich Alphonse fragen – dass ich das vergessen habe, ist auch nicht normal!«

Er sieht ihre Bestürzung – größer, wahnsinniger als das, was er von ihr kennt – und will sie unterbrechen, doch es sprudelt ununterbrochen aus ihr heraus.

»Und jetzt ist sie nicht mehr da, weil es sie natürlich nie gegeben hat, ich bilde mir Dinge ein, und dass ich mir Dinge einbilde, ist meine eigene Schuld!« Sic ignoriert die beschwichtigenden Arme, die er ausstreckt, seine Lippen, die sich öffnen, um etwas zu sagen. »Ich bin nämlich nicht krank, vielleicht im Kopf, das schon, aber ich bin nicht mehr krank, ich habe gelogen.«

Was sagt sie da?

Er betrachtet die Flüssigkeit, die sich in ihren Augen sammelt, wie sie über die Ränder quillt.

»Und der Test?«, setzt er an.

»Ich bin geheilt.«

»Aber das ist doch fantastisch!« Er weiß nicht, was er fühlt, er weiß nicht, wer diese Frau ist und warum sie ihn in den vergangenen zwei Tagen diese Hölle hat durchleben lassen. Bevor ihr Schluchzen stärker wird, spiegelt ihr Gesichtsausdruck den seinen: ein Mund, der von Lächeln zu Erschrecken und wieder zurück gleitet.

»Das ist doch das, was du dir am allermeisten gewünscht hast, gesund zu sein? Es ist das, was ich mir am allermeisten gewünscht habe!« Je fester er sie umarmt, desto eckiger und kleiner wird ihr Körper, bis Alphonse ihn loslässt, weil er ihn nicht mehr wiedererkennt. »Warum?« Er will es wissen. Es hat sie so viel Lebenskraft gekostet, den Feind zu besiegen, und jetzt wollte sie mit ihm gemeinsame Sache machen? Ist das eine Variante des Stockholm-Syndroms? »Warum hast du gelogen?«

»Bevor ich krank wurde, hatte ich dauernd das Gefühl, ich könnte dich verlieren.«

Er kann nicht glauben, dass sie so etwas sagt.

»Nein. Jetzt nicht weggehen.« Und tatsächlich, er ist schon an der Tür, auf dem Flur, er hat die letzten Meter zu seinem

Auto hinter sich gebracht. »Es ist besser, sofort darüber zu reden«, hört er sie noch durch die Dämmerung rufen, bevor die Wagentür ihre Stimme kappt. Er findet das auch, theoretisch, aber anscheinend will sein Fuß aufs Gaspedal drücken, muss er die Flucht ergreifen vor der Verlangsamung, die ihn zum Stillstand bringen könnte.

Er weiß nicht, wieso das Radio auf einen Klassik-Sender eingestellt ist. »Liszt«, sagt eine Stimme wie eine Art Startschuss. Er kennt sich mit klassischer Musik nicht so gut aus, ist es Zufall, dass auch die Musik plötzlich anders ist als das, was er kennt? Er weiß nicht, wohin er fährt, aber dass er fahren muss und dass ein massiver Block von Schönheit das Auto erfüllt, das begreift er. Das Klavier klingt zunächst so betulich, so ordentlich, fast schon verhätschelnd. Der Abend fällt über die endlosen Baumreihen – was für Bäume? Sind es Eschen? – zu beiden Seiten der Straße, Bäume, deren Blätter sich verfärben und dann loslassen, weil sie von den Bäumen leergesaugt wurden, weil sie von den Bäumen nur gebildet wurden, um Nahrung zu speichern, um davon zu essen, wenn der Winter kommt, weil Bäume wissen, wie sie überleben können. Er möchte, dass sie im Einklang sind mit dem, was die Musik sagt, dass sie ihn verhätscheln, ihn dazu bewegen, umzukehren. Aber da ist ein kleines Nagetier zu den höchsten Klaviertasten geschlichen, es vermehrt sich, Mäuse hasten in dichten Scharen über die glatten Stämme nach oben, aus dem Boden hervor, zum Himmel empor, und als sie sich dort von den Ästen stürzen, werden sie zu niederschwebenden Glöckchen, darauf folgt Glockengeläut, das den Himmel überrumpelt. Die Dämmerung löst sich in Nacht auf.

Er stellt die Musik ab, lässt den Motor laufen. Stimmt es, was sie gesagt hat, dass sie ihn stets hätte verlieren können, bevor sie krank wurde? Es ist wahr. Er erinnert sich an die Unruhe vergangener Zeiten, den Durst, erinnert sich an einen Feuerwerkwettkampf, an dem er mit Freunden teilnahm, eher zufällig, eigentlich nicht ihr Stil, eine Nebensache, die ihm nun wie ein Symbol für jene Tage erscheint: ein Feuerwerkwettkampf. Laute Nächte hatte es gegeben, mit viel Bewegung, mit Podien und Publikum, für ihn, tanzende Menschenmengen, lachendes Schäkern mit Frauen, die einfach nicht glauben wollten, auf welche Weise er seine Freundin kennengelernt hatte.

Seine Mutter hatte für Kats Familie gearbeitet – ein Diplomatenehepaar –, er hatte bei ihnen gewohnt, in Dakar und später in Brüssel, und als er zwölf war und die Diplomatengattin in spätem Alter plötzlich ein Kind, Kat, erwartete, da war seine Mutter Kindermädchen geworden, Kats *M'bindan*, und mit der Familie nach Mexiko umgezogen. Er hatte seine Mutter von da an wenig gesehen, wurde selbst bei seinem Onkel in Brüssel untergebracht, und manchmal, wenn sie stritten, hatte Kat ihm vorgeworfen, er würde ihr diesen Umstand übel nehmen, was nicht stimmte; er erinnert sich wohl an Tage in seiner Jugend, die sich dahinschleppten und an denen ihm seine Mutter fehlte, aber auch an das gute Gefühl der tiefen Gewissheit, dass sie bei ihm war, dass sie ihn lieb hatte, wie sie sagte, auch wenn er sie nicht anfassen konnte. Und dass er darin Trost fand, dass Liebe Bestand haben kann ohne Nähe. Er sah Kat einige Mal in der Zeit, in der sie aufwuchs, schenkte ihr aber weniger Aufmerksamkeit, als sie, wie sie später sagte, gehofft hatte. Als sie achtzehn war, verliebte sie sich so heftig in ihn, dass sie es jedem erzählte, ihren Eltern, ihrer Mutter, schließlich auch ihm. Er war dreißig damals, gewöhnt an den süßen Schweiß von Festen und Frauen, getragen von Basslinien, er wusste nicht, was er mit ihr anfangen sollte, fand sie schön, aber zu jung und, obwohl er sie kaum kannte, zu nah. Auch fragte er sich, ob es nicht um die Geschichte ging, ihre Vorgeschichte wie auch die Geschichte der Völker, denen sie entstammten, die mit Verliebtheit zurechtgerückt werden sollte, während sie immer darauf beharrte, mit wachsender Verzweiflung, mit wachsender Eindringlichkeit, dass die Geschichte nichts damit zu tun habe, dass er es sei, sein Körper und sein Geist, seine Stimme und Lachen und alles, was er konnte, nur er. Er sprach mit seiner Mutter über sie, und diese meinte, sie sei gut, »ein gutes Kind« und »gut für ihn«. Er konnte das nicht für seine Mutter tun, hielt er sich vor, und tat es schließlich zögernd für sich selbst. Denn er mochte vieles – wie Kats klappernde Armreifen ihre nervöse Art sich zu bewegen verrieten, wie sie winkte, ihre andere, geheimnisvolle Stimme, wenn sie leise Lieder mitsang, es gab so viel, was er an ihr lieben könnte, wenn er nur selbst ruhiger wäre, wenn er sich in sie verlieben würde. Und es gab Leute, die sagten, dass die Liebe so nicht funktionierte, dass die Liebe da sei oder nicht, und nichts mit freier Entscheidung zu tun hätte, und es gab welche, die ihm erzählten, dass es immer so sei, immer sei die Liebe bei einem der beiden größer, und die, die das wussten, waren allesamt solche wie er: Menschen, die Liebe vermieden, weil sie zu viel verlangten und folglich ausschließlich Enttäuschungen erwarteten. Und darum blieb er die ersten Jahre mit ihr zusammen, es blieb aber auch dabei, dass er sie mied, weil er weiter befürchtete, sich geirrt zu haben. Ihre Beziehung kannte Pausen oder eher Löcher, Intermezzi voller Schluchzen, heftige Dramen und Unabhängigkeitserklärungen. Aber sie war da, als sich die Enttäuschungen häuften, sie war da, ohne zu weichen. Und da gab es auch immer ihren Körper, der ihn aufnahm wie kein anderer, ein Körper, den er immer besser kannte, immer mehr liebte, bis er ihn liebte wie keinen anderen, und der dafür sorgte, dass er, inmitten von leichtfertigen Flirts und trotz einer Vergangenheit voller Begierden, nach einigen Jahren keinen anderen Körper mehr begehrte. Sie irrte sich, seine Liebe zu ihr war nicht erblüht, als sie krank wurde, er war schon einige Monate vor der Diagnose zu der verblüffenden Erkenntnis gelangt, dass er bis über beide Ohren in die Frau verliebt war, mit der er schon seit Jahren zusammenlebte, doch erst da war diese Liebe, im Hochschwappen und Schäumen seiner Angst, sie zu verlieren, jetzt, wo er sie endlich gefunden hatte, über seine Lippen gekommen, er konnte sie nicht mehr im Stillen lieben, nicht mehr nicht. Hat ihre Lüge etwas daran geändert?

Er stellt den Motor ab.

Es ist nicht das erste Mal, dass er in einem Auto übernachtet. Er sieht sich komfortabel auf einer Rückbank liegen, in einem Alter, als das noch ging, im Auto von Tonton Jah, und sich, zwischen Alkoholdunst und Schlafapnoe, nach einer Decke sehnen. Er erinnert sich an das Auto einer Freundin, die gegenseitige Hoffnung, dass etwas geschieht, und als es geschah, sofort begreifen, dass es nicht funktionierte, dass es aus unbegreiflichen Gründen nicht funktionierte, aufhören und betroffen einschlafen, geweckt durch ihre Worte: dass sie kein Auge zugemacht habe. Oder noch später, selbst betrunken, übernachten in einem mit Instrumenten und Musikern vollgeladenen Auto, wach werden, weil der Motor noch lief, den Motor aus- und dann wieder einschalten, abfahren. In einem Auto übernachten nach einem Streit mit Kat, vor Jahren. Den Vollmond sehen, so wie jetzt.

23

Als er aufwacht, von der Kälte und dem Schmerz in seinem Nacken, am Rand der Straße, bietet sich ihm ein Ausblick auf eine Wiese mit einer Kuh. Vielleicht gibt es noch mehr Kühe, und er kann sie durch Dunkelheit und Nebel nicht sehen. Obwohl auch sie in Dunkel gehüllt ist, weiß er, dass es eine braune Kuh ist, typisch für die Gegend. Ihre Blicke kreuzen sich. Wie sieht die mich, fragt er sich.

Keine Kuh, denkt die Kuh.

Sein Telefon verrät ihm, dass Kat ein Mal versucht hat, ihn anzurufen. Es ist erst Viertel nach fünf, in jedem Fall zu früh, um bei Madeleine anzuklopfen. Außer ihm und der Kuh scheint niemand wach zu sein. Auf seiner Fahrt durch die Dunkelheit erblickt er kaum erleuchtete Fenster, die Straßen sind leer, nicht einmal ein seltener Harley-Fahrer oder ein gelangweiltes Kind in einer Auffahrt sind zu sehen.

Um die Realität zu wecken, schaltet er das Radio ein. Der Nachrichtensprecher wirkt schlaftrunken. Oder ist er tatsächlich betrunken? Die Meldungen dringen nicht bis zu Alphonse durch, bis die Stimme sagt, dass ein Ebola-Infizierter aus Guinea nach Dakar gereist ist und dort jetzt in einem Krankenhaus beobachtet wird. Dünne Luft füllt seinen Körper, seinen Kopf. Er sieht es vor sich: die Fahrt in kleinen, vollen Bussen, der Schweiß, die unvermeidlichen Berührungen.

Zu Hause betrachtet er ihren Körper auf dem Sofa, er setzt sich neben sie, auf den Stuhl an der Wand neben dem Fenster, durch das immer mehr Licht einfällt. Ihr Bauch hebt und senkt sich fast unmerklich, geräuschloser Schlaf, die langen Wimpern unbewegt. Dann wirft sich der Körper herum, bäumt sich auf, auch der Kopf, stößt sich von der Rückenlehne ab, rollt sich um den Brustkorb zusammen, sinkt tiefer ein.

Und jetzt dringt die Erkenntnis durch, jetzt kann sie den Rest zunichtemachen. Sie rast an seinen Schläfen entlang, wird sanfter Regen, regnet in seinen Schädel. Sie kann noch sehr lange leben. Aber du musst die Augen öffnen, denkt er, wenn du die Augen öffnest, ist es in Ordnung weiterzumachen, wir sind nicht nur zwei voneinander getrennte Menschen, wenn du jetzt die Augen öffnest, jetzt.

Sie blinzelt gegen das Fenster und das Licht, rappelt sich auf, als sie ihn auf dem Stuhl bemerkt. So gefasst, dass sie sich die Augen reibt.

»Es tut mir so leid«, sagt sie. »Bei diesem Thema hätte ich nicht lügen dürfen.«

Der lebende Körper ist verlockend. Er zieht seinen Pullover aus und drängt sich zwischen ihre Beine, spürt die Wärme ihrer Schenkel und ihres weichen Geschlechts durch den Stoff seines Overalls, wärmt ihre langen schmalen Füße in seinen Händen, legt sein Gesicht auf ihren Bauch. Sie streicht über sein Haar, drückt ihn näher an sich. Auch die Erkenntnis sinkt ab, er vergisst, worum es eigentlich ging, zurück bleibt nur noch die Lust.

Es hat ihn Mühe gekostet, sich von Kats Körper loszureißen, doch an diesem Morgen trifft er pünktlich bei Madeleine Claeys ein. Sie erwartet ihn mit Darjeeling und Eclairs, zwischen Möbeln, die sie umgestellt hat, und Teppichen, die aus den Fenstern hängen, als wäre das Haus ein Gesicht mit vielen Zungen, die keuchend aus den vielen Mündern hängen, eine einzige Erschöpfung und Erleichterung.

Madeleine beißt in ein Eclair und drängt ihn, ihrem Beispiel zu folgen. Er sagt, dass er einen Bauch kriegt, was sie als Unsinn abtut.

Sie macht mit dem Putzen weiter, als er sich in das Zimmer begibt. Dort bedeckt er die Wandflächen mit einem sehr hellen, beinahe weißen Rosa, die Sonne, die ihre Strahlen durch das gardinenlose Fenster schickt und die wachsende Fläche aufleuchten lässt, macht ihm Mut. Dies ist die richtige Farbe für einen Neubeginn, eine Farbe ohne politischen Beiklang, zu schwierig, um kommerziell zu sein, und zu ungreifbar für einen Vorwurf.

»Das ist wundervoll!«, ruft sie, neben ihm im Zimmer, eine Zuckerwaffel in der Hand. Ihr nächstes Problem wird vermutlich etwas mit unstillbarem Hunger zu tun haben.

Sie will nicht, dass es bei diesem einen Zimmer bleibt, das ganze Haus muss wiedergeboren werden, und er soll dafür sorgen. Dass er erst in einem Monat damit anfangen kann, empfindet sie zunächst als Drama, findet sich dann damit ab.

»Ich glaube, ich bin ein bisschen hyperkinetisch«, sagt sie. »Es ist einfach so merkwürdig. Noch zu leben. Verstehst du?«

»Ich glaube schon.«

»So merkwürdig und so gut.« Sie steckt einen Löffel in die Schüssel mit Obstsalat, den sie für sich zubereitet hat, und führt ihn zum Mund. Sie errät seine Gedanken und sagt: »Obst ist kein Problem.«

Es ist erst kurz nach vier, als er sich auf den Weg nach Hause macht. Nachdem der Nebel sich aufgelöst hat, ist es ein goldener Samstag geworden. Die ersten Platanenblätter verfärben sich. Trotz des morgendlichen Sex erinnern sich seine Muskeln vor allem an die beengte Haltung, in der er die vergangene Nacht verbracht hat. Genau wie das Wetter verlangen sie nach einem Spaziergang.

Bevor er weiß, ob Kat zu Hause ist, sieht er in den Kühlschrank, in das Gefrierfach, alles ist wieder, wie es war.

»Ich bin oben!«, ruft sie.

Er nimmt zwei Stufen auf einmal und rennt die Treppe hinauf, bis zu ihrem Arbeitszimmer. Dem Schriftbild auf dem Schirm und ihrem Gesichtsausdruck nach zu schließen, übersetzt sie ein Gedicht, keine Gebrauchsanweisung.

Er stellt sich neben sie. Im Sitzen schlingt sie ihre Arme um ihn, stößt ihre Stirn gegen seinen Bauch. Es tut mir leid, bedeutet das, und dass sie ihm dankbar ist für etwas, was immer mehr nach Vergebung aussieht.

»Was übersetzt du?«, fragt er.

»Fray Luis de León. Ein spanischer Dichter aus dem sechzehnten Jahrhundert. Für eine Anthologie. Wenn das fertig ist, sind wir reich.«

Sie lachen.

»Ein Dichter, den du wahrscheinlich gut findest«, setzt sie fort.

»Lies mal vor.«

»Es ist noch nicht fertig.«

»Jetzt will ich es wissen.«

»Das Gedicht heißt ›Zurückgezogenes Leben‹, und es beginnt mit: ›Welch ein geruhsam Leben / dem, der entflieht der Welt Gewimmel / und folget dem verborgenen / Pfade, auf dem gegangen / die wenigen Weisen, die auf der Welt gewesen.‹ Oder vielleicht doch besser: ›so die Welt gesehen‹?«

»Schön.« Die Worte »folget dem verborgenen Pfade«, der Gedanke an einen verborgenen Pfad, die angenehme Empfindung, dass er selbst sich auf einem verborgenen Pfad befindet, setzen ihn kurz unter Strom.

»Ja. Seine Gedichte haben nach all den Jahrhunderten etwas sehr Munteres und Frisches.«

Er nickt. »Er war eine Art Priester?«

»So was Ähnliches. Er saß eine Zeit lang im Gefängnis, weil er mit der Inquisition aneinandergeriet. Obwohl er natürlich auch wieder eine gewisse Kraft daraus gezogen hat.« Ganz kurz bleiben ihre Augen spöttisch an den seinen hängen, während des Sprechens schaut sie auf den Bildschirm. »Er wiederholt schon ein bisschen oft, wie zufrieden er ist, fern jeden Trubels zu sein. Und dass er kein Lob nötig hat, und dass die Zerstörungswut anderer ihm nichts anhaben kann.«

»Du glaubst ihm nicht?«

Sie zuckt die Schultern im Bewusstsein, dass sie nach ihrer Lüge der vergangenen Tage besser kein Urteil abgeben sollte über die Glaubwürdigkeit von Dichtern des sechzehnten Jahrhunderts, und schon gar nicht über die ihres Mannes. »Manchmal übertreiben die Mystiker. Er will ›für sich sein‹ – gut, aber auch: ›von Liebe und Lust befreit, erlöst von Hass und Hoffnung, von Misstrauen und Neid‹. Das ist ziemlich viel! Im Englischen wird ›La Vida Retirada‹ als ›The Life Removed‹ übersetzt, da klingt es fast so, als ziehe sich Luis de León nicht nur aus der Hektik zurück, um das wahre Leben kennenzulernen, sondern als sei ihm das Leben selbst weggenommen worden. Was bleibt eigentlich noch übrig, wenn man alles, was er aufzählt, über Bord wirft? Die Natur?«

Ja, denkt Alphonse, unter anderem, aber er weiß, was sie sagen will, und entscheidet sich für die Annäherung. »Von der Liebe befreit – kann man noch gelten lassen, aber von der Lust: unglaubwürdig.«

Er küsst ihr zögerndes Lächeln.

»Gehen wir spazieren?«

»Jetzt?«

»Es könnte der letzte schöne Tag in diesem Jahr sein.«

»Also doch die Natur.«

Manchmal möchten sie gern Menschen sein, die jederzeit richtig ausgerüstet einen Spaziergang in der Natur unternehmen könnten. Ihre Wanderschuhe wären nicht nass, weil sie vor zwei Wochen im Garten vergessen wurden, das Vogelbestimmungsbuch, das sie kürzlich gekauft haben, würde sich sofort finden, und ihr Nachbar nicht anklopfen, wenn sie gerade bereit sind zu gehen.

»Ah, Willem, wir wollten gerade spazieren gehen. Kommst du mit?«, sagt Alphonse an der Haustür. Willem kennt die Namen aller Bäume und Vögel.

Beunruhigt über die Mappe, die ihr Nachbar unter den Arm geklemmt hat, gibt Kat Alphonse das Zeichen »Jetzt nicht«.

»Ich gehe viel zu langsam für euch«, sagt der Nachbar entschlossen, dann: »Vielleicht später.« Er kramt eine angebrochene Packung Kekse aus seiner Manteltasche und stellt sie auf den Küchentisch, setzt sich und lässt sich von Kat einen Kaffee einschenken.

»Erinnert ihr euch an dieses Propagandabild auf der Gedenkmünze?«, fragt Willem. »*Die schwarze Schande*!« Als er Gänsefüßchen in der Luft macht, zittern seine Hände.

»Sehr deutlich«, sagt Kat. Die Abbildung zeigte einen riesigen, behelmten, erigierten Penis, an den eine kniende weiße Frau gefesselt war, ihre Arme waren hinter den Rücken gebunden, um den Penis herum. Die langen Haare hingen ihr über das gesenkte Gesicht. Willem hatte die Abbildung aus einem Buch kopiert, im Posterformat.

»Wir haben es nicht aufgehängt«, sagt Alphonse.

Von Kat hat er erfahren, dass einige ihrer Freunde sich danach erkundigt hätten – stimmte es? – und dass sie es nicht wagte, sich darüber aufzuregen. Und später kamen sie zu Besuch, all diese Leute mit ihrem ausgesprochenen Interesse für die Dimensionen seines Geschlechtsteils und ihrem emanzipierten Recht auf das Wort »Neger«. Er kochte für sie, die meisten schienen eigentlich ganz nett zu sein.

Willem hat großes Verständnis dafür, dass sie die deutsche Propaganda nicht aufgehängt haben, aber er hat auch ein neues Bild kopiert. Er löst die Gummibänder von der Mappe, schlägt die Kartondeckel auf und blättert durch seine Dokumentation, bis er findet, wonach er sucht. Alphonse weiß, in welchem Zeitungsgeschäft Willem diese Kopien gemacht hat. Er ist mit dem Fahrrad hingefahren, das schwere Buch in einer Plastiktüte auf seinen Gepäckträger geschnallt. Ich mag diesen Mann, denkt Alphonse, aber wir müssen ihn aufhalten. Er betrachtet das Bild, das ihnen vor die Nase gehalten wird. Ein Gorilla mit französischer Uniformmütze, Rucksack und entblößtem Gebiss schleppt eine blonde, offenbar bewusstlose Frau fort. »*Der schwarze Terror in deutschen Landen.*« Wieder die zitternden Gänsefüßchen in der Luft.

»Oh Gott, was ist denn mit ihrem Bauch passiert?«, sagt Kat. Es sieht so aus, als sei die Frau vom Anus bis zum Nabel aufgerissen worden.

»Das Ausmaß, in dem die Senegalschützen, und alle anderen farbigen Soldaten im Übrigen auch, als sexuelle Gefahr dargestellt wurden, übersteigt jede Vorstellungskraft«, beginnt Willem, der nicht bemerkt, dass seine Nachbarin und sein Nachbar einen Blick wechseln. »Hierbei entlarvt sich natürlich auch etwas anderes, nämlich die Angst vor einer aktiven weiblichen Sexualität.« Bei dieser Bemerkung hat er sich ungezwungen, aber etwas unsicher Kat zugewendet, die ihm zu seiner Überraschung über ihre Tasse hinweg zuzwinkert.

»Komm«, sagt sie. »Wir gehen spazieren.«

»Gut.« Noch verwirrt wegen des Zwinkerns, steht er auf. Sie folgen seinem Beispiel.

Draußen debattieren sie darüber, wie lange es noch hell bleiben wird und wohin sie gehen sollen. Kat legt ein Veto gegen die Soldatenfriedhöfe ein, die Willem in die Route aufnehmen möchte. Dass sie Friedhöfe nicht ausstehen kann, verletzt ihren Nachbarn, der vielleicht auch deshalb wieder von seinen Forschungen zu den Senegalschützen anfängt: »Die amerikanischen Offiziere waren im Ersten Weltkrieg die schlimmsten, was die Behandlung der schwarzen Soldaten betraf. Diese Obsession mit Sex und Schwarzen hatte bei ihnen Tradition. Der Militärarzt R.W. Shufeldt hatte schon früher die Möglichkeit einer Kastration der ›gesamten Negerrasse‹ in den Vereinigten Staaten untersucht, doch weil selbst Kastration, Segregation und Lynchmorde seiner Meinung nach nicht genügend effektiv sein würden, um die Hypersexualität der Schwarzen unter Kontrolle zu halten, schien ihm die zwangsweise Rückführung nach Afrika die beste Option zu sein.«

»Was du alles weißt, Willem«, sagt Kat.

»Ach.« Willem räuspert sich, als Entschuldigung für das stolze, aber ziemlich dümmliche Auflachen, das ihm entfahren ist.

Mit einem Mal wirkt Alphonse genervt, genervter, als die beiden anderen von ihm erwartet hätten. »Können wir jetzt über Bäume reden?«

Der Spaziergang wird stumm fortgesetzt, bis die Stille durch Willems Baumwissen unterbrochen wird. Kat lässt ihn bereitwillig Blätter in ihre Hand legen, und Alphonse benennt sie: »Ulme. Amerikanische Spitzeiche. Pappel. Weide. Esche.« Merkwürdig, dass niemand ihm diese Namen früher beigebracht hat, obwohl er alles über Farben und Saiteninstrumente weiß und alle Teile eines Essgeschirrs benennen kann. Aus dem Hühnerstall eines abgelegenen Hofes kommen halbstarke Hühner mit struppigen Federn zum Vorschein, von der Niedlichkeit kleiner Küken ist ihnen nichts mehr anzusehen.

Kat steckt die Blätter in die Tasche seiner Jacke, etwas, was ihm zu gefallen scheint, ihrem schönen Mann mit seinen Eigenheiten. Wie konnte sie ihn nur anlügen?

»Arbeitest du morgen?«, fragt sie, als sie Rücken an Rücken im Bett liegen.

»Ja.«

Sie erwidert nichts.

»Und danach müssen wir endlich mal zu deinen Eltern.«

»Ja.«

»Mittwoch kommen Amadou und seine Freundin.«

»Shit. Das hatte ich schon wieder vergessen.«

»Ich werde trotzdem von Mittwoch bis Freitag noch arbeiten.«

»Wie?« Sie dreht sich zu ihm um, das Bettlaken zieht sich dadurch kurz um seinen Hals zusammen. »Und ich soll mich dann ganz allein um sie kümmern? Ich habe auch etwas anderes zu tun!«

»Sie machen Urlaub, da schlafen die bis Mittag. Bis zum Abend werden sie sich schon beschäftigen. Amadou sagte etwas von Radfahren.«

Sie schnaubt.

»Ich habe das einfach zu spät erfahren, ich konnte meine Termine nicht mehr absagen.«

»Das wäre schon gegangen, wenn du es gewollt hättest. Es ist dein Freund. Ich kenne ihn kaum.«

»Am Wochenende bin ich da«, entgegnet er kurz.

Nimmt er es mir immer noch übel, fragt sie sich. Wird er mich noch länger bestrafen?

Nehme ich es ihr immer noch übel, fragt er sich. Unter der Decke greift der Schlaf nach ihren Fersen, zieht sie unerwartet schnell fort.

22

Er hat einen Auftrag in einer Schriftstellerresidenz gleich hinter der französischen Grenze. Sie befindet sich in einem Park, in dem eine berühmte Autorin als Kind gespielt hat. Es ist das erste Mal, dass er einen Auftrag aus Frankreich erhält, doch die Mitarbeiter in dem Nebengebäude, wo er sich melden soll, scheinen daran nichts Außergewöhnliches zu finden. »Je grüner die Umgebung, desto unbedeutender die Grenze«, sagt einer von ihnen, aber auch, dass die belgischen Behörden gegen die französischen Arbeiter vorgingen und ihnen ihren privilegierten Status entziehen wollten. Alphonse sei der Maler, der am nächsten wohne, einer von ihnen habe einen Freund, dessen Nichte ihn empfohlen habe, aufregender sei der Grund, bei ihm anzufragen, nicht gewesen. Er soll eines der Zimmer neu streichen, außerdem das große Treppenhaus.

»Das Wichtigste ist, dass sie leise arbeiten«, sagt eine Mitarbeiterin, sie hat sich an ihrem Schreibtisch halb zu ihm umgewandt. »Wir haben im Augenblick eine Autorin und einen Übersetzer zu Gast. Sie suchen hier Ruhe.«

Durch die Fenster geht der Blick auf das herrschaftliche Anwesen, das von Sommerlicht durchflutet ist. Im Frühjahr ist er in diesem Park spazieren gegangen, inmitten von violetten Streifen wilder Hyazinthen und dem alles beherrschenden Geruch von Bärlauch. Beide sind jetzt verschwunden, ersetzt durch eine Rasenfläche, bereit für Blätterkompost, fette Regenwürmer, nasse Vogelfedern. Das Rot dieser Baumkronen dort hinten, so würde er die Wände streichen. Diesmal hat ihn jedoch niemand nach seiner Meinung gefragt, der Auftrag lautet weiß.

Er breitet die Plane aus und beginnt mit dem Abkleben von Fußbodenleisten und Fensterrahmen. Dann und wann hört er den Fußboden des angrenzenden Zimmers knarzen, zwei Mal macht eine Kaffeemaschine ein Geräusch, unterbrochen durch ein kurzes Intermezzo von klapperndem Geschirr. Ein Mann hustet, ein lang andauerndes Husten, nach jedem Anfall folgen einige klagende, erschöpfte Oh-Rufe. Dies könnte ein Tag ohne Erzählungen werden. Alphonse fragt sich, warum Schriftsteller und Übersetzer hierherkommen. Reisen sie von Residenz zu Residenz, jagen sie wie Süchtige einer Geschichte nach, oder laufen sie eher wie Flüchtlinge vor etwas davon? Weiß, also. Alle Wände, auch die Decken.

Er hört Schritte auf dem Flur und wartet neugierig ab, wer an der Türöffnung vorbeikommen wird. Es ist eine Frau um die Vierzig, die aussieht, als sei sie gerade knapp einem Tiger entkommen.

»Joggen gewesen?«, fragt er.

Sie starrt mit einem höchst erstaunten Blick durch ihn hindurch, ihre Gedanken meilenweit von hier entfernt, dann sammelt sie sich wieder. »Ja«, sagt sie und versucht, mit einem nackten Arm den Schweiß aus ihrem roten Gesicht zu wischen. »Hallo. Das ist lange her. Ich muss mit dem Rauchen aufhören. Und trinken. Und duschen. Also, trinken und duschen muss ich jetzt. Wasser, meine ich. Mit dem Rauchen aufhören. Entschuldigung. Ich kann nicht mehr reden. Meine Gedanken laut formulieren, meine ich, nicht ›nicht mit dir reden‹. Mit Ihnen. Ich rede hier schon seit vierzehn Tagen recht wenig. Vielleicht von daher. Deshalb. Aber jetzt: Wasser. Okay. Bis gleich. Glaube ich.«

Sie verschwindet, geht zu ihrem Arbeitszimmer, die letzte Tür auf dem Flur.

»Shit«, hört er sie sagen. Ihre Füße schleppen sie wieder ins Bild, im Profil, sie hält ihren Kopf fest, als würde er sonst von ihrem Körper abfallen und blickt zu Boden.

»Was suchst du?«

»Meinen Schlüssel.«

Er reißt ein Stück Haushaltsfolie ab und packt darin die nasse Farbrolle ein. Der Farbeimer ist gerade zum ersten Mal leer geworden.

»Du brauchst mir nicht zu helfen«, sagt sie erschrocken, als er sich zu ihr auf den Flur begibt. Jetzt erst sieht er ihre Verlegenheit.

»Hängt ein Anhänger dran?«

»Ein runder. Brauner.«

Sie suchen den braunen Flur ab, die braune Treppe hinunter, zur Tür hinaus, auf den braunen Weg durch das Gras. Nachdem sie einige Minuten stumm gesucht haben, ruft sie: »Ah!«

»Hast du ihn?«

»Nein.« Sie starrt ihn mit hochgezogenen Brauen an, Nase und Mund unter dem Dach ihrer Hände verborgen. »Entschuldigung! Ich bin wirklich schrecklich.«

»Du hast die Tür nicht abgeschlossen? Der Schlüssel liegt in deinem Zimmer?«

Sie nickt.

Sein Kichern scheucht die Vögel aus den nächstgelegenen Bäumen auf. Zwischen weiteren Entschuldigungen lacht sie mit ihm mit. »Erst mal duschen«, wiederholt sie auf dem Treppenabsatz.

Eine Wand hat eine erste Schicht erhalten, als sie wieder auftaucht. Sie ist jetzt eine Frau in einem Kleid, geschminkt, mit einem ironischen, etwas ratlosen Ausdruck im Gesicht. Sie hat eine Thermoskanne und eine Tasse mitgebracht.

»Kaffee?«

Er nickt. Auf der Tasse ist ein Mann abgebildet, der von einem Wolf angefallen wird.

»Geht's voran mit dem Schreiben?«

Sie verdreht die Augen, schüttelt langsam den Kopf. »Ich bin zu früh hergekommen. So ein Aufenthalt hat, glaube ich, nur dann Sinn, wenn man schon lange an einem Buch sitzt und ungenießbar wird. Dann haben die Leute um dich herum auch was davon.« Sie starrt an ihm vorbei ins Leere. »In der ersten Phase eigentlich auch. Ungenießbar. So wie jetzt. Ich habe noch gar nichts in der Hand. Null. Ich habe keine Idee. Und hier werde ich auch keine finden. Ich brauche eine Stadt, glaube ich. Oder Drogen. Hahaha.«

»Die Leute erzählen mir vieles«, sagt er. »Meine Kunden. Nicht zu glauben, was man alles erfährt, wenn man ihnen länger zuhört. Manchmal denke ich, dass man ein Buch daraus machen könnte. Aber ich bin nicht derjenige, der es schreiben wird.«

Sie scheint ihn nicht zu hören, richtet ihren Blick verträumt auf einen Winkel an der Decke und pflanzt ihren Hintern auf den Rand des abgedeckten Schreibtischs in der Mitte des Raums. Mit verschränkten Armen geht sie weiter ihren Gedanken nach.

»Also fahr ich hier einfach ein bisschen in der Gegend herum. Schon seit zwei Wochen bin ich hauptsächlich am Autofahren. Einfach durch die Landschaft, von einem unbekannten Dorf zum andern, auf so kleinen Sträßchen. Und manchmal fahr ich nach Hause, denn ich vermisse meinen Mann und er vermisst mich, und ich wohne gar nicht mal so weit weg von hier. Es ist lächerlich. Hier wird sogar für mich gekocht.«

»Wie fängt es denn meistens an?«, fragt er. »Ein Buch?«

»Es muss in Erscheinung treten, danach kann ich die Arbeit übernehmen, anders kann man das nicht erklären. Aber jetzt muss ich zuerst noch eine erotische Geschichte schreiben, eine Auftragsarbeit, und weil ich inzwischen total verkrampft bin wegen der ganzen Warterei auf das neue Buch, wird auch da nichts draus. Natürlich wäre es besser, wenn ich mit der Kurzgeschichte anfange. Dann ist das schon mal erledigt und ich habe Raum für das größere Werk. Ja. So muss ich es machen. Ich werde sofort damit anfangen. Wenn du noch Kaffee willst, die Kanne steht hier.«

Sie hastet zur Tür hinaus, kehrt zurück, streckt nur den Kopf herein. »Entschuldige wegen des vielen Geredes und danke fürs Zuhören.« Dann schüttelt sie seine Hand, sie streckt nur ihren Arm aus dem Türrahmen heraus, als säße ihr Körper dahinter fest, und stellt sich vor.

Am frühen Nachmittag ist er schon zum größten Teil mit dem Zimmer fertig. Er öffnet die Fenster etwas weiter und hat das Gefühl, der Park rufe ihn. Er wird von Sonnenlicht geflutet. Der Anblick weckt den Wunsch, die Treppe hinunterzustürmen und sich mit einem Purzelbaum hineinzustürzen.

Auf einer Bank unter einer der Buchen isst er seine Brote. Er empfindet Genugtuung, dass er diese Bäume benennen kann. Sie sind um einiges dicker als die anderen im Park, haben wohl, als sie jünger und schlanker waren, auf einer schwarz verkohlten Ebene standgehalten, als einzige Überlebende in einem Wald von schlampig amputierten Stämmen. Dass die rauschenden, duftenden Baumkronen und die oft wiederholte Frage eines Vogels den Eindruck erwecken, es habe hier nie Krieg gegeben, ist vielleicht der einzige Sieg, der von Bedeutung ist.

Auch den Namen dieses Vogels würde er gerne kennen. Der Vogel sinkt nicht, er fällt herunter wie ein Stein, als würde er abgeschossen, landet auf dem Gras und zeigt ihm die eine, dann die andere Seite seines Köpfchens, hüpft dann mit neugierigen Sprüngen auf ihn zu, jeweils drei, von einer kurzen Pause unterbrochen. Wie Vögel hüpfen: als würde die Erde sie in die Höhe schubsen, oder der Himmel sie ansaugen und kurz darauf wieder ausspucken. Es ist ein relativ unauffälliges Exemplar, seine Federn sind überwiegend braun, sein Bauch gelblich und weiß. Auf dem Kopf trägt er eine kurze, flache Haube, um die Augen sieht man einen etwas helleren Bereich, als habe er mit einer Brille in der Sonne gesessen. Alphonse bewegt sich nicht, traut sich nicht einmal, den Bissen in seinem Mund weiterzukauen. Er kann fast nicht glauben, dass der Vogel sich noch näher heranwagt, bis dicht vor seine schweren, mit Stahlkappen versehenen Schuhe, dann neben ihn auf der Bank, nur wenige Zentimeter von seiner Faust entfernt.

Vorsichtig blickt er zur Seite, sein rechtes Auge trifft das linke des Vogels. Sie blinzeln gleichzeitig. Eines weiß er sicher, er darf keinen Finger nach ihm ausstrecken, das Tier ist nicht darauf erpicht, berührt zu werden. Er erschrickt, als sich die Flügel spreizen, kurz wirkt das Auffliegen wie ein Angriff, Bauch und Füße zu ihm gewendet, der kräftige, schweigende Schnabel. Er verkneift sich die abwehrende Bewegung, die ihm der erste Impuls eingibt. Die Belohnung ist immens: Der Vogel fliegt in einem Bogen empor auf seine Schulter, er spürt den festen Griff der kleinen Krallen, den kaum wahrnehmbaren Druck des leichten Körpers, dann die Federn, die erschütternd weichen Federn, die sich freiwillig an sein Ohr drücken, dahinter das Pochen des Vogelherzens. Sich nicht über die Rührung lustig machen. Bewusst erleben, was ihm widerfährt. Was ihm geschenkt wird.

Dann fliegt der Vogel auf, singend, aber es ist noch nicht vorüber. Er steigt in große Höhe empor, dreht dort seine Runden, immer noch singend, breitet seine Flügel aus, schließt sie aber auch jedes Mal länger, als man es für möglich hält, singt länger, als man erwarten durfte.

Er durchsucht das Bücherregal mit einem Auge auf die Nachrichten.

»Sei doch mal still«, sagt Kat. »Was suchst du denn?«

»Das Vogelbuch. Was ist da los?«

»Wieder eine Schießerei. Liegt im Schlafzimmer, glaube ich.«

Er gesellt sich zu ihr. Wie meistens geht es um einen jungen Killer, und wie seine Vorgänger wird er als ein stiller Junge beschrieben, vielleicht, weil wenige mit ihm gesprochen haben. Die Opfer wurden am helllichten Tag erschossen, in einem westlichen Land. Dieser Killer scheint sich speziell Frauen ausgesucht zu haben. Der Nachrichtensprecher unterstellt eine problematische Mutterbindung.

Das Vogelbuch liegt nicht im Schlafzimmer, doch er findet es auf Kats Schreibtisch. Aufmerksam blättert er es durch, er studiert alle Fotos von braunen Vögeln. Feldlerche. Das muss er sein. »Die Feldlerche baut ihr Nest in einer kleinen Mulde auf dem Boden.« Er dachte, alle Vögel würden ihr Nest auf Bäumen bauen. Wie wenig er weiß. »Zieht im Oktober oder November in großen Scharen fort, kehrt ab dem Februar oder März zurück. Eine geringe Anzahl bleibt über den Winter.« Wie hängt denn das zusammen, fragt er sich. Weshalb ziehen manche fort und andere nicht? »Steht in Flandern und den Niederlanden auf der Roten Liste.« Bei der Fußnote findet er, dass die Art laut niederländischer Liste »empfindlich« ist und laut flämischer »anfällig«. Das bezieht sich auf die Zahlen, nimmt er an, nicht auf ihre Persönlichkeit.

»Ich habe heute eine Feldlerche gesehen«, sagt er zu Kat, die noch immer vor dem Fernseher sitzt, etwas bedrückter als vorhin.

Sie sagt, sie versuche, die Nachrichten zu sehen. »Noch keine hundert Kilometer von hier entfernt wurden vier Frauen niedergeschossen.«

»Furchtbar.« Er meint das ernst und beschließt, sich nicht laut darüber zu freuen, dass sie nicht zu den vieren gehört, sie würde es als Herzlosigkeit auffassen.

Ein Psychologe sagt, sie müssten die näheren Untersuchungen abwarten, bevor sie einschätzen könnten, ob der Täter für zurechnungsfähig erklärt werden könnte. »Die Sicherungen brennen durch, wenn die Sicherungen durchbrennen, und dann brennen alle Sicherungen durch«, hört Alphonse ihn sagen – vielleicht hat er es falsch verstanden.

Was er auch für sich behält: Dass er es vor allem seltsam findet, dass es nicht öfter passiert, dass jemand in Friedenszeiten plötzlich auf die Straße geht, um Menschen niederzumähen. Es gibt ungefähr sechs Milliarden Menschen. In jedem dieser sechs Milliarden Köpfe stecken so um die hundert Milliarden Nervenzellen, von denen täglich fünfzigtausend absterben, während die übrigen auf allerlei komplizierte, fehleranfällige

Art und Weise miteinander verbunden bleiben. Der Großteil dieser sechs Milliarden Menschen wird, oft durch gegenseitiges Zutun, mehr oder minder verrückt, oder zumindest frustriert. Es gibt extremistische Vereinigungen unterschiedlicher Art, die diesen Verlauf noch unterstützen. Außerdem begreifen viele Menschen früher oder später, dass sie manche Dinge nur deshalb tun, weil sie dazu in der Lage sind. Oder weil sie glauben, dass das, was sie tun, von ihnen erwartet wird. Und dass viel von ihnen erwartet wird. Und dass sie zu vielem fähig sind. Manche wenden dieses Wissen an, um ihre Mitmenschen geradezu mit Leidenschaft zu drangsalieren, andere nehmen Zuflucht zu Medikamenten, und manche verlegen sich vielleicht auf das fanatische Verfertigen von Blumentopfhaltern aus Makramee. Selten jedoch läuft jemand auf die Straße mit einem Jagdgewehr und dem Vorsatz, so viele Passanten wie möglich zu töten. Alles in allem gesehen ist es also gar nicht so schlimm um die Menschheit bestellt.

Die Nachrichten sind zu Ende. Kein Ebola heute.

21

Jean-Marc und Constance de Stassart, Kats Eltern, sind einander spinnefeind. Laut Kat ist das schon immer so gewesen, und auch Alphonse, der das Ehepaar schon länger als ihre Tochter kennt, erinnert sich an operettenhafte Szenen, bei denen die beiden verbal und einmal auch physisch aufeinander losgegangen sind. Vor Kats Geburt eröffneten ihnen ihre diplomatischen Verpflichtungen die Möglichkeit, für längere Zeit in verschiedenen Ländern, eine Zeit lang sogar auf verschiedenen Kontinenten zu wohnen. Als seine Mutter in Dakar und Brüssel für Kats Vater arbeitete, brachte sie Alphonse bei, die Verhaltensweisen dieses Mannes zu lesen, damit er wüsste, wann er Jean-Marc besser nicht über den Weg laufen sollte. Wenn er mehrfach hintereinander heftig an seiner vielleicht auch dadurch ziemlich langen Nase zupfte, bedeutete das, dass er mit Constance telefoniert hatte. Wenn die Schnelligkeit und Frequenz des Zupfens zunahmen und er sich zu vernachlässigen begann, dann hatte seine Frau ihren Besuch angekündigt. In den letzten Wochen vor ihrem Eintreffen hallte das Haus von den auf- und absteigenden Tonleitern wider, die er auf dem Flügel hämmerte, wobei er sich nur unterbrach, um die vor seinen Augen hängenden verschwitzten Haare nach hinten zu werfen und fluchend mit den Füßen aufzustampfen. Während der letzten Woche sahen sie ihn meistens mit geschlossenen Augen auf der Rückbank seines im Carport stehenden BMWs sitzen, an einem Glas Cognac Napoléon nippend.

Constance betrat die Bühne jedes Mal in einem auffälligen Kostüm und mit einer absurden Menge Gepäck. Wie ein gereizter Stier umkreiste sie ihren Mann, dessen Bewegungen bei solchen Wiedersehen wiederum an die eines Toreadors gemahnten. Sie sagte dann meistens in höhnischem Ton so etwas wie: »Und wie entzückt er ist, seine Frau zu sehen!«, worauf sowohl ein aggressiver Kuss als auch ein übertriebener Seufzer folgen konnten. Tränen und laute Stimmen ließen nie lange auf sich warten.

Dass die beiden selbst in ihren kinderlosen Jahren zusammenblieben, hat laut Kat mit den Erwartungshaltungen der Familien zu tun, aus denen sie stammen, im Wesentlichen also mit Geld. Alphonse neigt eher dazu, der romantischeren Erklärung seiner Mutter zu folgen. Sie meinte, Constance und Jean-Marc seien sich feuriger zugetan, als es Menschen möglich sei; sie hätten Wind und Wüste sein müssen, um gemeinsam ein Kunstwerk von einem Sandsturm zu entfesseln. In dem kurzen, kargen Leben, zu dem sie verurteilt seien, könnten sich Menschen wie sie nur aneinander verletzen.

Dass es, wie Kat bemerkte, für eine Tochter sehr schwierig sei, kaputtgetrampelte Antiquitäten als alternative Äußerungen von Zärtlichkeit aufzufassen oder sich über Todesschreie hinweg selbst in den Schlaf zu lullen mit der beruhigenden Versicherung, ihre Erzeuger seien im Grunde genommen füreinander gemacht, das leuchtet ihm natürlich auch ein. Er glaubt übrigens, dass eine gewisse Besorgnis über das allzu ungestüme Eheleben von Jean-Marc und Constance ihren Teil dazu beigetragen hat, dass seine Mutter ihn damals bei seinem Onkel untergebracht hat.

»Oh, wie ich es hasse!«, sagt Kat jetzt, neben ihm im Auto.

Das sagt sie jedes Mal, wenn sie zu ihren Eltern fahren. Es hat wenig Sinn zu wiederholen, dass Menschen alt werden und dass beide einen Herzanfall gehabt haben, das weiß Kat auch. Die Herzattacken kamen kurz vor und kurz nach Kats eigener bösartiger Diagnose und sie waren damals der wichtigste Grund gewesen, dass sie in den Westhoek zogen. In dieser Zeit hatte sie ihre Eltern zu deren großer Dankbarkeit öfter besucht. Für Alphonse war es eine vollkommen neue Erfahrung gewesen, bei diesen Besuchen ein Zimmer zu betreten und dort Jean-Marc und Constance vorzufinden, die sich leise mit Kat unterhielten. Einmal hatte er sogar erlebt, dass sich das Trio einträchtig über ein Gesellschaftsspiel beugte, ein Bild, das ihm so unwirklich schien, dass er im Nachhinein manchmal dachte, er habe es geträumt.

Inzwischen ist diese Ruhe in eine neue Phase umgeschlagen, eine, die von Kat »ihr Kalter Krieg« getauft worden ist, und genau wie bei der weltgeschichtlichen Epoche steckt dahinter mehr als nur eine Abkühlung der Beziehungen. Seine Schwiegereltern hatten vor einigen Monaten plötzlich angekündigt, sie wollten sich scheiden lassen, eine Nachricht, die ungeachtet des hartnäckigen Kampfes, den sie ein Leben lang geführt hatten, nach dem kurzen Frieden wie eine Überraschung gewirkt hatte. Die Villa in De Panne, die sie seit ihrer Pensionierung bewohnten, war eher ein Wochenendhaus gewesen, ein Zufluchtsort, in dem sie in der Vergangenheit beide – selbstverständlich jeder für sich – die nötige Ruhe gefunden hatten. Dass sie in den letzten Jahren gemeinsam dort wohnten, war die Folge des von beiden Seiten gleichermaßen stur durchgehaltenen Vorsatzes, auf keinen Fall klein beizugeben. Seit sie unter großen Streitereien die Zimmer aufgeteilt hatten, zogen sie sich darin so viel wie möglich vor dem jeweils anderen zurück, spionierten sich allerdings gegenseitig auch leidenschaftlich nach.

Dass keiner der beiden je mit einem anderen Partner gesehen wurde, illustriert laut Kat nur, dass ihre Eltern einen unmöglichen Charakter haben. Die Art und Weise, in der seine Schwiegereltern bereits gefundene Lösungen wieder infrage stellen, und die Mühe, die sie darauf verwenden, ihre Situation komplizierter zu gestalten als nötig, bestärken ihn in der Vermutung, dass Jean-Marc und Constance auch nicht ohne einander könnten. So haben sie etwa ihren Beschluss, sich nach mehr als vierzig Jahren Ehe zu trennen, sofort wieder untergraben, indem sie die Villa, die sie zusammenhält, für eine Milliarde Euro zum Verkauf angeboten haben. Es ist eine sehr komfortable Villa mit vier großen Schlafzimmern und einer prächtigen Aussicht auf die Dünen, dass aber dennoch kein einziger Kaufinteressent aufgetaucht ist, liegt auf der Hand.

»Wie unvorstellbar kindisch«, seufzt Kat.

Beim Anblick des Schilds »ZU VERKAUFEN« im Vorgarten kann Alphonse ein schallendes Gelächter nicht unterdrücken. Die neun Nullen wurden in einer cholerischen Handschrift auf das Schild geschrieben und drängen sich aus Platzmangel gegen den Rand hin zusammen.

Nach Beendigung ihres Studiums hat Kat kein Geld mehr von ihnen angenommen, obwohl sie oft Versuche unternahmen, ihr welches zuzustecken. Auch während ihrer Krankheit und in der Phase des friedlichen Umgangs, die auf diese folgte, blieb ihre finanzielle Unabhängigkeit ein Mittel, um sich von ihnen und ihrer ganzen Welt zu distanzieren. Als könnte das Geld mit Krankheitskeimen infiziert sein.

»Über die Milliarde waren sie sich dann ausnahmsweise einig, diese Schwachköpfe. Hör auf zu lachen.« Lachend haut sie ihm auf den Hut.

Kat hat einen Schlüssel zum Haus, er folgt ihr in den hohen Eingangsflur. Im Wohnzimmer ist niemand, und im Wintergarten auch nicht.

»Wissen sie, dass wir kommen?«, fragt er.

»Ich habe mit Mama telefoniert.«

Ihre Schritte hallen durch die leeren Räume.

»Komisch.«

»Ja.«

Doch dann sieht er Constance hinter dem Sofa hervorkommen. Sie ist sich nicht bewusst, dass sie beobachtet wird, und rennt auf Zehenspitzen zur Tür, die sie öffnet und wieder schließt. Bevor sie in seine Richtung schaut, kehrt er ihr im Durchgang zum anderen Zimmer den Rücken zu, damit sie sich nicht ertappt fühlen muss. Mit festeren Schritten kommt sie nun auf Kat und Alphonse zu.

»Hellooooo!«, sagt sie. »Ich habe vollkommen vergessen, dass ihr vorbeikommen wolltet! Wie schön!« Sie lassen sich in ihre weitgeöffneten Arme schließen. Dass ihre Tochter den Sohn ihrer *M'bindan* auserwählte, haben Jean-Marc und Constance nie offen missbilligt. In den ersten Monaten ihres Zusammenseins hatte Alphonse einen Gesprächsfetzen mitgehört, in dem sie sich ein wenig sorgenvoll über Kats Wahl ausließen, und sich natürlich gegenseitig die Schuld dafür zuschoben. Dieses Bekümmertsein wurde jedoch sehr bald von einem quälenderen Streitpunkt aufgesogen, und es dauerte nicht lange, bis ihm die Freundlichkeit, mit der sie ihn als Schwiegersohn behandelten, aufrichtig vorkam. Wie er Kat kennt, hält er es für möglich, dass sie über das Ausbleiben von Bedenken ein bisschen enttäuscht war und ihre Vermutung bestätigt sah, wonach ihre Handlungen niemals so viel Wichtigkeit für ihre Eltern beanspruchen können wie deren ewiger Zwist. Und manchmal denkt er, dass ihre Eltern auch erleichtert waren, dass ihre Tochter einen Partner wählte, der bereits mit dem Wespennest vertraut war, in dem sie aufgewachsen war.

»Kaffee? Ich habe Petits Fours da. Falls dein Vater sie nicht aufgegessen hat, das fehlte gerade noch, selbst nicht einkaufen zu gehen und dann die Sachen der andern aufzuessen!« Der beleuchtete Inhalt des Kühlschranks besänftigt sie. »Ah, da hat er noch mal Glück gehabt.«

»Wo ist Papa?«

»Das weiß ich nicht, Catherine. Vielleicht hängt er wieder an der Flasche?«

Kat lässt sich entmutigt auf ein Sofa fallen. Alphonse kneift sie sanft in die Knie.

»Wie geht es?«, fragt er Constance.

»Alt«, sagt sie düster.

Letzten Monat hatte sie Geburtstag. Zweiundsiebzig. Ihren Ballerinakörper und den dicken Dutt auf ihrem Hinterkopf hat sie verloren. Sie scheint langsam von einer Primärfarbe zu einem Pastellton übergegangen zu sein. Das alles tut jedoch ihrer Schönheit keinen Abbruch, es macht sie nur verwundbarer.

»Du wirst ganz sicher hundert«, beschwichtigt er.

»Dann hast du noch drei Jahrzehnte, um über dein Alter zu klagen«, ergänzt Kat. »Und das tust du ohnehin schon so lange.«

»In zehn, zwanzig Jahren sprechen wir uns wieder«, sagt Constance mit spitzem Mund. »Falls ich dann noch lebe.« Sie will noch etwas sagen, doch dann sieht sie etwas und verstummt. Ihre grauen Augen starren blinzelnd zum Fenster. Sie stürmt mit einem deutenden Finger darauf zu, reißt die Gardinen beinahe von der Stange und klopft laut und drohend gegen die Scheibe. Aus der linken unteren Ecke des Fensters verschwindet ein Schatten. Constance dreht sich zu ihnen um, während sie mit einem scharfen Nagel weiterhin auf die Stelle deutet.

»Kommt her! Seht euch das an!«

Alphonse und Kat rühren sich nicht.

»Das war Papa. Er hat heimlich reingeschielt. In letzter Zeit ist das seine Lieblingsbeschäftigung. Hinter seiner Frau her zu spionieren. Und passt auf: Jetzt kommt er gleich mit irgendeiner Ausrede durch die Haustür rein.«

Tatsächlich hören sie das schleifende Geräusch der Haustür, die geöffnet wird, dann Schritte. Jean-Marc stürmt mit Schweißperlen auf der Stirn ins Wohnzimmer. Als sein wutentbrannter Blick seine Tochter und ihren Mann streift, zucken kurz Lachfalten auf, die sofort wieder verschwinden, als er sich an seine Frau wendet. »Was soll das? Ich habe mich zu Tode erschreckt!«

»Ich nicht. Ich wundere mich nicht mehr darüber, dass mein Mann mich heimlich beobachtet. Einfach nicht beachten, sage ich mir, er ist verrückt.«

»Ich habe Unkraut gejätet!« Er zeigt seine mit Erde verschmierten Handflächen vor, als ginge es um Stigmata. »Irgendjemand muss es ja machen! Tag, Liebes. Tag, Alphonse.«

»Tag, Papa«, sagt Kat.

»Hey, Jean-Marc.« Alphonse hat den Eindruck, dass der Mann seine Hände rasch mit Erde gewaschen hat.

»Unkraut jäten!« Constance lacht höhnisch auf, kreischt dann vor Lachen und tut minutenlang so, als könne sie sich vor Lachen nicht mehr einkriegen.

»Blöde Ziege«, sagt Jean-Marc frei heraus und gelassen.

Constances Lachen geht in Schluchzen über. Mit den Fingern verschmiert sie ihr Make-up im Gesicht.

»Mein letzter Test war in Ordnung«, sagt Kat. »Ich bin offiziell geheilt.«

Ihre Worte haben den gewünschten Effekt. Alphonse rückt zur Seite, damit die Protagonisten des soeben über die Bühne gegangenen Dramas sich als zerbrechliche Betagte neben ihre Tochter setzen können, jeder an einer Seite, mit demselben bebenden Lächeln auf den Gesichtern. Sie küssen ihr Kind auf die Wangen und auf die Haare, drehen sich mit verzückter Miene zu ihm um.

»Ich hole noch ein paar Petits Fours«, sagt Constance. Mädchenhaft entschwindet sie mit dem leeren Teller in die Küche. Unterwegs bleibt sie vor einem Spiegel stehen, um die schwarzen Schlieren aus ihrem Gesicht zu reiben.

»Ich hatte ein gutes Gefühl«, sagt Jean-Marc. »Aber man hat ja trotzdem immer Angst.«

Alphonse lässt sich von seinem Schwiegervater unbeholfen auf die Schulter klopfen und blickt zu Kat, deren Lächeln nach der ersten Rührung über die Reaktion ihrer Eltern etwas schief geworden ist. Bestimmt denkt sie gerade an ihre Lüge und möchte jetzt das Thema wechseln.

»Jetzt können wir auch wieder über ein Kind nachdenken«, hört er sich selbst sagen. Er hat keine Ahnung, woher die Bombe stammt und warum sie hier und jetzt aus seinem Mund rollt. Constance kann gerade noch dafür sorgen, dass die vom Teller gleitenden Petits Fours auf dem Couchtisch landen. Jean-Marc steht auf, beschäftigt sich einige Sekunden lang konzentriert mit dem Zurechtrücken seines Hosenbeins, setzt sich dann wieder hin.

»Darüber könnten wir auch irgendwo anders reden.« Das Gesicht, das Kat ihm zuwendet, sieht aus, als habe sie eine gänzlich andere Mitteilung gemacht. Wenn sie böse ist, ähnelt sie sowohl ihrer Mutter als auch ihrem Vater, sonst kann er in ihren Zügen mit keinem von beiden eine Ähnlichkeit entdecken.

Sie haben tatsächlich schon lange nicht mehr über die Frage möglicher Nachkommen gesprochen. Am nächsten waren sie einer abschließenden Klärung mit der Feststellung gekommen, dass das Thema eine Zeit lang nicht zur Debatte stehen würde und auch später nicht notwendigerweise stehen müsste. Wenn sie nur wieder gesund würde. Das günstige Ergebnis der Tests, die vor einigen Monaten gemacht wurden, hatte nichts an dieser stillschweigenden Übereinkunft geändert.

»Entschuldige«, sagt er. Doch der Damm ist gebrochen.

Jean-Marc räuspert sich. »Es gibt ein jüdisches Sprichwort: Das Leben beginnt, wenn die Kinder aus dem Haus sind und der Hund begraben ist.«

»Neben deiner Frau, meinst du?«, schnaubt Constance.

»Ja, in meinem Fall muss man das ergänzen.«

Alphonse kann das Gewitter in Kats Inneren förmlich hören, als sie ihren kichernden Vater anblickt. Constance nennt ihren Mann einen Scheißkerl.

Jean-Marc wendet sich wieder seiner Tochter zu: »Dein Leben ist vorbei, wenn du ein Kind kriegst, Schatz. Und deine Beziehung geht in die Brüche.«

Constance nickt. Kat ballt die Fäuste. Dass sie es wagen, ihre Streitereien mit ihrer Elternschaft in Verbindung zu bringen, macht auch Alphonse betroffen.

»Tu's nicht, Catherine, ein Kind macht alles viel schwerer. Du probierst und probierst immer wieder alles, aber es geht alles schief, und am Ende bist du die Schuldige.«

»Ja, da hat deine Mutter wirklich recht. Ich bin froh, dass sie genauso darüber denkt.«

Das einträchtige Kopfnicken ihrer Eltern scheint einen Stromschlag durch Kats Gliedmaßen zu schicken. Sie steht auf und läuft vor ihnen weg, bevor Alphonse ihre Hand ergreifen kann. Kurze Zeit später hören sie, wie die Haustür zugeschlagen wird.

»Was ist denn nun wieder los?«, fragt ihr Vater.

»Immer noch so empfindlich«, schmollt Constance.

»Frauen!«

»Ach ja, jetzt sind es wieder die Frauen!« Constance täuscht einen neuen Lachanfall vor.

»Entschuldigt bitte«, sagt Alphonse. »Ich habe die Autoschlüssel.«

»Und es regnet«, sagt Jean-Marc.

»Geh nur«, ergänzt Constance. »Ich kenne sie: die ist zu stur, um zurückzukommen.«

Auch Alphonse wechselt keine Abschiedsküsse mit ihnen. Aus dem Augenwinkel sieht er jedoch noch, welch betretene Miene sich auf ihre Gesichter legt. Als er seine Hand hebt, folgen sie seinem Beispiel, ein einziger Ausdruck von unendlicher Reue und Unbeholfenheit.

Er hat sich schon zwei Mal wegen des zur Unzeit angeschnittenen Themas entschuldigt, und sie hat sich darauf beschränkt, kurz zu bestätigen, dass seine Bemerkung in der Tat nicht sehr schlau gewesen sei.

»Wir haben noch alle Zeit der Welt«, sagt er.

Sie verändert seufzend ihre Sitzhaltung, schaut unentwegt aus dem Fenster. Eine größere Anzahl von Kühen starrt auf dieselbe Art zurück. Er denkt an die Kuh im Nebel, am Morgen nach ihrem letzten Streit. Sie ist erst achtundzwanzig. Er hört auf, es zu wiederholen.

»Und du willst das? Du willst ein Kind?« Sie schaut ihn immer noch nicht an.

»Ich glaub schon.« Wenn sie es will, wenn sie beide glücklich darüber wären. Natürlich kann er sich Katastrophenszenarien vorstellen.

»Und du verbringst dann immer noch genauso viel Zeit in Häusern von wildfremden Leuten, und ich sitze zu Hause mit dem Kind und kriege keine Übersetzung mehr zustande? Und ich kann nicht mal irgendwo hin, denn hier ist absolut nichts los!«

Die Katastrophenszenarien drängen sich in den Vordergrund, gebieten ihm zu schweigen. Er hat keine Lust, die Diskussion über ihren Wohnsitz noch einmal durchzukauen. Sie hielten es beide für eine gute Idee, damals.

»Lass uns dort essen gehen.« Er nickt in Richtung eines Schilds mit der Aufschrift SALLY'S FARM. Sie folgt jetzt doch seinem Blick, sagt Nein, erstaunt, dass sie eine so offensichtliche Antwort aussprechen muss. Sie sind vor einiger Zeit schon einmal da gewesen, im Frühjahr, aus anthropologischem Interesse. Auf dem Parkplatz vor dem als Tanzsaal eingerichteten Bauernhof und neben dem angrenzenden Rübenacker steht eine in Tarnfarben gestrichene Freiheitsstatue. Außerdem steht dort ein Besucherzug der Expo 58 und eine Vitrine, in der man »The Sally's Gazette« lesen kann, ein kurioses Dokument, in dem zugleich das Menü, die Biografie von Elvis Presley und diejenige des Besitzers dargelegt werden. Kat hatte über die Rechtschreibfehler in »The Sally's Gazette« gelacht, ihm aber widersprochen, als er die Kombination all dieser Faktoren – eine Replik der Freiheitsstatue, Hopfenranken, Elvis Presley, ein Bauernhof, ein Mann namens Sally – »eine typisch belgische Ausprägung von Skurrilität« genannt hatte.

Jetzt protestiert sie, weil er doch in die lange Auffahrt zum Grundstück einbiegt. Im Regen wirkt der ganze Unfug noch trostloser als vor einem halben Jahr.

»Komm.« Mit einem aufgespannten Regenschirm steht er neben der Beifahrertür.

»Das werden wir noch bereuen«, sagt sie. Sie hasten zwischen den Pfützen über den Vorplatz.

Die Mauern des Bauernhofes können die wilde Klaviermusik nicht zurückhalten.

»Schau mal, die Fahnen.« Kat deutet auf die Fenster. Von den Wänden und Holzbalken in der angrenzenden Scheune hängt die Fahne der Südstaaten. »Ich glaube wirklich nicht, dass das etwas für uns ist.«

Alphonse zweifelt jetzt auch daran. Bevor er eine Entscheidung treffen kann, kommt ein Mann mit einem aufgerissenen Schweinekadaver über der Schulter auf ihn zu. Die Hand, die das Fleisch nicht trägt, hängt schlaff an seiner Seite, und auch das Bein, das er nachzieht, lassen einen überlebten Schlaganfall vermuten.

»Guten Abend.« Der Mann hat einen ruhigen, einnehmenden Blick.

»Wir haben nicht reserviert«, sagt Kat.

»Es gibt noch Platz.«

»Sind Sie Sally?«, fragt Alphonse. Der Mann nickt.

»Das hier ist schon eine sehr spezielle Ansammlung von Dingen«, kichert Kat, während ihnen Sally die Tür öffnet. Er dreht sich ruhig zu ihnen um und sagt: »Ich bin Sally, und Sally macht, wozu er Lust hat.« Dann lässt er sie etwas verloren, vielleicht sogar leicht hypnotisiert stehen und trägt das blutige Tier fort. Der Festsaal ist mit über hundert Menschen gefüllt, von denen die meisten sie anschauen, einige mit einer gewissen Feindseligkeit. Es gibt ältere Paare mit Tränen in den Augen, und Mädchen mit einer Elvis-Verehrung, von der sie selbst nicht mehr wissen, ob sie ironisch gemeint ist oder nicht. Auf manchen Südstaaten-Fahnen ist ein Indianer abgebildet.

Zögernd zahlen Alphonse und Kat Eintritt an einer Kasse neben der Tür. Man teilt ihnen mit, dass man mit diesem Betrag das Anrecht auf eine Piano Battle, einen Gospel-Auftritt von Sally und drei Portionen Schweinekoteletts erwirbt.

Von dem kleinen Tisch aus, der ihnen zugewiesen wurde, beobachten sie die ganze Szenerie. Offenbar ist er gar nicht tot. Von überall her trifft sie sein Blick, von Fotos, Zeichnungen und Polyesterstatuen, von T-Shirts, die sich über die Bäuche der zumeist französischsprachigen Grenzbewohner spannen. Seine Stimme schallt aus den Boxen. »Er hat das Leiden gekannt und für die Armen in Memphis gesorgt«, sagt ein Priester, der zwischen zwei Auftritten eine Messe für ihn abzuhalten scheint. Er wiederholt alles auf Französisch. »Wir werden verschlungen von einer Wolke mit zu viel Regen, doch es gibt Hoffnung.« Sally singt »Take your troubles to the chapel / Get down on your knees and pray« und schickt während der Kommunion noch ein allzu inbrünstiges »I believe« hinterher.

»Oh«, sagt Kat, als die Töne aus der Spur geraten.

Alphonse legt seinen Arm um ihre Schultern und drückt sie an sich. Es gibt nichts, was sie in diesem Moment heftiger herbeisehnen, als dass der Sänger den richtigen Ton wiederfinden möge.

Nach dem Lied kündigt Sally mit einer unbekümmerten Gewandtheit die Piano Battle an. Der Priester geht hinaus, um drei Harleys zu segnen. Alphonse hat gelernt, dass eine Form von Extremismus zu abgelegenen Dörfern gehört, und dass es nicht die Frage ist, ob es einem gefällt, sondern ob man imstande ist, sich dem hinzugeben.

Ein Mann, der einen Tisch weiter vorne sitzt, dreht sich zu ihnen um. »Mein Schwager muss immer weinen, wenn er Elvis hört«, sagt er auf Französisch. Der rundliche Greis am Kopfende des Tisches nickt ihnen zu, seine Augenbrauen bilden ein kleines Dach. Danach erkundigt sich der Mann, ob sie auch finden, dass sein neu erworbenes Elvis-T-Shirt ein bisschen stinkt. Begleitet von einer rasend schnellen Reihe von Arpeggien, beugen sich Kat und Alphonse über den Tisch zu ihm. Wenige Momente scheinen besser dazu geeignet, um gemeinsam einen fremden Mann zu beschnüffeln.

20

Er deckt gerade die Art-déco-Treppe mit Plastikfolie ab, als ein bleicher, etwas älterer Mann die Haustür öffnet. Als Alphonse ihn begrüßt, bleibt er wie angewurzelt stehen, dann eilt er mit einem entschuldigenden Husten die Treppe hinauf.

Eine Stunde später erscheint die Autorin auf dem Absatz. Sie macht einen äußerst munteren Eindruck.

»Geht's gut mit dem Schreiben?«, fragt er.

»Ja! Mit meiner Geschichte geht es voran, und die ganze Nacht wurde ich von Ideen für den Roman bombardiert.« Vorsichtig hüpft sie die eingepackten Stufen hinunter.

In der Mittagspause wartet er vergeblich auf die Feldlerche. Einen Moment lang glaubt er den Vogel zu hören, aber er bekommt ihn nicht zu Gesicht. Da sind Insekten, die wie wandernde Pinien- oder Sonnenblumenkerne aussehen, und eine braunbehaarte Raupe, die jedes Mal, wenn Alphonse sie ein Stück weiter weg auf die Bank setzt, sofort wieder den Rückweg zu seinem Knie antritt. Als er sie mit dem Kopf in die andere Richtung platziert, dreht sie sich langsam um. Als die Raupe ein weiteres Mal schräg an einer Hosenfalte emporklimmt, nimmt er das sich windende Tierchen in die Hand. Er ist sich nicht sicher, ob es die Augen sind, in die er schaut, und wie viele es sind. Die Kuppen von Daumen und Zeigefinger brennen ein bisschen. Nachdem er die Raupe auf den Boden gesetzt hat, macht sie sich sofort zu seinem Schuh auf.

Der Übersetzer erscheint in der Haustür der Villa, hustend. Er scheint davonlaufen zu wollen, als Alphonse auf ihn zugeht. Die Raupe hält sich entschlossen an seinem Schuh fest.

»*Bonjour.*«

»*Hi there*«, sagt der Mann, und fügt hinzu, dass er nur ein bisschen Luft schnappen will und es sehr eilig hat.

»Wo kommen Sie her?«

»Das ist nicht von Belang, denke ich«, sagt er, wieder auf Englisch, nicht unfreundlich, aber nervös. Jetzt, wo Alphonse einmal selbst die Frage gestellt hat, wird sie abgewehrt. Zumeist fügen die Leute das Wort »ursprünglich« hinzu, wenn sie ihn fragen: »Wo kommst du her, ursprünglich?« Und »wirklich« kommt auch noch häufig vor: »Aber wo kommst du wirklich her?«

Mit einer gewissen Boshaftigkeit beharrt Alphonse auf seinem Versuch, ein Schwätzchen in Gang zu bringen, und fragt den Mann, wie lange er sich schon in der Schriftstellerresidenz aufhält, ob die Arbeit gut vorangeht. Er fügt noch etwas hinzu über die Gegend und über das Wetter. Obwohl der Mann Alphonses auf Französisch gestellte Fragen versteht, antwortet er ihm konsequent auf Englisch. Sein Akzent gibt keinerlei Aufschluss über seine Herkunft.

Als er die Raupe auf dem Schuh entdeckt, fängt sein Kopf plötzlich von innen wie eine Sonne zu leuchten an: seine fahlen Backen färben sich mit rosa Glut, seine bleichen Haare haben auf einmal einen rötlichen Einschlag. Er sinkt auf die Knie. Bevor Alphonse sich darüber Sorgen machen kann, macht der Übersetzer ein Foto von dem Tierchen mit seinem virtuellen Schmetterlingsnetz.

»Jede Schmetterlingsart hat ihre eigene Raupe. Das hier wird auf jeden Fall ein Nachtfalter. Kein anderes Tier wächst so schnell. Im Lauf ihres Lebens platzen sie vier oder fünf Mal aus ihrer Haut. Und wissen Sie, wie sie atmen?«

»Durch den Mund?« Es freut ihn, in ein Quiz geraten zu sein.

»Nein! Natürlich nicht!«, ruft der Mann, von dem Alphonse plötzlich sicher weiß, dass er zuschlägt, wenn man ihn wütend macht. »Durch feine Röhrchen, die an den Seiten münden!« Ruhiger fährt er fort: »Diese Art frisst als Schmetterling nichts. Die Raupe muss daher sämtliche Reserven speichern.«

Alphonse blickt nun doch mit ein wenig Bewunderung auf das Tierchen an seinem Schuh hinunter.

»Sie stecken voller Proteine. Werden gerne von Vögeln gefressen, und die Schlupfwespen injizieren ihre Eier in die Raupen. Die Larven fressen die Raupe dann von innen leer. Wenn sie von Ameisen angegriffen wird, wird sie langsam in Stücke geschnitten.« Der Mann lächelt träumerisch und entblößt dabei zwei gelbliche Eckzähne. Dann eilt er, ohne sich zu verabschieden, ins Haus zurück. Alphonse hört ihn die Treppe hinauflaufen.

Gegen Abend ist die Hälfte der großen Eingangshalle fertig. Er trifft auf die Autorin, die sich auf dem Weg zum Esszimmer befindet. Als sie stehen bleibt, um ihn zu fragen, ob sie ihn um etwas bitten darf, wird sie von dem erkälteten Lepidopterologen überholt, der vage in seine Richtung nickt und einen flüchtigen Blick auf Alphonses Schuh wirft.

»Könntest du meine Geschichte lesen?«, fragt sie. »Es gibt hier sonst niemanden, der Niederländisch kann.«

»Ich bin legasthenisch«, sagt er. »Es könnte ein bisschen dauern.«

Sie murmelt, dass so etwas ganz schön lästig sein kann. Erst als sie die Treppe wieder hinaufsteigt, bemerkt er, dass sie einen Stapel Papier in der Hand hält, wahrscheinlich wollte sie ihm ihre Geschichte überreichen und hat seine Mitteilung als Ablehnung verstanden. Ein Blick durch die Fenster lenkt ihn ab: Er sieht tanzende Linden mit Tausenden von kleinen gelbgrünen Fächern. Er sieht, wie ein Hase eine Schneise durch das Gras rennt.

»Du kannst doch wirklich mal ein paar Tage freinehmen«, sagt Kat. »Vor allem übermorgen, wenn sie ankommen.«

»Ich will diesen Auftrag zu Ende bringen. Amadou hat dafür bestimmt Verständnis.«

»Aber ich nicht.«

Sie sind beide zu müde, um zu streiten, und zu müde, um zu kochen. Kat versucht, telefonisch eine Pizza zu bestellen, und wiederholt die Botschaft des Mannes am anderen Ende der Leitung, dabei beobachtet sie Alphonses Reaktion. »Zu weit weg.«

Er lässt sich seufzend aufs Sofa fallen, hört seinen Nacken knacken und stellt den Fernseher an.

»Ist natürlich kalt, bis sie hier ist. Ich versteh das. Es ist nicht gerade um die Ecke.«

Haben sie nicht schon früher Pizza bestellt? Warum soll es dann heute nicht gehen? Lügt sie? Hat sie so getan, als ob sie anriefe? Lügt sie wieder? Wird er sich das jetzt regelmäßig fragen?

Sie legt das Telefon auf, ohne etwas zu sagen, und starrt mit ihm auf einen Dokumentarfilm über tropische Fische, gelb, orange, blau. Bis sie aufsteht und den Kühlschrank öffnet und schließt, Lebensmittel auf die Arbeitsplatte wirft, energisch Karotten zu schälen beginnt.

»Wie möchtest du sie?«, fragt er gleichmütig. Er hat sich ihr gegenübergesetzt.

»Scheibchen«, sagt sie.

»Was für Scheibchen?« Es ist ein Wettkampf im emotionslosen Sprechen.

»Halbe.«

Er weiß, dass sie aus der Rolle fallen wird, und er auch.

»Halbe Scheibchen?«

»Ja.«

Zuerst ist da ihr verärgertes Auflachen. Als es länger anhält als gedacht, macht er mit. Bis sie sich wieder unter Kontrolle haben, und es stiller wird, als ihnen lieb ist.

»Musst du nicht zum Yoga?«

»Ich hör für eine Weile auf damit.«

»Warum?«

»Das habe ich schon erzählt. Musst du nicht mal wieder Kora spielen?«

»Ja.«

Diese Antwort hatte sie offenbar nicht erwartet. In der Nähe der Kochtöpfe versteckt sie sich hinter ihrem Smartphone.

Ein Stockwerk höher lehnt er am Fensterbrett, und die langen Saiten erzählen ihr alles, was sie seiner Meinung nach wissen sollte. Zuerst klingt es zurechtweisend, dann, immer mehr, wie ein dünner, geschmeidiger Tänzer, der sich unermüdlich um seine eigene Achse dreht.

19

Der Flur zwischen den Arbeitszimmern muss auch gestrichen werden. Alphonse arbeitet dort ganz für sich, mit dem gewohnten Husten des Übersetzers im Hintergrund. Das flüsternde Geräusch des Klebebands, mit dem er die Fußbodenleisten abdeckt, lockt die Autorin aus ihrem Zimmer. Sie begrüßen sich.

»Ich warte auf einen Journalisten, der um halb zehn kommen sollte, und mittlerweile ist es zehn. Könntest du ihn zu mir schicken, wenn du ihn siehst?«

»Mach ich. Ist es für eine Zeitung?«

»Das weiß ich nicht mehr. Ärgerlich. Ich weiß auch nicht mehr, wie er hieß. Und ich finde seine E-Mails nicht mehr. In meinem Kalender steht nur: 9.30 – Interview.«

Eine Viertelstunde später hört Alphonse eine Fanfare von lauten Seufzern und schleppenden Schritten die Treppe heraufsteigen. Die Wut, die der schmächtige Dreißiger ausstrahlt, kann nicht von einer Nacht mit zu wenig Schlaf oder dem Verpassen eines Zuges herrühren, nein, daran arbeitet er bereits ein Leben lang. Er schaut über Alphonse hinweg, als dieser ihn grüßt. Die Autorin erscheint in der Türöffnung ihres Zimmers und bittet ihn einzutreten. »Haben Sie leicht hergefunden?«

»Ganz und gar nicht.«

»Kaffee? Oder Tee?« Sie hat die Tür nicht hinter ihnen geschlossen. Vielleicht möchte sie, dass Alphonse mithört.

»Kaffee«, seufzt der Journalist. »Schwarz. Wenn er stark ist. Aber ich habe nicht viel Zeit.«

»Entschuldigen Sie, für welche …«, setzt die Autorin an, doch er unterbricht sie: »In deinen Büchern geht es jedes Mal um schwache, psychisch gestörte junge Frauen, die versuchen, für sich selbst zu sorgen, denen das aber nicht gelingt. Hast du die Absicht, irgendwann von dieser Thematik abzuweichen?«

»Ich finde eigentlich nicht, dass das meine Thematik ist, nicht wirklich. In meinem Werk kommen ebenso viele Männer wie Frauen vor. In meinen Augen ist eigentlich keine der Figuren psychisch gestört. Jung: oft eigentlich auch nicht.« All die »eigentlich«. Sie ist in Panik. »In meinem letzten Buch war die jüngste Figur fünf und die älteste achtzig.«

»Ist ja gut! Ist ja gut! Immer mit der Ruhe!«, schreit der Mann. Das Klebeband unter Alphonses Fingern verheddert sich. Drinnen hört er Porzellan scheppern, vielleicht hat die Autorin etwas fallen gelassen. Oder hat der andere mit etwas geworfen? Sollte er nicht kurz hineinschauen?

»Ich würde gerne verabreden, dass wir nicht immer gleich in die Verteidigung gehen!«, fährt der Journalist in rasender Wut fort.

»Aber ich muss doch antworten«, ächzt die Autorin.

»Bitte sehr! Ich weiß schon, dass du diese Art von Frau bist, aber versuch doch bitte, nur dieses eine Mal, dich nicht von deiner negativen Einstellung beherrschen zu lassen! Dies! Ist! Kein! An! Griff! Ent! Spann! Dich! Sonst hat dieses Interview noch weniger Sinn, als ich dachte. Ich sitze hier ja auch nicht, weil es mir Spaß macht!« Nach einem schlürfenden Geräusch fügt er hinzu: »Entschuldige, aber das ist wirklich der ekelhafteste Kaffee, den ich je getrunken habe.« Er schlürft trotzdem noch einmal.

»Wollen Sie Tee?«

»Ich kann mir nicht vorstellen, dass der besser ist. Gut …« Rascheln. »Tja, was gibt es eigentlich noch zu fragen? Es dreht sich ja auch immer alles um die Liebe!«

»Ähm. Ja?«

»Ähm, ja?« Er äfft sie nach, eine geistig zurückgebliebene Version von ihr. Alphonse steht auf. Es ist nicht seine Welt, aber dieses Gespräch scheint ihm doch nicht ganz durchschnittlich zu sein.

»Die Liebe.« Er hört, wie sie schluckt. »In gewisser Weise vielleicht schon. Meistens geht es aber nicht so sehr um die romantische Liebe, eigentlich, sondern vielleicht in dem Sinn, dass alles in gewisser Weise mit Liebe zu tun hat?«

»Hör mal, erzähl hier nicht so ’ne vage Scheiße, ja? ›In gewisser Weise hat alles mit Liebe zu tun.‹ Für ’n Arsch! Spar dir dieses Geseire für deine Frauenzeitschriften!« Er pfeift zwischen den Zähnen, lässt dann seine Stimme so ermattet wie möglich klingen: »Erzähl mal was über die Hauptfigur in deinem letzten Buch.«

»Das war ein Sammelband mit Kurzgeschichten«, flüstert die Autorin.

Sein Seufzer hält lange an, bevor er von lautstarkem Gähnen abgelöst wird.

»Möchten Sie, dass ich eine einzelne Figur herausgreife?«

»Spar dir die Mühe. Was verdienst du so mit dem Schreiben?«

»Ach, eigentlich interessiert das doch niemanden, und es ist sehr unterschiedlich. In einem Jahr …«

»Findest du dich selbst attraktiv?«

»Nein, nicht sehr. Ich bin auch nicht vollkommen unzufrieden. Aber was hat das eigentlich mit …«

»Auf jeden Fall ist es gut, dass kein Fotograf anwesend ist. Wie fühlt es sich an, wenn ein Kinderwunsch nicht in Erfüllung geht?«

»Ich hatte nicht wirklich …«

»Jaja. Wer sind deine Epigonen?«

»Meine Epigonen?«

»Ach so, ja, der Begriff ist dir vielleicht nicht geläufig. E-pi-go-nen. Vor-bil-der. Gro-ße Künst-ler aus der Ver-gan-gen-heit, Menschen, die du bewunderst, weil du nicht kannst, was sie können.«

»Entschuldigen Sie, aber das stimmt doch nicht ganz. Epigonen sind Nachfolger, Nachahmer, die nichts Neues schaffen. Ich habe meines Wissens keine Epigonen. Wollen Sie wissen, wer meine Vorbilder sind?« Zum ersten Mal, seit der böse Mann ihr Zimmer betreten hat, hört Alphonse etwas anderes als höfliche Verzweiflung in der Stimme der Autorin. Sie bekommt die kleine triumphierende Brise, die zwischen ihren Worten weht, erst unter Kontrolle, als ein Stuhl oder ein anderer schwerer Gegenstand umfällt. Alphonse macht einen Schritt auf das Zimmer zu. Er nimmt sich vor zu warten, bis sie ihn ruft, sie weiß, dass er hier ist.

»Gib mir ein Wörterbuch!«, stößt der Mann hervor.

Ein dickes Buch, das auf einen Tisch geworfen wird, wieder Rascheln von Papier. Dann ein Geräusch, das er nicht einordnen kann.

»Was machen Sie denn da? Hören Sie sofort auf damit!«

Alphonse stößt mit der Autorin zusammen, als er in das Zimmer stürmt. Entsetzt zeigt sie auf den rot angelaufenen, in der Mitte des Zimmers hockenden Mann, der mit Schaum vor dem Mund sein Geschäft auf dem Parkett verrichtet.

»Ohlalalalalalaaa!« Der Ausruf ist neu für Alphonse, aber die Situation ist es schließlich auch.

»Nicht mein Wörterbuch!«, schreit die Autorin, doch der Mann hat bereits seine rechte Hand mit einem dicken Knäuel aus ausgerissenen Seiten gefüllt, mit dem er jetzt seinen Hintern abputzt. Dabei starrt er sie unentwegt dämonisch an.

»Das kannst du doch nicht bringen, Mann«, sagt Alphonse.

»Gehört der Neger zu dir?«, fragt der andere, der seine Hose jetzt wieder zuknöpft. Sein Gestank steigt vom Boden auf, verbreitet sich bis in die Ecken des Zimmers.

»Du räumst das jetzt weg!« Alphonse macht aus sich den größten und breitesten Mann, den er in sich finden kann, wiederholt seinen Befehl, gefolgt von einer Anzahl von Flüchen und Beschimpfungen auf Wolof, der Sprache, die er zwar nicht fehlerlos beherrscht, die ihm aber am geeignetsten erscheint, um jemanden zu verwünschen.

Die Autorin starrt ihn entsetzt an, der Journalist versucht, eine unbeeindruckte Miene aufzusetzen und an ihm vorbei zur Tür zu laufen, doch Alphonse versperrt ihm den Weg, schlägt die Tür mit seiner Faust zu. Dann packt er den Kopf des Mannes zwischen seine Hände und dreht ihn in die Richtung des Haufens.

Der Kopf zwischen seinen Händen beginnt zu schreien: »Ich werde es nicht auffressen! Vergiss es! Ich werde es nicht auffressen!«

»Das verlangt doch auch niemand«, sagt die Autorin, die jetzt in einen Zustand von gelassenem Ernst versunken ist. Sie reicht ihm einen Plastikbeutel.

»Hier, damit kannst du es entsorgen.«

»Tu, was sie sagt.« Alphonse verschränkt die Arme vor der Brust.

Der Mann beeilt sich, drückt dann den Schwamm in dem Eimer aus, den ihm die Autorin gereicht hat, schrubbt und reibt, bis nichts mehr von dem Fleck zu sehen ist. »Ich bin Belgier! Ich habe meine Rechte!«, ruft er noch.

Alphonse tritt einen Schritt zur Seite, damit der Mann mit dem gefüllten Beutel zur Tür hinausrennen kann. Durch das Fenster schauen sie zu, wie er hastig durch den Park läuft.

»Was für ein Theater!« Die Autorin versucht ein Lächeln. »Entschuldige, dass du da hineingezogen wurdest. Und danke.«

»Ich nehme mal an, dass nicht jedes Interview so endet, oder?«

»Nein, nein. Manchmal sind sie nett. Manchmal kommt sogar ein Gespräch zustande.«

Er lässt sich von ihr einen Kaffee einschenken. Sie sitzen sich gegenüber und schweigen, ihre Blicke werden von dem nassen Fleck zwischen ihnen angezogen. Es riecht immer noch übel.

»Ich brauche jetzt doch was Stärkeres«, sagt die Autorin. Sie holt eine Flasche Rum aus dem Nachtkästchen. Er lehnt dankend ab, schweigt, während sie trinkt.

Der Übersetzer, der den Trubel im angrenzenden Zimmer ohne Zweifel mitgehört hat, streckt seinen Kopf ein einziges Mal auf den Flur hinaus. Obwohl er Alphonse immer noch misstrauisch anblickt, hält er ihm einige Fotos von Schmetterlingen unter die Nase, die er mit seinem Smartphone eingefangen hat, danach zeigt er sich nicht mehr.

Bei einem späten Mittagsimbiss auf der Bank, während sein Blick den Himmel über den Buchen absucht und er auf die Feldlerche wartet, sieht Alphonse die Autorin auf sich zukommen. Sie lächelt breit und winkt. Als er zurückwinkt, begreift er, dass sie betrunken ist.

»Entschuldige, ich bin ein bisschen beschwipst«, bestätigt sie. Sie setzt sich neben ihn und lächelt süß und ein wenig frivol. Eines ihrer Augen schielt offenbar leicht unter Alkoholeinwirkung. Er weiß zunächst nicht, in welches der beiden er blicken soll. »Vielen Dank, das wollte ich noch sagen.«

»Das hast du schon gesagt. Nichts zu danken. Meinst du, das Interview wird irgendwo erscheinen?«

»Ich weiß immer noch nicht, wofür es bestimmt war. Du warst wirklich beeindruckend.«

Sie lachen ein wenig. Er sucht nach etwas, was er sagen könnte, und sie wahrscheinlich auch.

»Beeindruckend ist ein komisches Wort, denn alles macht ja irgendwie einen Eindruck!«, bemerkt sie mit Emphase.

»Das stimmt.«

Einen Augenblick lang glaubt er, die Feldlerche zu hören. Sie lauscht mit ihm. »Nein, doch nicht«, sagt er. »Es gibt hier einen Vogel, der mich seinen Herzschlag hat spüren lassen. Aber seitdem habe ich ihn nicht mehr gesehen.«

Sie legt ihren Kopf an seine Schulter, drückt in Höhe seines Herzens ein spitzes Küsschen auf seinen Pullover. »Menschen wie du sind dünn gesät«, murmelt sie.

Er traut sich nicht recht, sie zu berühren, tut es dann doch, klopft ihr ein paar Mal sanft auf den Rücken, wie bei einem Baby nach dem Füttern. Der Kopf an seiner Schulter wird schwer, ihr Atem lauter. Während aus ihrem Mund ein nach Rum riechender kleiner Speichelstrom auf seinen Pullover fließt, isst er sein letztes Butterbrot. Die Feldlerche kommt heute nicht. Er weckt sie auf. Sie entschuldigt sich viele Male und eilt ins Haus. Für den Rest des Tages lässt sie sich nicht mehr blicken.

Er findet die Erzählung, als er schon wieder bei der Arbeit ist, versteht nicht, wie sie die Blätter in die hintere Tasche seiner Hose hat stecken können, ohne dass er es bemerkt hat. Er liest den Titel: »Die Ernährungsberaterin und der Stuckateur«. Am Steuer seines geparkten Wagens kämpft er mit den Buchstaben. Seine Neugier ist stärker als die Frustration.

Ab dem nächsten Monat wird die Ernährungsberaterin nicht nur über das Krankenhaus zu erreichen sein. An zwei Tagen und an jedem Abend ihrer Arbeitswoche wird sie im umgebauten Erdgeschoss ihres Hauses Patienten empfangen können. Manche Ernährungsberater nennen ihre Patienten »Klienten«, sie nicht. Das hohe Zimmer sieht allmählich immer mehr wie ein Praxisraum aus. Es müssen nur noch die Wände gespachtelt und ein paar leichte Stuckarbeiten erledigt werden. Die Ernährungsberaterin hat sich für Feinputz entschieden. Das findet sie schöner als Wandfarbe.

»Alle selbstständigen Handwerker sind Diebe«, sagt ihr Mann, bevor er in sein Büro aufbricht. »Also behalte ihn im Auge.«

Aus dem Ton, in dem der Ehemann durchwegs mit ihr spricht, kann man schließen, dass er die Ernährungsberaterin als Gefahr für sich selbst betrachtet.

»Ich kann doch nicht die ganze Zeit rumhängen, während der Typ seine Arbeit macht?«, wendet sie ein, doch das hat ihr Mann offensichtlich nicht mehr gehört. Die Haustür fällt hinter ihm ins Schloss. Kurz darauf hört sie sein Auto wegfahren.

Weil im Praxisraum noch keine Möbel stehen, hat die Ernährungsberaterin sich mit einem Laptop und einem vollgeschriebenen Notizblock am Esstisch installiert. Sie muss heute nicht ins Krankenhaus und ist fest entschlossen, ihre Zeit vernünftig zu nutzen. Sie muss ein paar hingeworfene Notizen in den Computer eingeben, und es gibt einige Patienten, die noch nicht in der richtigen Mappe untergebracht sind. Die wird sie heute sortieren. Kinder. Leistungssport. Morbide Adipositas. Sortieren, das tut die Ernährungsberaterin gerne.

Gerade hat sie sich in ihre Notizen über einen Neunjährigen vertieft, den sie schon seit einiger Zeit zu einem Dreihundert-Kalorien-Frühstück bekehren will, als es an der Haustür klingelt.

»Guten Morgen«, sagt der Stuckateur in der Türöffnung höflich, mit einer bronzenen Stimme und einem Akzent.

Die Ernährungsberaterin hat kein Problem damit, sich einzugestehen, dass sie den Stuckateur attraktiv findet, wenngleich es sie überrascht, denn sie hat schon seit Jahren kaum noch ein Auge für männliche Schönheit. Der Stuckateur ist nicht besonders jung, ebenso groß wie sie, eher mager als schlank und, nun ja: schwarz – oder jedenfalls sehr dunkelbraun. Er trägt Jeans und ein blaues Hemd mit weißen Gipsspuren. In der einen Hand hält er einen Eimer mit Werkzeug, in der anderen eine Sporttasche.

Die Ernährungsberaterin spürt ihr Gesicht zu einem strahlenden Lächeln erblühen.

»Guten Morgen«, sagt sie. »Ich werde Ihnen gleich den Praxisraum zeigen, oder besser gesagt, den Praxisraum to be.« Ihre Stimme hallt schrill von den Wänden wider. Ihr Lachen auch. Den Praxisraum to be, hat sie gesagt.

»Vielen Dank.« Der Stuckateur folgt ihr. Im Praxisraum geht er die Wände entlang, fährt mit seiner riesigen Hand darüber. »Heute: spachteln«, sagt er. »Ich hole meine Leiter.«

Als er mit der Leiter zurückkehrt und anfängt, die Masse anzurühren, hat sich die Ernährungsberaterin immer noch nicht von der Stelle gerührt. Nur ihre Augen bewegen sich. Die Stelle, an der sein Haaransatz in den Nacken übergeht, findet sie besonders gelungen, rührend fast. Sie spürt, wie das verrückte Verlangen in ihr aufsteigt, ihre Hand auf seinen Kopf zu legen und sanft zu drücken, um die Federkraft seiner kleinen Löckchen zu prüfen. Seine Schultern sind breit und knochig, sein Rücken gerade, seine Hüften schmal. Die Ernährungsberaterin erinnert sich, dass sie die Rückseite von Männern bevorzugt, auch bei Männern mit einem schönen Gesicht wie diesem. Sein kleiner, runder Hintern fasziniert sie am meisten. Hypnotisiert sie, könnte man fast sagen.

Als es ihr endlich gelingt, ihren Blick von ihm loszureißen, bemerkt sie, dass er sie über seine Schulter hinweg anstarrt. Ein klein bisschen ängstlich vielleicht, doch vor allem abwartend. Sie weiß nicht, wie lange schon.

»Kaffee?«, fragt die Ernährungsberaterin.

»Ja«, sagt der Stuckateur, ohne den Blick abzuwenden. »Vielen Dank.«

Die Kaffeemaschine gurgelt, während die Ernährungsberaterin kreuz und quer durch die Küche läuft. Sie richtet ein paar Vollkornkekse in einer Glasschale an. Die in der Packung übrig gebliebenen Kekse isst sie einen nach dem anderen auf. Danach brät sie zwei Spiegeleier, die sie direkt aus der Pfanne verschlingt.

Als sie das Zimmer betritt, das Tablett in den Händen, steht er auf der dritten Stufe der Doppelleiter, um weiter oben ein Loch zu füllen. Der Hintern des Stuckateurs befindet sich in ihrer Augenhöhe und bewegt sich ein wenig, wenn er das Gewicht von einem Bein auf das andere verlagert.

»Ich stell den Kaffee hier ab«, sagt die Ernährungsberaterin. »Auf dem Fußboden. Oder soll ich ein Tischchen holen? Ich kann auch ein Tischchen holen.«

»Vielen Dank«, sagt der Stuckateur, zu konzentriert auf seine Arbeit, um sich umzudrehen.

Die Ernährungsberaterin nähert sich ihm mit entschlossenen Schritten. Als sie in seiner Nähe stehen bleibt, bewegt sich der Hintern nicht mehr. Sie schlingt ihre Arme um ihn, knöpft seine Hose auf, zieht sie mit einem kräftigen Ruck nach unten und gräbt ihre Zähne in seine Hinterbacke.

Der Stuckateur schreit, doch die Ernährungsberaterin lässt nicht los. Sie konnte nicht anders, und sie will nicht damit aufhören.

»Das ist verrückt!«, ruft der Stuckateur. »Ich bitte Sie! Das ist zu verrückt!«

Die Ernährungsberaterin betrachtet seine Haut, die makellos ist, abgesehen vom Abdruck ihres Gebisses. Sie fragt sich, ob der blaue Fleck zu sehen sein wird. Mit der Seite ihres Zeigefingers streichelt sie seinen straffen Hodensack, und von dort langsam über die gesamte Länge. Sie kann seinen Schwanz nicht sehen, doch als sie an der Eichel angelangt ist, hat er sich unzweifelhaft aufgerichtet. Dann eilt sie aus dem Zimmer.

Eine Viertelstunde hat es ihn gekostet, die ersten Seiten zu entziffern. Die Dämmerung sinkt. Kat wartet auf ihn. Morgen kommt Amadou. Er knipst das Deckenlämpchen an und konzentriert sich wieder auf die Buchstaben.

Verrückt geworden, denkt die Ernährungsberaterin. Nicht zu ändern, irgendwann musste das kommen. Und froh ist sie auch, richtig froh, fast beängstigend. Ist das ein Licht, das in mir leuchtet, fragt sie sich, oder ist es ein vernichtendes Feuer?

Letzteres fragt er sich auch manchmal, wenn er, wie es ihm derzeit immer wieder passiert, plötzlich ohne Grund vor Freude überläuft. Er glaubt, ein Licht.

Sie geht in den Garten, zieht ihre Schuhe aus, danach ihre Leggings und ihr Höschen. Das Sonnenlicht fließt wie Honig zwischen den Zweigen der jungen Apfelbäume, zwischen ihren Fingern und Beinen. Es geht ein kräftiger Wind, sie spürt, wie er an ihrer blonden Scheide unter dem glatten Kleid entlangstreicht. Das Gras kribbelt kurz und frisch unter ihren Fußsohlen. Es fordert sie auf, sich hinzulegen. Komm, denkt sie.

Er kommt nicht. Sie will sich nicht fragen, was in sie gefahren ist, ob es mit einem Mangel an Vitamin B zu tun hat, oder mit Eisen. Sie lässt sich auf die Knie sinken, legt sich dann auf den Bauch. Die Erde drückt schwer gegen ihre Hüften und Brüste, gegen ihre linke Wange. Komm doch, denkt sie. Im Blickfeld der Ernährungsberaterin setzen sich Fliegen auf das Gras und kopulieren.

Als in der Ferne der Klingelton ihres Telefons ertönt, steht sie erschrocken auf. Sie streift ein paar Grashalme von ihren Beinen und geht in die Küche, kommt mit dem Ding an ihrem Ohr wieder aus dem Haus. Es ist ihr Mann.

»Wertpapiere Rollsplitt Katalysator Scheveningen Purismus«, sagt er. »Cyber-Mobbing Polemik Parkschein – erwähnenswert selbstredend!«

»Selbstredend«, wiederholt die Ernährungsberaterin.

»Begründet gestiegene Ausgaben, Dornengestrüpp, Strafvollzug ein Irrer selbst wenn Karosserie hundertachtzig?«, fragt ihr Ehemann verärgert nach.

»Könnte sein«, sagt die Ernährungsberaterin verhalten. »Aber ich habe gerade hier zu tun.« Der Stuckateur ist unter der Tür aufgetaucht. Er saugt an seiner vollen Unterlippe und schickt seinen Blick zum Saum ihres Kleids. Sie hebt diesen an. Ein klein wenig. Bis sie das Wehen besser spüren kann. Seine Augen durchbohren das, was sie ihm zeigt.

»Okay«, sagt ihr Mann. »Wasserstand Kulturpolitik Amphetamine.«

»Okay«, sagt die Ernährungsberaterin, bevor sie ihr Kleid wieder fallen lässt und das Gerät ausschaltet. Sie wirft es von der einen Hand in die andere, dann ins Gras.

Der Stuckateur schaut auf ihre nackten Beine, ihre Füße mit den makellos lackierten Zehennägeln im Gras, bevor er ihrem Blick begegnet. Dass er ihr Lächeln nicht erwidert, macht sie nervös. Sie bleibt stehen, als er auf sie zugeht, sie gelangt zu der Überzeugung, dass es keinen schöneren Mann gibt.

Einige Sekunden lang explodiert die Fantasie der Ernährungsberaterin in alle möglichen Richtungen – Fesseln, Gruppen, Pisse – aber einen Kuss hatte sie nicht erwartet. Es ist ein langer, vorsichtiger Kuss, mit weichen Lippen und einer Zunge, die so rosa ist wie ihre Brustwarzen. Er hält ihren Kopf mit warmen Händen fest. Für einen Augenblick glaubt die Ernährungsberaterin, dass sie wie ein Wolf heulen oder das Bewusstsein verlieren wird, bis das alles von einer neuen, noch üppigeren

Portion Freude weggespült wird. Dann überkommt sie eine fremdartige Ruhe. Die riesige Luftmasse, die auf ihrem kleinen Körper ruht, hat die perfekte Temperatur.

Er löst sein Gesicht von dem ihren, schaut ihr in die Augen. Sie legt ihr Kinn auf seine Schulter und er tut dasselbe bei ihr. So bleiben sie stehen, atmen, warten. Er riecht nach Erde, Baumstämmen. Auch Mangos vielleicht, oder eher Beeren, Brombeeren. Dieselbe Körpergröße zu haben ist ein großer Vorteil, denkt die Ernährungsberaterin. Sie könnte stundenlang so stehen bleiben, doch sie will noch alles Mögliche, daher sagt sie: »Bleiben wir hier so stehen?«

»Wie Giraffen«, kichert er.

Sein Kichern hüpft durch sie hindurch, geht auf sie über, danach seufzen sie gemeinsam. Die Ernährungsberaterin könnte sich sehr in diesen Mann verlieben, ist es vielleicht schon.

»Was soll ich mit Ihnen tun?«, fragt er.

»Was du nur willst«, sagt sie. »Sollten wir uns jetzt nicht besser duzen?«

Er knöpft sein Hemd auf, seine Fingerkuppen legen sich flach und weich auf die weißen Knöpfe. Sie zieht ihr Kleid über den Kopf, lässt ihren BH von ihren Armen gleiten. Seine Augen kriechen über ihren Körper, aufmerksam.

»Du bist schön«, sagt er.

Die Ernährungsberaterin war noch nie in Gefahr, das Gegenteil zu glauben, aber es freut sie, es wieder einmal von einem andern zu hören. Von dieser Stimme. Er muss auch reden.

Er nimmt ihren Arm, küsst die Innenseite. Den anderen Arm streckt sie zu seinem Rücken, seinen Schultern hin.

»Deine Haut«, sagt er, »ist sehr zart.«

Sie denkt dasselbe über die seine.

»Sahne«, sagt er.

Über ihnen fliegt ein großer, bunter Vogel, einer, den sie noch nie zuvor gesehen hat. Was für ein Tag, denkt die Ernährungsberaterin, vielleicht werde ich bald sterben, ist dies etwas, was mir kurz vor Schluss noch gegönnt wird – ich hätte mir nichts Besseres wünschen können.

Sie hilft ihm aus der Hose, hält seinen schweren, aber zierlichen Schwanz in ihrer Hand. Er ist beschnitten. Vielleicht ein Muslim, denkt die Ernährungsberaterin. Ihre andere Hand lässt sie über seine Hinterbacken gleiten, die sie knetet und etwas auseinanderdrückt.

»Hm«, sagt er.

»Hm?«, fragt sie.

»Hm!« Er sieht ebenfalls froh aus.

Er geht etwas in die Knie, damit sein Glied an der gespaltenen, feuchten Unterseite ihres Dreiecks zu liegen kommen kann. Sie lässt sich an ihm entlanggleiten, hält sich fest an diesem dünnen dunklen Baum, sitzt auf seinem Ast und bewegt sich vor und zurück.

Als er ihre Hinterbacken fest in die Hände nimmt, schlägt sie ihre Beine um ihn, so kann sie ihn auch an ihrem Arsch spüren. Er biegt sie nach hinten, hält sie mit sicherem Griff, legt sie vorsichtig ins Gras.

Sie zieht ihn auf ihre Seite herunter, kniet sich vor ihm hin. Seine Waden sind schmal und lang, seine Oberschenkel muskulös. Sie streichelt und leckt seinen schönen Schwanz, umschließt ihn mit ihren Lippen, streichelt den Stuckateur vom Hintern bis zu den Hoden.

»Warte!«, ruft er.

Sie küsst seinen Bauch, seine schwindelerregend niedlichen Brustwarzen. Die Muskeln bewegen sich unter seiner Haut, als er den Kopf hebt, ihre Lippen finden sich zu einem Kuss. Er geht vor ihr auf die Knie, beugt sich vornüber.

»Jaguar«, sagt sie.

Er denkt kurz nach und antwortet dann: »Fuchs.«

Jetzt sinkt er tiefer, küssend, leckend, ein Kissen aus Fleisch, das er stempelt, der zärtlichste Mund, dem ihre Klitoris je begegnet ist, die wirksamste Zunge. Seine Hand übernimmt, nimmt den geschwollenen Knopf zwischen Daumen und Zeigefinger, zieht sanft daran, streicht an ihm entlang, als sei es ein kleiner Schwanz, was die Schwellung steigert. Nicht aufhören, denkt sie. Er macht weiter. Als sie ihre Augen schließt, wird sie von einem hellroten Licht eingesaugt, Mars, die Sonne, die Innenseite der Erde. Dann schaut sie wieder, was er macht; sie glitzert, ist glatt und rosa wie seine Zunge. Sie stöhnt, drückt ihren Unterleib gegen seine Hand, die ihre Scheide jetzt vollständig bedeckt, übergeht in einen Finger zwischen ihren Backen, einen Daumen an ihrer Klitoris.

»Ich werde dich ficken«, sagt er.

»Ja«, sagt sie. »Ich dich auch.«

Sie drückt ihn auf das Gras, kehrt ihm den Rücken zu und hockt sich mit gespreizten Beinen über ihn, schiebt seinen Schwanz in sich mit einem Stöhnen. Sie kann ihn gut spüren, hart wie ein glitschiger Felsen, langsam und tief stoßend, während ihre Hüften liegende Achten zeichnen. Einige Male blickt sie über ihre Schulter, sieht ihn hinschauen, den Hals emporgereckt, sein Mund offen, Gier und wildes Erstaunen im Gesicht. In diesem Augenblick werden sie von einer ersten Welle getroffen. Mit aufeinandergepressten Zähnen und für einen kurzen Moment abgewendeten Blicken saugen sie die Frühlingsluft ein, schmecken den Geruch von trocknender Wäsche auf der Leine, und Schweiß, Gras, junge Bäume, Schwanz und Scheide, süß und scharf und überall. Das Gewicht seiner Hände gleitet von ihren Hüften zu ihren Hinterbacken, die er sanft öffnet, damit er besser sehen kann, wie sie sich mit ihm füllt und wieder loslässt. Er stöhnt, richtet sich auf. Seine Hand klettert auf die andere Seite ihrer Hüfte, streichelt ihre Schamlippen, zieht eine Spur mit ihrer Feuchtigkeit an der Innenseite ihrer Schenkel. Dann klopft er mit der flachen Hand an ihre Scheide, immer schneller. Er bleibt weiter in ihr, aber jetzt rappelt er sich auf, hockt auf den Knien hinter ihr. Eine zweite, höhere Welle erreicht sie. Diese gehört nur ihr, sie wird von ihr zu Boden gedrückt, beugt sich vornüber, während lang gezogene Laute aus ihrer Kehle rollen. Er hat seine Arme um ihre Taille geschlagen, drückt ihren bebenden Leib kräftig gegen seinen Schoß.

Für einen Moment ist sie ohne Orientierung, weiß nicht, wo seine Stimme herkommt.

»Ich will dein Gesicht sehen«, sagt er. »Und deine Brüste.«

In einer einzigen Bewegung verändert sich ihre Stellung vollständig, sie auf der Seite, ihr Arm in ihrer Kniebeuge. Sie sieht, dass er jetzt nicht mehr viel braucht, dass die Flut jetzt auch auf ihn zukriecht, um ihn mitzureißen. Er schaut sie an, hilflos und ein wenig wahnsinnig. Sie bewegt weiter ihre Hüften, lässt seinen Schwanz bis kurz vor dem Ende glitzern, saugt ihn dann wieder ein. Sie wiederholt die Bewegung, unerbittlich, schaut auf ihre Brustwarze und die Spitze seiner Zunge, die größer, länger wird, sein geweiteter Mund, seine weichen Lippen. Es befeuert sie. Sie will, dass er sie vollkommen ausfüllt, bekommt, was sie will, und will dann noch mehr.

»Schön«, sagt er. »So schön.«

Durch seine Stimme wird das Wort noch stärker aufgeladen. Sie streichelt die weiche Krümmung an seinem unteren Rücken, spürt die Glut erneut durch ihren Bauch vordringen. Sie liegt jetzt auf ihrem Rücken, die Beine so weit wie möglich gespreizt. Er ergreift eine Brust, beißt hinein, bis sich sein Gesicht verzieht. Sie stemmt ihr Becken nach oben, drückt seinen Hintern runter, hält ihn fest, kommt. Sein Bauch ist vollkommen angespannt, tief in ihr zuckt sein Schwanz.

Unter ihnen vergehen die Toten und alles, was kraucht und krabbelt und keimt in der dünnen Kruste, die sie von einem Kern trennt, der sich nie sehen lässt, und von Tausenden Kilometern strömender, bebender Hitze, wartend auf einen nächsten Ausweg, einen nächsten Griff nach den Wolken.

Dorthin blicken die Ernährungsberaterin und der Stuckateur jetzt, in die Wolken, auf dem Rücken nebeneinander liegend, noch nackt und pochend, doch nicht mehr ineinander verschlungen. Seine Hand tastet im Gras zwischen ihnen, auf der Suche nach der ihren. Es ist das erste Mal, dass jemand das tut, wird ihr zu ihrer Betroffenheit bewusst, liegend meine Hand finden. Es fühlt sich mehr als angenehm an. Verbunden. Nanu, denkt sie anschließend, mir ist noch nie aufgefallen, dass man von den obersten Etagen dieses Wohnblocks einen Ausblick auf unseren Garten hat – was soll's, nun ist es zu spät.

»Ich danke dir«, sagt der Stuckateur.

»Ich dir auch«, sagt die Ernährungsberaterin. »Vielen herzlichen Dank.«

Und dann ist nicht ganz klar, wer mit dem Lachen anfängt, aber in dem Augenblick, als sie sich von der Seite angeschaut haben, mit dreieckigen Mündern und Zähnen, die auf einmal viel breiter erscheinen, dröhnt es unbezwingbar durch ihre Leiber. Sie kreischen, verschlucken sich, schnappen nach Luft, trauen sich nicht mehr, dem andern in die Augen zu sehen, weil das den Krampf in ihren Bauchmuskeln verstärken würde.

Auch davon müssen sie sich erst wieder erholen. Immer noch fließt die Zeit ohne sie weiter. Sie haben ihre Hände nicht losgelassen.

»Jetzt muss ich aber weitermachen«, sagt der Stuckateur schließlich. »Ich bin noch nicht mal fertig mit dem Spachteln.«

»Ja«, sagt die Ernährungsberaterin. »Ich muss auch noch ein bisschen sortieren. Aber vielleicht vorher noch einen Croque Monsieur?«

Den nimmt er gerne an. Sie bereitet auch einen für sich selbst zu. Sie ziehen ihre Kleider an und essen nebeneinander auf der Terrasse, etwas verlegen.

»Ich werde auch noch Kaffee bringen«, sagt sie.

»Ja«, sagt er.

Er drückt ihr einen kindlichen Kuss auf die Wange und steht auf, geht in den Praxisraum, wo sie ihn nicht mehr sehen kann. Sie schaltet die Kaffeemaschine ein, lässt den Wasserhahn laufen, zweifelt, stellt ihn wieder ab. Als sie den Praxisraum betritt und die neue Tasse auf das Tablett stellt, ist er konzentriert damit beschäftigt, ein Loch in der Wand zu füllen, diesmal nicht auf der Leiter.

»Danke«, sagt der Stuckateur.

»Wenn etwas ist, ich bin hier unten im Wohnzimmer«, sagt die Ernährungsberaterin.

Sie weckt den Bildschirm und macht sich an die Arbeit, mit Eifer und Zielstrebigkeit. Im Zimmer nebenan untersucht er aufmerksam die Wände, füllt Löcher, wo es nötig ist.

Was sie nicht voneinander wissen, ist die Unterbrechung, die nicht gewaschene Hand, die sie unabhängig voneinander an die Nase halten, an ihre Lippen drücken, betäubt vom Geruch des anderen, das kurze Zucken, das durch ihre Lenden fährt.

Als er fertig ist, eine halbe Stunde, bevor ihr Mann erscheinen wird, klopft er leise an die Tür des Wohnzimmers.

»Ich bin fertig.« Er lächelt. »Wenigstens für heute. Jetzt muss es trocknen, sich ein bisschen setzen.«

»Wann kommst du wieder?«, fragt sie.

»In drei Tagen«, sagt er. Dann kann ich anfangen mit dem Verputzen.«

Sie begleitet ihn zur Tür, öffnet sie noch nicht. Sie wenden sich einander zu, grinsend, dann besonnener, zwei großartige Idioten, die sich liebevoll in die Arme fallen.

Es ist neun Uhr, als Alphonse die Blätter zusammenfaltet und sie wieder in seine Jackentasche steckt. Er weiß, dass sein rascher gehender Puls nicht nur mit der Anstrengung zu tun hat, die ihn das Lesen gekostet hat. Seines Wissens ist er noch nie zuvor eine Figur auf Papier gewesen. Eine zweifelhafte Ehre. Er fühlt sich, als wäre er auf einen Körper reduziert worden, und er hat einen Steifen. Er lässt den Motor an.

Wie erwartet ist Kat sauer. Sie hat ihn angerufen und er ist nicht rangegangen. Sie verlangt, dass er morgen da ist, wenn sein Freund ankommt. Er verspricht, sein Bestes zu tun, erzählt von dem wahnsinnigen Journalisten, und weiß so ihre Wut abzuleiten. Über die Erzählung, die er gelesen hat, sagt er nichts. Später, denkt er, doch das glaubt er selbst nicht so ganz.

18

Es ist sein vorläufig letzter Tag in der Villa im Park. Um die Zimmer der Autorin und des Übersetzers zu streichen, wird er erst zurückkehren, wenn sie abgefahren sind.

Fast scheint es, als sei dies schon der Fall. Keiner von beiden verlässt oder betritt das Haus, hinter ihren Türen bleibt es still. Bei der Autorin vermutet er, dass sie ihm absichtlich aus dem Weg geht. Die letzten Wände werden schnell weißer, er wird sicherlich zu Hause sein, wenn Amadou und seine Freundin eintreffen. Mitsy heißt sie.

Weil die Bank unter den Buchen nass vom Regen ist, isst er zwischen seinen Malergerätschaften. Er hat gerade einen ersten Bissen von einem Apfel genommen, als die Autorin auf dem Flur auftaucht. Sie blickt zuerst in eine andere Richtung. Ihre Augen erschrecken, als sie seinen begegnen.

Er schluckt mühsam und grinst. »Hey.«

Sie kichern kurz wie alberne Kinder, sie am Türpfosten lehnend, er mit dem Apfel.

»Danke für die Geschichte«, sagt er.

»Ach so, ja«, sagt sie hilflos. »Hast du sie gern gelesen?«

»Ja«, sagt er. »Aber es ist schon verrückt, dass ich da eine Rolle drin spiele.«

Ihr Lächeln gefriert und verschwindet.

»Es ist Fiktion.«

»Ja. Natürlich. Entschuldige.«

»Das bist nicht du.«

»Okay.«

»Du meine Güte«, murmelt sie. Bevor er noch etwas sagen kann, hat sie sich schon von ihm abgewendet und ihre Tür mit Aplomb hinter sich geschlossen. Er geht davon aus, dass er besser nicht anklopfen sollte, um sich zu entschuldigen, hat auch überhaupt keine Lust dazu. Er fühlt sich vorgeführt, wie ein Depp, ein bisschen sauer ist er außerdem. Er hat Sehnsucht nach seinem Bass.

Sein Arbeitseifer leidet nicht darunter. Kurz nach drei ist er fertig und froh, dass er nach Hause fahren kann.

Die Autorin klopft an das Fenster des Erdgeschosses, kaum, dass er das Haus verlassen hat. Sie wechseln ein schiefes Lächeln, von einem kurzen Aufblitzen der Freude unterbrochen, bis die Verlegenheit die Oberhand gewinnt und sie sich beide mit flüchtigen Grüßen vom Fenster abwenden.

Bei Alphonses Auto steht der Übersetzer, der auf ihn gewartet hat. Er zeigt ihm ein Foto eines riesigen, bunten Schmetterlings auf seinem Smartphone-Display. Wie die eigenwillig gemusterten Ränder der schwarz-roten Flügel einander perfekt spiegeln.

»Kenia«, sagt er.

»Schön.« Alphonse starrt abwesend auf das Bild. Kenia, da würde er gerne mal hin.

»Bist du auf Facebook?«

Alphonse schüttelt den Kopf. Nach einem verzweifelten Nicken eilt der Übersetzer fort.

Über den schmalen Straßen hängt ein schwerfälliger, langgezogener Stratokumulus. Es scheint vor ihm kein Entrinnen zu geben, bis die schwarze Unterseite vor seinen Augen hochgezogen wird wie ein schwerer Theatervorhang. Alphonse ist ein Komparse, der in ein unerwartetes Bühnenbild hineinfährt, mit lieblichen Wolken, die wie ausgelassene Lämmchen auf einer blauen Wiese herumtollen. Plötzlich freut er sich sehnsüchtig auf das Wiedersehen, begreift seine Zurückhaltung der letzten Wochen nicht mehr. Es ist Amadou als Zwölfjähriger, der ihm jetzt in den Sinn kommt: ein junger senegalesischer Peul mit einem mageren Körper, abstehenden Ohren und vollen Wangen, die später einfallen sollten, der erste Altersgenosse, mit dem er in Belgien Wolof sprach, und lange Zeit der Einzige, mit dem er diese Sprache pflegte. Sie wohnten in derselben Straße, gingen später auf dieselbe weiterführende Schule. Amadou wurde zu einer wandelnden Datenbank, was die Kolonialgeschichte betraf, und oft wurde er auch von eigenartigen Anwandlungen heimgesucht. So war er eine Zeit lang von dem Gedanken besessen, dass das Atomium renoviert werden müsse. Er ließ eine Petition herumgehen, die niemanden interessierte, außer ein merkwürdiges Mädchen, das in der Folge für einige Zeit seine Freundin war. Sehr genau erinnert sich Alphonse auch an ein Sweatshirt mit dem Abbild von Bob Marley, das Amadou eine gewisse Zeit lang fast täglich getragen hatte. Bedingt durch Wettereinflüsse und den übermäßigen Kontakt mit Waschpulver war Bob jedoch ziemlich rasch bedenklich weiß geworden, danach steinalt. Als sein Gesicht sich in einen zerfurchten Monsterkopf verwandelt hatte und in kleinen Streifen abzublättern begann, sodass es aussah, als ob ihm fragile, gewundene Tentakel entwachsen würden, zog Amadou das Sweatshirt aus und ging dazu über, sich ein Knüpfwerk von roten, gelben und grünen Dreadlocks zuzulegen, wofür er von seinem ersten Auftritt an von der ganzen Schule ausgelacht wurde, an dem er aber trotzdem noch einige Monate festhielt. Sie reichten ihm bis an die Kniekehlen. Während er sich an diese Haare und diese Sturheit erinnert, wird Alphonse immer fröhlicher zumute. Die halbstarken Hühner, die vor ein paar Tagen bei ihrem Spaziergang aus dem Hühnerstall herausgelaufen sind, kommen ihm in den Sinn. Was für eine Phase, aus einem gewissen Zeitabstand betrachtet. Als wäre etwas Berührendes in die Hände eines wohlmeinenden Stümpers geraten. Die Übergangsriten, die sich Menschen für ihr eigenes Leben ausdenken, verstärken oft den Eindruck ihrer Lächerlichkeit.

Gibt es jedes Jahr im September noch so viele Blumen? Sie brechen üppig aus Vorgärten und angelegten Wegen neben den Auffahrten hervor. Ja, ja, nicken ihre farbigen, geschwollenen Kelchblätter und aufrecht stehenden Stempel, ja, ja, hier haben die Leute auch Sex.

Am Anfang seiner Straße steht wieder der Junge im Vorgarten. Mit Krücken und einem Gipsbein, aber er ist wieder da. Alphonse lässt sein Fenster nach unten gleiten und streckt die Hand hinaus. Genau wie bei allen früheren Malen ruft ihm der Junge »Tag, du Gauner!« zu.

Sie sind schon da. Beim Eintreten muss Alphonse über ihre Reisetaschen klettern. Aus dem Wohnzimmer dringt Gesprächslärm.

So ist er jetzt also, Alphonse. Ein Mann um die vierzig, breiter als vor fast zehn Jahren, ansonsten unverändert. Der Overall ist ein Witz. Seine Augen sind noch wie früher: Augen, die dich als Erstes suchen, und als Erstes wieder zurücklassen. Amadou erinnert sich an diesen Blick, der unter der Oberfläche sowohl etwas Schalkhaftes als auch etwas Behütendes hatte, und weiß plötzlich wieder, wogegen er manchmal glaubte ankämpfen zu müssen, an weniger harmonischen Tagen: die Ungreifbarkeit seines Freundes, die Mauer aus Unabhängigkeit, die Alphonse umgab, und die bei Amadou das unerträgliche Gefühl hervorrief, von seinem Einverständnis, seiner Zustimmung abhängig zu sein. Er ist froh, dass er seinem Freund diesen Unsinn nie gebeichtet hat. Denn jetzt sieht er es sofort: es gibt keine Mauer. Gut, dass er gekommen ist.

»*Gorgi!*«, ruft Amadou. Alter Mann. Er springt über den Couchtisch, genauso sehnig wie früher, unverändert, abgesehen von ein paar Falten und einem Anflug von Grau an den Schläfen, die übrigen Haare unter einem schwarzen Borsalino versteckt. Da seine Anwesenheit sich genauso unwirklich wie vertraut anfühlt, kann Alphonse gar nicht aufhören, ihn zu umarmen, anzuschauen und ihm auf den Rücken zu klopfen, länger, als er es wohl je getan hat. »Gut, dass du gekommen bist«, sagt er. So dazustehen, die Augen zu kleinen Halbmonden zusammengekniffen, und heiser zu lachen, zu schweigen, zu lachen, noch ein Händedruck, ein Freund, der noch lebt.

Er sieht, wie Kat mit freudiger Verwunderung ihr Wiedersehen beobachtet. Sie hat Amadou vor etwa zehn Jahren schon mal gesehen, als Alphonse und sie erst seit Kurzem zusammen waren. Nicht lange danach verschwand er aus Alphonses Leben, reiste einer Rotterdamerin hinterher, die ein Kind von ihm im Leib trug.

»Mitsy«, sagt die blonde Frau, die neben Kat steht, eine schöne Frau in seinem Alter – nicht die Mutter des Kindes, hat Alphonse aus einem Telefongespräch behalten. Er beugt sich zu ihr, um sie auf die Wange zu küssen. »Drei«, sagt sie, und er gehorcht.

Vom Wolof wechseln sie zum Französischen, vom Französischen zum Niederländischen, für ihre Geliebten. Von Ebola und Familienangehörigen zur Vergangenheit. Alphonse und die Frauen trinken, Amadou begnügt sich über Stunden mit einem Glas Saft, die regionalen Biere lässt er aus. Er scheint ein konsequenterer Muslim geworden zu sein. Alphonse erinnert sich an die Bemerkungen über das Trinkverhalten der Katholiken, die er früher öfters machte, über die Ansammlung von vergoldeten Töpfchen, Kännchen und Bechern, mit denen sie ihre Altäre vollstellen, er konnte auf witzige Weise Pfarrer nachmachen. Alphonses Mutter hat den Katholizismus immer kreativ mit einem animistischen Glauben vermengt. Schon seit seiner Kindheit in Dakar schien ihm Religion hauptsächlich ein Mittel zu sein, das nur dazu taugte, den Umgang zwischen Menschen unnötig zu erschweren. Alphonse sprang mit jungen Moslems am Meer über die Wellen, doch manchmal durfte er plötzlich nicht mit oder war nicht willkommen. Gegenüber den Katholiken hegte er wieder ein gewisses Misstrauen, weil sein Vater, den er allerdings kaum gekannt hatte, Moslem war, und weil seine Mutter sich eine eigene Version ihres Glaubens zurechtgelegt hatte. Bei seinem letzten Besuch in seinem Heimatland störte er sich maßlos an den Muezzins, die sich gegenseitig, viel lauter und häufiger als früher, von strategisch gelegenen Minaretten aus zu übertönen versuchten und so während des Gebets das Schlafen und jedes Gespräch in den Zimmern, Straßen und Büros in ihrer Nähe unmöglich machten. Das Schuldgefühl, das einem eingeredet wurde, wenn man seinen Unmut darüber äußerte, machte die ganze Sache nicht besser.

»Kiffst du noch manchmal?«, fragt Amadou von der Stereoanlage aus. Er hat eine CD von Alpha Blondy eingelegt, dreht die Lautstärke etwas weiter auf.

Alphonse schüttelt den Kopf, es muss ein oder zwei Jahre her sein. Er hatte erwartet, dass Amadou einen Vorrat dabeihaben würde, religiös oder nicht. Seine Liebe zur Hanfpflanze schien damals eine zusätzliche Motivation zu sein, seiner Schwangeren nach Holland zu folgen. Vor vielen Jahren, zwanzig genau, waren sie gemeinsam mit einer Reggae-Band drei Monate durch Senegal, Gambia und Mali gezogen. Sie waren für den Gitarristen und den Bassisten eingesprungen, die beide psychotisch geworden waren. In ihrem Übungsraum, im Haus des übrig gebliebenen Schlagzeugers in Cambérène, saßen sie auf Stoffsäcken, gefüllt mit Gras. Sie hatten es großartig gefunden und waren fortwährend in Panik gewesen. Jede Nacht träumte Amadou von dreckigen Gefängnissen. Dieser Schlagzeuger, Momar geheißen, begann sich immer seltsamer zu benehmen. Bei den Auftritten hörte er manchmal mittendrin auf zu spielen und starrte abwesend ins Leere, bis ihr Geschrei ihn erreichte und er wieder einwandfrei weitermachte. Amadou zufolge nahm er noch was anderes, es konnte unmöglich nur am Gras liegen, doch Alphonse war sich da nicht so sicher: Irgendwann im Laufe dieser drei Monate war er selbst an einem frühen Morgen panisch zwischen den Ständen des Marché Kermel umhergerannt, in dem festen Glauben, der Teufel wolle ihn, Alphonse Badji, auf grausame Weise umbringen. Beim Blick in den Kochtopf einer alten Marktfrau hatte er angefangen zu schreien, überzeugt, die Karotten, die sie darin kochte, seien Goldfische. Das war so ungefähr seine einzige deutliche Erinnerung an diese Periode, die ansonsten zu einem Brei von Gesprächsfetzen und Lichteinfällen geworden war. Und dass sie damals eine Platte aufgenommen hatten, die ein bescheidener Erfolg wurde, mit der sie jedoch nichts verdienten, das wusste er auch noch.

Die Freunde erzählen ihren aufmerksam zuhörenden Frauen diese Geschichten, sie erzählen sie sich aber vor allem gegenseitig, um zu erfahren, wer sie füreinander sind. Kat und Mitsy haben das meiste schon gehört, nur nicht in dieser Reihenfolge, dann und wann gehen sie darauf ein. Das Erlebnis mit dem Teufel erkennt Mitsy wieder.

»Warum bist du eigentlich hier?«, fragt Amadou plötzlich. »Hier ist nichts.«

»Ich wohne gerne hier.«

»Er möchte hier bleiben«, sagt Kat. Sie klingt zu distanziert, um bestätigend zu sein.

»Das habe ich nie gesagt. Ich will hier noch nicht weg, das ist was anderes.«

»Aber ich versteh nicht, warum«, übernimmt Amadou wieder. »Du hast dein ganzes Leben lang in Städten gewohnt. Du bewegst dich dort frei, nutzt alle Möglichkeiten, kennst eine Menge Leute, du bist dort verdammt noch mal nicht der Afrikaner, der hinter den Gardinen heimlich beobachtet wird.«

»So schlimm ist es nicht. Ich mag meine Arbeit. Die Leute erwarten etwas Konkretes von mir, etwas, das ich ihnen bieten kann. Ich kann ihnen helfen.«

Weil er sieht, dass Kat ihm etwas vorhalten will, fährt er vor allem an sie gerichtet fort: »Das macht mich froh.«

»Verstehe ich vollkommen«, sagt Mitsy. »Es ist gut, einen Beruf zu haben, bei dem man Menschen weiterhilft.«

»Mitsy hilft auch Menschen. Aber nur dicken Menschen.«

»Es sind nicht nur dicke Menschen!« Lachend schlägt sie Amadou mit der geballten Faust an die Schulter. »Ich bin Ernährungsberaterin«, erläutert sie.

»Aber was macht dich denn hier so glücklich?«, will Amadou wissen.

Es dauert einen Augenblick, weil Alphonses Gedanken bei Mitsys Beruf hängen geblieben waren.

»Gerade weil es nicht viel Ablenkung gibt, bekommt man einen anderen Blick auf das, was da ist. Was da ist, verlangt nach deiner Aufmerksamkeit, es bekommt einen Glanz.«

»Einen Glanz?« Kat blickt mit gepeinigtem Ausdruck an die Decke. »Diese Gegend ist vor allem bekannt wegen ihrer Massengräber, im Boden zurückgelassenen Granaten, verlassenen Grenzposten, geschlossenen Kneipen und steinalten Hinterbliebenen.«

Die Blicke ihrer Gäste springen von ihr zu ihm und wieder zurück.

»Und Blüten, Feuersalamander, Scharen von Wildgänsen«, sagt er.

»Und Kürbisweitwurf, das auch, natürlich«, ergänzt Kat.

»Kürbisweitwurf?« Amadou richtet sich interessiert auf. »Cool.« Er grinst.

»Die Natur interessiert mich eigentlich auch, seit Neuestem«, sagt Mitsy.

Kat gibt noch nicht auf. »Ach ja, die Natur. Deshalb schließen sich die Leute hier auch drei Viertel des Jahres in ihren Häusern ein.«

»Das ist Belgien«, sagt Amadou gelassen. »Holland übrigens genauso. Regen. Hagel. Nebel. Schnee! Aber was war das mit diesem Kürbisweitwurf?«

Alphonse und Kat scheinen es nicht zu hören.

»Hier leben auch Menschen.«

»Alte Menschen. Diejenigen, die sich abgearbeitet haben, sind jetzt in Rente, wenn sie nicht überhaupt schon tot sind. Hier werden keine Goldminen mehr aus dem Boden gestampft. Von allen belgischen Provinzen ist Westflandern heute die am wenigsten dynamische und die mit den meisten Selbstmorden.«

»Hier lebt so vieles.«

»Alles, was hier am Leben erhalten wird, ist der Tod.«

»Ja, auch durch dich.« Die Erinnerung an ihre Lüge hindert ihn daran, seine Worte sofort zu bereuen. Als er den verletzten Zug um ihren Mund bemerkt, tut er es doch.

Mitsy räuspert sich, und Amadou findet, dass die Fahrt hierher ganz schön lang war, dass sie jetzt vielleicht ans Schlafengehen denken sollten. Alphonse hilft ihnen, das Gepäck die Treppe hinaufzutragen. Sie sollen zwischen den Instrumenten und dem Mischpult schlafen. Anscheinend hat Kat daran gedacht, das Schlafsofa auszuziehen und mit Bettzeug zu versehen. Sie denkt an solche Sachen. Er auch, aber meistens erst kurz, bevor es so weit ist. Er muss sich entschuldigen. Aber er hatte schon auch recht. Dass er sie bloßgestellt hat vor den Gästen, ihnen eine Ahnung von ihrer Lüge vermittelt hat, wird sie ihm am meisten übel nehmen. Aber sie hatte angefangen, Alkohol bringt sie manchmal schnell in Rage. Er zeigt den Gästen, wo das Bad ist, die Handtücher. Er muss sich entschuldigen.

»Es tut mir leid«, sagt er, wieder unten.

Sie läuft schweigend an ihm vorbei, mit Händen wie Spinnen, die in einem leeren Glas gefangen sind.

Er folgt ihr zur Spüle, leere Flaschen hängen an den Enden seiner Arme. Er stellt die Flaschen zur Seite, schmiegt sich an sie, spürt, wie sie versteift.

»Wenn du so etwas sagst, wie sollen andere Menschen dann sehen, wie wir sind?«

»Ich weiß.« Er fügt nicht hinzu, dass es ihm egal ist, was andere von ihnen denken, das ist auch nicht so, nicht alle anderen. »Komm«, sagt er, und er führt sie an ihrer immer weniger widerspenstigen Hand in den Garten, in der Hoffnung, dass heute Nacht Sterne über den Feldern stehen werden, dass eine Sternschnuppe fällt.

Die Sterne sind da, im Überfluss. Bevor er hierherzog, konnte er sich gar nicht vorstellen, dass man so etwas in diesem Land sehen könnte.

Neben ihm stehend betrachtet sie den Himmel und sagt: »Das meiste ist schon vor Lichtjahren gestorben.«

Ist das Trotz, möchte sie unbedingt darauf beharren?

»Heißt es nicht, der August sei der beste Monat für Sternschnuppen?«

»Da!«, ruft er.

Ein schneller weißer Fisch unter der Wasseroberfläche eines schlammigen Sees.

»Ich hab sie gesehen!« Sie grinst wegen der Begeisterung, bei der sie sich selbst ertappt hat. »Ich habe mir sogar etwas gewünscht.«

Er auch. Dass alles so bleibt, wie es ist, hat er sich gewünscht. Vielleicht meint er: dass ich so bleibe, wie ich jetzt bin.

17

Er hört Amadou und Mitsy durch das Belüftungsgitter in der Badezimmerwand, während er sich die Zähne putzt. Kat hat ihn schon früher mal darauf hingewiesen, dass es sich anfühle, als würde er neben ihrem Ohr Bass spielen, wenn sie hier auf dem Klo sitzt. Er wusste nicht, dass er das so wörtlich nehmen sollte. Zunächst hört er ihr Stöhnen und Keuchen. Es lässt ihn an Tonton Jah denken, dessen Sexgeräusche er jedes Mal mitanhören durfte. Es hatte ihn damals, gequält von einer Mischung aus Erregung, Schlafentzug und Pubertät, manchmal regelrecht in Wut versetzt, und einmal, als er um die siebzehn war und die Wattepfropfen in den Ohren wieder nicht ausreichten, hatte er laut geschrien. »Geh woanders ficken!« Sekunden später stand sein Onkel neben seinem Bett mit der unterkühlten Mitteilung, er möge solche Ausbrüche künftig unterlassen, ansonsten werde er derjenige sein, der sich anderswo ein Bett suchen müsse. Am nächsten Tag war Tonton wieder ganz der Alte und trug sein gewohntes Lächeln im Gesicht. Alphonse hatte kurz darauf einen Platz für sich gefunden.

Unter der Dusche, noch dichter am Belüftungsgitter, hört er Amadou und Mitsy in gedämpftem Ton ein Gespräch anfangen, sie sind sich nicht bewusst, dass jedes Wort ihn wie verstärkt erreicht.

Zuerst fällt ihm, mehr als gestern, auf, wie sie reden. Mitsys Niederländisch findet er witzig, manchmal versucht er den nördlichen Akzent nachzumachen, auch wenn Kat ihm jedes Mal bedeutet, dass er nicht mal in die Nähe kommt. In Amadous Niederländisch hat er sich dagegen deutlich eingeschlichen. Gestern hatte Mitsy Kat gefragt, ob sie aus dem

Spanischen und Portugiesischen ins Flämische übersetze, und Kat hatte ihr widerwillig erklärt, dass Flämisch keine Sprache sei, keine einheitliche Sprache, dass ihre Sprache Niederländisch sei. Er hat die Müdigkeit, die Flamen manchmal in Anwesenheit ihrer nördlichen Nachbarn überfällt, immer amüsant gefunden.

Dann wird ihm bewusst, über wen sie reden.

»Ich kann einfach nicht glauben, dass er glücklich ist«, sagt Amadou.

»Er wirkt nicht depressiv.«

»Trotzdem.«

»Na ja, ich glaube schon, dass er seine Arbeit mag.«

»Aber er war ein Nachtmensch, verstehst du? Er tanzt gerne, zum Beispiel. Wo tut er das jetzt? Im Wald?«

»Wie oft gehen wir denn noch tanzen?«

»Und er ist ein toller Musiker! Vielleicht hat er sich einfach von ein paar Idioten entmutigen lassen, aber selbst das kann ich mir bei ihm nicht vorstellen. Er hatte mindestens zehn Bassgitarren, wo sind die alle hin?«

»Darum geht es doch gar nicht! Vielleicht hat er kapiert, dass er nur eine einzige braucht. Da kannst du auch mal drüber nachdenken.«

»Er spielt ›für sich‹. Das hat er doch gesagt, oder? Er scheint keinen einzigen Plan zu haben.«

»Du spielst doch auch für dich?«

»Ja, aber bei mir ist es eben so gelaufen, wie du weißt. Es ist nicht so, dass ich schon mein ganzes Leben bei C&A arbeiten wollte. Er hat den ganzen Krampf nicht gehabt, mit dem Kind und so. Und er ist besser, wenn du das unbedingt wissen willst, er war schon immer ein besserer Musiker als ich, mit mehr Hingabe.«

»Du hast mit dem Thema angefangen. Es kann doch bei ihm auch einfach so gelaufen sein. Das weißt du doch nicht?«

»Er hatte etwas Eigenes. Einen eigenen Weg.«

»Vielleicht hat er ja irgendein Projekt, über das er mit niemandem spricht. Oder er will neue Dinge lernen. Er hat doch früher auch nicht Kora gespielt, hast du gesagt.«

»Sein Onkel spielte Kora. Ein Diola, der Kora spielt!«

Alphonse hört an Mitsys Reaktion, dass sie nicht weiß, was daran merkwürdig sein soll. Er seift sich sorgfältig ein.

»Sein Onkel war kein Sossé«, erklärt Amadou. »Sie gehören zu den Diola.«

»So-?«

»Sossé. Oder Mandinka. Die Kora ist ihr Instrument. Aber Tonton Jah war im Kloster Keur Moussa in Sebikotane. Dort haben weiße Priester und auch schwarze Priester aus anderen Ethnien das Instrument gespielt. Was an sich komisch ist für uns, verstehst du?«

Uns, denkt Alphonse. Er spürt Zuneigung zu Amadou und zu diesem »uns«, mit dem er meistens nichts anfangen kann. Seine Gedanken schweifen ab zu Tonton Jahs Zeit im Kloster, über die er fast nichts weiß, nur, dass er von dort floh und dass diese Flucht mit einer Frau zusammenhing. Er war immerzu gerannt, über sieben Landesgrenzen, bis er Mitte der Siebzigerjahre in Brüssel ankam und sich dort im Viertel Kuregem in Anderlecht niederließ, damals als einer der wenigen Senegalesen. Die Flucht aus dem Kloster hatte sich Alphonse immer als eine Karikatur vorgestellt: sein Onkel, der sich rennend die Hosenträger über die nackten Schultern streift und mit seiner Kora auf dem Rücken zum Horizont spurtet, während ihm ein wild fuchtelnder betrogener Ehemann auf den Fersen ist. Er hatte sich nicht vollständig von seinem Glauben abgewandt, manchmal hatte er Alphonse zum Bibelstudium genötigt.

Amadou ist noch nicht fertig.

»Als ich ihn jetzt wiedersah, dachte ich zuerst: er hat sich überhaupt nicht verändert. Aber wenn ich so drüber nachdenke – ich weiß nicht, es kommt mir so vor, als ob er etwas aufgegeben hätte, eine Schutzhülle oder so, und ich weiß nicht, ob das gut für ihn ist. Ob das gut sein kann für jemanden.«

»War er, bevor das mit Kat anfing, länger mit jemand zusammen?«

»Nie sehr lange. Er ging sehr nachlässig mit Frauen um. Viel Verliebtheit und Geschichten, aber nie etwas, das für ihn wichtiger gewesen wäre als die Musik.«

»Diese ist auch nicht die Richtige, fürchte ich.«

»Du kennst sie doch kaum. Sie ist doch nett, oder nicht?«

»Keine Frau für ihn.«

Sie wünschen ihm einen guten Morgen und setzen sich an den Frühstückstisch.

»Kaffee?« Alphonse hält die Thermoskanne über die Tassen, die er für sie hingestellt hat.

»Lecker«, sagt Mitsy.

»Das weißt du doch noch gar nicht«, lacht er. Kat hatte recht, Niederländer sagen nicht »gerne«, wenn ihnen etwas angeboten wird, sie finden alles im Voraus lecker.

»Ich muss dann los. Ich kann nur am Wochenende den ganzen Tag bei euch sein.«

»Ja klar, das hast du schon am Telefon gesagt.« Amadou wirft drei Zuckerwürfel in seinen Kaffee.

»Und Kat kriecht nicht vor acht Uhr aus dem Bett. Auch wenn Besuch da ist. Auch wenn die Welt untergeht.«

»Schlafen ist gesund.« Amadou setzt eine wichtige Miene auf. »*Wach lo kham, def lo mane, so tede nelew.*« Alphonse grinst, es ist lange her, dass er das gehört hat. Er übersetzt für Mitsy: »Sag, was du weißt, tu, was du kannst, und wenn du dich hinlegst, wirst du gut schlafen.«

»Sie muss sich natürlich überhaupt nicht nach uns richten«, gibt sich Mitsy erschrocken. »Wir würden uns übrigens nie ein Urteil darüber erlauben, heute Morgen sind wir einfach ungewöhnlich früh aufgestanden. Wir sehen uns doch am Abend, nicht?«

Natürlich urteilt ihr nicht, denkt Alphonse, als er die Haustür hinter sich zuzieht. Die Leute haben aufgehört zu urteilen, sie tratschen nur noch. Der Westwind weht über seine Haare und nimmt die Erkenntnis mit.

Vor etwas mehr als vierundachtzig Stunden wurde Marco Springels nach einer fast fünfzehn Jahre andauernden Beziehung von Peter van Renthergem im Stich gelassen. Die Trennung kam für ihn wie Schnee im Juli, ihre Unvorhersehbarkeit wurde nur noch durch die Tatsache übertroffen, dass Peters neue Liebe bis vor Kurzem Marcos Arbeitgeber gewesen war, der Herr »Bitte, nenn mich doch Ronny« Van Den Abeele.

Der Name kommt Alphonse bekannt vor, aber er und Namen.

Marco hatte – eine Selbstverständlichkeit, findet er – seine Ehre gerettet und auf der Stelle gekündigt – nicht ohne zuvor im Büro eine größere Anzahl von wichtigen Dateien zu löschen. Das Einzige, worauf er seine Aufmerksamkeit in den kommenden Wochen richten möchte, sind neue Tapeten.

»Und ich weiß, was du jetzt denkst«, schnaubt er aufgebracht, »aber Einrichtungsfragen interessieren mich im Grunde genommen nicht die Bohne. Es war Peter, mit dem du telefoniert hast, wann war das gleich wieder? Vor einem Monat oder was? Er hat dich hierherbestellt. Offenbar wollte er damals sein Bedürfnis nach Erneuerung noch anders befriedigen.« Er atmet langsam ein und aus. »Aber ich bin froh, dass du da bist. Es ist einfach, es muss einfach völlig anders werden jetzt, alles muss weg!«

»Geht in Ordnung«, nickt Alphonse. »Mich interessiert Einrichtung.«

Als er in einem Katalog mit Tapetenmustern blättert, beruhigt sich Marco zusehends. Was Alphonse vorschlägt, trifft seinen Geschmack. Sie kommen zu einem Beschluss: das Erdgeschoss in einem sanften Kaki, unterbrochen von einer Wand, über die sich ein Kletterpflanzenmotiv mit üppigem Blütendekor erstrecken wird. Oben: Kükenflaumgelb als Ausgangsbasis.

»Und lass mich hier nicht einfach rumsitzen, während du arbeitest. Sag mir, was ich tun soll.«

Alphonse hat ein einziges Mal die Hilfe eines Kunden

angenommen. Der betreffende Mann war davon überzeugt, es grundsätzlich besser zu wissen. Es war eine Übung in Zen-Meditation gewesen, mit einem verheerenden Ergebnis. »Ich arbeite meistens allein«, sagt er.

»Tu mir das nicht an«, fleht Marco aufrichtig. »Sag mir einfach, was ich tun soll, mehr verlange ich gar nicht.«

Alphonse zögert. Wenn es das ist, was sein Kunde braucht, dann kommt er vielleicht nicht drumherum. Außerdem geht er davon aus, dass Marco nach einem Vormittag genug davon haben wird, alte Tapeten abzukratzen.

»Ich kann das, glaub mir. Und falls du befürchtest, dass ich zu viele von deinen Arbeitsstunden abknapse, dann vereinbaren wir einfach schriftlich eine Pauschale. Oder auch nicht, wie es dir besser passt.«

Alphonse erklärt sich mit dem Vorschlag einverstanden, bevor Marcos pikierter Ton noch ins Giftige abrutscht. Er bestellt die nötigen Rollen Tapete.

»Wo kommst du her?«, fragt Marco, während sie einen Tisch mit einer bleischweren Schieferplatte verschieben. »Ursprünglich? Nein, warte. Lass mich raten. Simbabwe.«

»Senegal«, sagt Alphonse. Wie kann man ihn für einen Simbabwer halten?

»In einem früheren Leben hab ich mal etwas mit einem Jungen aus Mali gehabt.« Marco versinkt in Erinnerungen. »Na, das war vielleicht eine Geschichte. Und eine ziemliche Erleichterung, als er dann ausgewiesen wurde, ehrlich gesagt.« Er kichert. »Entschuldige, das ist ganz schlimm, was ich sage! Aber doch wahr! Das war ein ganz ungezogener Junge. Irgendwie gestört. Jedes Mal, wenn er geduscht hatte, stellte er sich zum Trocknen auf meinen Balkon, ich wohnte damals in Kortrijk, auf dem Grote Markt. Da stand er dann splitternackt, mit gespreizten Armen und Beinen, zum Trocknen, weil – ja, warum eigentlich? Da sieht man wieder, wie wenig man doch weiß! Weil er vollkommen verrückt war, oder was? Und er hat mir auch noch Geld abgeluchst, in der Hinsicht war er ganz schön gerissen, und ich naiv. Für eine Operation seiner Mutter, so dachte ich, aber es ging direkt an irgend so einen Schamanen.«

»Ein Marabout, wahrscheinlich.«

»Das war es.«

»Manche von ihnen sind Scharlatane.«

Beim Ausgehen in Brüssel und Gent waren ihm Männer begegnet, die bis zu fünf Liebesbeziehungen gleichzeitig unterhielten und überall Geld eintrieben, das für einen Marabout bestimmt war, der darauf wartete. Er kennt auch einen Nigerianer, dem es gelungen war, Asyl zu erhalten, indem er sich als verfolgter Schwuler ausgegeben hatte. Danach traute er sich nicht mehr, Frauen zu treffen, aus Angst, dabei erwischt zu werden, er ging nicht mehr aus dem Haus und versank in eine tiefe Depression. Er kannte aber auch einen jamaikanischen Schwulen, der zurückgeschickt und ermordet wurde.

»Ich wünsche ihm das Allerbeste«, sagt Marco. »Es ist Jahre her. Mittlerweile habe ich andere Probleme.«

»Du bist schnell!«, ruft Alphonse dem Mann zu, der neben ihm damit beschäftigt ist, Papierbahnen abzulösen.

Marko wirft ihm einen kampflustigen Blick zu. Er arbeitet mit solcher Begeisterung, dass Alphonse kaum mitkommt. Sein hilfsbereiter Kunde hat sich selbst richtig eingeschätzt: die Arbeit scheint ihm wirklich gutzutun. Seit dem Augenblick, in dem sich Marco auf die Tapeten gestürzt hat, ist sein manischer Wortstrom versiegt. Als er unterbricht, um Tee aufzusetzen, werden sein gebrochenes Herz und seine Stimmbänder von selbst wieder aktiviert.

»Und ich hab auch noch für ihn gekocht!«, ruft er. »Wie viele Stunden ich damit beschäftigt war, das geht auf keine Kuhhaut! Und was das gekostet hat!«

»Für den Malier?«

»Ach was! Für Ronny! Und weißt du, für wen noch? Für seine Frau!«

Plötzlich weiß er, welcher Ronny. »Sieglinde?«, entschlüpft es ihm.

»Ja.«

Unter Marcos verblüfftem Blick rollt Alphonse seine Zunge im Mund auf. Dass er weiß, um wen es geht, zieht erwartungsgemäß ein Verhör nach sich. Es kostet ihn einige Mühe, sich im Slalom hindurchzulavieren. Er weiß nichts von ihnen, er hat nur ihre Wände gestrichen.

Schließlich gibt Marco auf. »Ich versteh schon. Du hast dein Berufsethos«, sagt er verstimmt, aber nicht ohne Verständnis.

Gerade als Alphonse sich in Gedanken fragt, ob Ronnys neues Leben den komplexen Beziehungen ein Ende bereiten wird, die ihn und Sieglinde mit Els und Dieter verbinden, bringt Marco das Gespräch auf seinen eigenen Nachbarn, Gewijde, mit dem er aufgewachsen ist und bei dem er mitansehen musste, wie er irgendwann aus dem Lot geriet. Es gibt vieles, worüber Marco sich aufregt – er erzählt von »lästigen Geräuschen«, die der Mann von sich gebe, und führt Alphonse in das Gästezimmer im ersten Stock, von dem aus man einen Blick auf den Schrott in Gewijdes Garten werfen kann –, nennt ihn aber auch wiederholt »ein armes Schwein«, und »kein Dummkopf, er spricht sechs Sprachen«.

Was auffällt an dem ganzen Sperrmüll-Chaos im Garten, sind die sechs oder sieben Grillgeräte, die dort vor sich hin rosten.

»Ja, ein oder zwei Mal pro Jahr möchte er grillen und kauft sich ein neues Gerät, weil er vergessen hat, dass er schon eins hat. Bei dem, was er sagt, ist es genauso. Oft klingelt er, um mir etwas zu verraten, was er mir schon ein paar Tage früher erzählt hat. Er wird das bestimmt heute wieder irgendwann bringen.«

Und tatsächlich, als Marco eine gute Stunde später einen Müllsack für Alphonse aufhält, damit der die erste Ladung steife Papierschnipsel hineinstopfen kann, ruft der Nachbar ihn mit anhaltendem Dingdong zur Haustür.

»Gewijde, ich kann dich nicht reinlassen, wir sind gerade dabei, Tapeten abzulösen, das Haus ist ein Schlachtfeld«, hört

Alphonse ihn sagen, eine Zurückweisung, die Gewijde ignoriert. Eine Sekunde später starrt ein geisterhafter Mann Alphonse an, als sehe er ein Gespenst.

»Das ist Alphonse. Er renoviert meine Wohnung.«

»Ich dachte schon, er hätte dich als Geisel genommen!«, ruft Gewijde. Das saugende Geräusch, das seine Zungenspitze an der Rückseite seiner vordersten Zähne erzeugt, ist tatsächlich einigermaßen unangenehm.

»Geisel? Alphonse spricht Niederländisch. Er versteht, was du sagst.«

»I thought he was your hostage«, sagt Gewijde, durchaus amüsiert über sich selbst. Als Alphonses Antwort ausbleibt, setzt er, unterbrochen von einer vielfältigen Skala von Mundgeräuschen, zu einer Geschichte über Sozialhilfeleistungen an, der man als Einziges entnehmen kann, dass er mit irgendwas nicht einverstanden ist. Beim Erzählen hat er sich auf einen Stuhl in der Mitte des Zimmers gesetzt, eine Position, die es ihm erlaubt, die Fortschritte der beiden anderen im Auge zu behalten. Nicht nur sein Atem verbreitet einen feuergefährlichen Alkoholgeruch, alle seine Poren scheinen daran beteiligt zu sein. Die Verärgerung zeigt sich zunächst an Marcos Lippen, die sich immer härter aufeinanderpressen. Ein paar Mal lassen sie ein »Das sagtest du bereits« entschlüpfen.

Lange scheint es, als könne nur ein aggressiver Befehl den Nachbarn dazu bewegen, in sein eigenes Haus zurückzukehren, doch am Ende ist es Gewijde, der sich entschuldigt: er hat noch so viel zu tun und muss deshalb dringend aufbrechen.

»Korsakow«, sagt Marco, als er fort ist. »Ich denke immer nur: für ihn ist es schlimmer. Man kann sich auch fragen, wer daran schuld ist, er selbst oder dieser Pater. Du weißt, was ich meine.« Er seufzt. »Worin ein kleines Land ganz groß ist. Auch wenn es das nicht nur hier gibt – hast du neulich die Sendung über dieses irische Internat gesehen?« Von der Seite sieht er Alphonse den Kopf schütteln. »Bei Gewijde ging das los, als er so um die zwölf war, könnte auch früher gewesen sein. Reine Schlechtigkeit, das gibt es, Alphonse, das weiß ich durch diesen Schweinehund. Pater Blasmich nannten wir ihn. Alle haben es gewusst und niemand hat etwas dagegen getan. Ich auch nicht. Hätte ich etwas unternommen, hätte ich jetzt nicht diese Sache am Hals, denke ich manchmal. Dass Gewijde hier so oft hereinschneit, meine ich. Lange Zeit hatte ich die naive Vorstellung, dass ihm das nichts anhaben würde, was man ihm antat. Dass ihm das nichts ausmachte. Wirklich, das dachte ich! Er blieb noch jahrelang der Klassenbeste, und er war gut im Sport. Ich war eifersüchtig auf ihn. Als er um die siebzehn war, fing er an, die Stimme Pans zu hören. Der Gott des Waldes und des tierischen Instinkts und was weiß ich noch. Jedenfalls hatte Pan auch nicht viel Besseres mit ihm vor als Blasmich. Er sagt, dass die Stimme ihn nur verlässt, wenn er trinkt. Das wird wohl stimmen. Es gab eine Frau, die es ziemlich lange mit ihm ausgehalten hat, ein Engel, doch am Ende machte sie alles noch schlimmer, denn als sie ihn verließ, musste er natürlich doppelt so viel saufen, um zu vergessen, dass er sich diese Chance auf ein bisschen Glück hat entgehen lassen.«

»Schlimme Geschichte«, sagt Alphonse.

»Schlimme Geschichte«, bestätigt Marco. »Er kann es vorübergehend vergessen, wenn er hierherkommt und anfängt, über seine Sozialhilfe oder über all die Dinge, die nicht sein wirkliches Problem sind, herumzulabern. Das Einzige, was ich tun kann, ist zuhören, glaube ich.«

»Glaube ich auch«, sagt Alphonse.

Zu Hause ist Willem zu Besuch. Erleichtert stellt Alphonse fest, dass dessen Tränen von den Zwiebeln herrühren, die er auf einem Holzbrett schneidet. Gegenüber von ihm sitzt Amadou am Küchentisch und schält mit verbissener Konzentration Kartoffeln. Kat und Mitsy begrüßen ihn von der Spüle aus.

»Tag Mann«, sagt Kat. Sie wirkt fröhlich heute. Er küsst ihren Nacken.

»Ich erzähle gerade von meinem Freund Pierre, der mit

seinem Düsenjäger aus Versehen über russisches Grundgebiet geflogen ist, mitten im Kalten Krieg. Er fand die Russen sehr höflich und wurde nicht lange festgehalten. Doch als sie ihn fragten, ob er für sie spionieren wolle, sagte er: nur über meine Leiche.« Er denkt kurz nach. »Vielleicht hat er nicht genau diese Worte benutzt, aber es lief darauf hinaus.«

»Keine Schützen heute?«, erkundigt sich Alphonse.

Er wechselt einen Blick mit Amadou. Ermuntere ihn nicht, funkt der ihm zu.

»Wir haben uns den Kommandobunker am Kemmelberg angeschaut«, erläutert Mitsy. »War sehr interessant. Ich hatte schon lange nicht mehr an den Eisernen Vorhang gedacht. An den Begriff, meine ich.«

»Ich habe da gemalt«, sagt Alphonse. »Für die Wand beim Eingang wollten sie zwei verschiedene Rottöne in Wischtechnik. Ansonsten durfte ich nur die Heizungsrohre, die durch alle unterirdischen Gänge verlaufen, dunkelgrün streichen. Es gab noch keine Zustimmung für die restlichen Wände, oder so.« Dunkelrot, ocker und verschiedene Grüntöne, die Farben verbindet er seitdem mit dem Kalten Krieg. Und eine Decke voller Asbest.

Amadou blickt ihn mit unverhohlenem Mitleid an.

»Das Gebäude selbst ist doch großartig, oder? Von außen sieht es aus wie ein kleines Landhäuschen. Und dann die ganzen manuellen Schaltzentralen, Fernschreiber, Funkapparaturen und Chiffriermaschinen, eine automatische Telefonzentrale, die den ganzen Raum einnimmt«, schwärmt Alphonse.

»Die Absicht war, einen internationalen Luftabwehrposten daraus zu machen, aber das Gebäude ist nicht atombombensicher, es war bereits veraltet, bevor es fertiggestellt wurde«, ergänzt Willem.

»Ja, das haben wir gelesen«, sagt Amadou.

»Also haben sie dort Übungen abgehalten«, fährt Willem unbeirrt fort. »Dabei nannten sie den Feind aus dem Osten nie ›die Sowjetunion‹ oder den ›Warschauer Pakt‹, habt ihr das auch gelesen?«

Alphonse macht sich Sorgen, dass die Beziehung zwischen Willem und Amadou immer mehr derjenigen zwischen einem schulmeisterlichen Lehrer und einem rebellischen Schüler zu ähneln beginnt.

»Orange, so hieß der Feind«, setzt Willem fort, ohne eine Antwort abzuwarten.

»Wie?«, sagt Mitsy erschrocken. »Wieso Orange?«

»Weiß niemand«, kichert Willem. »Ich glaube wirklich nicht, dass es etwas mit den Niederlanden zu tun hatte. Wahrscheinlich einfach deshalb, weil Orange eine Farbe ist, die nahe bei Rot liegt. Rosa war wahrscheinlich keine Option.«

»Viele Mountainbiker auf diesem Kemmelberg«, sagt Amadou. »Kein Rennen, sie fuhren in alle Richtungen.«

»Kann man hier irgendwo Fahrräder mieten?«, fragt Mitsy.

Kat erinnert sich, dass ihre Fahrräder schon mehr als drei Wochen beim Fahrradladen in der Werkstatt stehen, und Alphonse verspricht, sie am Samstag zu holen. Willem schlägt vor, die beiden Gäste könnten bis dahin seine Räder benutzen. Sie müssten aber vorsichtig damit umgehen, besonders mit dem von Marie-Jeanne, er hüte alles, was ihm von ihr bleibe, wie seinen Augapfel.

»Wir können bis Samstag warten«, sagt Amadou.

Sie essen gemeinsam und bleiben dann noch lange am Tisch sitzen, in einer Wolke von Zigarettenrauch. Bis auf Willem rauchen sie alle, obwohl sie nach eigener Aussage damit aufgehört haben. Das Gespräch springt von den Sehenswürdigkeiten in Französisch-Flandern zur senegalesischen Politik und wieder zurück. Willem gelingt es, das Nachkriegsschicksal der Senegalschützen einzuflechten, der Ausflug zu den Soldatenfriedhöfen, den er vorschlägt, bekommt höfliche Zustimmung.

Das Gespräch taumelt in ihre Kinderzeit, und es ist Willem, der von seiner frühesten Erinnerung berichtet, die rosa Chrysanthemen, die seine weinende Mutter 1941 wütend auf das Grab eines Gefallenen gestellt habe, ein junger Mann mit einem Hut und einem dunkelblonden Schnurrbart. Die Hand, mit der sie die seine umklammert habe, sei feucht gewesen, als ob sie auch geheult hätte. Die Angst in diesen Tagen. Viel später sei er dahintergekommen, dass sie ein Verhältnis mit diesem Soldaten gehabt habe, so etwas habe in dieser Gegend nicht verborgen bleiben können. Er habe sie nie damit konfrontiert, und später das Grab nicht mehr gefunden.

Mitsy erinnert sich an ein Missverständnis, ein Psychologe, der den Kindergarten besucht hat und wütend auf sie wurde, weil sie angeblich versucht hätte, etwas aus seinem Rucksack zu stehlen, während ihr vierjähriges Ich verstanden hatte, man habe sie aufgefordert, ein Ei herauszuholen.

Alphonse fragt sich, was Kat erzählen wird. Erstaunlich, dass sie dieses Thema noch nie miteinander besprochen haben. Sie zuckt die Achseln und erzählt etwas widerwillig: »Meine Eltern, die sich streiten. Das taten sie immer auf Französisch, bis heute verbinde ich ihre Streitereien mit dieser Sprache, auch wenn *M'bindan* viel leiser mit mir französisch sprach. In meiner frühesten Erinnerung trommelt meine Mutter mit den Fäusten auf den Brustkorb meines Vaters. ›*Une avalanche*!‹, schreit sie. ›*T'es une avalanche*!‹ Ich stelle mir darunter ein Kleidungsstück vor, einen langen, farbigen Mantel. Ich erzähle *M'bindan* davon. ›Nein‹, sagt sie, ihre Wange an meine geschmiegt. ›Es ist Schnee. Aber mach dir nichts draus.‹«

Kat und Alphonse müssen laut lachen, er mit einer Mischung aus Scheu und Rührung wegen der Rolle, die seine Mutter in Kats Leben gespielt hat.

Amadou durchbricht die darauffolgende Stille. »Bei mir ist es etwas Spektakuläres. Das Erste, woran ich mich erinnern kann, da bin ich mit meiner Mutter über ein freies Feld in Dakar gegangen. Sie zieht meinen kleinen Bruder auf einem Karren hinter sich her. Und dann hören wir diesen schrecklichen Lärm über unseren Köpfen. Wir müssen uns bücken – meine Mutter drückt uns zu Boden – für einen Franzosen in einem Sportflugzeug, einen Abenteurer, der knapp über uns hinwegdonnert. Einfach so zum Spaß. Aber dir habe ich das sicher schon erzählt?«

»Ich habe es schon lange nicht mehr gehört«, sagt Alphonse.

»Und du?«, fragt Mitsy.

»Ja, jetzt du«, sagt Willem.

»Meine erste Erinnerung ist keine Geschichte. Und meiner Mutter zufolge war ich zu jung, als dass ich mich daran erinnern könnte. Ein Vogel am Strand, mehr ist es nicht. Ein Pelikan mit einer Schnur am Bein, ein Mann, der ihn verkaufen will. Das einzige Mal, dass ich jemanden das habe tun sehen am Strand. Ich schaue auf den Vogel. Die weißen Federn sind etwas in Unordnung, der gewaltige Schnabel sieht aus wie ein Boot. Der Vogel schaut mich auch an, eines seiner Augen bohrt sich so stark in meine Pupillen, dass ich erschrecke, aber Angst habe ich keine. Der Verkäufer nimmt mein Händchen, und sobald ich den Pelikan berühre, weiß ich nicht mehr, wo ich aufhöre und er anfängt.«

Alphonse gähnt. Die Schläfrigkeit liegt wie eine Decke aus Moos um seine Schultern. Amadou mustert ihn mit stummer Neugier, merkt er.

»Ich habe neulich das letzte Album von Fabrice gehört«, sagt Amadou. »Zufällig. Die eine Nummer. Was sagst du dazu? Hat dich das nicht irrsinnig wütend gemacht?«

»Darüber will ich nicht sprechen«, sagt Alphonse so ruhig und klar, dass jede Gegenrede unmöglich ist.

Er würde jetzt gerne auf seiner Kora spielen, ohne Zuhörer. Kats Finger schieben sich zwischen die seinen. Kat. Er spürt, wie seine Hand zu neuem Leben erwacht, umschließt damit ihre. Die anderen geben sich Mühe, die Stille zu bekämpfen, weil sie nicht begreifen, wie friedlich sie ist, solange Kat ihn so festhält.

16

Unter der Decke zieht der Schlaf die Hand seiner Geliebten aus der seinen, um ihn mit seinen Gedanken allein zurückzulassen.

Schon seit geraumer Zeit hat er die Erinnerungen an Fabrice Mlapa auf Abstand zu halten gewusst, doch heute Nacht wird er sie nicht abwehren können; Amadou hat sie herbeigerufen, durch Löcher und Ritzen dringen sie in das Schlafzimmer ein.

Damals, als Amadou den Musikerberuf an den Nagel hängte, waren Fabrice und Alphonse einander zum ersten Mal begegnet. Sie kannten dieselben Leute und spielten andere Instrumente in derselben kleinen Welt von Jazzclubs und afrikanischen Musikfestivals. Beide hassten sie das Wort »Weltmusik«: Was sie machten, war Musik. Wie Amadou war Fabrice Gitarrist. Amadou mochte ihn nicht. Alphonse schon. Ihre Freundschaft nahm eine gewisse Form an. Oft drückte Fabrice seinen Respekt vor Alphonse aus, auch nannte er ihn einige Male »mein Fels in der Brandung«, warum, war Alphonse nicht ganz klar. Auch wenn er tatsächlich bei Produzenten und Festivalorganisatoren Fabrice eher als andere Kollegen empfahl, wenn die sich bei ihm nach einem Gitarristen erkundigten. Manche Leute verwechselten sie – zwei muskulöse schwarze Männer im selben Alter, mit derselben Hingabe an die Musik. Andere warnten Alphonse vor dem, was sie Fabrices krankhafte Kompetitivität nannten, seine Neigung, zu manipulieren, Warnungen, die Alphonse nicht ernst nahm. Fabrices schlechter Ruf rührte seiner Meinung nach daher, dass er gerne verbreitete, sein Vater sei Botschafter von Togo und seine amerikanische Mutter dürfe Oprah Winfrey mit »Baby-O« anreden. So etwas schafft böses Blut in einem Milieu, in dem viele um eine Aufenthaltsgenehmigung kämpfen müssen, fast niemand über die Mittel zu echter Selbstständigkeit verfügt, und kaum einer echte Zukunftsaussichten hat. Alphonse kümmerte sich nicht um Meinungen und Unglücksprophezeiungen, auch nicht, wenn sie von Kat kamen. Nie hatten für ihn wackelige Begriffe wie Reputation oder Intuition einer Freundschaft entgegengestanden.

Bei einem der ersten Auftritte, die er für Fabrice arrangiert hatte, passte dessen Schwester ihn vor dem Konzert ab. »Er ist wahnsinnig unsicher«, sagte sie. »Fast schon pathologisch. Er wird dir nie sagen, wie dankbar er ist für das, was du für ihn tust, aber das ist er sehr wohl. Ich habe gedacht, du solltest das wissen.« Alphonse war mit einem »Okay« weitergegangen und hatte sie nie wiedergesehen. Es befremdete ihn, dass die Schwester davon ausging, dass er auf Fabrices Dankbarkeit zählte wie auf eine ausstehende Bezahlung. Sie waren doch Freunde?

Fabrice war nicht der Typ, der einfach still seine Erfolge genießen konnte. Sobald jemand im Publikum anerkennend gepfiffen hatte, stolzierte er hinterher durch den Backstage-Bereich, als sei er ein Gott, der aus großer Höhe auf die anderen Musiker herabschaute. Alphonse fand das eher belustigend als unverzeihlich.

Bei einer der vielen Trennungen in dem aufreibenden Liebesleben, das Alphonse und Kat damals führten – einer von den Gelegenheiten, bei der sie ihn verließ –, rief Fabrice ihn an. Er versuchte wortreich, Alphonse von den Ähnlichkeiten zu überzeugen, die er selbst mit der Frau aufweise, die ihn, Alphonse, habe sitzen lassen.

»Verstehst du nicht, was er tut?«, hatte Kat ihn gefragt, als er ihr nach ihrer Versöhnung von dem Anruf berichtete. »Hast du dich getröstet gefühlt?« Er begriff nicht, worauf sie hinauswollte, dachte, sie wolle ihn darauf hinweisen – wie sie es schon früher getan hatte –, dass Fabrice einige Male versucht habe, sie zu verführen. Er bezeichnete die Art und Weise, wie sie mit seiner Eifersucht spielte, als typisch weiblich und verwahrte sich dagegen, dass sie seinen Freund ständig schlechtmache. Sie sagte, er habe überhaupt nichts von der ganzen Sache begriffen. Darüber gerieten sie in Streit, und über diesen Streit gerieten sie auch wieder in Streit. Bei der nächsten Trennung war er es, der auf den Notausgang zustürmte.

Und dann folgten Fabrices Plattenvertrag und die Nummern, die Alphonse für dieses Debütalbum schrieb. Er fühlte sich ein bisschen verloren in dem Studio, als er die Basslinien einspielen sollte. Die Produzentin – eine Dame in fortgeschrittenem Alter, bekannt für ihren scharfen Geist und ihre für belgische Verhältnisse beeindruckende Erfolgsliste – lief während der Aufnahmen wie ein läufiges Pudelweibchen um Fabrice herum, und wurde von ihm dazu auch ermutigt. Sie fand anerkennende Worte für Alphonses Beitrag, schaute ihm dabei aber nie in die Augen.

Als das Album erschien und er nicht die geringste Spur seines Namens darauf entdecken konnte, begriff er, dass sie ihn reingelegt hatten. Er hatte die Produzentin angerufen, weil er es nicht ertragen konnte, wie Kat ihn nickend anschaute, nicht ertragen konnte, benutzt worden zu sein, möglicherweise schon seit Beginn von dem, was er für eine Freundschaft gehalten hatte. Ihrem Anrufbeantworter zufolge war sie nicht da. Unmittelbar darauf rief ihn Fabrice an. Nachdem er vergeblich versucht hatte, Alphonse an nie getroffene Absprachen über die Namensnennung zu erinnern, flehte er plötzlich: »Ich will, dass du böse auf mich bist. Jetzt musst du auf mich böse sein.« Alphonse sah, wie sich die Härchen an seinem Arm aufrichteten, als er das sagte. »Er ist nicht dein Freund«, hatte Kat zusammengefasst, und er war ihr dankbar, dass sie es an diesem Abend bei dieser Schlussfolgerung belassen hatte.

Von da an mied er Fabrice, der anfänglich tat, als verstehe er nicht, warum, doch schon bald seinerseits Alphonse aus dem Weg ging. Wenn sie einander nicht vermeiden konnten, gab sich Alphonse Mühe, das Desinteresse, das er jetzt nur noch für ihn empfand, in Höflichkeit zu verwandeln. Als die Produzentin bei einer Gelegenheit zufällig seinen Weg kreuzte und er sie grüßte, stürzte sie sich auf seine Hand, die sie so lange nickend schüttelte, bis er sich vorsichtig befreite. Er begann zu glauben, dass die meisten Menschen ein Stück schwächer sind, als sie scheinen, doch er glaubte auch an Höflichkeit und Abnutzung und an das Recht auf Fehler. Er war bereit, ein Gespräch mit Fabrice anzuknüpfen, um die Situation zu entschärfen. Nur fiel ihm, allen Bemühungen zum Trotz, einfach nichts ein, worüber sie sich unterhalten könnten. Er fand das eigentlich übertrieben, versuchte Fabrice wieder als jemanden zu sehen, mit dem er eine Idee für eine Nummer, einen Joint und ein Lachen geteilt hatte. Doch bisweilen vergaß er ihn wochenlang. Fabrice war zu einem blinden Fleck geworden. »Ich frage mich, ob er dich für deinen Mangel an Interesse strafen wird«, sagte Kat eines Abends unter dem Regenschirm, als sie in der Schlange vor dem Kino warteten. Er wusste sofort, wen sie damit meinte, obwohl sie schon lange nicht mehr über ihn geredet hatten, und obwohl ihm der Gedanke, den sie ausgesprochen hatte, noch nie gekommen war.

Fabrice gab ein Lebenszeichen, indem er ein Album herausbrachte. Darauf befand sich ein Song über einen Mann, der als Sohn einer unbedeutenden Hexe, als geschmackloser Frauenheld, stinkender Faulpelz, heuchlerischer Dieb, amoralischer Suchtkranker und geborener Verlierer bezeichnet wurde. In der letzten Strophe tauchte Fabrice selbst unter dem Namen »Diamond Bullet Mlapa« auf. Er ermordete den Schurken und legte anschließend Hand an sich selbst. Mit dem Album erreichte er ein größeres Publikum als mit dem vorausgegangenen. Es erschien auch auf Vinyl.

Für Kat, für die Psychoanalytikerin in ihr, wurde vieles klar. In Alphonse dagegen wohnte keiner. Er hätte sich in diesem Titel nicht wiedererkannt, hätte er nicht seinen Namen getragen. »*The Assassination of Alphonse Badjie*« hieß das

Stück. Vielleicht war aus juristischen Gründen ein »e« angefügt worden.

Die Verachtung und die Obsession, die aus diesem Angriff sprachen, waren grotesk, aber nicht mehr komisch. Er hatte sich an Kat gewandt. Warum tat Fabrice das? Warum ein zweites Mal? Warum all die Zeit und Energie? Warum er? Was hatte er dem Kerl je getan?

»Er denkt, dass du einen Kampf mit ihm führst, weil er einen Kampf mit dir führt«, sagte Kat. »Er liest die Hilfe, die du ihm geleistet hast, als Strategie, weil Hilfe für ihn nichts anderes als Strategie sein kann.«

»Aber was glaubt er denn, worum es geht, bei dem, was wir tun?«, hatte Alphonse ratlos eingewendet. »Um den Weltrekord im Würstedrehen? Wer die meisten Bierdeckel zwischen den Zähnen halten kann? Tischfußball? Was will er, eine Goldmedaille? Wir machen Musik! Das ist kein Wettkampf, da kann man sich nur selbst verbessern. Das ist es ja gerade: dass man auf niemanden mehr losgehen muss, dass man die Chance bekommt, diesen Unsinn zu überwinden. Ich dachte, er hätte das begriffen. Ich dachte, er sei klüger.« Wie unendlich schade fände er das, wenn Kat Fabrice richtig durchschaut habe – was sie bis hierhin fehlerfrei getan hatte. Wie schade, dass Fabrice sie auf zwei Rivalen habe reduzieren wollen, krähende Hähnchen zur Belustigung der sie umringenden Menge, die sich nach solchen Klischees sehne. Alphonse hatte mit so etwas nicht gerechnet, weil er sich weigerte, daran zu glauben.

Kat ging mit ihm in der kleinen Küche ihrer Wohnung rastlos auf und ab, unfähig, ihn mit einer Berührung zum Stillstehen zu bringen. »Ich glaube nicht, dass es etwas mit Intelligenz zu tun hat. Manche Menschen sind einfach so. Das weißt du doch, Alphonse? Warum verwendest du auch immer so viel Mühe darauf, gerade bei den Menschen das Gute zu suchen, die davon nur sehr wenig aufzuweisen haben? Du hast schon recht, wenn du sagst, dass es immer mehr als nur eine einzige Geschichte über jemanden zu erzählen gibt, aber wenn sich herausstellt, dass es jemand wiederholt nicht gut mit dir meint, dann darfst du ihm auch den Rücken zukehren.«

An die alten Worte seiner Mutter musste er denken. »Jeder, dem du begegnen wirst, ist ein Kind«, hatte sie gesagt. »Die, die das von sich selbst wissen, sind die freundlichsten. In den anderen Fällen geht es um Leute, die alle ihre Macken ernst nehmen und jede Möglichkeit ergreifen werden, diese gegen andere auszuspielen. Es gibt zwei Sorten Menschen: diejenigen, die einem anderen absichtlich Schaden zufügen, und die, die das nicht tun. Was die erste Gruppe betrifft: Halte dich von ihnen fern.« Hätte er es wissen müssen? Muss man jederzeit darauf vorbereitet sein, dass jemand aufgrund eher unklarer Wahnvorstellungen dein Leben in Brand setzen will? Und wenn er es nicht erwartet hatte, bedeutete das dann, dass er es verdient hatte?

Das fragte er Kat, leise: »Hab ich es denn verdient?«

Sie schaute ihn ungläubig an, schloss ihn fast grob in ihre Arme. »Nein, natürlich nicht, Alphonse, natürlich nicht, mein Schatz.«

Ihre Liebe zu ihm damals, seine Liebe zu ihr, sie überfluteten ihn und blieben. Gleichzeitig fühlte er sich wie ein vollkommener Idiot. Es war das erste Mal, dass er in ihrem Beisein heulte, sein Kopf auf ihrem Bauch. »Ich will kein Opfer sein«, schluchzte er. »Und ich will auch keinen Kampf. Nicht diese Art von Kampf.«

»Du wirst nie ein Opfer bleiben und nie ein Angreifer werden, denn du bist ein Held«, tröstete sie.

Sie riet ihm davon ab, Fabrice damit zu konfrontieren, oder mit anderen Leuten darüber zu sprechen, weil die meisten Menschen sich insgeheim an den Streitereien anderer delektierten und weil Fabrice zu sehr auf jede Form von Aufmerksamkeit erpicht war.

Alphonse zog sich zurück, wenn auch nicht von einem Tag auf den anderen. Er betrachtete Musik immer mehr als etwas Intimes, etwas, was er von den Podien und anderen Arenen fernhalten wollte. Und dann wurde Kat krank, und er ließ sich vom Leben willig an andere Orte, zu anderen Zielen leiten. Die Verachtung hatte ihn getroffen, die Obsession hatte ihn entsetzt, aber er war nicht ängstlich geworden, nicht zu Boden gegangen. Was ihm von Fabrices Angriffen blieb, war der bittere Gedanke, vorsichtiger sein zu müssen bei Menschen, bei Freundschaften. Es war ein Hemmnis, das er verwarf, nach dem er sich zu handeln weigerte, und von dem er nicht wollte, dass es sich am Ende zu einer Einsicht verfestigte. Er blieb dabei, dass Fabrice ihm eine Frage gestellt hatte, auf die er keine Antwort wusste.

Draußen geht die Sonne auf. Die Welt dreht sich weiter. Alphonse atmet ruhig, auch wenn er nicht geschlafen hat. Kat ist warm.

Auch Marco hat kein Auge zugemacht. Als er die Haustür öffnet, sieht er Jahre älter aus als am Vortag. Zwischen den wirren dünnen Haaren auf seinem Schädel scheint die weiße Haut durch. »Du bist früh dran«, sagt er. »Gewijde kam gestern Abend noch vorbei, mit einem seltenen Whisky. Ich hatte selber auch noch das eine oder andere Fläschchen im Schrank. Lange nicht mehr so gesoffen.« Er zeigt mit dem Daumen hinter sich auf die Spüle, auf die in einer Reihe stehenden Flaschen, jede etwas leerer als die vorhergehende, als würde gleich jemand ein Liedchen darauf blasen.

»Leg dich noch ein bisschen hin«, schlägt Alphonse vor.

»Nein, das ist das Problem: Von Alkohol schlafe ich innerhalb von Sekunden ein, aber zwei Stunden später bin ich hellwach.«

Marcos Kater ändert wenig an seinem Arbeitstempo. Gegen Mittag haben sie auch das obere Stockwerk von Tapeten befreit. Allerdings flucht er häufiger.

Bei ihrem gemeinsamen Mittagsimbiss fängt er wieder von dem Nachbarn an: »Das Gute an Gewijde ist, dass er nie hinter deinem Rücken über dich redet, oder überhaupt Meinungen über jemanden hat. Es geht vollkommen an ihm vorbei, was andere Menschen tun oder lassen. Ich bin mir sicher, dass es noch gar nicht zu ihm durchgedrungen ist, dass Peter weg ist. Eigentlich finde ich das auch ganz beruhigend. Dass ich nicht darüber reden muss.«

Die Tapeten werden geliefert. Fröhlich gestimmt durch dieses perfekte Timing hält Alphonse eine entrollte Bahn gegen die Wand.

»Sehr schön.« Marco will ihm zustimmen, doch seine Stimme versagt. Der Kater macht sich bemerkbar. Nach einem Glas Wasser und langem Zögern lässt er sich überreden, ins Bett zu gehen, nur kurz.

Der Tapeziertisch, der gallertartige Kleister. Alphonse ist richtig gut darin geworden, was ihn mit bescheidenem Stolz erfüllt. Er summt »Waliyou« – »Messias« –, den Titel aus dem letzten Album von Seydina Insa Wade, den Amadou ihm gestern vorgespielt hat, etwas aufgebracht, weil Alphonse ihn nicht kannte. Jetzt, wo Seydina gestorben ist, wird er mal eben als der wichtigste senegalesische Musiker aller Zeiten bezeichnet. Ein absurder Trost für den, der auf die große Anerkennung wartet: Nach deinem Tod hast du eine Chance. In dem Song gibt es ein Stück Text, auf Wolof, das zu schnell scheint für Seydinas Mund, zu schnell auch für die Ohren des Hörers. Obwohl er nicht versteht, was der Sänger an dieser Stelle singt, kann Alphonse sich des Eindrucks nicht erwehren, dass der Mann ein Gespräch mit dem nahenden Tod führt. Als er gestern mit Amadou darüber sprach, meinte dieser, das sei eine seltsame Vermutung. Jetzt findet er das selbst auch.

Er will gerade ein mit Kleister bestrichenes Stück Tapete an die Wand kleben, als sein Telefon bimmelt. Vorsichtig legt er die Papierbahn wieder auf den Tisch.

»Ich werde gleich wieder aufhängen, weil das ist ein sehr teures Gespräch, aber wir haben echt den zweiten Preis gekriegt!«, tönt eine euphorische Stimme.

»Herzlichen Glückwunsch!«, ruft Alphonse.

»Danke! Japan ist echt großartig! Das Essen auch, das hatte ich echt nicht erwartet! Bis dann!«

Shaka Duran: big in Japan. Alphonse freut sich für ihn.

Marco ist tief beeindruckt von der Wand, die Alphonse fertig tapeziert hat. Lange steht er davor, die Arme vor seinem frischen Hemd verschränkt, und betrachtet sie, den Kopf leicht zur Seite geneigt. Danach setzt er Kaffee auf und geht die Schränke »auf der Suche nach fettem Essen« durch. Als der Gong ertönt, schleppt er sich widerwillig zur Haustür.

Wie erwartet ist es Gewijde. Er befindet sich in betrunkenem Zustand, hat schon wieder angefangen, oder hat nicht aufgehört seit dem Vorabend. Außerdem scheint er dieses Mal von einer Mission erfüllt zu sein. Glasig, aber ernst bohren sich seine Augen in die von Marco. Nicht ein einziges unangenehmes Geräusch entfährt ihm. Als wolle er zu einem feierlichen Ritual ansetzen, ergreift er die Schultern seines Nachbarn. »Was habe ich gehört?«, wispert er.

»Was hast du gehört, Gewijde?«

»Ist Peter weg?«

»Ja. Schon seit ein paar Tagen.«

Alphonse konzentriert sich auf das Anrühren des neuen Kleisters, um so wenig wie möglich zu wirken, als würde er zuhören.

»Was für ein Schafskopf!«, schreit der Nachbar. Mit Lippen und Zunge erzeugt er einen langen, nassen Furz.

Marco blickt entschuldigend zu Alphonse. »Tja.«

»Ich habe dich immer viel sympathischer gefunden! Du bist wenigstens … sympathisch! Er ist … Er ist ein … Ich fand ihn eigentlich immer sehr … unsympathisch!«

»Okay.«

»Du bist außerdem sozial, du!«

»Danke.«

»Und ich sage dir, und das meine ich auch: Du siehst viel besser aus als er. Darf ich das sagen, so von Mann zu Mann, ohne Hintergedanken?«

»Ist gut, Gewijde.«

»Und du bist auch im Fernsehen und so!«

»Ich bin nicht im Fernsehen.«

»Was, nicht? Hattest du nicht eine Talkshow?«

»Nein.«

Darüber muss Gewijde nachdenken. Dann fährt er fort: »Ich sag dir, mein Lieber, er wird es noch bereuen. Und du weißt: Es ist mir auch passiert, und bei mir hat sich doch auch wieder alles zum Guten gewendet!« Erquickt durch diese letzten Worte, verpasst er Marcos Wange einen kameradschaftlichen Klaps, der ziemlich fest ausfällt.

Erst dann bemerkt er Alphonse. Wieder das saugende Geräusch mit Zungenspitze und Zähnen. »Who are you?«, fragt er wie ein schlauer Polizist aus dem britischen Boulevardtheater. Bevor jemand antworten kann, geht ihm ein Licht auf. »Pardon. Das geht mich nichts an.« Eine Hand auf die Brust gedrückt, wendet er sich wieder Alphonse zu. »I didn't realise you were a prostitute.«

»Er ist der Tapezierer! Und er spricht Niederländisch! Er war gestern auch schon hier!«

»Nicht so schlimm«, beschwichtigt Alphonse.

»Mi scusi tanto!« Gewijde schüttelt beiden die Hand, bevor er sich wieder nach Hause trollt.

»Und nachher hat er das alles wieder vergessen«, sagt Marco.

Ohne weiteren Kommentar leert er die Flaschen eine nach der anderen in den Ausguss.

Abends fahren sie mit ihren Gästen nach Lille. Die Stadt scheint vor allem Amadou zu gefallen. »Gut für euch, dass Lille doch so nahe ist«, sagt er ein paar Mal.

Den Markt von Wazemmes haben sie verpasst, aber den Fischgeruch in der Rue Gambetta bekommen sie noch mit. Mitten in einer Kneipe stürzt sich eine Frau heftig schluchzend in die tröstenden Arme eines Mannes, danach geht das Paar seelenruhig auf die Terrasse etwas trinken.

Sie kommen an einer Gedenktafel für die Gefallenen in Indochina und Nordafrika vorbei, der General auf dem Pferd ein Stückchen weiter ist Louis Faidherbe.

»Sieh an, wen haben wir hier?«, sagt Amadou.

»Der Mann von der Brücke nach Saint-Louis«, sagt Kat.

Amadou schnauft, mimt dann mit gespitztem Mund in einem sanften, summenden Französisch den Fremdenführer. »Als er genug Serer und Tukulor umgebracht und Dörfer niedergebrannt hatte, weil die in seinen Träumen einmal zu Frankreich gehört hatten, da dachte der hochgeehrte Herr General: Ich könnte doch jetzt die Negerlein verpflichten, an unserer Stelle zu kämpfen, dann müssen französische Soldaten keine Malaria und keinen Durchfall mehr bekommen. Also hat er Sklaven zusammengekauft, und ließ ein paar Stammeshäuptlinge im Tausch gegen falsche Versprechungen über sie befehlen. Als die Europäer dann anfingen, gegeneinander zu kämpfen, durften diese machtlosen Muskelpakete hier unter französischer Fahne mitmachen und sich die Füße abfrieren. Und als das dann vorbei war, sollten sie vor allem wieder verschwinden.«

»Ja«, sagt Alphonse. Zum ersten Mal, seit sie zu Besuch sind, tritt Amadous Interesse für koloniale Geschichte zutage. Wie früher wächst bei diesen Ausfällen sein Wortschatz, und sein Ton wird zusehends erbitterter.

»Bei deinem Nachbarn hängt wahrscheinlich ein Poster von Faidherbe über dem Bett«, fügt Amadou mit aufgesetzter Aufgeräumtheit hinzu.

»Willem ist okay«, erwidert Alphonse.

Amadous Augen werden schmal. Er schweigt mit hochgezogenem Mundwinkel und ebensolcher Augenbraue, als hätte ein Puppenspieler sanft an dem Fädchen gezogen, das durch diese Seite seines Gesichts verläuft.

Sie essen bei einem Japaner, wo Alphonse ihnen von Durans Silbermedaille erzählt, bis er merkt, dass Kat verstummt – sie wird vermutlich an das Männchen denken, das aus dem Gefrierfach verschwand –, und der Rest nicht begreift, wovon er spricht.

Die Stadt leuchtet und blinkt, Basstöne wummern und Mädchen auf zu hohen Absätzen wackeln über die Straßen.

Maghrebiner in schnellen Wagen. Orientalische Läden, die Kat an die Neunzigerjahre erinnern. Ein Regenschauer lässt sie wieder Schutz suchen. Unter einer Markise teilt Mitsy ihren Tabak mit Alphonse. Sie reden über: mit dem Rauchen aufhören und wieder anfangen und dass es einem egal ist, dass man an irgendetwas sterben muss, und dass man nur einmal lebt und das tut, worauf man Lust hat. Sie lachen. Die Pfützen färben sich weiß, rosa, grün.

»*Nais 'ett*«, sagt ein Vorbeigehender mit einem Verweis auf seinen Hut.

»Merci«, antwortet Alphonse.

In einer Kneipe fällt ihre Hautfarbe auf, für den Club, den sie betreten, sind sie zu alt, doch dann finden sie ein Lokal, in dem niemand auf sie achtet, bis sie tanzen. Er liebt es, zu tanzen, Alphonse, und wenn er tanzt, ist seine Liebe zu dem Kontinent, auf dem er geboren wurde, am stärksten, zu all dem, wozu der Körper dort imstande ist, wie er zugleich kräftig und verführerisch sein darf und über sich selbst lachen darf. Viele Europäer begreifen den Humor hinter den Bewegungen nicht, oder sie glauben, dass die Tänze nur ihnen lustig vorkommen. Er mag es, Kat tanzen zu sehen, sie hat die Fähigkeit, ihren Körper ganz dem Rhythmus zu überlassen, hat dazu jedoch wenig Lust heute Abend.

Auch zu Unterhaltungen scheint sie nicht aufgelegt zu sein. Auf dem Weg zum Auto blickt Alphonse ein paar Mal über die Schulter, um zu sehen, ob die Frauen folgen. Mitsy führt das Wort, und wenn sie aufhört zu reden, bleibt Kat schweigsam. Sie sieht nicht nur müde aus, Kat, da ist noch etwas, und weil er bei jedem Umschauen mehr davon überzeugt ist, dass einfach zu oft etwas ist, und er sich nicht schuldig fühlen will, weil Amadou und er vorauslaufen, hört er auf, sich Sorgen zu machen, und richtet seine Aufmerksamkeit ganz auf das Gespräch mit seinem Freund. Sie reden über Musik, schlendern wie früher.

Ein älterer Mann, der nicht in diese nächtliche Umgebung zu passen scheint, zieht ihre Aufmerksamkeit auf sich. Er ist wütend. »*Sales pédés*«, wirft er ihnen im Vorübergehen an den Kopf. Als sie verblüfft stehen bleiben, entfernt er sich in aller Eile.

Alphonse und Amadou sehen sich ungläubig an, ihre Anzüge, Schals und Hüte. Gleichzeitig schicken sie ein schallendes Gelächter zum nachtschwarzen Himmel. Wenige haben Schwierigkeiten damit, sie als »Neger« zu bezeichnen, »Affen« wurden sie auch schon genannt. Aber »dreckige Homos« hatten sie noch nicht. Wer weiß, vielleicht war das ja ein Fortschritt.

15

Sie gehen spät zu Bett und stehen früher auf, als sie wollten. Es gibt sportliche Pläne, die auf ihre Umsetzung warten. Amadou duscht, und Mitsy hat Alphonse gefragt, ob er etwas für sie auf der Kora spielen würde; sie habe das Instrument noch nie live gehört. Er setzt sich auf einen Küchenstuhl und spielt für sie.

»Wunderschön«, seufzt sie ein paar Mal.

»Wir müssen noch die Fahrräder abholen«, sagt Kat. Weil nur die Saiten antworten, schnappt sie sich die Autoschlüssel vom Tisch. »Gut, ich mach das. Hast du diesen Abholschein?«

Alphonse schüttelt den Kopf im Rhythmus der Musik. Die denkwürdig unfreundliche Frau im Fahrradladen hatte ihr dringend geraten, den Abholschein nicht zu verlieren; ein in Plastik eingeschweißtes Kärtchen mit einer Ziffer und dem Vermerk auf der Rückseite: FAHRRÄDER, DIE LÄNGER ALS EINEN MONAT STEHEN BLEIBEN, WERDEN VERKAUFT ODER VERSCHROTTET!!! Darüber hatten Kat und er noch gelacht. »Du hast den, glaube ich. Hat es noch kurz Zeit? Dann komme ich mit.«

»Es wird schon ohne dieses Ding klappen.« Interessiert beobachtet sie Mitsy, die jetzt mit geschlossenen Augen den Klängen der Kora lauscht. »Viel Spaß«, sagt sie spitz, an ihn gewandt.

Kurz nachdem die Haustür hinter ihr ins Schloss gefallen ist, gesellt sich Amadou zu ihnen in die Küche. Er hört ebenfalls zu.

Mitsy drückt beide Hände an die Brust. »Wahnsinnig schön.«

»Ja«, sagt Amadou, und dann, ohne Missbilligung: »Ein Diola, der Kora spielt.«

Alphonse lächelt ihm zu.

»Dass Ruhe so berauschend sein kann«, summt Mitsy.

Alphonse spielt noch eine Weile weiter, führt die improvisierte Melodie zu Ende und setzt dann das Instrument ab. »Frühstücken.«

Er sieht sofort, dass Kat mieser Laune ist, als sie eine halbe Stunde später in die Küche rauscht.

»Was für ein Albtraum! Dass ich dieses blöde Kärtchen nicht dabeihatte, war anscheinend das Schlimmste, was ich diesen Menschen antun konnte. Die haben einen unglaublichen Wirbel gemacht!«

»Shit«, sagt Alphonse. »Das war zu erwarten.«

»Ja, du hättest ja kurz danach suchen können, dann wäre ich nicht des versuchten Diebstahls beschuldigt worden! Die haben immer wieder gesagt, ich würde lügen, der Fahrradhändler und seine Frau, ich würde versuchen, die Fahrräder zu stehlen, beide haben sie auf mich gezeigt und gebrüllt, dass sie die Polizei holen würden, und ich schrei die ganze Zeit zurück: ›Dann tun Sie's doch! Tun Sie's doch!‹«

Alphonse lacht. Nicht die richtige Reaktion, merkt er.

»Schließlich fanden sie ein Zettelchen am Gepäckträger, wo mein Name draufstand. Selbst da misstrauten sie der Sache noch, konnten aber nicht anders, als die Räder rauszurücken, sodass ich die Reparatur bezahlen konnte. Es war noch eine Riesengeschichte, die Räder allein in den Kofferraum zu bekommen, niemand kam, um mir zu helfen, natürlich. Meine Beine zittern immer noch, total absurd!«

»Ich glaube, es lag an deiner Hautfarbe«, sagt Amadou.

»Was?« Die Gewitterwolke, die Kat umgibt, löst sich auf.

»Sie mögen hier keine Schwarzen.«

Überrascht lacht sie Grübchen in ihre rosigen Wangen. Die anderen lachen mit ihr mit. »Es könnte tatsächlich sein, dass ihnen mein Akzent nicht gefallen hat«, fügt sie ernsthafter hinzu. »Falsche Provinz. In diesem Land herrscht Stammesdenken.«

Das wiederum findet Amadou äußerst witzig.

Auch nach einer Stunde Radeln fühlen sich weder die Gäste noch Kat bemüßigt, die Landschaft zu besingen. Sie konzentrieren sich auf Steigungen und Abfahrten, und darauf, wie sich ihre Muskeln dazu verhalten. Die grandiose Lieblichkeit, die sie umgibt, bemerken sie kaum: die zeitlose Kulisse aus dünn gesäten Häuschen und Windmühlen auf Hügeln von weichem Gras, unter sich ständig verändernden Wolken, Drachen, Teekannen. Er würde sich nicht über eine Brotkrümelspur wundern, die ihn zu einem Elfen führte, bei dem er einen Wunsch freihätte. »Alle Sprachen sprechen«, würde er verlangen.

Einige Male fahren sie an Schildern mit der Aufschrift BELGIË oder FRANCE vorbei, die in grenzenloser Gleichgültigkeit von der Landschaft ignoriert werden. Sie machen eine Trinkpause bei einer Fischzucht, deren Inhaber sie an diesem sonnenübergossenen Septembertag davon überzeugen möchte, wie schön die Winter hier seien. Er legt ein gutes Dutzend unterbelichtete Fotos von Schnee und Eis auf den Tisch, um es zu beweisen. Hinterher behauptet Amadou, der Mann habe ihn dabei »sadistisch angesehen«. Auch wiederholt er einige Male, dass sie ohnehin nichts für ihn wäre, diese Gegend.

Obwohl Alphonse höchst erstaunt ist über den Wunsch seines Freundes, eine Windmühle zu besichtigen, geht er darauf ein. Er führt sie zu George, dem Besitzer der letzten Backsteinmühle in der Region, den er kennengelernt hat, als er die Rückseite seines Hauses neu verputzt hat, eine der wenigen Gelegenheiten, bei denen er sich zu Außenarbeiten hat überreden lassen.

George, ein Franzose, der auch des Flämischen mächtig ist, schaltet wieder auf Französisch um. Amadou, in höchstem Maße gefesselt, weicht keinen Meter von seiner Seite. Mitsy lernt eine neue Seite an ihrem Freund kennen. Die Flügel drehen sich. Sie bestaunen die gewaltige Basiskonstruktion und den alten Erfindungsgeist, der in der Mechanik aus massiven Baumstämmen und gekerbten Mühlsteinen steckt, und klettern hintereinander die schmalen Treppen zum obersten Stockwerk empor.

Ekstatisch teilt Amadou seine Erkenntnis mit den anderen: »Jetzt verstehe ich endlich, was das Problem ist mit der Mühle, die sich zu schnell dreht, und dem schlafenden Müller!« Und weil Mitsy ihn jetzt besorgt anstarrt, singt er: »*Meunier tu dors, ton moulin va trop vite!* Hast du nicht verstanden, was er gesagt hat? Dass Feuer entstehen würde, wenn zwei hölzerne Oberflächen zu schnell aneinanderreiben. Natürlich!«

»Liebling. Komm mal bisschen runter.«

Er geht nicht darauf ein, fasziniert von einem alten Foto der Mühle mit gebrochenen Flügeln. »In der Mühle werden heute noch verschiedene Mehlsorten gemahlen, aus didaktischen Gründen«, so steht es in einem Faltblatt, das an eine Wand geheftet ist. George, die fünfte Generation eines Geschlechts von Müllern, spricht in entmutigtem Ton über das Aufkommen der Dampfmaschine, die den Betrieb von Windmühlen zunehmend unrentabel machte und immer mehr in den Bereich der romantischen Idylle verdrängte. Weil die Erfindung der Elektrizität seinem Handwerk schließlich den Gnadenstoß gab, klingt es wie eine Beichte, als er zugibt, für einen Elektrizitätsbetrieb gearbeitet und das Müllerhandwerk erst von seinem Vater übernommen zu haben, als er selbst in Rente ging. Sein Sohn habe zwar Interesse, der sechste in der Reihe zu werden, es dauere aber noch zwanzig Jahre, bis dieser in Rente gehe, wer wisse schon, was in dieser Zeit alles passieren könne. Seit der Krise sei das Interesse an Windmühlen stark zurückgegangen, selbst die Schulkinder blieben weg. Amadou hört nickend zu, dieses Unrecht macht ihn betroffen.

»Ich mache mir echt Sorgen um ihn«, vertraut Mitsy Alphonse mit gedämpfter Stimme an. Sie steigen als Letzte rückwärts die steilen Stufen wieder hinunter. »Bei uns gibt es nämlich auch Windmühlen. Ich habe ihn noch nie so begeistert über etwas sprechen gehört, nicht mal über sein Kind. Es wird doch kein Gehirntumor sein?«

Alphonse raucht eine Zigarette mit ihr auf dem Gelände zwischen der Mühle und dem angrenzenden Bauernmuseum, das die anderen schon betreten.

»Er hatte früher auch schon mal diese Art von Anwandlungen. Die gehen wieder vorbei.« Trotz seines so leidenschaftlichen Einsatzes für das Atomium hatte es ihn völlig kaltgelassen, als dieses Jahre später endlich von Grund auf restauriert wurde.

»Kommt ihr?«, ruft Kat von der Tür aus.

»Ja, ja, wir kommen schon«, sagt Mitsy. In ihrem Ton verbirgt sich Schadenfreude, die ihm nicht gefällt, und Kat auch nicht, wie er an ihrer Unterlippe sieht.

Im Bauernmuseum, einer vollgestopften Scheune, zeigt George ihnen strahlend seine neueste Erwerbung: zwei lebensgroße Puppen, die seinen Vater und seine Mutter darstellen. Sie sitzen an einem Tisch. Die Mutterpuppe durchbohrt eine Strickarbeit, die Vaterpuppe streicht mit ihren Fingern mechanisch durch ein Häufchen Bohnen, von Parkinson geschwächt, wie es scheint, den Kopf zur Seite gedreht. George drückt einen Knopf am Rücken der Vaterpuppe, worauf eine krächzende Stimme durch den Raum tönt und Scharniere das Kinn abgehackt auf und ab bewegen. Sie wissen nicht, was sie sagen sollen, und dadurch scheint plötzlich auch der Müller nicht mehr ganz von der Sache überzeugt zu sein. Um sie abzulenken, erzählt er von früheren Zeiten. Die Besitzer der Tabakläden an den Grenzstationen hätten an ihn und seine Freunde gratis Zigaretten verteilt, und als sie dann süchtig geworden waren, seien sie gute Kunden geworden. Ohne Überleitung erzählt er von einer geplanten Übersiedlung nach Südafrika, aus der dann nichts geworden sei. Der Betrieb, bei dem er arbeitete, habe ihn dort hinschicken wollen, er hätte es gerne getan.

»Bereust du es?«, fragt Alphonse.

George schweigt in Gedanken versunken, sagt dann: »Die Kinder wollten nicht.«

Auf der Toilette findet Alphonse ein glattes Kärtchen in seiner Jackentasche. FAHRRÄDER, DIE LÄNGER ALS EINEN MONAT STEHEN BLEIBEN, WERDEN VERKAUFT ODER VERSCHROTTET!!! liest er, bevor er es zurücksteckt.

Sie binden Tüten mit Mehl auf ihre Gepäckträger und nehmen Abschied von dem Müller.

Nach der ersten Kurve sieht er Tränen in Kats Augen. »Diese Puppen«, sagt sie. Die Kombination von Folklore und Polyester hat schon bei anderer Gelegenheit so auf sie gewirkt. Das Bild vom klappernden Mund des Vaters lässt auch ihn nicht los. Er bleibt beim Fahren an ihrer Seite. Die anderen radeln einige Meter hinter ihnen, nach Mitsys verkrampfter Haltung zu urteilen, beschäftigt sich Amadou erneut ausführlich mit dem Thema Windmühlen.

»Wenn du das gerne möchtest, dann ziehen wir wieder in die Stadt.« Alphonse hat hierüber nicht lange nachgedacht.

»Willst du das?«

»Ich will, dass du glücklich bist.«

»Aber du selbst, willst du von hier weg?«

»Nein. Noch nicht.«

»Ah.«

Dann frag nicht, denkt er, wenn du es nicht wissen willst.

Alphonse ruft seine Mutter an, die sich freut, Amadou zwischen ihm und Kat vor dem Kameraauge zu sehen. Eine Eruption von Freudenschreien und Komplimenten. Die zwei haben sich immer schon gemocht. Seine Schwester ist auch dabei. Sie und Alphonse wissen wie immer nicht viel mehr miteinander anzufangen, als sich innig anzulächeln. Er kennt Aline nicht gut, sie ist zehn Jahre älter, das Kind eines anderen verschwundenen Vaters, sie sehen sich nicht ähnlich und haben seit seinem achten Lebensjahr getrennt gelebt. Ihre Mutter hätte Aline damals gerne nach Brüssel mitgenommen, doch diese weigerte sich, wollte bleiben, wo sie war. Die Erinnerungen, in denen sie auftaucht, sind liebevoll. Durch einen kleinen Spalt zwischen ihren Lippen bläst sie über seine verschwitzte Haut, sie singt ein Lied mit einer trägen, tiefen Stimme, kichert hinter vorgehaltener Hand, als sie ihm ihre kunstvolle Frisur vorführt, das Festkleid, er sieht, dass sie eine schöne Frau geworden ist, eine Erwachsene, dass sie mit Stolz bemerkt, was er denkt. Und jetzt lächeln sie nur und sagen *»ça va? – ça va.«* Der größte Teil der Konversation spielt sich zwischen seiner Mutter und Amadou ab.

Nach dem Gespräch legt sein Freund im Wohnzimmer Bob Marley auf und beginnt ein Gespräch über Tonton Jah – der eigentlich Lassana hieß –, seine Frauen, sein mysteriöser Tod, und ob die beiden Dinge nicht etwas miteinander zu tun hätten.

»Es wurde keine Autopsie gemacht. Wie du weißt, habe ich mich darum bemüht.«

»Wenn ihr Weiße gewesen wärt, hätte man auf dich gehört.«

Alphonse spürt einen Stich, er erinnert sich an die ohnmächtige Wut, die dieser Gedanke damals bei ihm hervorrief. Er sagt, ein Täter und eine Strafe hätten wenig verändert, doch als er neunzehn war und die Leiche seines Onkels identifizieren sollte, dachte er anders darüber. Wie verbittert wirkten seine Gesichtszüge. Tonton Jah war vieles gewesen, aber niemals verbittert. Und er hatte nie gespritzt. Der fatale Schuss musste sein erster gewesen sein. Er hatte getrunken.

»Aber was denkst du selbst?«

Im Lauf seines zu kurzen Lebens hatte Tonton Jah seiner Vorliebe für verheiratete Frauen nach Kräften nachgegeben. Aus Gründen, die nur er kannte, waren es vor allem kongolesische verheiratete Frauen. Alphonse hatte vor seinem Tod noch Witze gemacht über ein Fahndungsfoto seines Vormunds, das man demnächst im ganzen Brüsseler Matonge-Viertel sehen würde.

»Alphonse? Was denkst du?«

»Dass er nicht mehr da ist.«

Amadou nickt, begreift, dass er nicht weiter nachfragen soll.

»Was war er für ein Mensch?«, fragt Mitsy. »Abgesehen davon, dass er ein Fan von Bob war?«

»Das ist schwierig zu erklären«, lächelt Alphonse.

Ein Tellerwäscher, der von »seinem« Restaurant sprach. Jemand mit Geschmack und Stil und Schulden. Jemand, der morgens seinen Rausch neben deinem Bett auf dem Fußboden ausschlief und dich in der folgenden Nacht zum Frühmarkt nach Laeken mitnahm, um dort zehn Kilo Entrecôte für dich zu kaufen, und Blumen für neun Frauen.

»Alphonse und sein Onkel hatten einen Nachbarn, der keine Musik ertragen konnte. Schon bei den ersten Tönen fing er an, gegen die Wand zu treten. Ich habe das erlebt, es war, als sei ein verwundetes Nashorn im angrenzenden Zimmer eingesperrt.«

Alphonse grinst. Monsieur Banane nannten sie ihn, weil er regelmäßig »*Va manger une banane, macaque*!« schrie, wenn sein Onkel Kora spielte. Außerhalb seiner Wohnung ergriff er sofort die Flucht. Seinen richtigen Namen hat Alphonse vergessen.

»Und Tonton Jah spielte dann länger und mehrstimmiger, als er ursprünglich beabsichtigt hatte, und antwortete im verführerischen Französisch seiner Geliebten: ›Du wohnst in meinem Herzen, mein Liebling! Du verleihst meinen Tagen Farbe, mein Sonnenstrahl!‹«

Kat und Mitsy lachen.

»Monsieur Banane hat das verrückt gemacht. Wortwörtlich.«

»Bananas«, sagt Kat.

»Eines Tages sah ich ihn im Schlafanzug in der Nähe des Nordbahnhofs herumlaufen. Er wusste nicht, wer ich war, ließ sich nach Hause bringen. Einige Wochen später war seine Wohnung zu vermieten.«

»Selbstmord?«, fragt Mitsy.

»Eine Anstalt, glaube ich.«

Amadous Hand flattert durch die Luft. »Da hatte dein Onkel nichts mit zu tun. Monsieur Banane war schon vorher verrückt.«

»Auch möglich.«

Und doch ist jede Erinnerung an seinen Onkel zwiespältig. Es gab immer Licht, immer Schatten. »*We'll be forever loving Jah*«, singt er mit Marley. Mit schwerem Herzen und ziemlich beschwipst tanzt er zum Herd, um Pfannkuchen zu backen.

»Sie steht auf dich«, flüstert Kat, neben ihm im Bett.

»Ich steh auf dich«, sagt er. Sein Schwanz liegt steif an ihrem Hintern.

»Wie findest du sie?«

»Ich kenne sie nicht.« Er küsst ihren Rücken. Sie richtet ihn gerade, beugt ihren Kopf, sodass er an ihren Nacken gelangen kann, dreht sich zu ihm um.

Viele Paare scheinen nach einiger Zeit mit dem Küssen aufzuhören. Sie nicht. Sie mögen die glatte Umarmung von Zungen und Lippen in einem Rhythmus, der ihnen eigen ist. Sie hören nicht damit auf, als er eindringt, als sie sich auf ihn setzt.

»Ja«, sagt sie, hinterher, in sein Ohr.

»Du«, sagt er, bevor der Schlaf ihn einholt.

14

Von dem Licht, das den vergangenen Tagen Farbe verlieh, ist heute nichts mehr zu sehen. Sie fahren durch eine trostlose Landschaft. Gelangweilt kümmern sich die Scheibenwischer um den Regen, die Bauern und Kühe gehen gebückt. Nass scheinen die Soldatengräber stärker in den Vordergrund zu rücken, scharf zeichnen sie sich ab gegen den weißen Himmel.

Cassel ist Kats Idee gewesen, sie sitzt am Steuer. Sie kommen an einer verlassenen Zollstation mit einer Tankstelle und Tabakläden vorbei, steigen nach einer langen, eintönigen Straße in unaufregenden Haarnadelkurven zu dem nordfranzösischen Städtchen auf. Weil sie mitten in einem erneuten Regenschauer ankommen, rennen sie sogleich in das Musée de Flandre. Dort wird eine Ausstellung über flämische Manieristen gezeigt, vor allem anonyme Maler der ersten Hälfte des sechzehnten Jahrhunderts. Mitsy setzt eine interessierte Maske auf. Alphonse mag diese Kunst. Als Sechzehnjähriger hatte er, getrieben von ungewohnter Entdeckerlust und einem Schuss Geltungsdrang, nach einer langen, ziellosen Wanderung durch die Stadt im Museum für Schöne Künste eine Ausstellung über altniederländische Malerei, die sogenannten Flämischen Primitiven, gesehen. Als er aus dem Museum hinaustrat, fühlte er sich reich und erwachsen. Diese unerwartete Liebe war geblieben. Kat ist der einzige Mensch, mit dem er sie teilen kann, es ist nicht ihr erster Besuch in diesem Museum. »Die Manieristen waren die Nachfolger der Flämischen Primitiven«, erläutert sie den Freunden.

Langsam gehen sie von Gemälde zu Gemälde, betrachten die gereckten Körper in verdrehten Haltungen, größtenteils religiöse Szenen darstellend, oft vor nächtlicher Kulisse. Ein goldener Engel springt von seinem Sockel. Beine fahren selbstständig in kleinen Booten. Körperlose Putti fliegen durch die Wolken, die Flügel seitlich an ihren Köpfen. Aus dem Kopf eines Hirsches wächst ein Kruzifix. Ein Dudelsack-Monster spielt auf sich selbst. Ein krebsartiger Mann mit einem Fisch im Mund hastet in eine Ecke des Bildes. Zwölf Hunde, einige durchsichtig, springen über blaugrüne Felsen. Ein Mann mit Bärenkopf entfernt sich rennend von einem Boot, verfolgt von einem Napfschneckenmenschen. Amadou und Mitsy schauen und deuten mit dem Finger, Kat scheint befriedigt.

Alphonse verharrt lange bei einem Gemälde, das ihm bei seinem letzten Besuch auch schon aufgefallen war. »Portrait de fou regardant à travers ses doigts«. Auf dem Schild unter dem lachenden Narren steht: MAÎTRE DE 1537. Es ist wahr, denkt er. Man muss nachsichtig sein mit den Menschen. Im Blick des Narren liegt noch etwas anderes als Fröhlichkeit. Er kann es nicht benennen, folgt den anderen.

In der Kirche von Cassel verrichtet der Küster gerade seinen Dienst. In der Sakristei, deren Tür offen steht, wählt der Pfarrer eine neue Soutane aus. Er wird unterstützt von zwei Frauen in gesetztem Alter und einem dünnen Mann. Sie führen eine Diskussion, jedoch keine hitzige.

Hinter der Kirche breitet sich die Landschaft aus, trotz des Nieselregens lässt sie sich kilometerweit betrachten, wie auf einem Gemälde des sechzehnten Jahrhunderts.

»Was haben all diese flämischen Fahnen hier in Frankreich zu suchen?« Amadou und Mitsy starren auf die Giebelwand von »Radio Uylenspiegel«, auf der auf Niederländisch die Worte FRANZÖSISCHE FLAMEN SIND AUCH FLAMEN prangt. Schräg gegenüber der *Taverne de Flaming* liegt das Rathaus. Unter den Wörtern LIBERTÉ, ÉGALITÉ, FRATERNITÉ auf dem Giebel befindet sich am Fenster das Schild: FLÄMISCHE WAFFELN!

»In Antwerpen würde ich das beängstigend finden«, sagt

Alphonse. »Aber hier ist es historisch zu erklären, und es wirkt in erster Linie absonderlich.«

Mitsy sieht sich verwundert um. »Ein bisschen übertrieben, auch.«

»Erinnerst du dich noch, als Momar zu Besuch war? Er dachte, dass der flämische Löwe der Löwe von Juda ist«, sagt Amadou. »So viele Rastafari in Flandern, er konnte es gar nicht fassen.«

Ihr Lachen stockt, als sie eine alte Eckkneipe betreten, die Stille hinter der Tür lässt sie verstummen. Das alte Ehepaar scheint ihren Besuch höchst merkwürdig zu finden, mit freundlicher Verwunderung empfangen die beiden die Zeitreisenden, die in der Vergangenheit gelandet sind, welche die Wirtsleute im Verborgenen bewohnen. Sie trägt ihre langen grauen Haare in einem Dutt auf dem Kopf, er sitzt über seine Zeitung gebeugt. Andere Gäste sind nicht im Raum. Ja doch, sie haben geöffnet, und sie haben Kaffee, sicherlich. An der Schanktheke hinter ihnen prangen zwei Aufkleber mit Löwen. Bei dem einen lautet der Slogan WILLKOMMEN BEI DEN FLAMEN, beim anderen, in altertümlicher Sprache, ICH BIN FLAME UND STOLZ, ES ZU SEIN.

»Die vielen Fahnen überall«, versucht es Amadou vorsichtig. »Fühlt ihr euch wirklich noch als Flamen?«

Der Mann und die Frau gehen nicht direkt darauf ein, schauen einander an, dann die Gäste, und stellen nacheinander mühsam, aber entgegenkommend ihre Fähigkeit unter Beweis, den Satz: »Ich kann ein bisschen Flämisch« auszusprechen.

Der Mann versenkt sich wieder in seine Zeitung: ein Artikel über die Räumung eines improvisierten Flüchtlingslagers in Calais. Alphonse hat noch nie ein solches Lager aus der Nähe gesehen.

Gemeinsam lauschen sie der Kaffeemaschine unter dem getrockneten Hopfen.

Er sieht ihm ähnlich, denkt er, der eine. Er steht unter der Tür, die gefaltete Zeitung unterm Arm, und blickt den vieren nach.

Dem großen Schwarzen, der ihn auf den Arm nahm, als er acht war, und mit ihm wegrannte, während er mit seinen Kinderfäusten versuchte, dessen Gesicht zu treffen, und immer wieder »sale bête« schrie, und dass er nicht dorthin wolle, dass er da nicht wohne. Und dann, durch die Fenster bei ebenso angstvollen, ebenso hilflosen Menschen, sah er, wie sich draußen, hinter dem Rücken des Schwarzen, der Himmel verdunkelte, dann das Heulen einer Bombe, die Verwüstung, der Zweite Weltkrieg, der für ihn der erste war, der prägende; ein Leben lang schwerhörig auf einer Seite und nie mehr Danke sagen können.

Sie essen in einem Restaurant in Cassel zu Mittag, als Madeleine Claeys ihn anruft.

»Ich weiß, dass es nicht sein kann, aber er ist hier.«

»Wer?«

»Mein Bruder. Er liegt in meinem Bett und er schreit wieder.«

»Das kann nicht sein, Frau Claeys. Er ist nicht echt.«

Seine Tischgenossen hören auf zu kauen und richten ihre Blicke auf ihn.

»Ich sage ja, dass ich das weiß. Ich glaube auch nicht an Gespenster. Aber ich sehe ihn trotzdem die ganze Zeit. Und höre ihn!« Eine Pause entsteht, die sie, plötzlich unsicher, mit dem Satz füllt: »Nenn mich ruhig Madeleine.«

»Du musst dich selbst von dem überzeugen, was du weißt. Dass es nicht sein kann, was du siehst. Oder einen Arzt anrufen.«

»Der Arzt war gestern da. Ihm ist nichts Besseres eingefallen, als mir Schlaftabletten zu verschreiben. Hör zu, mein Bruder ist schon seit drei Tagen da!«

»Schlafen scheint mir ein guter Anfang zu sein.«

»Wie soll ich schlafen mit dem ganzen Gekreisch?«

»Madeleine.« Er lässt seinen Blick auf Kat ruhen, auf der kleinen Narbe auf einem ihrer Jochbeine, die röter aussieht als sonst. »Was soll ich denn dagegen tun können?« Die kleine Narbe wendet sich ab.

»Du kannst ihn verjagen. Da bin ich mir sicher.«

»Warum sollte ich das können?«

Er hört sie atmen. Ruhig, angesichts der Umstände. »Ich spüre das. Ich habe das gespürt, als du hier warst. Dass du solche Dinge kannst.«

»Was für Dinge?«

»Helfen. Heilen.« Sie verlegt sich aufs Jammern: »Komm, bitte! Ich weiß, dass ich halluziniere, aber ich halte es nicht mehr aus!«

»Gut«, sagt er. »Ich komme.« Er wendet sich an die fragenden Gesichter rund um den Tisch. »Ein Notfall. Aber esst erst mal weiter.«

»Oh, danke.« Kat starrt ihn kalt an.

»War das ein Kunde?«, erkundigt sich Mitsy. »Jemand, bei dem du tapezieren warst?«

»Malen«, sagt er. »Aber jetzt soll ich dort eine Halluzination vertreiben. Ich selbst finde es auch merkwürdig.«

Mitsy ist die Einzige, die lacht.

»Es ist anormal«, sagt Kat. »Und typisch.«

»Seine Mutter steht in Kontakt mit dem *Bois Sacré*«, sagt Amadou. »Und er hat das auch.«

»Mit dem *Bois Sacré*?«, fragt Mitsy.

Esst doch weiter, denkt Alphonse.

Kat parkt neben dem Vorgarten mit der Windmühle, der Hortensie und der niedrigen Stechpalmenhecke. Alle Insassen des Autos versuchen einen Blick auf die gedrungene Frau zu erhaschen, die Alphonse öffnet.

»Deine Freunde werden sicherlich denken, dass ich verrückt bin!«, ruft Madeleine Claeys. »Ich bin natürlich auch verrückt! Momentan!«

Sie spricht so laut, weil sie das eingebildete Geschrei ihres Bruders übertönen muss, begreift Alphonse. Halluzinationen sind anscheinend immun gegen Stimmbandoperationen. Er weiß nicht recht, was er tun soll, außer zu seufzen und die Hände in die Hüften zu stemmen.

»Ich glaube, du wirst das nur ein einziges Mal tun müssen!«, ruft sie beruhigend, als sie sich anschickt, die schmale Treppe hinaufzusteigen. »Er ist oben.« Sie erscheint ihm molliger als beim letzten Mal. Ihr Schlafzimmer strahlt die Unpersönlichkeit eines Hotelzimmers aus, allerdings eines, das vor ein paar Jahrzehnten eingerichtet worden ist.

»Hier liegt er also.« Sie weist mit einer schnellen Handbewegung auf die glattgestrichenen Laken. Danach drückt sie sich die Hände an die Ohren.

Da liegt er also, denkt Alphonse. Er denkt auch: Das geht zu weit. Dann: Ich könnte es probieren.

»Wie heißt er?«, fragt er. Das hat sie nicht einmal beim Verbrennen der Briefe erwähnt.

»Alphonse«, sagt sie, leiser jetzt. »Fonske, haben wir gesagt.«

»Er hat denselben Namen wie ich?«

»Ja.«

Was soll's, denkt er, so viel verrückter wird die Situation dadurch auch nicht. Dennoch macht das Aussprechen seines Namens die Sache für ihn noch unbehaglicher. Er sitzt auf dem Rand des Bettes, sein Blick verliert sich im feinen Blümchenmuster auf dem Kopfkissen.

»Alphonse«, sagt er. »Du musst gehen.«

Er versucht sich den behinderten Alphonse vorzustellen, ein großes, unförmiges Kind mit Ausschlag und Schaum vor dem Mund, ein Mensch, der fast nur noch aus Krämpfen besteht. Ich muss gehen, denkt er.

»Deine Schwester hat dich nicht absichtlich fallen gelassen«, sagt er. »Sie hat dich jeden Tag besucht. Jetzt bist du tot und musst sie in Ruhe lassen.«

»Er ist lahm!«, ruft sie. »So einfach wird er wahrscheinlich nicht verschwinden!«

Ich habe es probiert, denkt er. Und noch mal: Das geht zu weit. Dann: Ich muss es ihr sagen.

Er stellt sich vor Madeleine. Sie macht ein Ohr frei.

»Ich bin kein Guru«, sagt er. »Kein Zauberer. Ich glaube nicht mal an diese Art von Zauber.«

Sie nickt. »Doch.«

»Nein. Hör zu, Madeleine: Du darfst keine Wunder von mir erwarten. Ich kann wiederkommen und deine anderen Zimmer streichen und dir zuhören, aber bei dieser Sache kann ich dir nicht helfen.«

»Wir müssen es ja nicht Zauberei nennen«, sagt sie.

Er fragt sich, was sie mit seinen Händen vorhat. Sie legt sie auf ihren Kopf und hält sie fest. Ihre Haare sind weich wie die eines Babys. »Madeleine«, sagt er. »Das geht zu weit. Die anderen warten im Auto. Ich muss gehen.«

Er spürt, dass sie nickt, nimmt seine Hände weg. Sie wirkt so zerrissen, beschämt und verletzt, dass er es nicht mitansehen kann, er dreht sich um. Es ist Schwäche, denkt er zum ersten Mal, dass ich gut sein will, sein muss, nichts als Schwäche. Das fühlt sich nicht an wie ein eigener Gedanke, es gelingt ihm nicht, sich selbst zu überzeugen.

Als er schon auf der Treppe ist, hat er eine Idee. Er rennt zurück ins Schlafzimmer, findet sie auf einem antiken Stuhl in der Ecke vor, Hände an die Ohren gepresst, die weit aufgerissenen Augen voller Tränen.

»Ich nehme ihn einfach mit«, sagt er. »Wie wäre das?«

Sie nickt, lacht, die Tränen rollen über ihre Wangen.

Er stellt sich neben das Bett, die Beine etwas gespreizt, geht in die Knie. Vorsichtig schiebt er seine Arme, Handflächen nach oben, unter die unsichtbare Last auf dem Bett. »Hab ich ihn?«, fragt er.

Sie nickt nur und lacht, die Tränen stürzen mit immer größerer Hingabe aus ihren Augen.

Er schwankt, ruckt den schweren, eingebildeten Körper in seinen Armen nach oben, sodass der Rumpf über einer Schulter zu liegen kommt. Er blickt zu ihr über die Stelle hinweg, wo das Gesäß ihm die Sicht nehmen müsste.

Sie schlägt sich schnell mit der flachen Hand gegen den Busen, als wolle sie mit ihm dribbeln, auf ihrem Gesicht nichts als Liebe. »Er schreit nicht mehr«, schluchzt sie.

»Könntest du die Tür etwas weiter öffnen für uns?«, fragt

er, seine Stimme verzerrt von der Anstrengung. Sie eilt herbei, folgt ihm die Treppe hinunter, durch die Haustür. In ihrem Vorgarten bleibt sie stehen. Zusammen mit den entgeisterten Gesichtern im Auto schaut sie zu, wie der eine Alphonse den anderen mit langsamen Schritten und vollen Armen bis zum Auto schleppt, seinen Freund bittet, die Tür zu öffnen und zur Seite zu rücken, wiederholt: »Zusammenrücken, es kommt noch jemand dazu.« Als er ihn auf die Rückbank sinken lässt, schützt er den Kopf ihres Bruders.

Der Himmel hat aufgeklart. Durch das Blau zwischen den kleinen, hohen Wolken fliegt ein Vogel, eine Feldlerche, wie er vermutet. Dieselbe Feldlerche. Er versucht, ihn mit Blicken zu verfolgen, legt seinen Kopf fast auf das Lenkrad, bis der Vogel über die linke obere Ecke der Windschutzscheibe verschwindet. Er öffnet das Fenster einen Spalt in der Hoffnung, ihn zu hören. Nur der Wind dringt herein.

»Wohin schaust du?«, fragt Kat. Sie ist die Erste, die etwas sagt, seit sie von Madeleines Haus weggefahren sind.

»Ein Vogel«, sagt er.

Im Rückspiegel sieht er, dass Amadou und Mitsy dicht aneinandergedrängt sitzen, noch immer lassen sie Platz für die Halluzination.

»Ihr könnt wieder die ganze Rückbank einnehmen«, kichert er.

Etwas zögernd rutscht Amadou wieder auf seinen alten Platz. »Passiert so etwas öfter?«, fragt er.

Alphonse verneint.

Ihre Gäste machen sich auf den Weg, am Montag beginnt eine Arbeitswoche. Sie fanden es schön, sollten dies öfter tun, nicht so lange damit warten. Und dann, beim Umarmen, näher an seinem Ohr, die aufgesparten, intimeren Botschaften.

»Du bist was Besonderes«, sagt Mitsy, geschwollen, lasziv.

»Ich hab dich vermisst«, sagt Amadou, an seiner Nase vorbei, auf Wolof.

Alphonse winkt ihnen nach, er spürt Wärme in der Brust, vermisst seinen Freund plötzlich auch, jetzt schon, sie hätten zusammen musizieren sollen, hier, er winkt und winkt.

Kat ist irgendwann während des Nachwinkens ins Haus gegangen. Jetzt sitzt sie am Tisch mit einigen zerknickten Blättern in den Händen.

»Ist das von ihr?«, fragt sie. »Hat sie das für dich geschrieben?«

Alphonse weiß, worum es geht, noch bevor er den Stapel Papier wiedererkennt.

»Ist das von Mitsy?«, fragt sie.

»Nein, nein«, sagt er. »Das ist von einer Autorin.«

»Eine Autorin?«

»Eine Frau in einer Schriftstellerresidenz, wo ich vorige Woche malen war. Knapp hinter der französischen Grenze.«

»Und ihre Figuren haben deinen Beruf und den von Mitsy? Das ist Zufall?«

»Ich bin kein Stuckateur.«

»Wie heißt diese Autorin?«

»Ich habe ihren Namen vergessen.«

»Und weißt du noch, ob du sie gefickt hast?«

»Ich bitte dich, Kat!«

Er kennt den Dialog. Es ist lange her, dass sie ihn zuletzt aufgeführt haben, aber sie haben das früher so oft geübt, dass er keine Mühe hat mit der Reihenfolge der Repliken.

»Was soll ich mir denn dabei denken? Du musst zugeben, dass du eine ziemlich eindeutige Rolle in ihrer Geschichte spielst!«

»Es ist Fiktion«, sagt er. »Dass du meine Jackentaschen durchsuchst!«

»Das habe ich gar nicht.«

Jetzt sollte er beleidigt hinzufügen, dass sie ihm schließlich auch vertrauen könnte, damit sie dann mit dem Aufzählen, Unterstellen und Schreien beginnen kann. Er denkt gar nicht daran.

»Sie hat ausdrücklich erklärt, dass es nicht um mich geht. Diese Frau.«

»Das hast du sie gefragt?«

»Nein.«

»Aber du hast das gelesen? Zehn Seiten?«

»Ich kann lesen.«

»Das weiß ich.«

Er verlässt das Zimmer. Manchmal, wenn er böse ist, würde er gern Trompete spielen können. Der Bass bleibt gleichgültig vor seiner Wut, die Kora steht darüber. Das Instrument ignoriert jede Neigung, zu übertreiben, zwingt zur Besinnung. Hat er deswegen damit angefangen? Um seine Wut zu besänftigen? Wohnt eine Wut in ihm, von der er nichts weiß? Wen hasst er? Seinen Vater? Einmal hatte es eine Begegnung mit seinem saudischen Halbbruder gegeben, und dabei hatte er eingewilligt, seinen Erzeuger an einem bestimmten Ort zu einer bestimmten Stunde zu treffen. Der De Brouckèreplein in Brüssel sollte es sein, zur abendlichen Hauptverkehrszeit. Er sah ihn, wie er sich nach allen Seiten umblickte, ein riesenhafter Mann, seine Haut viel heller als die seine, ein Bentley stellte sich ins Parkverbot, man öffnete ihm die Tür, das goldene Kettchen an seiner Brille, die Ungeduld, mit der er das Armband seiner Rolex schloss. Ihre Blicke hatten sich ein einziges Mal gekreuzt und Alphonse hatte sich ein Mal umgedreht, bevor er im Eingang zur Metro verschwand. Sein Vater folgte ihm nicht, hatte ihn nicht erkannt, hatte ihn nie gekannt. Abscheu hatte er gefühlt, aber keinen Hass. Es war vorbei. »Wen hasst du?«, lässt er die Kora erneut fragen. »Könnte es Fabrice sein?« Die Musik zwingt ihn zu einem klaren Gedankengang: »Da ist vor allem Reue und Bedauern für etwas, wofür ich nicht verantwortlich bin.« Vorsichtig pirscht sich die Kora an das Misstrauen heran, das er soeben erlebt hat: »Und deine Frau? Und deine Frau?« Die Kora schreit niemals, sie verdeutlicht. »Ich liebe sie!«, antworten die Saiten, noch einmal, noch mehr, noch einmal.

Nein, denkt er, in den Klängen umherschwimmend, für dieses Instrument ist Hass unerheblich.

13

Wieder ein grausiger Traum. Er geht durch einen kahlen Wald mit Gehängten. Er sieht ihre Gesichter nicht, wohl aber ihre Körper, manche bereits erlahmt, andere noch kämpfend, zuckend. Die Beine eines Kindes, die wild durch den Himmel rennen. Sein Mäntelchen, die Kniestrümpfe aus dunkelgrüner Wolle, die Schnallen an den Mädchenschuhen. Es ist nicht so, dass das Bild ihn nach dem Aufwachen unberührt zurücklässt. Dennoch ist es die Erleichterung, die überwiegt, wie nach dem Erbrechen. Die Träume kommen nicht aus mir, denkt er mit großer Klarheit, es ist die Welt, die ihre Sünden über mich auskippt, und ich träume sie weg.

Die Absurdität dieses Gedankens trifft ihn.

Kat liegt nicht an seiner Seite, obwohl es erst halb sieben ist. Im Badezimmer stößt er auf sie. Sie schielt zu ihm, während sie die Klospülung betätigt.

»Machst du wieder Yoga?«, fragt er.

»Laufen«, sagt sie.

Wie sie täglich einen kurzen Kampf mit ihrem BH führt, es jedes Mal schafft, ihn zu bezwingen. Er kennt das nur von ihr, kann dem Zuschauen immer noch etwas abgewinnen, wenn sie den Verschluss unter ihren Brüsten einhakt, dann die Rückseite von vorne nach hinten befördert, ihre Arme durch die Träger steckt.

Während er Kaffee kocht, holt sie die Zeitung. »Mein Gott«, schimpft sie. »Gibt es denn nichts über Syrien oder die Ukraine zu berichten? Diebstahl von Schmetterlingen. Mit Phantombild und allem.«

»Lass sehen!«

Sie zeigt ihm die Titelseite. »Er hat sie aus einem Schmetterlingszoo gestohlen, irgendwo in Frankreich.«

»Ich kenne ihn.«

»Du kennst ihn?«

»Er war auch in der Villa hinter der Grenze. Ein Übersetzer.«

»Die Villa mit der Autorin, die Pornos über dich schreibt?«

Sie schauen sich an, ihre Münder sind Striche.

»Ich dachte, er würde diese Schmetterlinge nur mit seinem Smartphone fangen. In seinem Zimmer bin ich nicht gewesen. Steht da, wo er sie aufbewahrt hat?«

Kats Augen bewegen sich über das Papier, sie schüttelt den Kopf. »Es geht schon um seltene Schmetterlinge, manche sind fast ausgestorben. Schau doch noch mal nach, in dieser Villa, vielleicht sind sie ja noch da.«

Münder wie Striche.

»Geh laufen«, sagt er. »Und küss mich.«

Sie küssen sich.

Hungrige Möwen streichen dicht über einen Acker. Die Sonne badet im Nebel, eine reife Aprikose in Crème anglaise. Das war das Erste, was ihm auffiel in Belgien, vor vielen Jahren, bei seiner Ankunft. Wie tief die Sonne über Brüssel stand, der Stadt, die plötzlich zu ihren Füßen lag, als sie vom Flughafen losfuhren. Und abends: wie lange die tief stehende Sonne noch Licht aussandte. Er hatte sich gefragt, ob es diesem Land an Überzeugung mangelte: Die Sonne ging auf, aber nicht zur Gänze, und es wurde nicht gänzlich dunkel.

In Marcos Haus geht die Arbeit gut voran. Obwohl sein Kunde ihm immer noch in einem gehetzten Tempo assistiert, scheint eine gewisse Genesung eingesetzt zu haben. Die Zusammenarbeit verläuft harmonisch. Sie rollen die Tapetenbahnen aus, streichen sie ein und kleben sie an die Wand, als seien sie schon ein Leben lang aufeinander eingespielt. Dann und wann rückt einer von ihnen ein paar Schritte von der

Wand ab, um das Ergebnis aus unterschiedlichen Winkeln, mit unterschiedlichem Lichteinfall zu betrachten. Tageslicht. Kunstlicht. Stehlampen an und aus. Beim Hereinkommen. Auf dem Boden liegend.

»Schön«, sagt Marco. »Ich danke dir. Es ist vollkommen anders, und doch fühlt es sich vertraut an. Jetzt ist es richtig.«

»Die Arbeit geht gut voran, so zu zweit. Vielleicht solltest du darüber nachdenken, den Beruf zu wechseln.«

Marco macht eine abwehrende Geste. »Ich bin Buchhalter. Auch jetzt, wo ich keine Arbeit habe.«

Er besteht darauf, dass Alphonse eines von den belegten Brötchen nimmt, die er gekauft hat, ermuntert ihn sogar, den von ihm übrig gelassenen Rest Baguette mit Brie und Honig aufzuessen. Alphonse betastet seinen Bauch, der von Kat Phantombauch genannt wird. Er hat immer schon Gefallen an seinem Körper gefunden, und das ist jetzt, bedroht von einer hartnäckig sich haltenden Fettschicht, noch mehr der Fall. Die harten Muskeln und kräftigen Knochen unter seiner geschmeidigen Haut, sein Körperbau, seine Kraft, sein Schwanz, er hat Glück. Er will seine Bewunderung für seinen Körper behalten, findet Selbstliebe gesund, ohne Publikum.

Sein Telefon durchschneidet die Stille.

»Hallo?« Eine bissige weibliche Stimme am anderen Ende. »Sind Sie der von Rainbow House?«

Alphonse bejaht. Im Hintergrund hört man einen Mann etwas vorsagen.

»Wir wussten nicht, dass Sie von dort unten kommen«, sagt die Frau. »Das konnten wir nicht wissen. Rainbow House. Das sagt gar nichts. Sie haben Ihren Namen verschwiegen, aber wir sind dahintergekommen.«

Alphonse denkt, dass es eigentlich nicht sein kann, dass er so ruhig bleibt, dass die Wut erst noch kommen muss. Er wartet und schweigt. Wieder hört er den Mann etwas murmeln.

»Aber wir machen da nicht mit, verstehen Sie? ›Multikulti-Scheiße‹ nennt es mein Mann. Wir haben mal eine Wohnung an Bosnier vermietet, und am Ende mussten wir feststellen, dass Bosnier Schweinepriester sind. Wir lassen uns nicht verarschen. Wir wussten nicht, dass Sie nicht von hier sind. Und deshalb möchten wir sie morgen nicht bei uns sehen.«

Er beendet das Gespräch.

»Was ist los?«, fragt Marco.

»Jemand, der einen Termin absagt, weil ich schwarz bin.« Es ist ihm unangenehm, dass er das einem Kunden erzählt, dass ein Dummkopf es geschafft hat, die Situation zu stören.

»Rassisten!«, ruft Marco. »Passiert das oft?«

Alphonse schüttelt den Kopf, sein Unterkiefer ist angespannt vor Wut. Rassismus. Schon das Wort selbst kann er nicht mehr hören, das Abgedroschene daran, die endlosen Diskussionen, die darüber geführt wurden, über ihn hinweg, und wie es ihn doch immer noch verfolgen kann, auch wenn er jetzt glücklich ist, und stark, auch wenn er zu sehr glänzt, um von ihm getroffen zu werden. Die Muskeln in seinen Oberarmen spannen sich, seine Augen sind zu Schlitzen verengt, seine Nasenflügel gebläht. Warum hat er seinen Kunden mit hineingezogen? Er hätte den Mund halten sollen.

»Flandern ist noch sehr rückständig auf diesem Gebiet, weißt du«, sagt Marco in verschwörerischem Ton.

»Im Allgemeinen ist es gar nicht so schlimm. Die meisten Menschen sind in Ordnung.«

Ein leiser Zweifel bewegt Marcos Unterlippe.

»Der Anteil an Dummen in der Bevölkerung ist überall in etwa der gleiche, glaube ich.« Alphonse will, dass seine Stimme wieder normal klingt. »Mein erster Auftrag, in Zoetemore, war großartig. Der Bürgermeister, er wohnt in meiner Straße, hatte mich beauftragt, die Marienfigur zu bemalen. Kaum hatte ich angefangen, sie abzubürsten, da hielten schon die ersten Autos. Leute, die sich um mich herum aufstellten. Was ich denn mit ihr vorhätte, traute sich schließlich einer zu fragen. Ich sagte, ich würde sie schwarz bemalen und bürstete weiter. Es wurde mucksmäuschenstill, einer nach dem andern trollte sich. Abends rief der Bürgermeister an. Er hatte dreißig besorgte Anrufer mit der Versicherung beruhigt, dass Afrikaner auch Humor besitzen können.«

Sein Lachen geht in einen Husten über, Marco prustet dazwischen. »Gewijde war aber auch große Klasse. ›I didn't realise you were a prostitute.‹« Danach, ernsthaft: »Ich mache mir Sorgen um ihn. Mehr als sonst. Er hat sich seit Freitag nicht mehr sehen lassen.«

»Ach?«

»Und ich wollte nicht bei ihm anklopfen, denn es ist auch nicht so, dass ich ihn unbedingt jeden Tag sehen muss.«

»Wir könnten zusammen hingehen.«

Marco nickt. Der Blick, den sie wechseln, bestätigt die plötzliche Dringlichkeit, sodass sie wortlos aufstehen, ihre Jacken überstreifen und zum Nachbarn gehen.

Die Klingel scheint kein Geräusch zu machen, jedenfalls wird nicht geöffnet, Gewijdes Haus hält den Atem an. Das Chaos übernimmt immer wieder die Herrschaft, denkt Alphonse, als sie über die wackeligen Hügel aus rostenden Grillgeräten zur Hintertür klettern. Das Leben ist eine gloriose Tanzpartnerin, wenn man ihrem Rhythmus folgt, wenn man sich jedes Mal sofort wieder aufrappelt, wenn sie einem ein Bein gestellt hat. Wendest du ihr einen Moment den Rücken zu oder versuchst du gar, beim Tanz zu führen, wird sie das eine Mal Beifall spenden, doch ein anderes Mal macht ihre Rachsucht dich zu dem Boden, auf dem sie mit Bleistiftabsätzen die Tarantella tanzt. Oder sie schleudert dich hoch in die Luft empor und fängt dich nicht auf, schmollt, sie wisse auch nicht warum, vielleicht läge es an dir, vielleicht seist du zu lieb. Und als Alphonse seine Finger mit den Ärmeln seiner Jacke schützt, um mit Marco einen Haufen Schrott an der Hintertür aus dem Weg zu wuchten, spürt Alphonse einen Sturm von Unbesiegbarkeit in sich aufkommen, dieselbe Woge, die am Morgen die grauenhaften Träume hinwegriss. Er will in das Haus, um diesen glücklosen Mann zu finden, ihn zu trösten und für ihn zu sorgen, und nicht, weil er sich angesichts von dessen Unglück besser fühlt, weil es ihn kaltlässt oder weil er es nötig hat, sondern weil er es kann, helfen, weil es das ist, was er tut. Weil er stark ist. Es gelingt ihm, die Tür zu öffnen, er spürt das Trommeln in der Brust, die Glut hinter seinen Augen. Nun kannst du mich nur noch ermorden, singt er seiner unberechenbaren Tanzpartnerin in Gedanken ins Ohr, und selbst dann werde ich dich bedingungslos lieben, denn solange ich lebe, wirst du mich nicht mehr zu Fall bringen.

Er hört die Feldlerche, hört sie, auch wenn am weißen Himmel nur Gänse zu sehen sind. Nachdem das V hinter dem Dach verschwunden ist, betritt er das Haus.

Sie finden ihn in seinem Schlafzimmer, in dem Gestank und zwischen den schmutzigen Flecken und leeren Flaschen, die sie erwartet hatten. Womit sie nicht gerechnet hatten, ist die Wunde an seinem Handgelenk, das geronnene Blut. »Es ist nicht das, wonach es aussieht«, versichert Gewijde, schockierend munter. Beim Versuch, einen widerspenstigen Korken in eine Flasche Wein zu drücken, habe der abgebrochene Hals sich in sein Fleisch gebohrt. Danach habe er sich wie ein krankes Tier in seinem Bau zusammengerollt, vorgestern Abend. Er summt, schmatzt.

»Mensch Junge«, wiederholt Marco immer wieder, bis er dieses Mantra ersetzt durch: »Du musst ins Krankenhaus« und »Ich kann das nicht so gut ertragen«. Er geht Alphonse und Gewijde auf der Treppe voraus, hinunter in die Küche. Als sein Nachbar auf einem Küchenstuhl sitzt, beugt er sich würgend über das Spülbecken und übergibt sich zwischen den mit grünem Schimmelrasen bedeckten Essensresten. »Ich kann das nicht so gut ertragen«, wiederholt er. »Tut mir wirklich leid.«

Der Nachbar hat sein leichenblasses Gesicht mit einem verächtlichen Lächeln von ihm abgewendet. Alphonse sieht seine Scham. Die üble Wunde am unteren Ende seines Arms.

»Ich bring dich in die Notaufnahme«, sagt er.

Marco nickt ihm vornübergebeugt zu.

»Thank you very much«, sagt Gewijde.

Dieser Afrikaner kommt ihr bekannt vor, aber sie wird ihn wohl mit einem anderen verwechseln. Heutzutage sieht man ja auch so viele von denen. Die Situation gerät außer Kontrolle, die Deiche brechen. Diese Woche noch in den Nachrichten, diese Bilder, Lampedusa war es nicht. Eine der Kanarischen Inseln vielleicht, zu Hunderten wurden sie angespült, kletterten über Zäune, jubelten auf europäischem Boden. Und hier in Calais, die misslungene Erstürmung dieses Schiffes. Sie haben neulich noch darüber geredet, sie und ihr Mann, dass es noch zunehmen wird, und was dann? Er nimmt es ihnen übel, ihr Mann.

Alphonse erkennt die Ärztin sofort wieder: die Begeisterung, das flammende Haar, die Schwierigkeiten mit dem Buchstaben R. Sie braucht etwas länger, unterbricht die Untersuchung der Wunde an Gewijdes Arm mit nachdenklichen Blicken in sein Gesicht. Gewijde macht ein klackendes Geräusch mit der Zunge, vielleicht unbewusst.

»Waren Sie schon einmal hier?«, fragt sie Alphonse schließlich mit gerunzelter Stirn.

»Mit Duran«, sagt er. »Der junge Mann, der versehentlich seinen Finger abgehackt hat. Sie waren froh, dass er nicht gefroren war. Ungefähr vor zwei Wochen.«

»Aha! Wusste ich es doch. Und? Ist er gut verheilt?«, fragt sie, bevor sie sofort selbst antwortet: »Wird schon so sein!«

»Ja, ja. Er kann wieder arbeiten. Er hat einen Preis gewonnen.«

»Mit seinem Finger?«

»Nein, mit etwas anderem.«

»Und der Herr hier?« Abrupt wendet sie sich an Gewijde, als wäre der ein kleines Kind, oder schwerhörig. »Wenn wir einen Preis gewinnen wollen, dann müssen wir wohl zunächst mal mit dem Trinken aufhören, nicht wahr?«

Obwohl ihr Patient sie ungläubig anstarrt, wendet sie sich unbekümmert wieder an Alphonse: »Was machst du eigentlich, beruflich? Dass du hier zwei Mal nacheinander einen Verwundeten ablieferst? Du fügst denen die Verletzungen doch nicht selbst zu, hoffe ich?«

»Nein«, lacht Alphonse. »Das war Zufall. Bei Duran war ich einen Döner kaufen, Gewijde wohnt neben einem Haus, wo ich tapeziert habe.«

»Aha! Und Parkett abschleifen, machst du das auch?«

Alphonse nickt.

»Und wann könntest du mal vorbeikommen? In meinem Haus muss eine Menge abgeschliffen werden.«

»Morgen schon«, sagt Alphonse. »Gerade ist etwas ausgefallen.«

»Aber auch wirklich kommen, ja? Weil – ich weiß nicht, was zurzeit los ist mit diesen Handwerkern; ich mache Termine, zu denen nie jemand erscheint. Die wollen nichts dazuverdienen, glaube ich, die haben zu viel Schwarzgeld. Wir sind einfach zu verwöhnt in diesem Land, finden Sie nicht?« Die letzte Frage hat sie erneut mit einer Erzieherinnenstimme an ihren Patienten gerichtet.

»Ich habe Durst«, sagt der Patient.

Im Auto starrt Marcos Nachbar auf den Verband, als könne er durch ihn hindurch auf das Handgelenk mit der genähten Wunde sehen. Er zittert.

»Tut es weh?«, fragt Alphonse.

»Nicht mehr als der Rest.«

So still hat er den verlottert aussehenden Mann noch nicht erlebt. Er hat ihn auch nicht mehr auf Englisch angesprochen und ist nüchterner als sonst. Hinten an seinem Kopf stehen die fettigen Haare gerade nach oben. Sein Kinn ist übersät mit unregelmäßig verteilten Stoppeln.

Alphonse schiebt »Águas de Março« in den CD-Spieler, einen besseren Titel kann er sich nicht vorstellen, um einem verletzten Alkoholiker beizustehen. Wie traurig, dass Elis Regina sich nicht selbst damit retten konnte.

Sieht er, wie die Bäume mit Hunderten von Armen Vögel ausstreuen? Sieht er ihre Kreise, Pfeilspitzen, Ausrufezeichen am Himmel? Er schaut hin, Gewijde, aber Alphonse kann nicht sehen, wie er schaut, bis er die Schultern aufrichtet und seine Augen aufschlägt: Jetzt glimmen kleine Messer in den Pupillen. Sie drehen sich mit dem Haus, an dem sie vorüberfahren.

»Da wohnt er.«

Es ist ein gut gepflegtes Haus aus den Siebzigerjahren. Das Strohdach wird gerade erneuert. Pater Blasmich, rät Alphonse.

»Ob neues Stroh wohl besser brennt als altes?«

Alphonse glaubt nicht, dass von ihm eine Antwort erwartet wird, stellt selbst eine Frage: »Ist er nie angeklagt worden?«

»Das ist alles verjährt.« Dass Alphonse von seinem Trauma weiß, erstaunt ihn offenbar nicht. »Und ich glaube nicht an die Hölle. Jedenfalls nicht an die nach dem Tod. Hörst du das? Mach das Fenster auf.«

Alphonse tut, was er von ihm verlangt, stellt die Musik leise. Gänse, die warnend schnattern, als nahe Gefahr. Wild tosender Wind.

»Das«, sagt Gewijde voller Ehrfurcht, »ist Pan.« Er summt beschwingt. »Bei Plutarch ist zu lesen, dass er tot ist. Hundert Jahre zuvor, in der Zeit von Kaiser Tiberius, soll ein Seefahrer zum Ufer gerufen haben: ›Pan ist tot!‹ Alle waren darüber erschüttert, doch ich weiß: Plutarch hat sich geirrt. Könnten wir kurz anhalten, dann zeige ich dir, wie er sich offenbart?«

Alphonse parkt am Straßenrand. Sie steigen aus. Hinter den Äckern feiern die Hügel ihre Zeitlosigkeit.

»Hier«, sagt Gewijde. Er deutet auf die Böschung. »Hier« – wehende Zweige, das Sonnenlicht und die rauschende Luft zwischen ihnen. »Hier«, er deutet auf sich, auf sein schmales Gesicht mit der geschwollenen Nase und den gelblichen Augen, lacht laut und gerührt, die Messer in seinen Pupillen sind flüssig geworden, er wischt sie mit dem Handrücken weg, mit seinem unversehrten Arm. »Hier. Hörst du's?« Wind durch Zweige, nicht einzuordnendes Geraschel, ein Auto, das sich nähert, dann darüber hinweg ein Vogelschrei. Alphonse schaut auf. Ein Raubvogel, in einer trägen, weiten Spirale. Gewijde verfolgt ihn mit dem Kopf im Nacken, befriedigt, als habe er gewusst, dass genau dieser Vogel auftauchen würde. Dann dreht er sich zu Alphonse um. Er wirkt jünger, er scheint Alphonse für einen Augenblick wiederzuerkennen. »Fahren wir?« Alphonse nickt, greift kurz an die Schulter seines Fahrgastes, bevor dieser einsteigt.

Sie fahren wieder. »Und Pan sagt: Neues Stroh brennt besser als altes.« Gewijde kichert wie ein Schelm aus einem Zeichentrickfilm.

»Du solltest jetzt vielleicht besser ein bisschen schlafen oder so. Und vielleicht mal etwas Gesundes essen.«

»Etwas Gesundes essen«, äfft ihn Gewijde nach. Etwas später, als sie durch eine Ortschaft kommen, sagt er jedoch: »In Ordnung. Halte mal bei dem Geschäft da an. Dann kann ich mir etwas flüssige Nahrung besorgen.«

»Du darfst dich nicht länger davon kaputt machen lassen. Von dem, was damals passiert ist. Von ihm.« Dass die Überzeugung aus seinen Worten wegrieselt, noch während Alphonse sie ausspricht, ist auch Gewijde nicht entgangen. Er schlägt sich mit der Faust auf die Brust. »Ich mache mich kaputt!«

Saufen als Selbstbestimmung, denkt Alphonse. Hat Tonton Jah es vielleicht auch so gesehen? Er parkt vor dem kleinen Supermarkt, geht mit hinein.

Auf der Suche nach Brühwürfeln kommt er durch einen Gang mit Kosmetikartikeln und erblickt am anderen Ende Mila und Lana. Es scheint ein Tag des Wiedersehens zu sein. Oder eine dünn besiedelte Gegend. Die Mädchen stehlen Mascara.

»Hey«, sagt er.

»Hey«, sagen sie gleichzeitig, die Hände in den Taschen ihrer fast identischen lila Anoraks. Wie lange stehst du schon da?, würden sie ihn am liebsten fragen.

Er hat auch schon mal etwas gestohlen, als er in ihrem Alter war, nur um es mal getan zu haben.

»Wie geht's zu Hause?«, erkundigt er sich.

»Mein Vater ist ausgezogen«, sagt Lana.

»Und meine Mutter hat sämtliches Geschirr zerdeppert, weil mein Vater jetzt auch ausziehen und mit ihrer Mutter zusammenziehen will.«

»Aber er bleibt wahrscheinlich doch bei ihrer Mutter, sagt meine Mutter. Die ist also auch nicht mehr zu genießen.«

»*Merde*«, sagt Alphonse, ein Wort, das ein Backfischkichern hervorruft, gefolgt von einem prustenden Lachkrampf, der die festsitzenden Zahnspangen entblößt. Als sie fertig sind, weist er diskret auf den runden Spiegel über dem Regal hinter ihnen, in dem sich der Blick der Frau von der Wurstabteilung spiegelt, interpolverdächtig, ihr hellblauer Kittel wie eine Uniform, die auf einen Orden wartet.

»Geht in einen anderen Gang und legt dort alles ab, was ihr genommen habt«, sagt er.

Sie nicken erschrocken, tun sofort, was er ihnen aufgetragen hat. Die Frau von der Wurstabteilung beugt sich zum Rand des runden Spiegels vor.

Er selbst stellt sich hinter Gewijde an der Kasse an, kauft Pfefferminzbonbons, vergisst die Brühwürfel.

»Ich selbst würde auch gut brennen, meinst du nicht?« Gewijde ist in ausgelassener Stimmung. »Explodieren vielleicht.« Er hält die Plastiktüte mit dem Whisky und dem Bier wie einen Säugling in den Armen. Eine Dose hat er ausgetrunken, noch bevor er eingestiegen ist. Er zittert immer noch.

»Glaubst du, dass es einen Punkt gibt, nach dem es keinen Weg mehr zurück gibt? Glaubst du, dass manche Menschen verloren sind?«

Er hat Kat hinter einem Buch im Garten angetroffen, neben dem Nussbaum, zwischen den aufgeplatzten Schalen, in einem Trapez Herbstsonne. »Natürlich«, sagt sie. Sie wendet ihr Gesicht mit geschlossenen Augen der Wärme zu. »Sprichst du von uns?«

»Nein!« Wie kann sie das denken?

Er kocht mit Wut im Bauch, steht am Herd und mixt die Suppe, als ihre Arme ihn sanft umfassen. Sie drückt ihren

Kopf an seinen Rücken. »Du hast keine Ahnung, wie oft ich dich verliere, im Traum, in dem, was ich höre oder lese. Am liebsten würde ich dein Freund sein, aber ich habe zu viel Angst davor. Es macht mich einsam, dich zu lieben.«

Er hat sich umgedreht, hält ihren Kopf zwischen seinen Händen. Warum zittern ihre Lippen? »Was sagst du? Was sagst du denn da?«, sagt er.

»Du bist zu groß für mich. Zu großartig.«

»Nein«, sagt er. »Das bin ich nicht. Wir sind zusammen.«

»Aber ich gehe verloren. Ich verwandle mich in eine miese Art von Sehnsucht.«

»Das will ich doch nicht. Ich brauche dich!«

»Ach!« Sie würde sich von ihm abwenden, hielte er nicht ihre Handgelenke fest. Er hätte etwas anderes sagen müssen, etwas, das auf der Hand liegt, aber er kommt nicht darauf.

»Lass mich los!«

Er gehorcht ihrem Befehl, fragt sich, wie sie dahin gelangt sind, so viel Schwerkraft mit einem Mal, so viele Dornen. Als sie sich mit einem vollen Teller in ihr Arbeitszimmer zurückgezogen hat, wird er zu einem Eichhörnchen auf Drogen, mit lahmer Energie sammelt er Altpapier, bindet es mit einer Schnur zusammen, stapelt die Päckchen aufeinander, sägt im Garten einen abgefallenen Ast in Stücke, ohne zu wissen, warum. Schlussfolgerungen bleiben aus.

Im Bett sucht er ihre Hand. Sie überlässt sie ihm, drückt zurück.

»Entschuldige«, sagt sie. »Ich finde es jetzt übertrieben, was ich gesagt habe. Wirklich. Übertrieben.«

»Aber es gibt etwas, das übertrieben werden kann?«

»Manchmal schon.«

»Manchmal fühlst du dich unglücklich, mit mir?«

»Ja.«

»Das ist schrecklich.«

»Es ist schon wieder vorbei.«

Und sie hat ihre Finger um seinen Schwanz gelegt. So machen wir das, denkt er. »Wir ficken es weg«, sagt er.

»Du und ich, und nicht zum ersten Mal.« Sein Schwanz ist steif.

»Was willst du denn sonst?«, fragt sie, so sorglos, so sanft. »Reden? Jetzt?«

Er schweigt, lässt sie zu ihm kommen.

12

»Vor fünf Jahren fanden wir das schön, weiß lackiertes Parkett, jetzt vermissen wir das Holz. Hört sich blöd an, aber so einfach ist es. Dafür gibt es doch Maschinen, oder?«

»Ja«, sagt Alphonse. Es ist ein großes Wohnzimmer, langweilige Arbeit.

»Man vermisst es gerade deshalb, weil man es zugedeckt hat, denke ich manchmal.«

Er wartet ab, aber ihr Gesichtsausdruck lässt sich nicht lesen.

Ein molliger Junge in einem Bademantel betritt das Zimmer, seine nassen Haare sind nach hinten gekämmt. Er grüßt Alphonse wie jemand, der viel älter ist als acht, oder aus einer anderen Zeitepoche kommt.

»Da muss natürlich noch eine Versiegelung drauf«, fährt die Ärztin fort. »Aber möglichst durchsichtig, und am liebsten etwas Mattes.«

In der offenen Küche rührt der Junge Kakao in einen Becher Milch. Er stellt ihn in die Mikrowelle, die er einschaltet. Kurz lehnt er an der Theke, die Arme verschränkt, dann nähert er sich wieder der Ärztin und Alphonse.

Die Beine weit gespreizt, die Knie gebeugt, stellt er sich auf das weiße Parkett. Dann skandiert er laut: »Ka mate! Ka mate! Ka ora! Ka ora!« Er schlägt sich auf die Brust, auf die Schenkel, streckt seine Zunge bis zur Unterkante des Kinns heraus. »Tenei te tangata puhuru huru!« Alphonse kennt es, hat schon lange nicht mehr an Maori gedacht. Er macht das gut, der Junge. »Nana nei i tiki mai!«

»Hadrianus, ich habe etwas mit dem Herrn zu besprechen!«, ruft seine Mutter. »Und wenn du krank bist, dann musst du im Bett bleiben. Krank sein und Hakas, das passt nicht zusammen.«

»Whakawhiti te ra! A upa … ne!« Er schleudert eine Kraft zum Himmel hinauf, rammt sie in seinen Brustkorb. »Ka upa … ne! A upane kaupane whiti te ra! Hi!«

Er starrt regungslos, mit aufgerissenen Augen, vor sich hin, bis der Klingelton der Mikrowelle ihn wieder in die Küche ruft. Mit seinem Becher in der Hand läuft er an ihnen vorbei. Zusammen lauschen sie auf seine Schritte auf der Treppe.

»Es ist ein Syndrom«, erläutert seine Mutter. »In den Sommerferien waren wir in Neuseeland, und das ist das Ergebnis. Reisen wir in ein anderes Land, dann kommt irgendwas anderes heraus. Er ist sehr, sehr beeinflussbar, vor allem in geografischer Hinsicht. Geistig befindet er sich meistens auf einem anderen Kontinent. Nicht gerade förderlich für seine Schulkarriere. Sein Psychologe sagt, er könne nur selbst daran arbeiten. Psychologen haben es einfach. Das müsste ich mal zu einem meiner Patienten sagen! ›Nähen Sie es doch einfach selber wieder an!‹«

»Aber er macht das wirklich sehr gut«, sagt Alphonse. »Diesen Haka, meine ich.«

»Wenn man es zum ersten Mal sieht, ist es ganz witzig«, sagt die Ärztin bedrückt. »Gut, dann gehe ich jetzt.«

Gibt es jemanden, der sich um Hadrianus kümmert?

Sie errät seine Gedanken. Vom Gang aus klappern ihre Absätze wieder zurück zu ihm. »Du bist hier allein mit ihm«, sagt sie. »Es ging nicht anders. Mein Mann schläft in seinem Büro, wenn er an einem großen Projekt sitzt, so dass er achtzehn statt sechzehn Stunden pro Tag arbeiten kann. Und ich muss jetzt noch ein bisschen sticken, hahaha.« Sie spricht die Lachgeräusche. »Wir sind noch auf der Suche nach einer neuen Babysitterin, die letzte hat meine Nachtcreme gestohlen.«

»Ich habe wenig Erfahrung mit Kindern«, sagt er.

»Du hast doch meine Nummer?« Sie scheint nicht zu verstehen, wieso hier ein Problem entstehen könnte. »Von ein paar Hakas abgesehen, wird er dir nicht weiter zur Last fallen.

Nur weil er hochbegabt ist, heißt das noch lange nicht, dass er nicht lieb sein kann. Und sein Syndrom beeinträchtigt nicht seine Selbstständigkeit.« Gekränkt lässt sie ihn stehen.

Es gibt größere Geräte für diese Art von Tätigkeit, die es einem gestatten, aufrecht zu arbeiten. Dennoch will er lieber nichts mieten, hauptsächlich, so muss er zugeben, weil es sich wie ein Verrat anfühlen würde gegenüber seiner eigenen Metabo SRE 4350 Turbotec. Die hatte er schon als Kind, zusammen mit neun Modellautos, von denen jedes eine eigene Seele besaß, was die Verantwortung nach sich zog, die Zeit, die er ihnen widmete, gerecht zu verteilen. Auch die Metabo SRE 4350 Turbotec würde enorm leiden, wenn er sie nicht in Anspruch nähme. Ich bin verrückt, denkt er.

Weil Hadrianus ihm Sorge bereitet, er ihn aber auch nicht einer zu starken Kontrolle unterwerfen will, schärft sich sein Gehör. Er hört einige Schritte in dem Zimmer über ihm, ein Geräusch auf der Treppe. Einige Male schon hat er über die Schulter auf eine leere Türöffnung geblickt. Als das Kind plötzlich doch in der Tür steht, erschrickt er so heftig, dass die Schleifmaschine ihm entgleitet und auf eigene Faust einen brummenden Kreis beschreibt. Er macht einen besessenen Eindruck, Hadrianus, er wirkt so leicht, wie er dasteht, was nicht zu seinem runden Körper passt, als würde er auf dem Boden schwimmen. Im Senegal könnte er ein Geliebter des Wassergeistes Mami Wata sein, wenn auch ein sehr junger.

»Alles in Ordnung?«, fragt er. »Kein Fieber, oder so?«

Es folgt noch ein Haka, mit nicht weniger Hingabe ausgeführt als der vorangegangene. Alphonse bleibt auf dem Boden sitzen, um ihm zuzuschauen, die Arme um die angezogenen Knie gelegt. »Was bedeuten sie?«, fragt er den regungslos unter Hochspannung verharrenden Kopf des Kindes. »Die Worte.«

Der Kopf entspannt sich, blickt freimütig auf ihn herab und antwortet affektiert: »Schauen Sie, das hat mich noch nie jemand gefragt.«

Hadrianus' Eckzähne haben sich erst vor Kurzem durch sein Zahnfleisch gebohrt, sieht Alphonse.

»Ich kann sterben! Ich kann sterben! Ich kann leben! Ich kann leben! Dies ist der haarige Mann, der die Sonne brachte und sie scheinen ließ. Ein Schritt aufwärts! Noch ein Schritt aufwärts! Ein Schritt aufwärts! Noch ein Schritt aufwärts! Die Sonne geht auf!«

Alphonse kann nichts dagegen machen. Die Tränen sind schneller da, als er sich selbst wegen seiner Dünnhäutigkeit schelten kann. Der Junge rezitierte das auf sehr glaubwürdige Weise, die Sonne schien durch ihn hindurch.

»Entschuldige«, sagt Alphonse. »Ich fand es sehr schön.«

»Ja, es ist ein rührender Text«, beschwichtigt Hadrianus süffisant. »Dieser haarige Mann, das bezieht sich wahrscheinlich auf jemanden, der einen Maori-Häuptling versteckte, als Feinde ihn gesucht haben. Jemand, der ihm das Leben rettete. Oder jedenfalls ein Helfer.«

Eckzahnsprossen.

»Was ist denn mit mir los?«, schluchzt Alphonse. Vielleicht ist es das erste Anzeichen einer Midlife-Crisis. Eine mit leidenschaftlichen Glücksgefühlen und plötzlicher Rührung.

»Ich hole dir mal ein Glas Wasser.«

Hadrianus benötigt eine Trittleiter, um den Schrank mit den Gläsern zu erreichen. Aus dem Wasserhahn spritzt ein kräftiger Strahl über die Ränder. Verlegen nimmt Alphonse das nasse Glas in Empfang. Während er trinkt, fragt der Junge: »Soll ich es dir beibringen?«

»Zuerst muss ich diesen Fußboden abschleifen«, sagt Alphonse. »Und du solltest dich hinlegen. Was hast du eigentlich? Warum bist du nicht in der Schule?«

»Ein Magengeschwür.«

»In deinem Alter!«

»Ich nehme mir die Dinge zu sehr zu Herzen. Es müsste alles von mir abgleiten wie von einer Öljacke, aber das tut es nicht.«

»Auf mich wirkst du ziemlich selbstsicher, muss ich sagen.«

»Danke«, sagt Hadrianus. »Hakas sind da hilfreich.«

»Heute Nachmittag? Bevor ich losfahre?«

Er nickt wie ein Kellner, der weiß, was sein Kunde wünscht. In den nächsten drei Stunden lässt er sich nicht blicken, ist nicht einmal zu hören. Dann und wann blickt sich Alphonse dennoch um.

Als er von der Schleifmaschine aufschaut, fallen ihm die afrikanischen Masken an einer der Wände auf. Authentizität für Touristen, sie könnten von überall stammen.

Dann bemerkt er, dass Hadrianus ihn von der Tür aus beobachtet.

»Haka?«, fragt er, plötzlich ganz klein und verlegen.

Alphonse steht auf, nickt.

Er sucht in seinem Gedächtnis, kann sich aber an keinen anderen Fall erinnern, bei dem ihm ein Kind etwas beigebracht hat. Außer als er selbst noch ein Kind war. Awa, ein Mädchen aus der Nachbarschaft, das ihm ein Liedchen vorsingt, Jimbo mit seinem Wissen über Insekten.

Weil er die Haustür nicht gehört hat, steht er mit aufgerissenen Augen und herausgestreckter Zunge vor Hadrianus' Mutter, als sie hereinkommt. Es lässt sie unberührt.

»Ihr habt offenbar Spaß.«

Er grinst verlegen. Sie betrachtet entzückt den Fußboden. »Du bist schon weit vorangekommen!« Dann wendet sie sich zu ihrem Sohn und schaltet abrupt auf Missbilligung um: »Hakas und krank sein, das passt nicht zusammen!«

Schmollend trottet Hadrianus davon.

»Sagen Sie«, beginnt Alphonse. Soll er sie eigentlich noch siezen? »Sind Sie schon mal in Afrika gewesen?« Er nickt zu den Masken hinüber.

»Ja«, sagt sie. Ertappt, so erscheint es ihm.

Ihr Mund arbeitet gegen sich selbst. Die Zähne bewegen sich hinter den geschlossenen Lippen. Die Lippen halten stand.

Es lauert ein Geheimnis in ihren Augen.

»Lange her«, sagt sie, so leichthin wie möglich. »Auf der Hochzeitsreise. In Madagaskar. Kommst du morgen zurück?«

Er kommt morgen zurück.

»A upa … ne!«, skandiert er am Steuer, über die Äcker, in die letzten Sommertage hinein. »Ka upa … ne!«

Er lässt das Seitenfenster hinuntergleiten und winkt dem Jungen im Vorgarten an der Straßenecke zu. »Tag, du Gauner!«, ruft der.

»A upane kaupane whiti te ra! Hi!« Krähen sammeln sich zu einem großen Schwarm, stürzen sich krächzend auf die Erde.

Als er das Haus betritt, erwartet ihn eine eigenartige Szene, die mit Gebell eingeleitet wird. Bevor er sehen kann, mit wem Kat spricht, läuft ihm ein begeisterter Hund entgegen. Er erkennt das Tier: es ist Björn, der Hund von Els und Dieter. Er streicht ihm über den Kopf, der sich in alle Richtungen windet beim Versuch, Alphonses Hand zu lecken.

Sein Herrchen steht sofort auf, als Alphonse in die Küche tritt. Hinter ihm sitzt Kat am Tisch, froh und beunruhigt.

»Fonsy!«, sagt Dieter. »Good to see you, man.«

»Hallo«, sagt Alphonse. »Alles gut?« Hat er sich inzwischen für seine Frau oder für seine Geliebte entschieden?

»Im Auge des Hurrikans«, sagt Dieter. »Da wohn ich jetzt. Und Björn auch, was Björn?«

Björn blickt erwartungsvoll zu Alphonse, während sein Herrchen ihn streichelt.

»Els und ich können nicht länger für die Sicherheit unseres Haustiers garantieren. Sieglinde hat auf ihn geschossen. Nicht mit einem Giftpfeil, sondern mit einem Gewehr.« Er hebt abwehrend die Hand. »Diesmal war sie es ganz sicher, wir haben sie auf frischer Tat ertappt.«

Weiß er von ihrer Schwangerschaft, fragt sich Alphonse, dass sie ein Kind von ihm erwartet? Stimmt das überhaupt? Was für ein heilloses Chaos, diese Nachbarn, wie leicht und sorglos ist doch sein eigenes Leben.

»Ob Björn hier wohl eine Zeit lang wohnen könnte? Entschuldige, dass ich dich damit überfalle, aber Not kennt kein Gebot. Wo könnte er hin?, fragten wir uns, Els und Mila und ich. Und wir kamen sofort auf dich.«

Alphonse schaut dem Tier in die Augen. Mit unkontrollierbarer Begeisterung schlägt Björns Schwanz auf den Fußboden, als würde er bis zur Einwilligung abzählen.

»Warum hier?«, fragt Alphonse, bevor Kat es tun kann.

»Im Grunde genommen hat Björn dich ausgewählt, weißt du noch? Er mag dich wirklich sehr gern. Als du weggefahren bist, hat er noch tagelang am Fenster gewartet, ob du nicht vielleicht zurückkommst.«

»Warum nicht?«, sagt Kat, bevor Alphonse es tun kann. »Er sieht doch richtig nett aus, oder nicht?«

Björn verfolgt das Gespräch genau. Nach Kats Kompliment platzt er fast vor Freude. Angestachelt von ihrem Lachen, trappelt, springt und rutscht er über das Parkett, er leckt Kats Jeans, schnüffelt an einer Knoblauchknolle in einem offenen Regal, prallt erschrocken zurück, streckt sich dann gähnend aus, mit seinen Pfoten auf Alphonses Fuß.

»Er scheint Lust darauf zu haben«, sagt Dieter, nun doch etwas enttäuscht. Er kratzt sich nachdenklich unter der Achsel.

»Das wäre dann wohl geregelt«, sagt Alphonse. »Hast du irgendeine Vorstellung, wie lange er hierbleiben wird?«

»Nein«, sagt Dieter, immer noch etwas versonnen. »Keine Ahnung, wie lange das dauern wird.«

»Was ist es eigentlich für ein Hund?«, fragt Kat.

»Ein Portugiesischer Wasserhund«, sagt Dieter.

»Oh«, sagt Kat. »Wie der von Obama.«

»Ja«, brummt Dieter. »Gut, dann gehe ich jetzt mal.«

Sein Abgang lässt Björn kalt. Er hat den Kopf erhoben und blickt verliebt zu Alphonse.

Er wählt Sieglindes Nummer. Kat ist der Ansicht, dass er damit eine Grenze überschreitet: Nicht nur lässt er sich fortwährend von hilfesuchenden Kunden belästigen, er ruft jetzt diejenigen, die nichts von sich hören lassen, auch noch selber an.

»Auf ein Tier schießen, das geht schon ziemlich weit«, sagt Alphonse.

Sie hört schon nicht mehr zu, beschäftigt sich mit dem Hund. Björn mag sie, auch wenn klar zu sehen ist, dass es sich um eine unverbindlichere Form von Liebe handelt, im Vergleich zu der Leidenschaft, die er für Alphonse empfindet. Folgsam lässt er sich von Kat füttern, führt das Kunststückchen aus, das sie ihm beibringt. Er verstärkt sein Wedeln in dem Maße, wie ihre Freude an seiner Mitarbeit steigt, und wartet geduldig ab, bis sie fertig ist mit dem Kraulen seines Bauches. Als sie seinen Kopf auf ihrem Schoß durch einen Laptop ersetzen will, hat er nichts dagegen. Er klettert die Treppe hinauf zu Alphonse, der auf der obersten Stufe mit Sieglinde telefoniert.

»Weiß er, dass es sein Kind ist?«, hört er sich selbst fragen.

»Er weiß nicht mal, dass ich schwanger bin«, sagt Sieglinde. »Man sieht es immer noch nicht. Ich bin froh, dass du anrufst, übrigens, vielen Dank.«

Das ist doch seltsam, denkt Alphonse, fünf Monate – und ein halber, mittlerweile. Er starrt in das Hundemaul, das ganz aus der Nähe in sein Gesicht atmet.

»Ich habe es von seiner Entscheidung abhängig gemacht, ob ich es ihm erzähle oder nicht. Und er hat sich eben nicht für mich entschieden. Es hängt zu viel davon ab, sagt er. Sympathisch. Als ob ich ein zu kleiner Betrag wäre oder so.«

»Ich weiß nicht, was ich sagen soll«, bekennt Alphonse. Er hat den Eindruck, dass er diesen Satz in letzter Zeit öfter ausspricht.

»Das macht nichts«, sagt Sieglinde. »Ich finde es wirklich sehr schön von dir, dass du anrufst. Bist du erkältet?«

»Nein. Wegen des Hechelns?«

»Ja.«

»Das ist der Hund. Björn ist hier.«

Es bleibt still am anderen Ende der Leitung.

»Man muss für jeden da sein.« Sie sagt es neutral, als sei es etwas, das sich von selbst versteht.

»Ein Haustier niederzuschießen, ist keine Lösung«, sagt er.

»Es würde mir aber in diesem Moment eine gewisse Genugtuung verschaffen.«

»Der Hund kann nichts dafür.«

»Das ist wahr«, sagt sie. »Bring ihn ruhig wieder zurück.«

Björn lässt vor Schreck einen Furz.

»Ich behalte ihn noch eine Weile hier«, sagt er. »Bis alle sich etwas beruhigt haben.«

»Wie du meinst.«

»Wie geht es Lana?«

»Oh! Sie ist in der Musikschule. Ich habe vergessen, sie abzuholen!«

»Dann tu das schnell.«

»Ja! Danke!«

»Schaut er noch?«, fragt Kat. Sie haben die Daunendecke über sich gezogen, Alphonses Schwanz wird schlaffer zwischen ihren Bäuchen. Noch ineinander verschlungen recken sie ihre Hälse, um zu sehen, wo er ist. Er schaut immer noch, Björn. Er hat seinen Kopf auf die Matratze gelegt und starrt regungslos auf ihren Lachkrampf. Dann wedelt sein Schwanz mit ihnen mit.

Sie geben es auf.

»Kann jemand fünfeinhalb Monate schwanger sein, ohne dass man etwas davon sieht?«, fragt er und erzählt ihr von Sieglinde.

Kat berichtet von einem scheinschwangeren Panda in einem chinesischen Zoo. Das Tier soll es angeblich getan haben, um sich Luxus und Aufmerksamkeit zu ertrotzen. Auf welche Weise man Kenntnis von seinen Motiven erlangt hat, weiß sie nicht.

11

Die grauenhaften Träume bleiben aus. Woher sie wohl kamen, fragt er sich, es gab keinen Anlass dafür. War es wirklich die Welt, die sich durch ihn hindurch erbrach, oder waren es seine eigenen Dämonen, die die Flucht ergriffen haben? Seine einzige Erinnerung an die vergangene Nacht ist, dass er sich in einer warmen, rot erleuchteten Behaglichkeit befand, wie in einem Brutkasten.

Kat ist auch wach. Genau wie die Vögel draußen füllen die beiden den frühen Morgen mit angenehmem Gezwitscher. Es ist Kat, die fragt: »Findest du nicht, dass ›Gott‹ in jeder Sprache ein anderer Typ Mann ist? In slawischen Sprachen heißt er Bog. Von so jemandem erwartet man doch, dass er sofort straft.«

»Und nicht unbedingt gerecht«, sagt Alphonse.

»Genau. Dios lädt schon mal zu einer Party ein. Und Dieu ist mehr so einer, der scheinbar unberührt sein Schnurrbärtchen mit Pomade zwirbelt und sich dabei denkt: macht nur, ihr werdet schon sehen …«

»God ist ein gutmütiger Trottel mit einer Neigung zum Überreagieren.«

»Allah ist ein bisschen eine Nervensäge.«

»Jalla kann irgendetwas Seltsames verdammt gut, daher wird er zwar respektiert, aber auch gemieden.«

Wenn sie so lacht, kann er nicht anders, als mit ihr mitlachen.

Sie wissen nicht, was sie von Atemit, dem Gott der Diola, halten sollen. Aus seinem Namen spricht Intelligenz, aber auch die Neigung, eine Diskussion erst dann zu beenden, wenn man ihm recht gegeben hat.

Kat hat eine Verabredung in Brüssel wegen eines Übersetzungsauftrags und wollte bei einem Freund übernachten. Sie hat sich darauf gefreut, ihre Stadt wiederzusehen, doch jetzt haben sie einen Hund. Sie überlegt, Björn mitzunehmen, ruft den Freund an, um zu fragen, ob er einverstanden wäre. Er ist es nicht. Soll sie absagen?

»Lass nur, ich nehme ihn mit«, sagt Alphonse.

Das Wörtchen »mit« hat eine belebende Auswirkung auf den Hund.

Björns schwarze Haare sind am Kopf gestutzt worden. Sonst würden sie wie eine Gardine vor seinen Augen hängen, und es würde nicht auffallen, dass er sie vom Beifahrersitz aus unablässig auf Alphonse richtet. Er hatte Björn beim Einsteigen befohlen, sich in den Fußraum zu setzen. Björn hatte ihn mitfühlend angeschaut, mit einem »Du solltest es eigentlich besser wissen« im Blick, und Alphonse hatte es dabei belassen. Die Tasche mit der Kora liegt im Laderaum zwischen den Farbdosen. Er könnte Hadrianus heute etwas vorspielen.

Er weiß nicht, wie die Ärztin auf einen Hund reagieren wird, er hat ihr vorher nicht Bescheid gesagt. Als sie ihm öffnet, berichtet er ihr von seinem Begleiter und fügt ohne große Überzeugung hinzu, der Hund könne im Auto bleiben. Ein weicher, zärtlicher Zug kommt über das sonst so strenge Gesicht der Ärztin. Mit offenen Armen geht sie auf den Lieferwagen zu. Björn erwidert ihre Begeisterung mit einem höflichen Wedeln, läuft folgsam hinter ihr her und lässt sich in der Küche eine in übertrieben kleine Stückchen geschnittene Dauerwurst verabreichen. Hadrianus, der vor dem Fernseher saß, folgt dem Beispiel seiner Mutter. Abwechselnd werfen sie ein Krümelchen Wurst in Björns Mund.

»Gehst du heute wieder in die Schule?«, fragt er, weil der Junge den Bademantel durch Hose und Sweatshirt ersetzt hat.

»Nein, er muss sich noch etwas ausruhen«, antwortet seine Mutter.

Hadrianus hat einen Tennisball gefunden und wirft diesen zu Björns Aufregung durch das Haus.

»Tu das im Garten!« Nachdem ihr Sohn den Rat befolgt hat, wendet sie sich an Alphonse: »Aus welchem Teil von Afrika kommst du?«

»Aus dem Westen. Senegal.«

»Ich bin wie gesagt in Madagaskar gewesen. Auf der anderen Seite.«

»Auf Hochzeitsreise.«

Die Ärztin lacht wie ertappt. »Auch als Ärztin, in gewisser Weise, aber das war nicht beabsichtigt. Eine Safari, das war der Plan. Und ansonsten ausspannen, sich erholen.«

Er wartet.

»Mein Mann spielt gern Golf, ich nicht, und so begegnete ich einem Mann, auf der Straße, in Antananarivo. Er war damit beschäftigt, Müll zu sortieren. Zwischen ihm und mir rutschte jemand am Bürgersteigrand ab, ich untersuchte seinen Fußknöchel. Der Mann, der den Müll sortierte, hielt mich fest. ›Docteur?‹, fragte er. Es schien so ziemlich das einzige französische Wort zu sein, das er kannte. Ich folgte ihm. In meinem Kopf hörte ich, wie ein Stimmenchor, angeführt von meinem Mann, ein kräftiges ›Tu's nicht!‹ anstimmte. Und doch war ich die ganze Zeit davon überzeugt, dass meine Sicherheit nicht in Gefahr war. Er führte mich in eine aus Wellblech und Sperrmüll gebaute Hütte, und dort, im Dunkeln, lag seine kleine Tochter, vielleicht sechs Jahre alt.«

Sie verfolgt die Kurve des Tennisballs, den Hadrianus im Garten geworfen hat. »Man hätte etwas für sie tun können, hier. Eine Infektion, an sich nichts Lebensbedrohliches. Ich habe es probiert. Spritzen gegeben. Ich fand nicht alle Medikamente. Jeden Tag bin ich zurückgekehrt, aber ich hätte mehr tun müssen, sie in ein Krankenhaus bringen, auch wenn der Vater das nicht zu wollen schien. Mein Mann sagte, dass in manchen Kontinenten nun einmal mehr Kinder sterben als in anderen. Dass es die Überbevölkerung noch verschlimmern würde, wenn das nicht so wäre. Und dass ein Arzt nicht jeden retten kann. Mein Mann kann sehr gut relativieren. Und er argumentiert gerne. Er sagte, ich würde uns unsere Hochzeitsreise damit verderben, dass er meine Sturheit charmant fände, aber nicht auf diese Art und Weise. Er sagte genau dasselbe vor und nach dem Tod des Mädchens. Es ist zwanzig Jahre her – zwanzig Jahre! Als sei es gestern gewesen! – und mein Mann mit seinem Golf, wie lächerlich das alles, wie läppisch, das Leben, wie schnell. Ich sage nicht, dass es seine Schuld ist, dass er mich zu einer Einsicht gezwungen hat. Ich weiß selbst, dass ich hierhergehöre, und ich genieße auch, was ich besitze, es wäre ja auch dumm, das nicht zu tun, oder? Ich habe mich an meine Umgebung angepasst, ich bin vollständig von ihr absorbiert, ich bin wahrscheinlich jemand, der Erfolg hat.«

Sie schaut ihn böse an. Er schweigt.

»Rindra hieß sie. Wir konnten uns nicht unterhalten, doch sie verfolgte mich die ganze Zeit mit diesen riesigen Augen, und am vorletzten Tag deutete sie auf sich und sagte ›docteur‹, und ihr Vater wiederholte das, er zeigte auf sie und sagte ›docteur‹, ich denke, sie wollte das werden. Sie wäre jetzt sechsundzwanzig oder so. Sie hatte keine Geburtsurkunde, offiziell hat sie nie existiert.«

Sie redet laut und schnell, macht den Eindruck, dass sie auf ihn losgehen will.

»Nun sag es doch!«, sagt sie. »Sag mir endlich, was ich hätte tun sollen? Was ich jetzt tun soll?«

»Du musst tun, was du kannst.«

»Aber ich kann viel mehr, ich habe einfach nur einen sicheren Weg gewählt!«

»Du musst das tun, bei dem du dich glücklich fühlst.«

»Ach ja? Weißt du, wobei sich die Leute ›glücklich‹ fühlen bei so einer Safari? Die Leute kommen mit Listen von Tieren, die sie durch das Zutun anderer Tiere sterben sehen wollen. Sie wollen sehen, wie Löwen fliehende Antilopen totbeißen und Krokodile Gnus beim Durchschwimmen von Flüssen erbeuten, sonst sind ihre Ferien ein Reinfall gewesen. Was, wenn man sich glücklich fühlt, indem man mit zweihundert

Stundenkilometern durch einen Dorfkern rast oder andere foltert?«

»Das hat nichts mit dir zu tun. Glaube den Menschen nicht, die dich davon überzeugen wollen, dass deine Betroffenheit eine Schwäche ist, dass du dich irrst oder dass du lügst, wenn du auf diese Weise liebst.«

Ihre Zweifel nehmen die Form von Raserei an, sie schlägt auf die Marmorplatte der Küchenspüle. »Wie kann man wissen, was man will? Glück ist viel komplexer als das, was du sagst!« Noch ein Schlag.

»Aber du hast mir doch gesagt, was du willst«, sagt er.

Sie starrt ihn an, er hört sie atmen, sie nickt, bis das Nicken sie zu wecken scheint. Der leuchtende Nebel zwischen ihnen wird wieder zu Luft. Herbstdüfte wehen herein, als Hadrianus die Tür aufschiebt, gefolgt von einem ausgelassenen Björn.

»Wirklich ein schlauer Hund«, sagt der Junge.

»Kaffee?«, fragt die Ärztin Alphonse. »Tee?«

»Ich habe etwas für mich dabei«, sagt er.

Es folgen wieder Schiebetürgeräusche, Geschirrklappern, Schritte, die sich entschlossen entfernen, ein Hund, der im Vorbeigehen gestreichelt wird.

Hadrianus spielt oben weiter mit Björn. Sie toben hin und her, man hört es durch die Zimmerdecke, während Alphonse die Schleifmaschine in kleinen Kreisen bewegt. Die Möbel hat er auf dem gefliesten Teil gestapelt. Er benutzt diesmal eine feinere Körnung, streicht über die glatten Bohlen, die er auf seinem Weg hinterlässt. So wehrlos ist Holz am schönsten. Es scheint fast, als könne er es hinter seinem Rücken seufzen hören. Die Chance, dass es ohne schützende Hülle unbeschädigt bleiben wird, ist gering. Er staubsaugt, wischt feucht auf, streichelt es dann noch mal, auf den Knien.

In der Nähe der Haustür setzt er sich auf einen Gartenstuhl. Er füllt ein Glas und eine Schüssel mit Wasser, für das Kind und für den Hund, holt dann seine Kora aus dem Laderaum des Lieferwagens. Er spielt etwas, das er kennt, lässt sich davon weitertragen, steigt hinauf, verschmilzt mit dem Wind, der durch die Zweige weht, mit den sich lösenden Blättern. Eine Amsel, die lange Zeit den Regen angekündigt hat, schweigt abrupt und lauscht, mit schiefem Kopf, der Regen kommt nicht. Wie Alphonse erwartet hatte, lockt die Musik den Hund und das Kind nach draußen. Sie umkreisen ihn ein wenig ehrfürchtig, tapsen herum in den ungewohnten Klängen, setzen sich schließlich auf die Schwelle. So findet die Ärztin sie. Sie lehnt sich an ihren Briefkasten und hört zu.

Bevor er wegfährt, teilt sie ihm ihren Namen mit, Brigitte Dubois, das müsse er doch wissen, wegen der Rechnung.

Alphonse weist Björn an, im Auto zu warten, und betritt Pita Merci.

Duran füllt das Brötchen mit Falafel und fragt: »Also echt kein Huhn?«

»Wie geht es deinem Finger?«, fragt Alphonse.

»Gut.« Duran bewegt seinen rechten Ringfinger, als wolle er auf der Stelle nachprüfen, wie gut dieser funktioniert. »Er fühlt sich anders an, aber ich habe keine Schmerzen.«

»Hast du nicht irgendeine Trophäe in Japan bekommen?«

»Ja, aber die haben die Argentinier mitgenommen. Also, ich war eben in ihrer Gruppe. Aber ich habe Fotos von unserer Arbeit. Im Gefrierschrank. Geh ruhig nachsehen, du kennst ja den Weg.«

Die Schublade mit den Männchen ist leer, bis auf einen braunen Umschlag.

»Ich werde einen neuen Shaka Duran für dich machen. Ich habe eben alles in Japan schmelzen lassen. Der Transport war schon so teuer. Die Fotos sind in dem Umschlag.«

»Wieso hebst du die im Gefrierschrank auf? Du könntest sie doch hier an die Wände hängen.«

»Also, ich halte die Dinge gerne getrennt. Wenn ich hier bin, dann ist meine Kunst eben da.« Das Pitabrot deutet nacheinander von der Theke zum Gefrierschrank, dann legt er es auf einen Pappteller.

Alphonse lässt die Fotos aus dem Umschlag gleiten. Sie sind in DIN-A4-Format und zeigen eine bunt erleuchtete Nachtlandschaft voller Paläste, Brücken, Figuren aus Schnee und Eis. Es gibt mehrere Bilder eines imposanten, weiß glitzernden Baums mit einer Krone aus riesigen Blättern, das muss der argentinische Beitrag sein.

»Also, sie laufen eben da an der Seite«, sagt Duran.

Jetzt sieht sie Alphonse, lauter Durans laufen auf dem Stamm, hintereinander in einer Reihe wie Ameisen. Nahaufnahmen zeigen, dass sie aufwärtsklettern. Die Reihe nimmt ihren Ausgang von einem kleinen Iglu in der Größe eines Igels, neben dem Baum. »Schön!«

»Merci.«

»Ist alles gut?«, fragt Alphonse.

»Ach ja.« Duran hat auf diese Frage gewartet. »Also, mein Vater hat eben doch auch recht, wenn er sagt, dass ich nicht mein ganzes Leben Durans aus Eis machen kann. Ich muss mir also was Neues ausdenken. Und gleichzeitig frage ich mich, warum ich überhaupt noch etwas machen soll. Warum soll ich etwas für ein Publikum tun? Also, geht es darum, dass man jedes Mal sagt: ›Bravo, Duran, gut gemacht‹?«

Alphonse hat gerade einen großen Bissen von seinem Brot genommen, kaut und schluckt, bevor er antwortet, dass Duran den Menschen doch etwas sagen wolle, dass er sie berühren oder verbinden wolle. Er denkt an seine Kora zwischen den Farbdosen, seinen Bass im leeren Haus.

»Ja, so was in die Richtung eben.« Duran spielt mit dem Salzfass. »Es war sehr schön, dass die Leute sich vorgebeugt haben, um meine Männchen besser zu sehen. Es war also nicht nur, dass sie eben Respekt haben für meine Arbeit, und für mich. Es ist nicht nur das. Es hat zu tun mit etwas, was sie nicht ganz verstehen – und ich auch nicht –, damit, dass sie das eben doch gerne wollen, also: verstehen. Sie haben Fragen gestellt, die Menschen. Sie wurden dadurch lebendiger.«

»Das ist doch sehr gut.«

»Ja, aber so waren eben nicht alle, und es war ein Preis damit verbunden, und ich fand es zuerst grandios, dass wir den gewannen, den zweiten Preis, aber einige Argentinier waren unzufrieden, weil sie fanden, dass die Kanadier den ersten Preis nicht verdient hatten, und dann fingen plötzlich die Südkoreaner an zu protestieren, richtig heftig und gemein. Sie fragten sich eben, was denn dieser türkische Belgier bei den Argentiniern zu suchen habe. Was die gemacht hatten, war auch schön, eben auf eine andere Art, ich verstehe nicht so richtig, wie man das vergleichen kann, wie so eine Jury da auswählen kann. Und was ich am allerschlimmsten fand – und, das ist lächerlich von mir, ich weiß schon, aber was mich eben wirklich so unglaublich traurig gemacht hat, ist, dass alles geschmolzen ist. Das hatte ich natürlich kommen sehen, aber dennoch. Alles, was dort stand, schmolz, und dann war es eben weg.«

Seine Hände haben das Salzfass losgelassen. Er starrt darauf, als könnte es auch in jedem Augenblick schmelzen.

»Aber du warst dort und du hast es gesehen«, sagt Alphonse.

»Ja, darüber bin ich eben schon sehr froh.«

»Du hast sogar einen Beitrag geliefert.«

»Ja.« Duran zuckt lächelnd die Achseln. »Das ist schon so.«

Das Auftauchen eines anderen Kunden rückt das Geräusch des Radios wieder in den Vordergrund. Alphonse bezahlt, und Duran besteht darauf, eine Treuekarte für ihn abzustempeln.

»Schon gegessen?«, fragt Willem. Er ist vor die Haustür getreten, als er Alphonse mit dem Lieferwagen kommen gehört hat.

»Ja, gerade eben.«

»Ich habe eine Suppe gekocht.«

Das ist etwas Neues, Willem, der Suppe kocht. Er verspricht, nach dem Duschen vorbeizukommen. Björn darf mit.

Meistens ist es Willem, der zu ihnen kommt. In erster Linie deshalb, weil Willem, dem die Abwesenheit Marie-Jeannes ständig im Nacken sitzt, seinem Haus entfliehen will. Doch auch Alphonse spürt ein Unbehagen vor dem dunklen Wohnzimmer mit den verschlissenen Tapeten und den abgestaubten Masken, und vor allem vor der Standuhr, die Willems Wohnung beherrscht. Das Ding sorgt dafür, dass keine Sekunde der Aufmerksamkeit entgeht, die Zeit will gehört und gesehen werden, jede Stunde muss schlagen. Wie kann ein alter Mann es nur ertragen, dass so aufdringlich abgezählt wird? Björn macht die Standuhr zunächst auch ganz verrückt, er schnappt und bellt sie an, wendet sich schließlich hochmütig von ihr ab.

Alphonse lobt Willems Paprikasuppe. »Ich vermisse mein Auto«, vertraut ihm Willem an. »Ich hätte es noch nicht aufgeben sollen.«

»Kauf dir doch ein neues«, sagt Alphonse.

Eine abwehrende Geste. »Ich bin beinahe achtzig, wie lange würde ich noch damit fahren?«

»Spielt das eine Rolle?«

Es bleibt still.

»Ich habe morgen einen freien Tag«, sagt Alphonse. »Ein Kunde hat abgesagt, und bei dem, der an seine Stelle gerückt ist, würde ich den Fußboden lieber noch einen Tag lang atmen lassen. Sollen wir zusammen irgendwohin fahren? Senegalschützen suchen oder so?«

Es ist, als hätte er einem sozial benachteiligten Kind einen Besuch im Vergnügungspark vorgeschlagen. Er klatscht sogar in die Hände, Willem. Sie verabreden sich für den nächsten Morgen.

In der Unterwäsche streckt er sich auf dem Sofa aus. Er spielt ein paar träge Läufe auf seinem Bass, legt ihn auf den Couchtisch, schaltet den Fernseher ein, die Nachrichten – in Dakar ist der Mann aus Guinea vom Ebola-Fieber genesen und gesund in sein Land zurückgekehrt –, und wieder aus. Björn gähnt auf der Matte neben ihm, streckt sich aus und schlendert zu seinem Futternapf. Kat geht es gut, sie hat Brüssel vermisst, sie ist froh, dass sie da ist, sie hängt noch einen Tag dran, das findet er doch nicht schlimm? Alphonse bleibt nach dem Anruf liegen, seine Hand auf dem Bauch, auf seinem Schwanz, der schlapp wird, als Björn einen Blick aus der Nähe darauf werfen will. Er fragt sich, ob das Tier auch weiterhin ein Hindernis für jede Form von Erotik darstellen wird. Eine SMS von Aline: ob er skypen könne. Ungewöhnlich für seine Schwester – ist etwas mit Mutter? – er sitzt jetzt aufrecht, doch Aline hat nur einen Traum zu melden. In diesem Traum habe er sich in Gefahr befunden. Und als sie wach geworden sei, habe sie wieder die Stimme gehört, die dasselbe gesagt habe: dass er sich in Gefahr befände. Sie wisse, wie er über diese Stimme denke, aber fühle er sich denn gut? Seien die Menschen freundlich zu ihm? Seine Schwester wurde nach Aline Sitoe Diatta benannt, die von einer Stimme den Auftrag erhielt, die Diola und danach alle Senegalesen von den Kolonialherren zu befreien. Sie wurde die Königin von Casamance, vollbrachte Wunder und rettete Menschen, bevor sie in Gefangenschaft starb. Seine Schwester nimmt die Stimme sehr ernst. Er glaubt nicht, dass eine ihrer Vorahnungen oder Voraussagen jemals Auswirkungen auf die Wirklichkeit gehabt hat. Als er einmal versucht hat, mit ihr über Schizophrenie zu sprechen, winkte sie beinahe mitleidig ab. Jetzt beruhigt er sie mit den Worten, Träume seien Träume, die Stimme sei nicht real, ihm gehe es gut. Und wie gehe es ihr?

10

Willem wollte um halb sieben aufbrechen. Mit dem Argument, sie würden vor Sonnenaufgang auf so einem Friedhof wenig ausrichten können, gelang es Alphonse, halb acht daraus zu machen. Weil er zuerst noch mit Björn eine Runde drehen will, steht er doch schon um sechs Uhr auf. Die Vorstellung von Hundehaufen auf Gedenksteinen und ausgegrabenen Skeletttteilen lässt ihn zunächst beschließen, den Hund zu Hause zu lassen. Angesichts von Björns dramatischer Reaktion auf seinen Abschied und der Aussicht auf ein ruiniertes Haus gibt er jedoch seine Bedenken rasch wieder auf.

»Okay, er darf mit.« Wahnsinnsfreude.

Kat ist gestern mit dem Zug gefahren, er nimmt ihr Auto. Während er fährt, versucht er das Dokument zu lesen, das ihm Willem unter die Nase hält. Die Schrifttype ist zu klein. Die Namen der Gefallenen und die Nummern ihrer Gräber sind kaum zu lesen, bei dem zu der Liste gehörenden Text fehlt unten ein Stück. Es gelingt ihm, die Auflistung der Todesursachen zu entziffern: seinen Verwundungen erlegen, durch Krankheit verstorben, vom Feind getötet.

Die Dunkelheit weicht und ein feuchter, gläserner Vorhang fällt. »Sonne«, sagt Willem voraus, doch die Bäume sehen trüber und kahler aus als gestern. Alphonse fährt an fernen Wäldern vorbei, an in weiße Plastikplanen eingepackten und mit Autoreifen beschwerten Futtervorräten. Willem erschafft aus Zitaten, militärischer Terminologie und persönlicher Leidenschaft ein Stimmungsbild von der Ankunft der jungen Burschen aus dem Senegal, aus Guinea, Mali und Benin im November 1914, in verrückten Uniformen, mit blauen Jäckchen und Pluderhosen, die man ihnen vorher in Algerien angemessen hatte, einem roten Fes auf dem Kopf, manche mit einer Machete. Und wie die Überlebenden nicht viel später zwischen den Granatenhülsen aus kongolesischem Kupfer hervorkrabbelten und heulend durch die Straßen stolperten, auf grotesk deformierten Füßen, ihre Freunde mit sich schleppend. In Diksmuide sollen sie, den Aufzeichnungen eines französischen Offiziers zufolge, mit rhythmischen Gesängen auf die Deutschen losgegangen sein. Als Antwort folgte eine Maschinengewehrsalve.

Wie erwartet sind sie zu dieser Uhrzeit die einzigen Besucher des französischen Friedhofs Saint-Charles de Potyze. Die Moslemgräber zwischen den Kreuzen fallen sofort auf. »Die meisten davon sind algerische oder tunesische Tirailleure, Marokkaner und Zuaven«, sagt Willem am Eingang. »Es gibt offiziell sechzehn Gräber von senegalesischen Tirailleuren, aber meiner Meinung nach müssen es mehr sein, einige wurden falsch eingeordnet. Du musst mich auf die westafrikanischen Namen hinweisen, wir werden meine Liste durchgehen und eventuell ergänzen.«

Alphonse überblickt den Friedhof. Jedes Grab trägt eine Nummer. Es sind so viele.

»Sie sind fast alle am 10. November 1914 umgekommen, in Diksmuide. Und ein paar bei der zweiten Rekrutierung, die durchgeführt wurde, als der Krieg beinahe zu Ende war. Er deutet auf das Grabmonument am anderen Ende des Grasplatzes mit den Kreuzen. »Da liegen bestimmt auch welche. Ein Massengrab mit mehr als sechshundert Toten. Am Anfang wurden Gefallene ohne Rang in große Gruben geworfen. Bis die Soldaten begannen, ihre Freunde selbst zu begraben.«

Viele Kreuze haben die Inschrift *INCONNU*. »Mehr als dreizehnhundert Leichen sind unbekannt, was meistens ›unkenntlich‹ bedeutet.« Mit langsamen, aber gewichtigen Schritten marschiert Willem zwischen den Gräbern herum, fest entschlossen, die gesamte Liste aufzuspüren. Tau dringt durch ihre Schuhe. Alphonse hält Björn an der kurzen Leine, muss sich daher Mühe geben, nicht über ihn zu stolpern.

»Es gibt bestimmt ein Maß an Verstümmelung, bei dem man nicht mal mehr die Hautfarbe feststellen kann.« Er hat laut gedacht, doch Willem hat das zu heftigem Nicken veranlasst.

»Schau«, sagt er. »Babakar Lo.«

Kein Zirkumflex auf dem O, sieht Alphonse. Jemand hat ein rot-rosa Band um seinen Grabstein gehängt.

Etwas weiter finden sie Maalick So. Sein Grab weist ein Kreuz auf, keinen Stein.

»Das muss Sow heißen«, sagt Alphonse. »Mit einem W.«

»Bist du dir sicher?«

»Sow. Ein Peul.«

»Ein Peul?«

Alphonse nickt.

»Das glaube ich eigentlich nicht. Ich habe nichts über Peul an der Front gelesen.«

»Das ist ein Peul.«

Mit nassen Füßen suchen sie weiter.

Ein Nachname trifft ihn. Nicht auf schmerzhafte, eher auf launische, sogar etwas aufregende Weise. Badji. Er deutet darauf. »Mein Name.« Der Name seiner Mutter.

Viel teilt die Inschrift nicht mit: MATRICULE 9344. MORT POUR LA FRANCE EN 1914–1918. Willem liest den Namen laut vor: »Mamadou Badji.« Aufmerksam geht er seine Liste durch. »Soll ich ihn jetzt hinzufügen oder nicht? Gibt es nur in Westafrika Badjis?«

»Ich glaub schon.«

Mit einem Bleistift kritzelt Willem etwas auf seine Liste. Die Spitze bricht ab. »Hast du etwas zum Schreiben dabei?«

»Nein.«

Willem steckt die Liste weg und begibt sich zur nächsten Reihe.

Neben Mamadou Badji liegen Goujot Georges und Corbel Fernand. Im Gegensatz zu den Soldaten aus den Kolonien werden die Franzosen zuerst mit Nachnamen genannt. Als würden die Soldaten aus einander spiegelnden Welten stammen. Neben Goujot und Corbel ruht Farajonbonon. »Der könnte aus Benin kommen«, sagt Alphonse. Er reißt kurz an der Leine, als Björn, von einem Geruch angezogen, im Boden zu scharren beginnt.

Die sumpfige Erde und das weiche Gras sorgen dafür, dass die Fußspuren, die sie zwischen den Kreuzen hinterlassen, sofort wieder verschwinden. Galo-Sall, liest Alphonse. »Das muss Gallo Sall heißen – ohne Bindestrich, mit einem L mehr. Und ich verstehe nicht, warum er ein Kreuz bekommen hat. Das ist ein Tukulor. Die Tukulor sind Moslems.«

Ärgert er Willem mit seinen Verbesserungen? »Ist etwas?«, fragt er.

Willem schüttelt den Kopf, ohne ihn anzusehen, geht weiter. Er zittert.

Moro-Sidibe zwischen Boisnault René und Guieu Adrien. Moussa Kone neben Mousette Lucien. Mouchet Alphonse neben Mohamed Okkat. Ein jüdischer Stein für Levy Leon. Bala. Jacques. Boubou. Julien.

»M'diagomdir«, liest Alphonse. Dass es M'diagom N'dir heißen muss, behält er für sich. Eine weiße Rose liegt auf dem Grab.

»Nicht auf der Liste«, sagt Willem, mit der Nase fast auf dem Papier.

»Da steht aber ›tirailleur sénégalais‹ auf seinem Stein. Und er ist erst am 8. Januar 1915 gefallen, schau.«

»Ich werde ihn zu Hause hinzufügen.« Sein Nachbar klingt nun eindeutig kurz angebunden. »Du hast also wirklich nichts zum Schreiben? Und im Auto?«

Vergeblich durchsuchen sie das Auto.

»Also, das ist doch einfach zu ärgerlich!«

Schweigend arbeiten sie den Rest der Liste ab. Die Falte in Willems Stirn wird dabei immer tiefer. Die Kriegstouristen, auf die sie beim Eingangstor stoßen, blicken ihn etwas besorgt an. Auch sie haben kein Schreibutensil zu verleihen.

Sie wollen noch einen Friedhof auf der französischen Seite der Grenze besichtigen, doch Alphonse schlägt vor, zuerst Kaffee zu trinken. Zwei Kreisverkehre weiter finden sie ein neu aussehendes Esslokal.

»Darf der Hund mit?«, fragt Willem.

»Mja«, sagt der Wirt mit einem Blick auf Alphonses Hut.

Auf der einen Seite des Lokals liest ein Mann die Zeitung, während er ein Brötchen mit Hühnercurry isst, am Fenster beugen sich zwei ältere Damen Zitronen auspressend über ihre Garnelenkroketten. Willem beantwortet ihren gedämpften Gruß mit einem kurzen Nicken. Ein privater Radiosender tönt durch den Raum; lautstark lobt eine Lokalgröße der stärksten Partei ihren eigenen Mut.

»Was ist los, Willem?«

Willem zögert, schaut auf seine Tasse, bittet den Kellner um einen Kugelschreiber, kritzelt dann etwas auf die Liste. »Ist es so richtig geschrieben?« Er dreht das Blatt für Alphonse um, der ihm aber weiter in die Augen schaut.

»Sie sind für Frankreich gestorben, aber das heißt nicht, dass die Franzosen ihre Namen schreiben dürfen, wie sie wollen«, sagt Alphonse. Hinten in seinem Kopf wird ein Feuerpfeil angezündet.

»Man kann es euch aber auch nie recht machen«, schnappt Willem. Er weiß, dass diese Worte treffen.

»Uns?« Alphonse schaut ihm weiter in die Augen.

»Für deinen Freund neulich war ich auch nur so ein alter Trottel. Meinst du, ich hätte das nicht gemerkt?«

Neugierig blicken die Frauen am Fenster von ihrem Teller auf.

Mit zitternden Fingern nimmt Willem die Milchkapsel von seiner Untertasse. Er öffnet sie und gießt den Inhalt in seine Tasse. Nach langem Rühren legt er den Löffel ab und schaut Alphonse an. Die zornige Falte ist verschwunden. »Es tut mir leid«, sagt er. »Entschuldige bitte.«

»*Ça va*. Das geht schon.«

»Nein, das geht nicht«, sagt Willem mit plötzlich fester

Stimme. »Das kommt vom Alt-Sein. Und zu viel Zeit haben. Und ganze Tage darüber nachdenken, wer nicht mehr da ist und wer etwas Falsches gesagt hat. Sich monatelang mit den Senegalschützen beschäftigen und dann vergessen, einen Reservebleistift mitzunehmen. In nichts mehr der Beste sein. Langsam gehen und sofort frieren. Und im unpassendsten Moment schläfrig werden, aber nie im Bett.«

»Du bist gesund und geistig vollkommen auf der Höhe«, beginnt Alphonse. Wenn sein Nachbar ihm so sein Herz ausschüttet, wird er am Ende bei Marie-Jeanne landen, er wird wieder untröstlich schluchzen, die Trauerphase ist noch nicht vorbei, wie sollte sie auch?

»Und nicht zu vergessen«, sagt Willem, jetzt doch mit einem schalkhaften Zug um den Mund, »jammern! Jammern, das können sie, die alten Männer!« Selbst muss er am lautesten darüber lachen. Am Fenster blicken sich die Frauen bedeutungsvoll an, eine macht mit Daumen und Zeigefinger diskret eine Trinkgeste. Alphonse fasst seinen alten Freund an der Schulter, Willem tut dasselbe bei ihm, noch nachprustend, ebenso nervös wie erleichtert.

Kurz bevor sie bei einem ehemaligen Grenzposten französisches Gebiet erreichen, erkennt er die Frau am Steuer eines hellgrauen Renault Mégane. Die Autorin! Sie sind schon fast aneinander vorbeigefahren, als sie sich überrascht zuwinken. Er nimmt den Fuß vom Gas und sieht ihre Bremslichter. Weil das Auto hinter ihr hupt, fährt sie wieder weiter. Auch er drückt wieder aufs Gaspedal.

»Ein anderes Mal«, sagt er zu sich selbst.

Willem stellt keine Fragen.

Desolat ist es nicht an der Grenze. Die französische Verkehrspolizei hat einen Teil der ehemaligen Zollgebäude übernommen, ihre weißen Fahrzeuge tun ihr Bestes, das trübe Sonnenlicht zu reflektieren. Die Tabakläden sind geblieben, man glaubt immer noch, Blumen und Benzin seien auf der belgischen Seite billiger.

Die Landschaft verbannt mit ihrer Ausdehnung und spärlichen Bebauung den Verkehr. Angesichts der Kriege der Vergangenheit zuckt sie nur ihre mit dunklen Bäumen bewachsenen Schultern.

Eifersüchtig bellt Björn einen kleinen Hund an, der in einem vorüberfahrenden Auto den weißen Kopf zum offenen Fenster hinausstreckt. Das Hündchen ignoriert ihn.

»Vorsicht!«, ruft Willem.

Alphonse bremst vor einem jungen Mann, der wie ein Gespenst vor ihnen aufgetaucht ist. Der Wagen kommt knapp vor den Beinen des Jungen zum Stehen.

Mit pochenden Schläfen und dem Gefühl, seine Haare stünden ein paar Zentimeter vom Kopf ab, starrt Alphonse durch die Windschutzscheibe auf das übel zugerichtete Gesicht. Es schaut ohne zu blinzeln zurück. Björn krabbelt schnaufend auf die Rückbank zurück, von der er heruntergerutscht ist. Er knurrt.

»Wo kam denn der plötzlich her?« Willem erschrickt, als Alphonse die Tür an der Fahrerseite öffnet und alle weiteren Türen mit einem lauten Klacken entriegelt werden.

Der Junge steht auf einem Bein, das andere hängt schlaff daneben, das Hosenbein weist einen dunklen, feuchten Fleck auf. Ist das Blut? Alphonse schaut wieder auf das Gesicht, das sich von ihm abwendet, hin zu den Sträuchern, aus denen der Junge hervorgekrochen sein muss.

»Wir haben ihn nicht verletzt«, sagt Willem.

»Er braucht Hilfe.«

Alphonse schließt die Tür hinter sich. Er grüßt den Jungen auf Französisch, wird unterbrochen durch ein stolzes und forderndes »Can you give me a ride?«.

Er kann den Akzent nicht einordnen, nickt. »What happened?«, fragt er.

»In the car«, sagt der Junge, der noch einmal zurückschaut, dann auf eine der hinteren Türen zuhumpelt. »Please. The dog.«

Alphonse weist Björn an, sich vorne zu Willem zu setzen, und tut das mit solchem Ernst, dass der Hund auf der Stelle gehorcht. Danach hilft er dem Jungen auf die Rückbank. Durch einen Riss im Hosenbein erhascht er kurz einen Blick auf eine üble Wunde.

»To the hospital?«, fragt Alphonse.

»Natürlich«, sagt Willem.

Der Junge verneint, sagt, er werde ihnen zeigen, wo er hinwolle. Alphonse lässt den Motor an.

»Police did this«, hören sie von der Rückbank. Und dass es das dritte Mal sei, dass sie ihn zusammengeschlagen hätten, und wenn sie einen nicht schlügen, dann würden sie einen schikanieren und zwingen, in einen Kombi einzusteigen und dreißig Kilometer weiter wieder auszusteigen, sodass man zu Fuß zurücklaufen müsse, weil man kein Geld für den Bus habe. Dass es eine Telefonnummer gebe, unter der Bürger anonym Leute verraten könnten, die ein leer stehendes Gebäude bewohnten.

»Wir wissen nicht, ob das wahr ist«, sagt Willem.

Sie überholen einen Jungbauern, es ist ein Hüne von einem Burschen, der Traktor unter ihm wirkt wie ein Spielzeug. Er mustert sie mit hartem Blick. Einen Kilometer weiter fordert der Verwundete sie auf, in einen Feldweg einzubiegen. Alphonse befolgt seine Anweisung, ohne zu zögern.

»Wende das Auto an der offenen Stelle dort und fahr rückwärts in den Feldweg hinein. Dann können wir schneller weg, falls nötig.« Willem hat nicht ganz unrecht. Er fragt den Jungen, woher er komme.

»Paktika Province«, sagt er. »Gomal District.« Wissen sie, von welchem Land er spricht? Während er den Wagen wendet, fängt Alphonse im Rückspiegel seinen spöttischen Blick auf. Auch Willem antwortet nicht.

»Durand Line?« Die Frage schwebt im Auto, unbeantwortet. »You watch the news? You don't care? I saw your number plate, you live in Belgium. Not a good country anymore. War with Pakistan? US drones? Still no idea?«

»Afghanistan«, sagt Willem.

Der Junge klatscht kurz Beifall. »You can stop here.«

Alphonse zieht den Schlüssel ab. Sie stehen neben einer Wiese, ein paar Bäume, ein Graben, dahinter Stacheldraht vor einem anderen Feld.

»Ich habe ein ungutes Gefühl«, sagt Willem.

»Thank you for bringing me here«, sagt der Junge. »The others can take me downstairs. You can go now.«

»What do you mean?«, fragt Alphonse. »The others?«

»You want to see?«, fragt der junge Afghane. Er bekommt die Zähne immer noch kaum auseinander beim Sprechen.

»Er hat große Schmerzen«, sagt Alphonse.

Willem nickt.

Nachdem er ausgestiegen ist, sieht Alphonse den Rauch, der aus dem Graben aufsteigt. Gedämpft dringt Björns verängstigtes Bellen durch die geschlossenen Autotüren. Auf im Schlamm versinkenden Holzbalken steigen sie die Böschung zum Graben hinunter, Alphonse stützt den Jungen, Willem bleibt unschlüssig auf der obersten Stufe stehen, folgt dann vorsichtig, seine ängstlichen Hände suchen nach Halt. Nun erst sehen sie die Zelte aus rissigen Planen und schmutzigen Decken, die Männer um das Feuer. Die Lappen über ihren Köpfen zeigen große Brandlöcher und angesengte Stellen. Es riecht nach Rauch und Asche. Die Bewohner starren neugierig auf ihre Gäste und die Wunden ihres Freundes, aber es liegt kein Erstaunen in jenen Worten, die sie in ihrer eigenen Sprache austauschen.

Alphonse und Willem sehen sich um. In einiger Entfernung sitzt ein Junge zwischen den improvisierten Zelten, im Schneidersitz, regungslos, mit einem glücklichen Lächeln auf dem Gesicht. An den Böschungen des Grabens befinden sich zusammengezimmerte Kästen für Schuhe, andere für Feuerholz. Sie wechseln einen Blick, ihre Augen sind weit geöffnet. »Ein Laufgraben«, flüstert Willem. Alphonse nickt. Als der Wind dreht, müssen sie husten, wegen des Rauchs.

Nur zwei der Bewohner sehen älter aus als dreißig. Sie kämen alle aus Afghanistan, erklärt ein Gesprächiger unter ihnen. Er sei schon in anderen Lagern in Nordfrankreich gewesen, mit Somaliern und Iranern und allen möglichen Leuten, da sei dies hier besser.

Der verwundete Junge stöhnt, als sie sein Hosenbein aufreißen. Erneut drängt Willem darauf, ihn in ein Krankenhaus zu fahren.

»He wants to go tonight«, erklärt einer der Afghanen.

»To the hospital?«

»No. He wants to try tonight. He has tried four times before.« Und dass die Lastwagen, die Chemikalien transportieren, nicht so oft kontrolliert würden.

Sie kennen die Bilder, die Fotos in der Zeitung, die geräumten Lager, die verschärften Kontrollen. I LOVE YOU ENGLAND liest Alphonse auf der Rückwand eines Zeltes, hinter dem breit lächelnden Jungen im Schneidersitz, der sich jetzt aufrappelt. Das Lächeln verschwindet nicht. Mit demselben Gesichtsausdruck läuft er zwischen den Decken und Planen herum, setzt sich ans Feuer, lässt sich freundschaftlich auf den Rücken klopfen.

Alphonse fragt, wie der Verwundete medizinisch versorgt werden könnte. Man sagt ihm etwas über die Médecins du Monde, die jedoch gerade erst vorbeigekommen seien und erst nächste Woche zurückkehrten. »I know a doctor«, sagt er. Die allgemeine Aufmerksamkeit richtet sich auf ihn. Sie sind einverstanden, dass er den Doktor holt und zu ihnen in den Graben bringt.

Als sie aus dem Loch herausklettern, sieht Alphonse den grinsenden Jungen auf einem Baumstumpf sitzen. Er spielt mit den Fransen seines Schals, in seinen Augen lauert Todesangst.

»Was machen wir, wenn sie nicht will?«, fragt Willem. Durch das Seitenfenster an der Beifahrerseite starrt er auf die Villa.

»Sie wird schon wollen.« Alphonse steigt aus.

Alphonse hat nie etwas über seine Arbeit erzählt, nur dass sein Kundenstamm rasch wachse. Verrückt. Sie füllt den größ-

ten Teil seiner Tage aus, und nie hat er, sein Nachbar und Freund, ihn direkt danach gefragt. Vertrauen seine Kunden ihm alle blindlings wie diese Frau, die zuhört, nach drinnen eilt, um etwas zu holen, und jetzt mit einem dicken Kind und einem Köfferchen zurückkommt, bereit loszufahren? Schläft er mit ihr? Wäre das möglich? Er hat es einst selbst erlebt, Willem, vor sehr langer Zeit: Französisch-Nachhilfe für ein Kind, das dann nicht da war, angeblich zu den Pfadfindern gegangen. Eine Mutter mit einem Plan und ein Lehrer mit erstaunlich schwachem Fleisch. Er hat nie jemandem davon erzählt, das ist auch gut so, und er ist nicht stolz darauf. Es war sehr aufregend, das schon. Ungestüm. Und gelenkig! Daher kommt es wohl, dass er so etwas jetzt mit Alphonse assoziiert. Weil er es selbst getan hat. Seine Vermutungen haben natürlich nichts mit Alphonses Herkunft zu tun. Oder doch? Nein.

Die Frau grüßt Willem, als er aus dem Auto aussteigt. Er besteht darauf, dass sie vorne sitzt. Er selbst setzt sich auf die Rückbank, neben das Kind, das ihm mit einem formellen »angenehm« die Hand gibt und sich danach, wie auch seine Mutter, liebevoll auf Björn stürzt.

»Ich muss zuerst noch das eine oder andere im Krankenhaus holen«, sagt die Ärztin. »Das bleibt unter uns.«

»Warte hier bei Björn und dem alten Herrn«, sagt sie zu ihrem Sohn, nachdem sie im Rückwärtsgang auf die Wiese gefahren sind.

Alphonse muss über Willems empörte Miene lächeln. Dann steigt er mit Brigitte Dubois die improvisierte Treppe hinunter. Sie macht große Augen. Der verwundete Junge zieht sich an einem der Holzstöcke hoch, die das angesengte Segeltuch stützen. Es hat leicht zu regnen angefangen, es ist noch matschiger als zuvor.

»Ich muss das erledigen, bevor es ganz dunkel wird«, sagt sie. »Elektrizität?«

»Nein.«

»Wasser?«

»Kein fließendes.«

»Scheiße.«

»Wird es denn nicht gehen?«

»Doch, doch. Trotzdem: Scheiße.«

»Ja.«

Sie widmet sich ganz ihrer Aufgabe, sie ist gut darin, er sieht die Leidenschaft in ihrem Gesicht. »Nothing's broken«, sagt sie.

Hört er Missbilligung aus den unverständlichen Worten heraus, die die Afghanen untereinander wechseln? Hatten sie einen männlichen Arzt erwartet? Sie betäubt das Bein, und die Gespräche verstummen.

Zusammen mit einem der Bewohner sammelt Alphonse Kerzen, um der zunehmenden Dunkelheit etwas entgegenzusetzen. Umgeben von einer respektvollen Stille näht Brigitte Dubois die Wunde. Jedes Mal, wenn sie kurz in die grünbraunen Augen ihres Patienten schaut, die fortwährend auf sie gerichtet sind, sagt er »thank you« und sie schüttelt kurz ihren flammend roten Haarschopf.

»Ka mate! Ka mate! Ka ora! Ka ora!«, skandiert Willem auf der Rückbank, als Alphonse sie wieder nach Hause zurückfährt. Björn schaut ängstlich durch das Fenster. »Tenei te tangata äh …«

»Puhuru huru«, macht Hadrianus geräuschlos mit den Lippen vor.

Willem blickt aufmerksam auf seinen Mund. »Ich weiß es nicht. Sag du es.«

»Puhuru huru! Nana nei i tiki mai!«

Gemeinsam fahren sie fort: »Whakawhiti te ra! A upa … ne!« Willem atmet Kraft in seinen Brustkorb. »Ka upa … ne!« Brigitte und Alphonse brüllen den letzten Satz mit: »A upane kaupane whiti te ra! Hi!«

9

In dem Pullover, den er morgens anzieht, hängt noch der Brandgeruch aus dem Lager der Afghanen. Er erinnert ihn an ein Weihnachtsessen, als er noch mit Jean-Marc und seiner Mutter an der Chaussée de Wavre wohnte, neun oder zehn muss er gewesen sein. Jean-Marc hatte seinen Bruder und seine Schwägerin eingeladen – Constance, die erst einige Jahre später schwanger werden sollte, weilte zu dieser Zeit in einem anderen Erdteil – und hatte seine Haushälterin und deren Sohn gebeten, ihnen Gesellschaft zu leisten, schließlich war Weihnachten. Sie hatten zwar selber etwas geplant, doch Alphonses Mutter fand es unhöflich, die Einladung auszuschlagen. In der Mitte des festlich gedeckten Tisches begann das Fondue-Set plötzlich zu brennen. Die züngelnden, sich rasch vermehrenden Flammen bemächtigten sich der Tischdecke. Ganz im Gegensatz zur Schnelligkeit des Feuers war bei Alphonse eine Verlangsamung eingetreten, sodann eine völlige Passivität, eine Art lähmende Faszination. Er schaute zu. Bei seiner Mutter jedoch funktionierten die Reflexe. Mit bloßen Händen hob sie das Ungetüm hoch und stellte es draußen auf der Terrasse aus Blaustein ab. Danach löschte sie den zischenden Tisch. Wie durch ein Wunder erlitt sie keine Verbrennungen. Hinter dem Fenster wartete die Gesellschaft ab, ob das Fondue-Set explodieren würde. Das geschah nicht. Doch es brannte lange. Ein niedergestürzter Stern an Weihnachten. Seitdem ist er wie gelähmt, wenn es brennt, er traut sich nicht in die Nähe der Flammen. In verschiedenen Sprachen hat er das Wort für Brand gelernt, falls es irgendwann nötig wäre. Im Russischen ist es »Poschar!« und im Griechischen »Fotià!«. Sowohl Menschen als auch Tiere kämpfen oder fliehen bei Gefahr. Viel seltener verfallen sie in eine Art Starre, das hat er einmal in einem Naturfilm gelernt. Manche Tiere stellen sich tot in der Hoffnung, für ihren Feind unsichtbar oder uninteressant zu werden, was nicht immer eine erfolgreiche Strategie ist.

Er zieht den Pullover wieder aus.

»Ich werde heute Abend nachschauen, wie es mit der Wunde dieses jungen Mannes aussieht. Ich kann mir nicht vorstellen, dass er es letzte Nacht nach Großbritannien geschafft hat.« Das ist alles, was Brigitte über den vergangenen Tag sagt. Alphonse belässt es bei: »Ich komme mit.« Und da sind dann noch ihre Finger, die seine Schulter berühren, die Sekunde, in der er seine Hand auf ihre legt.

Hadrianus hat diesen Freitag ausgewählt, um sich nach zehn Tagen zu Hause wieder in der Schule zu zeigen; dann hat er das ganze Wochenende, um sich davon zu erholen. Alphonse wünscht ihm alles Gute und verschweigt, dass er nun nicht weiß, was er mit Björn machen soll. Er könnte ihn wieder nach Hause bringen, ruft Kat an, die aber erst spät am Nachmittag wieder zurück sein kann. Er wird die glatten Bohlen mit farblosem Lack versiegeln.

Die ersten Stunden weiß Björn sich im Garten allein zu amüsieren. Er jagt nachsommerlichen Insekten hinterher, schnappt immer knapp daneben, obwohl sie es ihm mit ihren trägen, dicken Körpern leicht machen, bis er aufgibt und sich daranmacht, ein paar von den ersten abgefallenen Walnüssen zu zerbeißen, danach rollt er auf dem Rücken hin und her, unterbrochen von regungslosen, träumerischen Pausen. Inzwischen arbeitet sich Alphonse mit dem Lack auf die geflieste Kücheninsel zu, wo die gestapelten Möbel warten, Bohle für Bohle wird er dorthin zurückgedrängt. Einmal muss er aufstehen, um Björn hinten im Garten zurechtzuweisen, mit dem Finger auf das Loch deutend, das er zwischen den Stockrosen gegraben hat. Er deckt es mit den Händen wieder zu, wäscht sie zwischen den aufgestapelten Möbeln. Als der Hund sich das nächste Mal zum Blumenbeet begibt, genügt es, an die Scheibe zu klopfen, einen bösen Blick und einen mahnenden Finger zu zeigen und zu warten, bis Björn sich mit einem schuldbewussten Seufzer in die Mitte des Rasens legt, Kopf auf den Vorderpfoten.

Wie merkwürdig, dass er erst mit vierzig entdeckt, wie es ist, einen Hund zu haben. Alphonse hat nie ein Bedürfnis danach verspürt, fand Hunde in erster Linie schmutzig und hektisch. Unterwürfig. Ihm fällt auf, wie wenig er sich bisher mit anderem als menschlichem Leben befasst hat. Es überrascht ihn, was der Hund alles ausdrücken kann, und wie es anschaulich macht, dass die Gefühle den Gedanken vorausgehen, dass Gefühle Gedanken in ihrer ursprünglichen Form sind. Die Augen, der weiße Rand rund um das dunkle Braun. Er versteht jetzt das Anziehende, es ist nicht der Gehorsam, es ist das offene Buch. Als er nach drei langen Längen wieder zum Fenster schaut, sitzt Björn auf der anderen Seite der Glasscheibe, so nahe, dass sein Atem dort in Höhe seiner Nase einen kleinen Dampfkringel hinterlässt.

O dieser Mensch. O dieser gute, starke Herr. Herr! Herr! Herr! Herr! Herr! O Herr, o lieber Mensch, o! Bei dir sein, Herr! Etwas fressen, Herr! Lecker fressen, o! Bei dir, Herr! Herr! Drinnen bei dir sein und zusammen lecker fressen, Herr! Herr! Herr!

Der Hund will rein und gibt das zu erkennen, indem er an die zwanzig Mal pro Minute mit den Krallen seiner rechten Vorderpfote an der Scheibe kratzt.

»Warte kurz«, sagt Alphonse. Und danach: »Brav warten.« Und danach: »Schön still sein.« Und dann minutenlang nichts, bis er seiner eigenen Ansicht nach unverhältnismäßig böse ausruft: »*Björn, s'il vous plaît*!« Er hat keine Ahnung, warum er das auf Französisch gerufen hat, denkt, dass es so ähnlich sein muss, kleine Kinder zu haben: Rührung und Staunen, die sich mit Irritation und Verdruss abwechseln. Dass die Rührung bei den meisten Menschen vorherrscht, und dass das bei ihm auch so sein würde.

Nach dem siebentausendsten Kratzen steht er auf. Er öffnet die Schiebetür und schaut den Hund an. »Du hast nur eine einzige Chance«, sagt er.

Björns Schwanz ist zunächst noch gelähmt, weil er es nicht glauben kann, legt dann aber wie verrückt los. Er schätzt den Ernst der Situation jedoch richtig ein und folgt lammfromm den Anweisungen. Er trinkt aus der Schüssel mit Wasser, die Alphonse ihm hinstellt, und frisst ein Hundeküchlein. Danach legt er sich mit dem Kopf auf den Vorderpfoten auf die noch nicht lackierte Seite des Fußbodens. Als sich Alphonse einige Längen später nähert, setzt er sich auf, beim Befehl »Zurück!« tut Björn – wenn auch mit einem melancholischen Seufzen –, was von ihm verlangt wird.

Die Stunden gleiten beiläufig vorbei. Alphonse vergisst jeden Gedanken sofort wieder, folgt der glänzenden Spur, die der Pinsel hinterlässt. Bis die Harmonie gestört wird. Björn fängt an, böse zu bellen, stößt gegen den Topf mit dem Lack, und zwingt ihn, den entstandenen Klecks sofort zu verteilen und die Abdrücke der Hundepfoten zu überstreichen. Er hat den Mann nicht gehört, der jetzt in der Türöffnung steht.

»Hallo?«, sagt der Mann, ein reiferer Typ, wie er in der Werbung für Armbanduhren vorkommt. »Ist das normal?«

Vom Fußboden aus dreht sich Alphonse lachend zu ihm um. Die Frage »Ist das normal?« löst immer diese Reaktion bei ihm aus. Der Mann wendet den Blick ab. Alphonse steht auf und öffnet die Schiebetür, zieht den knurrenden Björn am Halsband auf die andere Seite der Fensterscheibe. Mit einer ausgestreckten Hand stellt er sich vor.

»Meine Rosen sind hinüber, wenn er dagegenpinkelt«, brummt der Mann. »Fahr nach Hause und lass den Hund in Zukunft dort.«

Alphonse lässt seine Hand sinken. »Ich bin beinahe fertig«, sagt er.

Der Mann starrt auf das Parkett hinter ihm. »Keine Ahnung, wozu das gut sein soll. Weißt du es?« Auch in Erwartung einer Antwort schaut er Alphonse nicht an. »Werden wahrscheinlich die Wechseljahre sein«, antwortet er selbst. »Oben lässt du mich in Ruhe, hoffe ich?«

»Ja«, sagt Alphonse, wonach der Mann mit eiligen Schritten die Treppe hinaufgeht.

Bevor Brigitte und Hadrianus zurückkehren und ohne sich vom Ehemann zu verabschieden, verlässt Alphonse das Haus. Seine Arbeit ist erledigt.

Am Steuer merkt er, dass die Wolken sich zusammenbrauen, als hätten sie die Absicht, den Regen erst loszulassen, wenn es für eine Überschwemmung reicht. Die rastlose Unruhe, die von einer Herzkammer in die andere wandert, ist eine alte Bekannte. Es ist schon eine ganze Weile her, seit die Frage bei ihm zuletzt aufkam: War dieser Mann so unfreundlich, weil er so unfreundlich ist, oder hatte sein herabwürdigender Ton etwas damit zu tun, wie er, Alphonse, aussieht? Und da das Ergebnis dasselbe bleibt, macht es dann einen Unterschied, ob dieser für ihn vollkommen unwichtige Typ sich gegenüber jedem so benimmt oder nicht? Ja. Das macht einen riesigen Unterschied.

Müdigkeit beschleicht ihn. Björn leckt die Faust am Schalthebel, bis Alphonse sie öffnet und seine Fingernägel über den Hundekopf wandern lässt. Er möchte seine Gedanken loswerden, geht auf die Suche nach der CD von Toumani und Sidiki Diabaté, während er ein landwirtschaftliches Fahrzeug vorbeilässt. Er blickt in das finstere, verschlossene Gesicht des Bauern. Sie haben es schwer, die Bauern, sie verkaufen ihren Kohl mit Verlust, erpresst von Supermarktketten. Es gibt viel Kummer, den niemand teilt.

Für die Kora wird Kummer nie wie eine Klage klingen, Leidenschaft nicht wie Hysterie, und auch Verletzbarkeit zerfließt nie zu einer Niederlage. Diese Musik macht ihm Lust zu fahren, zu erleben, wie die Gesichter hinter den Lenkrädern sich nach innen richten, der Verkehr zunimmt und wieder spärlicher wird, wie die Landschaften ihre Farbe verändern und die Sonne zwischen den Baumkronen glitzert.

Als kleiner Junge antwortete er »Griot« auf die Frage, was er später werden wolle, gleichgültig gegenüber dem Lachen, das darauf folgte, taub für die Behauptung, dass nur ein *Griot* ein *Griot* sein könne, dass man dazu in einem Geschlecht geboren sein müsse, das die Tradition schon Hunderte von Jahren in Ehren halte. Er wollte *Griot* werden, er hatte sie bei der Ausübung ihrer Kunst gesehen, hatte seine Mutter sagen hören, wenn Westafrika ein Mensch sei, dann seien die *Griots* sein Blut, und er wollte Blut sein und strömen und etwas am Leben erhalten.

Er hat schon lange nicht mehr daran gedacht, er hat noch nie auf diese Weise daran gedacht, und er sieht sich Kora spielen für Brigitte und Hadrianus. Es wundert ihn jetzt, dass er das getan hat, dass er das Instrument mitgenommen und für sie gespielt hat, dass sie zugehört haben, ohne Fragen zu stellen. Er könnte das öfter tun, für Kunden spielen, es könnte sein, dass er ein *Griot* geworden ist, ohne es selbst zu bemerken. Und dann fällt ihm auf, dass er in all dieser Zeit, in all diesen Wohnzimmern, Schlafzimmern, Badezimmern immer nur zugehört hat, statt zu reden. Er denkt an all die Dinge, die ihm zwischen den leeren Wänden und nackten Fußböden erzählt wurden, die Geschichten, die er gesammelt hat, wie ein umgekehrter *Griot*, was sie ihm gezeigt haben, die Menschen.

Er bleibt stehen, fährt dafür nicht einmal an den Straßenrand, ignoriert das erwartungsvolle Klopfen von Björns Schwanz. Was er fühlt, ist verwirrend. Vor seinem geistigen Auge sieht er sich tanzen, als Kind, während die Kora mit immer schnelleren Rhythmen und Klängen das Auto erfüllt. Er sieht sich wachsen, und in dem Maße, wie er wächst, vervielfältigt er sich, zu einem Blumenmuster in einem Kaleidoskop wird er, jeder, der er einmal war, bis er die Gesamtheit nicht mehr überblicken kann. Die Zersplitterung flößt ihm Angst ein, sie führt ihn immer weiter weg von dem alten *Griot*-Traum. Doch dann scheint das sich ausdehnende Blumenmuster ein Kern zu sein, er ist von einem Körper umhüllt und dieser Körper ist der seinige, er enthält alle Geschichten, die er je gehört hat, und seine Sinne, die noch mehr wollen. Würde ich jetzt Kora spielen, denkt er, würde ich die einundzwanzig Saiten in diesem Augenblick unter den Fingern spüren, dann könnte ich alles, was ich gesammelt habe, erzählen, alles zugleich. Er drückt auf das Gaspedal.

Gefolgt von Björn, der denkt, dass es um ein Wettrennen geht, läuft er zur Haustür. Ungeduldig steckt er den Schlüssel ins Schloss. Kat streckt ihren Kopf in den Flur, er weigert sich, ihren Gemütszustand zu erraten.

»Ah, du bist zurück«, sagt er. »Entschuldige.« Er küsst ihren Mund, ihre Schläfe, rennt dann die Treppe hinauf, Björn wieder hinterher. »Inspiration.« Dummes und unzureichendes Wort, denkt er, so etwas kann man in hellgrüner Schrift auf eine Sahnetorte spritzen, doch er sollte jetzt solche Dinge nicht denken, er muss seine glühenden Fingerkuppen auf die Saiten drücken.

Die Kora liebt Bewegung. Selbst wenn man still sitzt, gestatten einem die Klänge nicht, statisch zu bleiben. Alphonse spürt, wie die Schwerkraft nach und nach abnimmt. Er erhebt sich, obwohl er weiß, dass er sitzen bleibt. Kommt die Musik von mir, fragt er sich, oder habe ich die Ehre, diese Klänge weiterzugeben? Vorsichtig lassen seine Zehen den Boden los. Er legt sich auf die Luft, und langsam drehen die Klänge ihn um seine eigene Achse. Die Kora schreckt nicht vor ein bisschen Hypnose zurück. Er darf nicht denken, dass es lächerlich ist, die Empfindung, dass er bald die Essenz wird berühren dürfen. Kein Zweifel jetzt, weiß er, keine Scham. Er spielt sich hin. Es ist nicht wie ein Orgasmus, auch wenn es plötzlich kommt und ihn überrumpelt. Es ist eine zimmerfüllende Verzückung, die nicht in einem einzigen Punkt geballt bleibt, ein aufklarender Nebel, und er weiß es, er weiß schon, dass er dies schnell wieder verlieren wird, er spürt die Reue, weil er sich diesem Verlust bereits nähert, aber jetzt ist es noch da, jetzt sieht er noch, dass die Schönheit herrscht, er nie zu tanzen aufgehört hat, und was die Musik ihm anvertraut, ihm und jedem, der es hören will, endet stets mit demselben Versprechen: Es wird alles gut.

Als er die Augen öffnet, steht Kat vor ihm. Sie schaut böse, gestikuliert und ihr Mund bewegt sich. Sie spricht. Er lässt die Hand sinken und hört zu.

»Hallo! Sie wartet auf dich. Sie sagt, dass ihr verabredet seid.«

Ihre Worte bleiben kurz für sich stehen, ohne Bilder aufzurufen.

»Eine Frau. Sie wartet in der Küche.«

»Eine Frau?«, kann er nur wiederholen.

»Um die fünfzig. Strenger Typ. Beeindruckende Frisur.«

»Brigitte.« Er hat keine Ahnung, wie viel Zeit vergangen ist, seit die Kora zu ihm auf den Schoß gekrochen ist. »Ich sollte mit ihr zum Laufgraben fahren. Zu den Afghanen.«

Kat starrt ihn zuerst mitfühlend, dann ungläubig an.

»Was meinst du damit? Afghanen in einem Laufgraben?«

»Damit meine ich: Afghanen in einem Laufgraben. Komm mit!«

»Warum auch nicht? Kann ich die Einkäufe zuerst wegräumen?«

»Nimm sie mit.«

»Selbstverständlich.«

Brigitte fährt. Kat sitzt auf der ledernen Rückbank des Alfa Romeo, mit dem die Frau sie abgeholt hat. Sie hat sich als »Doktor Dubois« vorgestellt. Ein einziges Mal unterbricht Kat das Gespräch über Hadrianus' Beziehung zum Lehrpersonal der Schule, um, immer noch mit ironisch folgsamem Unterton, sich zu erkundigen, ob sie sich vielleicht doch bei ihren Einkäufen bedienen dürfe, etwas Kleines, ein Keks oder so, nur um nicht vor Hunger in Ohnmacht zu fallen. Als Antwort schaut Alphonse sie nur an, Brigitte teilt ihr zerstreut mit, sie habe auch etwas zu essen mitgenommen, worauf Kat wiederum mit übertriebener Erleichterung reagiert, die gespreizte

Hand auf der Brust – »Gott sei Dank!« –, aber das fällt nur Alphonse auf.

Er geht davon aus, dass sich ihre Haltung ändern wird, wenn sie erst durch die Wiesen fahren, und so geschieht es auch. Nach zweihundert Metern im Rückwärtsgang sucht sie seinen Blick.

Er nimmt ihre Hand, als sie die Stufen hinabsteigen, die Plastiktüte mit den Einkäufen trägt er in der anderen, Brigitte Dubois folgt ihnen.

Man begrüßt sich verlegen. Der Junge mit dem verletzten Bein ist nirgends zu sehen.

»He's gone«, sagen zwei andere Jungen, bevor sie das Lagerfeuer erreicht haben.

»He's in England?«, fragt Brigitte.

»Possibly.«

»In a truck?« Kat spricht den grinsenden Jungen an. Sie will, dass der Mund etwas anderes macht, begreift Alphonse, reden, sich spitzen, etwas anderes als dies. Der Anblick einer Frau mit einem schlafenden Kind auf dem Arm bereitet ihm Sorge, sie wirkt so abwesend, das Kind so still.

Ein anderer erklärt Kat, dass die Kontrollen immer schärfer würden – die Laderäume würden durchsucht, die britische Regierung dränge darauf –, doch dass die Zollbeamten einen manchmal sitzen ließen, weil es Zeit kostet, wenn sie jemand aufgreifen, und weil dieser Zeitverlust auch einen wirtschaftlichen Verlust für die Betriebe bedeutet, für die die LKWs fahren.

»But most of the time, they get you«, sagt ein anderer.

»We should try swimming.«

»Please, don't«, sagt Kat.

»We are not idiots«, lautet die schnelle Antwort.

»Of course not.«

Brigitte setzt sich zu der Frau, stellt sich als Ärztin vor, fragt sie, ob sie Englisch versteht, wie sie sich fühlt, ob sie das Kind untersuchen darf. Die Frau schaut sie an, immer noch wie abwesend. Wohl lässt sie zu, dass die Ärztin die Stirn des

Kindes befühlt, dann die ihre.

Alphonse spürt einzelne Tropfen und schaut auf zum schmutzigen Himmel. Unter seinen Füßen ist der Schlamm, der noch vom letzten Regenschauer rührt, noch nicht getrocknet. Er setzt sich zu den anderen ans Feuer. Schon bald fühlt sich seine Haut an Wangenknochen, Nase und Stirn zum Zerreißen gespannt an. Er rückt nach hinten, doch dann wird sein Rücken nass. Jemand wirft ein Holzscheit ins Feuer. Für einen Moment züngeln die Flammen bis an das Dach aus Stoff, Alphonse erstarrt.

Langsam und feierlich lassen die jungen Männer die Tüten mit den Einkäufen durch ihre Reihen wandern. Jeder lässt dem anderen die Zeit, etwas daraus hervorzuholen, um es von Nahem zu betrachten, dann wieder zurückzulegen, während anderswo im Kreis Dankesworte fallen, begleitet vom schneller werdenden Rhythmus der Regentropfen auf dem Zeltdach.

Kat starrt auf einen schönen, schlanken jungen Mann. Er beugt seinen Kopf mit den dichten schwarzen Haaren über eine Flasche Duschgel, öffnet den Verschluss und riecht daran, langsam und bedächtig. Als er zu ihr aufschaut, tauschen sie ein zaghaftes Lächeln aus.

Auf dem Rückweg herrscht lange Zeit Schweigen, bis Brigitte fragt: »Hast du eigentlich meinen Mann noch gesehen, oder warst du schon fertig mit dem Lackieren, als er nach Hause kam?«

»Ich habe ihn gesehen«, sagt Alphonse.

»Wie war er?«

Alphonse zögert. »Ein bisschen angespannt, glaube ich.«

»Er kann wirklich fürchterlich sein«, sagt Brigitte. »Aber er hat seine guten Seiten. Wir sind alle viele Menschen zugleich.«

»Das ist wahr«, sagt Kat.

Jeder Mensch ist ein kleiner Prozessionszug, denkt Alphonse, wobei einer die Führung übernimmt, oder immer wieder ein anderer, abhängig von der Situation oder von der

Person, mit der man zufällig einen Raum teilt. Es hat Zeiten gegeben, in denen er die etwas ungesunde Angewohnheit hatte, sich dümmer zu stellen, als er war, neugierig, welche Art von Anführer im Zug seines Gegenübers hervortreten würde. In seltenen Fällen muss man dem, was der andere zeigt, den Rücken zukehren.

»Wie auch immer – er ist von dem Parkett sehr angetan«, sagt Brigitte.

Alphonse wird abgelenkt durch einen Mann, der in einiger Entfernung damit beschäftigt ist, einen Bus zu waschen. Sie sind schon auf dem Hinweg an ihm vorbeigekommen, da hatte er gerade angefangen, jetzt ist er anscheinend fertig. Er löst den Schwamm von der langen Stange und wringt ihn mit schüttelnden Bewegungen aus. Das ist es, was Alphonse so an dieser Gegend gefällt: Weil so wenig passiert, bekommt alles, was tatsächlich passiert, eine wunderliche Aura, es verlangt nach einer schärferen Aufmerksamkeit. Zu seinem Erstaunen stellt sich der Mann ihnen frontal entgegen, als sie sich nähern. Er hebt die Hand, und es dauert einen kurzen Augenblick, bis alle Insassen des Autos begreifen, dass er nicht winkt, sondern sie zum Anhalten auffordert. Brigitte folgt seiner Anweisung. Es ist ein schmächtiger Vierziger mit kurzem, rotblondem Haar, etwas grau an den Schläfen. Mit einer gekrümmten Hand begleitet er das Seitenfenster an der Beifahrerseite, das Alphonse nach unten gleiten lässt.

»Bonjour«, sagt er.

Sie grüßen alle zurück.

»Was habt ihr da hinten gemacht?«, fragt er, mit einer Kopfbewegung in die Richtung, aus der sie kommen.

Alle drei bleiben sie still wie ertappte Kinder, die warten, bis der Mann sie zurechtweist – warum?

»Lasst diese Burschen in Ruhe. Sie machen diesen Landstrich kaputt. Sie gehören hier nicht hin. Sie sollen kein Essen bekommen, oder was auch immer ihr ihnen gebracht habt, weil ihr euch als gute Menschen fühlen wollt. Das einzig Richtige für die wäre Vernichtung.«

Er geht wieder zu seinem Bus, lässt sie in dem kalten Bad zurück, in das sich das Auto verwandelt hat. Brigittes heiseres »*Pas du tout d'accord*« prallt an ihm ab. Er steigt in den Bus und lässt den Motor an, biegt knapp vor ihnen ein, auf die Straße.

»Fahr weiter!«, sagt Kat.

»Wir werden es uns nicht zu Herzen nehmen«, beschließt Brigitte mit wenig Überzeugung, als sie Alphonse und Kat vor ihrem Haus aussteigen lässt.

Im Flur streicheln sie Björn, der überglücklich ist, weil sie zurückgekommen sind, und danach weiter besorgt um sie herumkreist, solange sie nichts sagen.

»Bist du beim Frisör gewesen?«

»Ja.«

»Schön.«

»Danke.«

»Hast du Hunger?«

»Wir müssen etwas essen.«

Sie werfen sich in die Umarmung wie zwei Wogen, bedecken ihre Gesichter mit Küssen.

8

Im Traum erlebt er einzelne Ereignisse aus seiner Jugend noch einmal. Es ist, als berichte jemand, eine unbekannte Stimme, ihm über seine Zeit auf der Grundschule, seine ersten Jahre in diesem Land, seine Zeit an der weiterführenden Schule, als seine Mutter weit weg war. Bis er in die Klasse mit Amadou kam, war er das einzige schwarze Kind unter den achtundzwanzig Kindern, die mit ihm in eine Klasse gingen. Im französischsprachigen Unterricht in Brüssel wäre das in den Achtzigerjahren bereits anders gewesen, doch seine Mutter hatte unter dem Einfluss von Kats Vater – ihrem damals noch kinderlosen Arbeitgeber – beschlossen, dass es gut für ihn wäre, wenn er in der Schule Niederländisch spräche. Es gab auch marokkanische Zwillinge, einen chinesischen Jungen und ein Mädchen aus Chile bei ihm in der Klasse, doch die fielen von Weitem nicht so ins Auge.

Zu physischen Aggressionen kam es nicht, es blieb bei den Worten, die allerdings oft aus viel zu großer Nähe ausgesprochen wurden. Er ertrug es, weil es keine andere Möglichkeit gab, verstand nicht, was der Lehrer meinte, als er ihn für seinen Mut lobte. Alphonse bereitete irgendwann in einem vollen Klassenzimmer der Sache ein Ende. Der allgemeine Lärm vor Beginn der Stunde flaute ab, als er sich an Matthieu de Schaepmeester wandte – er sieht den Jungen jetzt deutlich vor sich – den schwächsten aus der angreifenden Gruppe, und zu ihm sagte: »Matthieu, du willst mich ärgern? Ausgerechnet du, der hier keinen einzigen Freund hat, willst mich ärgern? Glaubst du, dass sie dich mögen? Du hast niemanden. Wenn du Freunde hättest, dann würde jetzt jemand etwas sagen.«

Das war auf gut Glück gesagt, doch es blieb mäuschenstill. Der Junge brach zusammen. Kein schöner Anblick. Ein paar Wochen später wechselte Matthieu in eine andere Schule. Alphonses Auftreten wurde ein Erfolg genannt. Danach wagte es niemand mehr, ihn zu schikanieren. Er selbst fand sein Verhalten widerwärtig und wusste, was er auf keinen Fall mehr sein wollte: ein zum Täter gewordenes Opfer, ein gewöhnliches Raubtier.

Er öffnet die Augen und stellt sie scharf auf Kats weiße Schulter, die aus der Decke herausragt, während die Ereignisse des Vortags – der Mann mit dem Bus insbesondere – ihm wieder in den Sinn kommen. Dass er dieses Wort tatsächlich benutzt hatte: Vernichtung.

Keine Samstagsarbeit heute. Er muss einkaufen gehen, für sie selbst und die Afghanen. Ein Flüchtlingslager, einen Steinwurf von seinem Bett entfernt. Er könnte für sie spielen, beginnt mit dem Küssen der warmen Schulter. Sie dreht ihren Kopf zu ihm, die Augenlider noch geschlossen, auf ihren Wangen eine Röte, die wie gemalt aussieht.

In letzter Zeit hat er manchmal das Gefühl, mit den Augen eines außerirdischen Wesens auf die Welt zu blicken, alles getrennt in sich aufzunehmen, als sähe er es zum ersten Mal. So sieht er sich selbst in dem Spiegel, der eine der Schiebetüren des Kleiderschranks bedeckt. Er sitzt aufrecht, mit einem Bein unter sich, sein Geschlecht lehnt in unschlüssigem Zustand dagegen, die bleiche Unterseite eines seiner Füße ist zu sehen. Sein Haar müsste geschoren werden, er mag es nicht, wenn es anfängt, wie ein Helm auszusehen. Aus dem Nichts fällt ihm ein, dass der Stuckateur in der Erzählung der Autorin »eher mager als schlank« genannt wurde. Sie hatte recht: das war nicht er. Er zieht sein Bäuchlein ein, spannt die Armmuskeln an.

»Nein, du bist nicht zu dick«, murmelt Kat.

Er kichert. Es hat Jahre gegeben, in denen sie das bis zum Überdruss von ihm hören wollte, er kann sich nicht erinnern, seit wann er diese Rolle übernommen hat.

»Wo ist Björn?«

»Unten. Die Tür ist zu.«

Sie setzt sich auch auf, schmiegt ihre weichen Brüste an seinen Rücken und schlingt ihre Arme um ihn. »Ich glaube, dass wir jetzt unser höchstes Maß an Schönheit erreicht haben«, sagt sie, ihr Kinn auf seiner Schulter. Ihr Spiegelbild lächelt tapfer. »Besser wird es nicht mehr.« Sie lachen und werden gleichzeitig von einem Blitz getroffen, in dem sie tatsächlich schöner sind, als sie wussten.

»Nein!«, hört er sie kurze Zeit später rufen, über das Geräusch des Haarschneiders hinweg. Und dann, neben ihm im Bad, enttäuscht: »Oh.« Björn leckt an den abgeschorenen Haaren auf dem Boden, versucht sie dann mit schmatzenden Geräuschen von seiner Zunge zu entfernen.

»Es wächst schon wieder nach.«

Als sie an seiner Seite durch den Supermarkt läuft, ist ihr Blick immer noch auf seine obere Schädelpartie gerichtet, das Wort »schade« lungert unausgesprochen um ihre Mundwinkel. »Wir sind die Sorte Menschen geworden, die am Samstag ihre Einkäufe für die ganze Woche erledigen«, sagt sie.

»Ja, aber wir kaufen auch Essen für afghanische Flüchtlinge. Ist das ungewöhnlich genug?«

Sie wählen die Kasse mit der kürzesten Schlange, die aber offenbar in keiner Relation zu der Schnelligkeit des Angestellten steht, der sie bedient, ein junger Mann mit einem ausgeprägt spitzen Adamsapfel, der auf die Unterseite einer Konservendose starrt, als läse er dort eine an ihn gerichtete Todesdrohung.

»Wie geht es Ihnen?«, fragt er mit einer unsicheren Stimme und westflämischem Akzent die Frau, die vor ihnen ansteht.

»Nun mach doch einfach mal voran«, sagt diese müde.

Während sein Adamsapfel auf und ab hüpft und rote Flecken wie die Blätter einer Kletterpflanze von seinem Hals zu seiner Stirn kriechen, greift der Junge mit zitternden Fingern nach einer Ware, bei der es sich laut Aufschrift um

Partysaucen handeln soll. »Mit Karte?« Die Frau nickt und bezahlt.

»Wie geht es Ihnen?« Ratlos driften seine Augen von Kat zu Alphonse.

»Gut«, sagt Kat entgegenkommend.

»Prima«, sagt Alphonse. »Und Ihnen?«

Hinter den Brillengläsern werden die Augen des jungen Mannes feucht. »Aber wie geht es Ihnen wirklich?«, fügt er heiser hinzu.

Kat und Alphonse suchen im verwunderten Gesicht des jeweils anderen nach einer Antwort, wenden sich dann wieder an den jungen Mann: »Gut.«

Sein schwerer Atem geht über in ein Schniefen, das rasch nasser wird. Die Kunden, die sich hinter ihnen angestellt hatten, weichen auf andere Kassen aus, der alte Herr, der soeben einen Sack Katzenstreu hinter dem Warentrennstab abgestellt hat, hebt ihn mühsam wieder hoch und blickt sich unschlüssig um.

Kat öffnet das Päckchen mit Papiertaschentüchern, das sie gerade kaufen wollen, und nimmt eines davon für den jungen Mann heraus. Sie brauchen ihn nicht einmal nach den Gründen für seine Tränen zu fragen, die sprudeln ihm, mit Fragezeichen versehen, nur so über die Lippen: »Und warum müssen Studenten mit Ferienjobs auch an dieser Kampagne teilnehmen? Muss ich das alles einfach so können? Kann ich was dafür, dass es hier so viele Selbstmorde gibt? Bin ich dazu da, dieses Problem zu lösen, ich?«

Alphonse weiß, wovon hier die Rede ist. Nachdem im Westhoek eine der höchsten Selbstmordraten von Europa festgestellt wurde, hat die Provinzverwaltung eine Kampagne ins Leben gerufen, bei der die angebliche spröde Wortkargheit der Bewohner bekämpft werden soll, indem sie an öffentlichen Plätzen dazu aufgefordert werden, über ihre Gefühle zu reden.

»Reicht es denn nicht, dass ich hier arbeiten muss, um ab Oktober mein Studium finanzieren zu können?«

Die Kunden an den anderen Kassen stieren auf die Einkäufe in ihren Wagen. Immer mehr Smartphones werden hervorgeholt. Die Kassiererinnen rutschen auf ihren Stühlen hin und her, eine von ihnen steht auf.

»Und warum bin ich durchgefallen? Ist das vielleicht keine gute Frage? Könnte das vielleicht an meiner Mutter liegen? Könnte es sein, dass die *viel zu viel* über ihre Gefühle redet? Könnte das nicht seine Auswirkungen auf mich gehabt haben? Was denken die Leute wohl, was ich bin? Superman?«

»Nein, nein«, beruhigt Kat, während sie ein frisches Taschentuch aus der Packung zupft. »Das denkt niemand.«

Der Junge rückt seine Brille zurecht, die Augen zwischen den tränennassen Wimpern bekommen für einen kurzen Moment einen bösartigen Glanz.

»Niemand erwartet das von dir«, sagt Alphonse.

»Liam.«

Die Kassiererin, die sich von ihrem Platz erhoben hatte, steht jetzt neben ihm.

»Liam.«

»Was?«

»Ich werde dich kurz ablösen. Geh nach hinten, da kannst du dich ein bisschen erholen.«

»Ah! Ah! Die Leute dürfen meinen Kummer nicht sehen?«

Zu hören sind nur noch die gedämpfte Stimme eines Kunden, der zwischen den Regalen ein Telefongespräch führt, und das Piepsen bei der einzigen Kasse, an der noch ungerührt weitergearbeitet wird.

»Das ist kein Kummer, Liam. Das ist kindisches Getue.«

Liam klettert auf das Band. Er wird seine Hose runterlassen und mit einem lila Geschlechtsorgan auf uns urinieren, denkt Alphonse. Der Journalist und das Wörterbuch kommen ihm in den Sinn. Rasch streckt er seine Hand nach Liam aus, doch der geht nicht auf die Einladung ein.

Mit einer plötzlichen Bewegung wie bei einem Kickstarter tritt die Kassiererin auf das Fußpedal der Kasse, wodurch sich das Laufband ruckelnd in Bewegung setzt. Liam verliert das

Gleichgewicht und landet mit einer unbeholfenen Drehung in Alphonses Armen. Erstaunt darüber, wie leicht der Jüngling ist, hält er ihn länger fest, als er vorhatte.

»Du darfst mich jetzt absetzen«, sagt Liam. Sein strahlendes Lächeln lässt Alphonse schaudern. Die Kassiererin grinst auch. Ihre Kollegen stehen auf und klatschen Beifall. Einzelne Kunden tun es ihnen nach, auch wenn sie keine Ahnung haben, warum.

»Winkt in die Kamera«, sagt die Kassiererin. »Ihr kommt ins Regionalfernsehen.« Ausgelassen winkt sie einem Punkt über ihren Köpfen zu. Alphonse und Kat entdecken die Kamera nicht sofort. Liam zufolge haben sie empathisch reagiert und müssen deshalb mit einem Gutschein über dreißig Euro belohnt werden. Obwohl sie gedrängt werden, sich sofort in diesem Supermarkt verwöhnen zu lassen, wollen sie so schnell wie möglich weg.

»Das ist so jenseits, dass es nicht mehr zu verstehen ist«, sagt Kat, während sie an einem Gewerbegebiet entlangfahren. »Immerhin – gut, dass der Junge nicht wirklich so traurig ist, natürlich.«

»Ja, das schon.«

»Begabter Schauspieler.«

»Ja.«

»So eine Kampagne, das wäre in Brüssel wohl nicht machbar.«

»Glaub ich auch nicht, nein.«

»Alphonse?«

»Kat?«

»Woran denkst du?«

Er fängt an aufzuzählen: die Exkremente des Journalisten, der Schwangerschaftstest von Sieglinde, die Grillgeräte von Gewijde, dessen Verbindung zu Pan. Es erfüllt die gesamte Rückfahrt.

»Das war alles in diesem Monat?«

Er nickt.

»Wir müssen hier weg.«

»Es liegt nicht an dieser Gegend.«

»Dass jeder dir seine geheimen Verrücktheiten anvertrauen möchte, das weiß ich schon länger, aber so schlimm war es doch noch nie? Und dieser ganze Zirkus gerade eben. Wenn du mich fragst, sind die Menschen hier aus Langeweile kollektiv geisteskrank geworden.«

»Ach komm, Kat. Du hast doch auch an genug verschiedenen Orten auf der Welt gewohnt, um zu wissen, dass es ›die Menschen hier‹ nicht gibt. Es sind immer einfach die Menschen.«

Er hat keine Lust auf diese Diskussion. Was sie gesagt hat, macht ihn unruhig. Er glaubt wirklich nicht, dass es an der Gegend liegt, und er möchte gerne an der Überzeugung festhalten, dass wenige mit einem Jagdgewehr durch die Straßen ziehen, dass es alles in allem nicht so schlimm ist. Gleichwohl glaubt er manchmal, einen massenhaften Kontrollverlust wahrnehmen zu können, einen wachsenden Wunsch, sich gegenseitig zu zerreißen, das anschwellende Rumoren eines Krieges aller gegen alle. Er lehnt seinen Kopf an die Kopfstütze. Die Straße, in der sie wohnen, wirkt spießiger auf ihn als sonst.

»Das ist das Auto meines Vaters«, sagt Kat.

Sie meint den Audi vor ihrem Haus. Auf der Rückbank nippt Jean-Marc an einem Glas.

»Noch ein Verrückter«, sagt sie.

Hart klopft sie an das Fenster neben dem Ohr ihres Vaters. Er verschüttet ein paar Tropfen auf seine lose hängende Krawatte. »Kindersicherung« hören sie ihn gedämpft rufen.

»Wieso ist denn die Kindersicherung an der Tür eingeschaltet?« Kat lässt ihn raus.

»Das weiß ich nicht.« Jean-Marc schüttet sich den letzten Tropfen in die Kehle und stellt das Glas mit einem dumpfen Knall auf das Dach des Wagens. »Sie ist weg«, sagt er.

»Mama?«

Er nickt, starrt sie verloren an. »Ich weiß nicht, wo sie hin ist. Sie hat die Hälfte ihrer Kleider mitgenommen. Und auch sämtliche Zimmerpflanzen aus ihren Töpfen gerissen. Letzteres nicht mit der Absicht, sie mitzunehmen. Scheidung, schön und gut, aber die Art und Weise …«

Alphonse bemerkt, dass sich hinter den Fenstern in der Straße hier und da eine Gardine bewegt, ein paar Finger, ein Auge. Er schlägt vor, ins Haus zu gehen, die beiden folgen ihm bereitwillig.

»Aber was ist denn passiert?«, fragt Kat aufgebracht, kurz nachdem die Tür hinter ihnen ins Schloss gefallen ist. »Wo ist sie hin?«

»Ich weiß nicht, wo sie ist, sie hat ihr Telefon ausgeschaltet.«

»Wie lange ist das her?«, fragt Alphonse.

»Vor zwei Tagen.«

»Aber warum?«

»Ach ja, es wird schon etwas mit meiner neuen Freundin zu tun haben.«

Kat starrt ihn verblüfft an. »Eine Freundin? Eine neue Freundin? Du hast Freundinnen? Das könnte gut sein, ja, dass die etwas damit zu tun hat!«

»Mein Gott, Catherine, was hast du eigentlich erwartet?« Jean-Marc beantwortet das Entsetzen seiner Tochter mit trüber Ungeduld.

»Ich dachte, Fremdgehen sei das Einzige, was ihr euch nicht antun würdet.«

Alphonse füllt zwei Gläser mit Wasser an der Spüle und stellt sie zwischen die beiden auf den Couchtisch. Kat und Jean-Marc schauen darauf, als wolle er sich einen Scherz mit ihnen erlauben.

»Fremdgehen! Fremdgehen!« Mit schlaffen Händen zeichnet Jean-Marc schlampige Wolken. »Du darfst dir nicht alles Mögliche darunter vorstellen.«

»Wie muss ich mir das denn dann vorstellen?«

»Nun ja, natürlich ist Zuneigung auch dabei. Aber es beschränkt sich meistens darauf, nackt beieinanderzuliegen.«

Kat hat sich die Hände an die Ohren gelegt.

Jean-Marc konzentriert sich auf das Glas Wasser, unterlässt es aber, davon zu trinken.

»Ich dachte, du und Mama würdet noch miteinander schlafen, trotz allem. Dass ihr zusammenbleibt, weil es das noch gibt zwischen euch.«

Alphonse nimmt Abstand davon, zu sagen, dass er das ebenfalls dachte. Jean-Marc scheint jetzt von Mitleid mit seiner Tochter ergriffen zu sein.

»Früher war das so, ja. Trotz allem. Aber in den letzten fünfzehn Jahren nicht mehr.«

Stille kehrt ein. Alphonse streichelt Kats Rücken, scheint sie damit wiederzubeleben. »Und hat sie auch Liebhaber?«

»Keine Ahnung. Ich glaube nicht.«

»Aber sie weiß von deinen Freundinnen?«

»Mja.«

»Mja?«

»Ja, von einigen wusste sie. Und sie hatte eigentlich kein Problem damit.«

»Das kommt mir sehr unwahrscheinlich vor!«

»Doch, doch, ich war dann ein bisschen öfter außer Haus und sie hatte ihre Ruhe. Mit dieser hat sie vor allem ein Problem, weil sie dick ist.«

»Pardon?«

»Weil sie dick ist?«, wiederholt Alphonse.

»Ja, sie hält das für einen Abstieg, dass die Leute – fragt mich nicht, welche Leute, Freunde haben wir nicht mehr –, dass die Leute mich sehen würden mit einer dicken Frau. Für sie bedeutet das einen Abstieg.« Und dann, seine Hände einen halben Meter von seinen Hüften entfernt haltend, mit einem kurzen Lacher zu Alphonse: »Sie ist auch wirklich ganz schön dick!« Weil Tochter und Schwiegersohn ihn nur weiter anstarren, fährt er fort: »Aber ich kann gut mit ihr reden. Das versteht deine Mutter auch nicht. Dass ich manchmal einfach ein gewöhnliches Gespräch mit einer Frau führen will. Ohne Krieg. Von Zeit zu Zeit brauche ich das.«

Alphonse stellt sich Jean-Marc vor, wie er auf dem Schoß einer voluminösen, nackten, zuhörenden Frau vor sich hin plaudert. Auf dem Klo kann er ungestört über dieses Bild grinsen. Er hofft, dass Constance auch so jemanden hat.

Als er ins Wohnzimmer zurückkehrt, sieht er, dass die Wassergläser durch Wodka ersetzt wurden.

Kats Vater drängt sie, ihre Mutter anzurufen. Als sie sie auch nicht erreichen kann, verschwindet er hinter einer Zeitung auf ihrem Sofa. Alphonse fragt sich, ob Jean-Marc seiner Mutter je zu nahegekommen ist, während all der Jahre, in denen er das Haus mit ihr teilte. Er hätte sich in allen Weltstädten, in denen er gewohnt hat, eine Haushälterin suchen können, warum nahm er seine Mutter mit? Weil er ein gutes Herz hat, so meinte seine Mutter; auch um ihm, Alphonse, die Möglichkeit zu geben, in Europa zu studieren. Weil seine Mutter ein willkommener Ruhepol war, hat er immer gedacht. Weil sie für alle eine Mutter gewesen ist.

Auf der Hinterseite der Zeitung, die Jean-Marcs Gesicht verbirgt, sticht ein Artikel über modernen Sklavenhandel in die Augen. Jean-Marc blättert eine Seite weiter und liest etwas vor über Ebola in Senegal, dass das Land in der Lage sei, die Epidemie abzuwehren. Er lächelt Alphonse zu, mit demselben Wohlwollen, doch mit weniger Abstand, als ihm der jüngere Jean-Marc in seiner Kindheit begegnet war. Und dann drängt sich wieder die Unbeholfenheit mit breitem Hintern zwischen sie. Es fühlt sich an wie das eine Mal, als Jean-Marc dem neunjährigen Alphonse ein Stück Amethyst in die Hände gelegt und versucht hat, ihm etwas darüber zu erzählen und ihm zu erklären, dass er Alphonse den Kristall schenke, weil er ein guter Junge sei, und Alphonse immer wieder Danke sagte, während sie sich gegenseitig von den Augen ablasen, dass es ihnen lieber gewesen wäre, ihnen wäre diese Situation erspart geblieben.

Kat beschließt, nicht zum Flüchtlingslager mitzufahren. Nach einem neuen fruchtlosen Versuch, ihre Mutter anzurufen, und einem scharfen Wortwechsel über eine Lappalie mit ihrem Vater, geht sie in ihr Arbeitszimmer, um mit Alphonses Mutter zu skypen. Alphonse verspricht, rasch wiederzukommen.

Im Lager schlafen die Mutter und das Kind auf einer dreckigen Matratze neben dem Feuer, sie liegen so, als wären sie zusammengeprallt. Warum schläft sie nicht in einem der Zelte? Besteht dort die Gefahr, dass man sich an ihr vergreift?

Manche Gesichter sind verschwunden, andere hinzugekommen. Zwei junge Männer, die er hier schon früher gesehen hat, nehmen die mitgebrachten Lebensmittel an und bringen sie zu einem selbst gebauten Vorratsschrank. Zwei andere reden in giftigem Ton über ihn, für einen Moment zieht er gefährliche Blicke auf sich, ist er der Mann, über den in einer unverständlichen Sprache scharfe Sätze ausgetauscht werden. Wieder ein anderer fragt ihn, ob er Papiere besitze, wie lange er schon hier sei. Auf seine Antwort folgt Schweigen. Dass er ihnen gut geholfen habe, sagt einer von denen, die er schon kennt, der Junge nickt ihm zu, nickt noch einmal, worauf er sich entfernt, Alphonse.

Auf der Rückfahrt schaut er auf seine Hände am Lenkrad. Zittern sie? Sie zittern. Das muss nicht sein. Das Zittern hört auf.

Sie hatten vorgehabt, nach Lille zu fahren und in die Nacht einzutauchen, doch nachdem Kats Vater auf dem Sofa schnarcht und Kats Sorge um ihre immer noch nicht erreichbare Mutter gestiegen ist, überlegen sie es sich anders. Sie braten den Fisch, den sie im Supermarkt gekauft haben, lassen etwas übrig für Jean-Marc, der sich ans Essen macht, während sie sich einen TED-Vortrag über die ältesten Organismen auf der Welt anschauen. Es sind Bilder dabei, die Jean-Marc zufolge dem Appetit nicht förderlich sind, was seiner Tochter zufolge bedeutet, dass er einfach nicht hinschauen soll.

In Südafrika existiert schon seit dreizehntausend Jahren ein unterirdischer Wald, ein Wald, der sich versteckt hat; nur die obersten Blätter ragen aus dem Erdboden. Menschen und Tiere laufen achtlos über Bäume, die jedes Mal, wenn ein Brand ausbricht, verschont bleiben.

Er macht keinerlei Anstalten, nach Hause zu gehen, Jean-Marc. Wieder ist er auf dem längeren der beiden Sofas eingeschlafen. Vom anderen Sofa aus, auf dem sie sich einen Film anschauen, stellt Kat den Fernseher immer lauter, um sein Geschnarche zu übertönen. Am Ende gibt sie auf und verschwindet in ihr Schlafzimmer. Etwas widerstrebend zieht Alphonse seinem Schwiegervater die Schuhe aus, legt seine Beine nebeneinander, damit sein Rücken nicht so eine seltsame Krümmung hat, deckt ihn zu. Er wechselt einen verständnisinnigen Blick mit Björn, der offenbar einwilligt, den Mann zu bewachen.

Entgegen seiner Erwartung schläft Kat bereits. Er fühlt, wie sein Geschlecht anschwillt, als er sich an ihre Hüfte schmiegt, dreht sich um, weil sie es ihm übel nehmen würde, wenn er sie jetzt weckte. Mit seiner Hand in der Hose wird er in einen Traum gesogen. Er gräbt einen Tunnel, darunter eine Grotte, in der jeder, der ihn braucht, ausruhen kann.

7

Der Tag beginnt um fünf Uhr in der Früh mit Geschrei von unten. Alphonse hat tief geschlafen. Sein Traum und die Richtung, aus der die Stimmen kommen, verwirren ihn, und für einen Moment ist er durchdrungen von dem Gedanken, dass oben und unten und die Schwerkraft Illusionen sind. Einen Wimpernschlag später erkennt er die Stimmen von Kat und ihrer Mutter, wie schlecht gestimmte Geigen, ihr Vater ein knarzender Kontrabass. Dann fängt auch Björn an, laut zu bellen.

Die Erste, die er sieht, ist Constance. Sie kniet auf dem Teppich und zieht brüllend ihren Kopf an den Haaren zu Boden. Etwas weiter weg sitzt Jean-Marc, ebenfalls auf dem Teppich, auf einem seiner Jochbeine ist etwas zu sehen, was die blutige Träne eines Pierrots sein könnte, jedoch offenbar nicht aus seinem Auge stammt, sondern aus einem kleinen Schnitt darunter. Während die Träne anschwillt, macht er tierische Geräusche, Schnaufen, Röcheln. Was Constance sagt, ist genauso undeutlich, die Silben sind zu lang. Nur Kat versteht er, die steht dazwischen wie ein Strohhalm nach einem Tornado, gezwungen, den Schaden zu überblicken. Mit bleichem Widerwillen ruft sie, dass sie jetzt gehen sollen, sofort. Auch was Björn bellt, ist deutlich: »Das dürft ihr nicht! Das dürft ihr nicht!«

»Schmeiß sie raus!« Kat hat sich jetzt mit einem irrsinnig weit geöffneten Mund an ihn gewandt. »Wie hast du denn bei dem Krach schlafen können?«

»Was ist passiert?«, fragt er.

»Das siehst du doch! Es genügt nicht, dass sie sich gegenseitig die Köpfe einschlagen, es muss jetzt auch noch in unserem Haus geschehen! Schmeiß sie raus, sage ich!«

Er weiß nicht recht, was er mit dem Befehl anfangen soll, nur ihre Eltern reagieren darauf, mit neu gewonnener Energie kriechen sie heulend und schnaufend über den Teppich. Wenn man will, kann man auch eine Bitte um Verzeihung heraushören. Wenn er sie wirklich einen nach dem anderen vor die Tür tragen und diese danach zudrücken würde, würden sie dann auf dem Bürgersteig liegenbleiben oder sich wie halb tote Raupen jeder in eine andere Richtung schleppen? Er muss verhindern, dass sie sich ans Steuer setzen.

»Müssen wir die Polizei holen?!«, fragt er Jean-Marc und Constance mit drohender Stimme, die Hände in die Hüften gestemmt. Das Ganze ist gespenstisch.

»Hol sie doch!«, ruft Constance.

Er schlägt Kat vor, dass sie jeder einen Elternteil übernehmen, Kat könnte mit ihrem Auto fahren und er mit dem von Jean-Marc.

»Und dann setzen wir sie einfach vor ihrem Haus ab?«

»Ja. Sie werden sich unterwegs doch etwas beruhigen.«

»Ich würde nicht darauf zählen.« So wie die blaue Stunde draußen die Landschaft auffrisst, so hat der Schmerz sie übermannt. Er kann dessen klamme Ränder spüren, drückt Kat an sich, streicht ihr über den Kopf.

»Könntest du sie beide mitnehmen?«, fragt sie.

Sie fahren Richtung Küste, er vorneweg, mit Jean-Marcs Wagen, der geistesabwesend auf der Rückbank sitzt, seine Frau schluchzend neben Alphonse. Kat fährt in ihrem Auto hinter ihnen her. Irgendwo auf halbem Wege, in einem Weiler, der bis auf einen verwirrten Vogel wie ausgestorben wirkt, greift Constance ins Lenkrad. Weil Alphonse nicht schnell fährt und stärker ist als sie, kann er die Reihe junger Bäume entlang des Bürgersteigs vermeiden. Das Licht der Scheinwerfer gleitet wie in Zeitlupe an den dünnen Stämmen entlang. Es folgen das erschrockene Aufkreischen der Bremsen, der

Schlag, den Jean-Marc an Constance austeilt, der, den sie ihm zurückgibt, ihre Worte: »Ich wollte das nicht!« Das Blinken der Scheinwerfer von Kats Wagen im Rückspiegel. Sein Herz, das wie wild pocht.

Dann kehrt das monotone Summen des Asphalts wieder, niemand sagt mehr etwas. Vor ihrem Haus steigt das Ehepaar widerspruchslos aus. Ohne sich umzudrehen, kriecht Constance tief in ihren Mantel, dreht Jean-Marc den Schlüssel im Schloss, drückt er ihre Haustür auf, gehen sie hinein.

Alphonse stellt den Audi ab, rennt die Auffahrt hinunter, schwingt sich auf den Beifahrersitz neben Kat. Sie wendet ihren Blick nicht von der Straße. Er streichelt die kurzen Härchen, die dünnen Muskeln in ihrem Nacken, klettert mit dem Zeigefinger an den Sehnensträngen entlang zu ihrem Hals, streicht sanft mit seinem kleinen Finger über die Erhebung unter ihrem rechten Auge, über ihre Ohrmuschel mit seinem Daumen, über ihre Haare mit seiner ganzen Hand.

»Weißt du, was ich will?«, fragt sie. Seine Hand ruht wieder auf ihrem Knie.

Dass sie ihre Eltern nicht mehr lieb hätte, vielleicht, dass sie nicht mehr da wären, auf dass die Liebe endlich frei sein möge. So etwas hat sie einmal gesagt.

»Was willst du?«

»Ich will, dass wir in eine große Stadt ziehen und dort zusammen ein Kind adoptieren.«

Es ist eine unerwartete Antwort, ein Wunsch, von dem er nicht wusste, der seinen Kopf leicht werden lässt. »Dann machen wir das«, sagt er.

Etwas zwischen einem Lachen und einem Seufzer entfährt ihr. Draußen hellt sich der Himmel allmählich auf.

So dringt der Tag zu ihnen herein: ein neues, honigfarbenes Zimmer, das sich langsam über ihr Schlafzimmer schiebt, bis alle Wände strahlen. Ihre dünnen, festen Rippen unter der weichen, warmen Haut, der sanfte Abhang ihres Bauches, ihr Venushügel eine Schanze. Sie setzt sich auf ihn, drückt seinen

Schwanz zwischen ihre Beine, beinahe wie man ein Kind an die Schulter hält, damit es ein Bäuerchen macht, wie man einen Freund tröstet. Er zieht sie näher zu sich, seine Hand um ihre Schulter, um ihren Hinterkopf, ihr kurzes Haar, ihre Zunge vertraut, ihre grünen Augen ganz nah. Er will dies so sehr.

»Meine Frau«, sagt er. »Ma femme. Sama diabar.«

Darüber muss sie lachen, und es ist, als gluckere das Lachen weiter durch sie hindurch, während sie sich küssen, umwenden, spreizen, bis es in leisem Kichern aus ihnen abfließt, als ihre abkühlenden, weich gewordenen Gliedmaßen sich im Einschlafen verflechten.

Aus dem Schlaf weckt ihn seine Blase in einem späteren Stadium als sonst. Es widerstrebt ihm, aus dem Abgrund nach oben zu klettern, seine Wange von ihrer Schulter zu lösen, seinen Arm von ihrer Hüfte, eines der seltenen Male durchbrechen zu müssen, bei dem die lang dauernde Verschmelzung zweier Körper nicht nur gewünscht, sondern auch komfortabel ist.

Der Streit der vergangenen Nacht hat Björn mitgenommen. Niedergeschlagen wendet er sich von den Käserinden ab, die sie ihm beim Frühstück abwechselnd hinhalten. Er hockt sich auf einen Stuhl vor dem Fenster an der Straßenseite und starrt wie traumatisiert auf die Mauer gegenüber. Die trompetenstoßartigen Fürze, die ihm entfahren und ihn sonst immer zu wildem Umherspringen veranlassen, lassen ihn jetzt kalt. Weil sie sich schuldig fühlen, dass sie ihn in diesem Gemütszustand einen halben Tag lang von ihrer Nähe ausgeschlossen haben, versprechen sie ihm einen langen Spaziergang. Es beunruhigt sie, dass der Ausdruck »spazieren gehen« zum ersten Mal keinerlei Reaktion bei ihm auslöst.

Willem kommt vorbei mit einem Kuchen – seinem ersten selbst gebackenen – und einem verzweifelten »Alles gut?«

»Das waren meine Eltern«, sagt Kat. »Nicht wir.«

Der Nachbar beeilt sich, sie mit entschuldigenden und beruhigenden Worten zu überschütten: Natürlich seien sie das nicht selbst gewesen, er habe ein fremdes Auto auf der Straße stehen gesehen und bemerkt, dass später in der Nacht ein Taxi angehalten habe, nicht dass er auf solche Dinge achte. Aber dennoch, für sie müsse das alles nicht einfach sein, es seien ja immerhin ihre Eltern, Marie-Jeanne habe das öfters gesagt, sie habe gesehen, dass Kat als Kind etwas gefehlt haben müsse. Weil er merkt, dass seine Worte ihr auf die Nerven gehen und sie nicht die Absicht haben, etwas über die Ereignisse der vergangenen Nacht preiszugeben, richtet sich sein Interesse auf Björn.

»Was ist los mit ihm?«

»Er ist wohl sehr erschrocken, denken wir«, sagt Alphonse.

»Björn, komm mal her.« Willems autoritärer Ton macht Eindruck auf den Hund. Nervös läuft er auf ihn zu, streicht um seine Beine. Als Willem ihm »Sitz!« befiehlt, tut er, wie ihm geheißen, senkt sogar ein wenig den Kopf.

»Björn, wir befinden uns hier im Landstrich der mutigen Hunde. Mitte des neunzehnten Jahrhunderts sollen an die sech-zig-tau-send Schmugglerhunde entlang der französisch-belgischen Grenze operiert haben.« Er schielt kurz zu seinen Nachbarn, hält ein Lachen zurück und verleiht seinen Worten mit einem belehrenden Finger Nachdruck, worauf Björn den Kopf noch tiefer senkt. »Viele wurden von Zöllnern erschossen, oder kamen bei blutigen Kämpfen mit Zollhunden ums Leben. Der Hund des Vaters von Marguerite Yourcenar – er hieß Red – wurde auf der Straße zwischen Ypern und dem Zwarteberg von einem übereifrigen Zollbeamten niedergeschossen, und der Schriftsteller Maxence van der Meersch hat aus der Perspektive des starken Hundes Tom geschrieben, der es auf einer langen Wanderung durch Dünen und Strand fertigbrachte, mit achtzehn Kilo Tabak auf dem Rücken einem Zollhund zu entkommen. Nimm dir ein Beispiel daran!«

Björn fängt an, am ganzen Körper zu zittern, hört erst auf, als seine Herrchen tröstend durcheinanderrufen, der Nachbar habe das im Scherz gemeint, und Willem ihm lachend den Kopf streichelt. »Braver Hund«, sagt er. »Schon was von ihm gelesen? Maxence van der Meersch?«, fragt er Kat und Alphonse. »Fantastisches Werk. Er schreibt über die Polder, die trostlosen Dünen, den weiten Himmel, und über die Barackenlager an der Grenze, Schmugglerhunde, Hahnenkämpfe, soziale Unruhen in Roubaix, flämische Migranten, viele schlechte Menschen in allen Schichten der Bevölkerung und hier und da einen Engel. Nichts von ihm gelesen?«

Sie schütteln den Kopf.

»Wer schreibt, der bleibt – das stimmt eben meistens doch nicht«, murmelt Willem. »Staub und Asche, ja. So wie alles.«

Weil sie nicht möchte, dass die Stille, die darauf folgt, sich noch länger ausdehnt, fragt ihn Kat, ob er zu Hause etwas von diesem van der Meersch habe. Das lässt den Nachbarn wieder aufleben. Er begibt sich sofort auf die Suche danach, den Kuchen dürfen sie behalten.

Mit Kat an seiner Seite und Björn ein Stück vor ihm läuft Alphonse durch das Dorf. Sie werden es verlassen, bevor sie es sich angeeignet haben. Er wird die Aufträge, die er angenommen hat, noch zu Ende bringen, dem Vermieter kündigen, Adresse und Telefonnummer auf seinem Lieferwagen übersprühen. Heute schreckt ein Neuanfang ihn nicht ab. Sie sind nah beieinander jetzt, es ist eine gute Art von Liebe, und er ist der glücklichste Mann auf der Welt, das Ich, das ihm am besten gefällt, derjenige, der hier zwischen diesen Feldern die Führung übernommen hat, derjenige, der er sein will und der er auch anderswo bleiben wird. Sie werden sich um ein Kind kümmern, das schon da ist und Eltern benötigt. Er hofft, dass Kat bei diesem Wunsch bleibt, findet es ein großartiges Vorhaben. Sie müssen darüber reden, aber nicht hier.

In den Straßen in unmittelbarer Nähe ihres Hauses hat er nur wenige Häuser von innen gesehen. Er grüßt die Leute, die er wiedererkennt, den Bäcker, den Bürgermeister, den Mann, dessen Jacuzzi er mit Fliesen umrandet hat.

»Your hat is very nice«, sagt ein Unbekannter, der eine Sporttasche zu einer Haustür trägt.

»Danke«, antwortet Alphonse.

Ein Kind auf einem Fahrrad fährt beinahe gegen ein Hindernis, weil es seinen Kopf nach ihm umdreht. Björn läuft ihnen voraus, er zieht immer stärker, gewinnt wieder an Kraft.

»Hast du gesehen, wie der Kerl mich angeschaut hat?«, fragt Kat. Sie meint den ehemaligen Kunden mit dem Jacuzzi. Er wartet ihre Antwort ab.

»Nutte, dachte der, einen Neger ficken.«

»Das weißt du nicht.«

»Ich kenne diesen Blick. Wenn es nicht der ist, dann ist es einer zwischen Verachtung und Mitleid. So wie: ›Hast du keinen gefunden?‹«

»Du bist dir immer so wahnsinnig sicher, wie die anderen Leute denken.«

»Und du glaubst einfach viel zu oft, die Leute seien harmlos. Bis sie zuschlagen.«

Er sieht eine alte Dame hinter einer Gardine wegtauchen. Er denkt an die Frau am Telefon, die ihm den Auftrag wieder weggenommen hat, an den Ehemann der Ärztin, an den Mann, der den Bus gewaschen hat, an das, was er sagte, und dass sie, Kat, ihn angelogen hatte. Mit einem Mal widerstrebt es ihm heftig, dass sie neben ihm geht, ihn von hier fortbringen will. Sie macht das öfter, seinen Kokon mit etwas durchbrechen, von dem er nicht genau weiß, ob es eine Warnung ist oder eine Drohung. Letzteres, denkt er jetzt. Und was will diese Wespe hier? Dies ist kein Monat für Wespen. Er wedelt sie weg.

»Entschuldige«, sagt Kat, offenbar aufrichtig erschrocken über sich selbst oder über das, was sie von seinen Gedanken erraten hat. »Das war jetzt vollkommen fehl am Platz, was ich gesagt habe. Es tut mir leid.«

Der Groll dreht sich ein letztes Mal mit stumpfen Stacheln in ihm. Dann kommt ihm die Szene vom frühen Morgen in den Sinn, welche Wirkung sie auf Kat gehabt haben muss. Es gibt genug Anlass für Milde.

»Nicht böse sein.« Sie küsst seine Schulter. »Björn hält das auch nicht aus.«

In der Tat bemerkt er, dass Björn seine Ohren flach angelegt hat und weniger stark an der Leine zieht.

»Wir müssen ihn entführen«, sagt er. »Wenn wir von hier wegziehen.« Obwohl er noch nicht darüber nachgedacht hat, kann er sich einfach nicht vorstellen, den Hund an Els und Dieter zurückzugeben.

»Oh ja! Das will ich auch!«, ruft Kat.

Mit ihrer Eintracht scheint sich auch Björn wieder zu entspannen. Ein Stückchen weiter verbellt er einen Mann, der auf einer Leiter steht. Am Rand des Dorfes versucht er, sich bei dick eingemummelten Bewohnern einzuschmeicheln, die hartnäckig in ihrem Garten grillen.

Sie ziehen ihn weg, auf schmalen Betonstraßen in die Landschaft hinein, voller Sträucher und Bäume, die mit dem Wind kämpfen, und Vögel, die ihn nutzen, die sich lässig auf den heftig schwankenden Zweigen niederlassen. Häuser klettern an den Hügeln empor, Ställe entlassen Kühe. Es gibt ein Pony, das von der anderen Seite einer sonnigen Weide auf sie zu galoppiert und so tut, als schmecke das Gras, das ihm Kat reicht, weitaus besser als das, das es weiter drüben gefressen hatte.

Sie kommen an einem Restaurant namens »Chez le voisin« vorbei und gelangen in ein anderes Dorf, schon auf französischer Seite, an dem die Zeit noch mehr vorübergegangen zu sein scheint als an ihrem. »Diese Blumen«, sagt Kat. Sie sind grellgelb und so merkwürdig groß, dass man meinen könnte, sie seien aus dem Kinderfernsehen gepflückt worden. Sie strahlen auf die Umgebung aus, tragen zu der Stimmung von Unwirklichkeit bei. Schräg gegenüber von dem Vorgärtchen, das sie überwuchert haben, befindet sich eine Eckkneipe, eine der ältesten dieser Gegend, weiß Alphonse, genannt nach Sankt Eligius. Die Tür ist offen. Drinnen nur ein einziger Gast, der, ebenso wie die Wirtin, große Augen macht bei ihrem Erscheinen.

»*Est-ce qu'on ne dérange pas?*«, fragt Kat.

»*Entrez.* Ich bin nur erstaunt, das ist alles. Es kommen nie mehr junge Leute hierher, sie grüßen mich nicht einmal, ich bin eine alte Frau.« Sie sagt es ohne Groll.

»Und was ist mit mir?«, sagt der Mann an der Theke. Er ist in Kats Alter und seiner erfreuten Haltung nach zu urteilen, wartet er schon lange darauf, dass Menschen unter fünfzig diesen Ort besuchen.

»Du bist von hier«, sagt die Frau kurz angebunden.

Weil sie erwartet, dass man sie danach fragen wird, eröffnet sie den Gästen, dass sie fest entschlossen sei, ihre Kneipe bis zum Ende zu führen, wobei ihr bewusst sei, dass ihr Ende auch den Tod der Kneipe bedeuten werde, und dass diese beiden miteinander verbundenen Enden nicht mehr lange auf sich warten lassen würden.

Kat und Alphonse erkunden den kleinen Raum, sie hüten sich, dabei allzu neugierig zu erscheinen. Ein Poster mit einem Deutschen Schäferhund, ein Schild mit der niederländischen Aufschrift HIER NICHT SCHWAFELN, zwei Dutzend Sansevierien vor den Fenstern, Stühle, mit verschlissenem roten Kunstleder bezogen. Wird man sie unter den Stammgästen verteilen, wenn es vorbei ist? Heute empfindet er kein Unbehagen beim Anblick all dieser Dinge, deren Ende schon besiegelt scheint. Es ist ein Privileg.

Sie bitten um Kaffee. Die Frau geht mit kleinen Schritten in die andere Ecke des kleinen Raums, wo die halb volle Kanne auf der Wärmeplatte der Kaffeemaschine geduldig auf sie wartet.

Der junge Gast gafft sie jetzt verliebt an. »Germaine ist neunundachtzig Jahre alt«, sagt er.

Der Gast stellt die Fragen, Germaine hört zu, was sie antworten. Als Kat von ihrem Beruf erzählt, dass sie aus dem Spanischen und Portugiesischen übersetze, landet das Gespräch bei den Sprachen. Germaine gibt eine Kostprobe ihres »Vlemsch«, erzählt, dass sie früher auf der Schule noch bestraft worden sei, wenn sie es gesprochen habe, und dass das

Fach jetzt, wo sich nur noch wenige dafür interessieren, in den Schulen wieder angeboten werde: zu spät. Um das Thema der Vergänglichkeit zu vertreiben, sagt Kat, dass sie lieber mehr Literatur übersetzen würde. Das lässt das Gespräch zunächst versiegen.

»Ich habe nur die Bibel gelesen«, sagt Germaine nach einer Weile.

»Das Buch Hiob.« Tonton Jah, der Alphonse im Übrigen nie zu etwas zwang, hatte darauf bestanden. Alle Jahre wieder musste er sich dieser erzieherischen Maßlosigkeit unterziehen.

»Ah. Hiob!« Germaine nickt ihm geheimnisvoll und ein wenig feurig zu. »Über den kann ich dir was erzählen, über Hiob. Warte, ich setze erst neuen Kaffee auf.«

Weil sein Onkel sofort durchschaut hatte, dass Alphonse, schon genug geplagt von seiner Legasthenie und dem Französischen, das er nicht zu lesen gewohnt war, einfach eine gewisse Zeit auf die Seiten schaute, bevor er sie umblätterte, musste dieser jedes Jahr eine Woche lang Abend für Abend den Text am Küchentisch vorlesen. Er tat es nur widerwillig und wusste nie eine schlüssige Antwort auf die Frage, die ihm Tonton Jah hinterher stets stellte: »Worum geht es hier?« Als er siebzehn war, im letzten Jahr dieser unbegreiflichen Quälerei, hatte er ausgerufen, es ginge um einen Kerl, der zu Recht eine Wahnsinnswut auf Gott habe, weil dieser ihm absichtlich alles genommen hatte und sich benehme wie ein nervendes Kind, mit seiner Angeberei über die gefährlichen Krokodile, die er geschaffen habe. Und dass Hiob, nachdem er ewig lange behauptet hatte, nichts Böses getan zu haben, Gott am Ende doch recht gebe, wahrscheinlich nur, um ihn loszuwerden. Tonton Jah hatte den Kopf lachend in den Nacken geworfen, und für einen Moment hatte Alphonse geglaubt, dass dies die Antwort gewesen sei, die er – der ja schließlich aus einem Kloster geflohen war – hatte hören wollen. Unmittelbar danach hatte sein Onkel jedoch geäußert, dass er dafür zu jung sei, und seine Miene drückte etwas aus, was Alphonse gern für Resignation gehalten hätte, was jedoch ebenso gut Enttäuschung sein konnte.

»Früher kam Marcel hier oft vorbei«, beginnt Germaine und setzt sich zu ihnen an den Tisch. »In meinen jungen Jahren haben wir noch eine Beziehung gehabt, aber ich hatte schon damals begriffen, dass er kein Mensch war, mit dem man unter einem Dach hätte wohnen können.«

»Ach wirklich?«, sagt der Gast. »Du und Marcel?«

»Marcel hatte das Pech, mit einer aristokratischen Seele in einer Arbeiterfamilie geboren zu sein. Das passiert, und wenn man dann das Saufen nicht lassen kann, geht so etwas immer schlecht aus. Mit zwanzig war er schon ein schwerer Alkoholiker, es ist ein Wunder, dass er doch fast sechzig Jahre alt wurde. Nun ja. Er arbeitete in Lille in einer Fabrik, aber er las Philosophie. Er erzählte gern etwas darüber und wurde böse auf die Menschen, die ihm nicht zuhörten. Daher war er meistens böse. Doch wenn ich eine Kneipe führe, muss ich zuhören können. Und ganz sicher demjenigen, dem ich einst den Laufpass gegeben habe – das hat ihm sehr viel Kummer bereitet – und der auch ein bisschen aus diesem Grund ein guter Kunde ist. In so einem Fall kann man zwar denken: Mensch, halt doch mal den Mund, aber man kann es nicht sagen.« Mit ihrem Kinn weist sie auf das Schild mit der HIER NICHT SCHWAFELN-Aufschrift an der gegenüberliegenden Wand. »Marcel war besessen von Hiob und von allem, was die Philosophen über ihn gesagt hatten. Tatsächlich begann es mich zu interessieren, was er darüber erzählte. Denn ich hatte mich auch schon gefragt, warum dieser Mensch immer weiter an einen Gott glaubt, der ihm mit Absicht alles wegnimmt. Und frag mich nicht mehr nach den Namen von all diesen Gelehrten, über die Marcel sprach, aber auf jeden Fall war da einer dabei, der gesagt hat: Hiob glaubt weiter an Gott, weil er ihn vor sich selbst in Schutz nehmen will, er will nicht, dass Gott sich selbst zu einem ungerechten Gott erniedrigt. Und dann war da ein anderer, der behauptete, dass der Gott, den er anklagt, ein anderer ist als derjenige, an dem er festhält, und dass derjenige, an dem er festhält, der Messias ist. Und dann war da noch einer – und es ist schade, dass ich diese Namen nicht behalten habe –, der sagte, dass es in der Tat um zwei Arten von Gott geht, und dass Hiob sich von demjenigen abgewandt hat, der der Freund Satans ist, während jener Glaube, der Bestand hat, der Glaube an den guten Gott in Hiob selbst ist, sein Gewissen, wenn man so will. Dass er seine Moral also nicht auf den Glauben gründet, sondern den Glauben auf seine Moral. Und dass das Leben nicht gerecht ist, und dass es nicht wahr ist, dass ehrlich am längsten währt, sondern dass er der Güte, die in ihm steckt, treu bleibt, und dass das Gott ist, und genug.«

Keiner von ihnen trinkt. Sie starren sie an, Alphonse und Kat sitzend, und der Gast von der Theke aus.

»Ich habe fast alles vergessen, was Marcel hier erzählt hat, aber das eine habe ich mir gemerkt. Hiob sagt: ›Wenn Gott mich töten will, werde ich ihm nicht aus dem Weg gehen. Ich werde mich verteidigen, ihm gerade ins Gesicht blicken. Das allein wird zu meiner Rettung führen, denn ein Gottloser getraut sich so etwas nicht.‹«

»Germaine«, sagt der Gast kopfschüttelnd. »Was redest du da, Germaine.«

Sie dreht ihren Busen in seine Richtung. »Aber das ist doch schön?«, sagt sie aufgebracht.

Das ist es auch, denkt Alphonse. War es das, was sein Onkel meinte? War das der Glaube, den er weitergeben wollte? Ist ihm das geglückt?

»So werde ich gehen«, sagt Germaine. »Ich bin das alte Herz dieses Dorfes, in das niemand mehr einzieht. Ich werde aufhören zu schlagen, und das wenige, was ich gekannt habe und was noch nicht verschwunden ist, wird verschwinden. Darüber könnte ich weinen und fluchen, so viel ich will, es wird nichts daran ändern. Aber ich werde glücklich sein und wissen, dass ich getan habe, was ich konnte«, lacht sie mit Tränen in den Augen. Um sich eine Haltung zu geben, schlurft sie zum Spülbecken.

Alphonse möchte aufstehen und sie an sich drücken.

»Gottverdammich, Germaine«, sagt der Gast. Gepeinigt reibt er mit beiden Händen über sein Gesicht.

»Was?«

»So kenne ich dich gar nicht.«

»Nun, Cédric, das kommt daher, dass ich sonst immer zuhöre, statt zu reden, aber ich dachte mir: Ich bin neunundachtzig Jahre alt, jetzt werde ich auch mal was sagen.« Übertrieben gründlich poliert sie ein Glas.

»Du wirst doch nicht so bald sterben«, jammert der Gast.

Germaine seufzt. Der Moment, sie zu umarmen, ist vorbei.

»Das Gewissen besteht doch auch nicht vollkommen losgelöst von dieser ungerechten, willkürlichen Welt«, sagt Kat.

»Doch«, erwidert Germaine bissig.

»Aber man ist doch auch das Produkt seiner Umgebung. Man muss sich schon sehr sicher sein, dass das eigene Gewissen recht hat, und sehr überzeugt sein von der eigenen Unschuld und Güte und der eigenen Version der Ereignisse, um bis zum letzten Atemzug alles zu rechtfertigen. Was macht dich so sicher, dass du selbst nicht der Bösewicht bist?«

Verdammt, denkt Alphonse. Gute Frage, falscher Moment. Kat sucht sein Gesicht ab. »Es geht nicht nur um Gewissen oder Unschuld oder Güte«, sagt er. »Auch um etwas, das größer ist als das, größer als du selbst. Es ist so, wie sie sagt: Das ist Gott.« Von Kats sich runzelnder Stirn blickt er zu Germaine. Kurz leuchten ihre wässrigen Augen durch die saure Maske, die sie aufgesetzt hat. Die Verzauberung ist jedoch verschwunden.

Cédric sieht todmüde aus. Düster teilt er mit, dass er Kopfweh habe und nach Hause gehe. Mit der Bitte, seine Zeche anzuschreiben, und einem halbherzigen Gruß verschwindet er aus ihrem Leben.

Weil Germaine darin schon siebzig Jahre Übung hat, gelingt es ihnen, sich noch eine Weile über dieses und jenes zu unterhalten. An der Tür greift Alphonse nach ihrer Hand. Die

Hand erschrickt, verweilt dann aber in der seinen und erwidert sanft den Druck.

Auf dem Rückweg nach Hause, durch die Finsternis, ist es Kats Hand, die er hält.

»Könnte es sein, dass du eine Midlife-Crisis hast?«, fragt sie.

»Könnte sein.«

Auf der belgischen Seite der Grenze kreuzen sie vier lautstarke junge Burschen, die einen fünften in einer Schubkarre vor sich herschieben. Das Wort »Neger« holpert über ihr Lachen in ihrem Rücken. Dann wird es noch stiller als sonst, bis einige Dörfer weiter ein Feuerwerk losbricht. Sie haben keine Ahnung, was der Anlass ist.

6

Das Haus sieht aus wie der Kopf eines übergeschnappten Roboters, der eine Schirmmütze trägt. Er fragt sich, ob die Konstruktion aus blauem Glas, die unter dem Rand des Daches herausragt, irgendeine Funktion hat oder rein dekorativ gedacht ist, vielleicht sogar als Kunst gelten soll. Wo soll er klingeln? Es gibt nur drei schmale, längliche Fenster: zwei Augen und ein Mund.

»Ich habe es so gekauft.« Der Mann, der auf ihn zukommt, hält seine Hand neben seinen Bart als Zeichen des Grußes. »Das Ding da oben kommt weg.«

»Hallo.« Jünger als ich, denkt Alphonse. Dass die Gesichter um ihn herum haariger werden, macht es schwierig, das Alter korrekt einzuschätzen.

»Réginald de Vis?« Der Mann sagt das, als würde er es erraten.

»Nein, Alphonse Badji. Ich bin wegen Ihrer Wände hier.«

»Ja, ja, aber ich bin Réginald de Vis.«

»Entschuldigung.«

Réginalds Kopf wird lachend runder. Seine Zähne sind klein wie die eines Kindes.

»Hier geht's lang. Die Tür ist auf der Rückseite.«

In die Seitenfront sind Leuchtstoffröhren integriert worden. Réginald bemerkt, dass er danach schaut.

»You ain't seen nothing yet«, sagt er. »Es hat drei Jahre leer gestanden. Niemand wollte es haben. Sonst hätte ich allein nie so ein großes Haus kaufen können.«

Die metallene Haustür an der Rückseite des Hauses ist von unten nach oben zu öffnen. »Unpraktischer geht's nicht«, sagt

Réginald, der das Ding über ihre Köpfe hebt. »Geh nur voraus. Pass auf mit dem Griff. Wie oft ich mich schon an dem gestoßen habe … Werde ich auch was dran machen lassen, an der Tür. Aber first things first.« Als Alphonse hinter ihm durch einen schneckenhausförmigen Flur läuft, fährt er fort: »Am Anfang dachte ich noch, dass es richtig toll ist, ein Haus zu haben, das niemand anders hat. Bis zu einem gewissen Grad denke ich das immer noch. Ich bin erstaunt, dass man sich daran gewöhnt. Aber an das eine oder andere will ich mich nicht gewöhnen.«

Sie gelangen in ein breites Wohnzimmer.

»Oh«, sagt Alphonse.

Die einzige Wand, die nicht durch Ecken und Kurven unterbrochen wird, zeigt über die gesamte Länge ein Fresko, das sich kaum anders interpretieren lässt denn als Gruppenvergewaltigung eines gefesselten Mädchens durch vier potente außerirdische Wesen. Stimmige Proportionen sucht man vergebens. Ihre Köpfe sind dreieckig, die Augen langgezogen. Die beiden Penisse, die das Mädchen nicht penetrieren, haben die Form von Dolchen.

Alphonse pfeift zwischen den Zähnen.

»Meiner Meinung nach musste die Welt dafür bestraft werden, dass derjenige, der hierfür verantwortlich ist, zeitlebens keine Anerkennung erhielt. Und schau mal näher hin. Es hat ihm nicht gereicht, die Wand zu bemalen, hier und da sind Stücke aus dem Putz gemeißelt worden. Mit der Absicht, eine Art 3D-Effekt zu erreichen, denke ich.«

Alphonse betastet die Wand.

»Es war für die Hälfte des Anfangspreises zu haben«, sagt Réginald. »Doppelverglasung im ganzen Haus. Solarpaneele. Ich dachte: Ich lass was dran machen und vergesse es.« Hoffnungsvoll dreht er sich zu Alphonse um.

»Das lässt sich machen. Ich werde das zuerst spachteln müssen. Und dann hoffen, dass ich es glattgeschliffen bekomme; es gibt viele Beschädigungen. Sonst muss ich es ganz runterschlagen und danach neu verputzen. Und dann sollte es besser ein paar Monate durchtrocknen, bevor man es streicht. Ich bin auch kein Spezialist fürs Verputzen, ich habe das zwar schon gemacht, aber noch nicht so oft.«

»Ein paar Monate?«

»Wahrscheinlich reicht spachteln. Ich werde dafür sorgen, dass du schon heute Abend nicht mehr siehst, was sich auf der Wand abgespielt hat.«

Réginald nickt. »Du hast freie Bahn. Sehe ich dich noch? Ich komme gegen sechs Uhr wieder.«

»Da bin ich noch da.«

Nachdem er seine Autoschlüssel gefunden hat, schaut er noch einmal auf das Wandgemälde. »So ein Haus konfrontiert dich mit der Willkür und Absurdität des Lebens. Das hat an und für sich schon etwas. Es ist irgendwie ehrlicher. Auch wenn das vielleicht nicht das Erste ist, was man von einem Haus verlangt. Warum? Das denke ich oft in letzter Zeit: Warum?« Er scheint aufzuschrecken, schaut auf die Uhrzeit auf seinem Smartphone, dann zu Alphonse. »Am Ende will man doch ein Zuhause.«

»Ich werde mein Bestes tun«, sagt Alphonse.

Weniges geht so hoffnungslos daneben wie Fresken von der Hand kleinerer Meister. Er entsinnt sich der zombieartigen spielenden Kinder, die ein Lehrer auf dem Zaun rund um die Grundschule hinterlassen hatte; wie oft waren sie in seinen Albträumen aufgetaucht? Er hatte einen Proberaum mit einem kackenden Schwein erlebt und eine Kneipe mit einem Porträt des Besitzers, der von der Decke auf einen hinunterschaute, als wolle er einem ins Bier spucken. Er hatte auch schon mal ein Bild übermalt: ein Fenster mit sich bauschenden Vorhängen, das eine Aussicht auf einen fluoreszierenden tropischen Strand bot.

Hässliche Dinge legen einen Abgrund bloß. Dass jede weiße Wand mit einer Szene wie dieser versehen werden kann, ist die greifbare, alltägliche Version der Gewissheit, dass man alles kaputtmachen kann. Es ist einer der Gründe, weshalb er diesen Beruf mag: die Möglichkeit, den Schaden rückgängig zu machen.

Er drückt das Schleifpapier an die Wand. Er wird zuerst das Opfer von seinem Leid erlösen. Die Farbe ist mehr als gehorsam, sie verschwindet voller Hingabe. Während er die gelöschte Fläche ausdehnt, gewinnt er die Überzeugung, dass es nicht wahr ist, dass man alles kaputtmachen kann, kein Mensch wird die Sterne auslöschen können. Wie unsagbar klein ist der größte Tyrann. Was unter der Bewegung seiner Hand verschwindet, ist nur eine Zeichnung.

Réginald freut sich über die leere Wand. Sie ist immer noch ramponiert, aber mit einer weißen Grundierung versehen.

»Zum Spachteln bin ich noch nicht gekommen«, sagt Alphonse.

»Nice«, sagt Réginald. »Super.«

Er legt seine Schlüssel auf die Theke, die die Küche vom Wohnzimmer trennt. Ohne zunächst seine Jacke auszuziehen, schenkt er sich ein Klosterbier ein.

»Auch eins?«

Alphonse nickt und räumt weiter auf.

»Ich laufe zurzeit jeden Abend vom Auto zum Bier. Ich weiß, dass das so eine Sache ist, bei der man aufpassen muss, but I need a drink, wenn ich von meiner Arbeit heimkomme. Really.«

Nicht die Liebe also, die Arbeit. Kommt noch mehr? Noch nicht. Er erklärt, was er am nächsten Tag tun wird. Réginald nickt mit gerunzelter Stirn, hört nicht zu.

Die Schranken am Bahnübergang sind offen. Hätte der Wagen vor ihm nicht abgebremst, wäre er, ohne nach rechts und links zu schauen, hinübergefahren. So aber sieht er aus dem Augenwinkel gerade noch zwei lila Anoraks zwischen den Blättern. Zwei Mädchen stehen direkt vor dem Bahndamm. Er meint sogar, sie zu kennen. Erst auf der anderen Seite der Gleise fängt er an, sich Sorgen zu machen.

Als er das Auto wendet, schreckt ihn das Signal am Übergang auf. Das rote Licht blinkt, die Schlagbäume beginnen sich zu senken. Er klammert sich an das Lenkrad und fährt im Slalom so schnell er kann auf die Gegenseite. Einen Augenblick lang glaubt er, den Zug schon spüren zu können, durch die Gleise, durch die Reifen, durch das Gaspedal. Einmal hat ihm ein Zugführer erzählt, dass rechtzeitiges Anhalten unmöglich sei: damit erreiche man nur, dass der Zug entgleise, sehr hartes Bremsen könne einen Zug sogar auseinanderreißen. Man sei zu schnell und zu schwer, um ein Menschenleben zu retten.

Alphonse befreit sich aus dem Gurt, springt aus dem Auto. »Hey!«, ruft er. »Hey! Hey!« In Notsituationen kann man oft nicht viel mehr tun als bellen. Seine Stimme dringt nicht durch das Geräusch des Zuges. Er donnert vorbei.

Sie stehen noch da. Sie stehen noch da. Sie werden nicht springen. Sie haben ihre Anoraks nach oben gestreift und zeigen den Zugreisenden ihre jungen Brüste, der Fahrtwind des vorbeisausenden Zuges zieht an ihren Haaren. Es sind nicht viele, die hinausschauen, die meisten hocken versteckt hinter Bildschirmen oder Papier. Die Gesichter, die sich zum Fenster wenden, zeigen sich vor allem beunruhigt über seine Anwesenheit.

Mila sieht ihn als Erste, zieht ihre Jacke mit einem Ruck herunter, kurz danach tut Lana es ihr gleich. Ihre Haare hören auf zu jubeln. Der Zug wird kleiner und leiser in der Ferne.

»Was machst du denn hier?«, ruft sie aufgebracht.

Auch er erhebt die Stimme. »Was ich hier mache? Ich dachte, ihr würdet vor den Zug springen!«

Dass sie darüber in nervöses Kichern ausbrechen, bringt ihn wieder etwas zur Ruhe.

»Seid ihr mit dem Fahrrad da?«

Sie nicken.

»Dann fahrt mal nach Hause.« Er geht voraus, zur Straße. Sie kommen nach, ohne lang zu zögern. Der Fahrer eines vorbeifahrenden Autos senkt den Kopf und sendet ihnen aus den Augenwinkeln misstrauische Blicke.

»Wie geht es Björn?«, fragt Mila.

»Oh, sehr gut. Und bei euch zu Hause? Wie geht es da?«

Sie blicken sich kurz an.

»Versteh mich nicht falsch, aber das geht dich eigentlich nichts an«, sagt Mila.

Lana macht erschrocken einen Schritt zurück, blickt auf die Straße und seine Schuhe.

»Entschuldige«, sagt er. »Ich habe mir Sorgen gemacht. Alles Gute.«

Vom Lenkrad aus sieht er sie wegradeln. Gerade will er den Motor anlassen, als ein Auto neben seinem anhält. Die Autorin, angespanntes Lächeln um die Lippen. Weil sie aus der entgegengesetzten Richtung gekommen ist, öffnen sie direkt nebeneinander ihre Seitenfenster. Er ertappt sich bei dem Gedanken, dass sie eigentlich auf Pferden sitzen müssten. Er fragt sie, wie es ihr geht.

»Du siehst es«, sagt sie nervös. »Nicht am Schreiben.«

»Wo fährst du hin?«

»Keine Ahnung. Ich fahr hier einfach so herum. Fast jeden Tag, eigentlich.«

»Es wird schon kommen.«

»Ja. Das schon.« Mit zwei Fingern trommelt sie auf das Lenkrad, hört dann abrupt damit auf. »Und? Wie geht's dir?«

»Gut.« Er nickt, lächelt. »Ich werde dann jetzt mal was essen.«

»Ja. Ich auch. Wiedersehen.« Sie sagt es hastig, fährt weg, ohne sich umzuschauen. Er muss das Auto wenden, noch einmal die Gleise überqueren. Noch eine Weile ist er gezwungen, hinter ihr herzufahren.

Er wird dann jetzt mal was essen.

Während er die Muscheln im Topf wendet und Kat die Weinflasche öffnet, stellt er ihr die Frage: Mischt er sich bei den Leuten zu sehr ein?

»Hat jemand das gesagt?«

»Mehr oder weniger.«

Ihrer Meinung nach liefe sein Umgang mit den Leuten folgendermaßen ab: Sie beanspruchten seine Aufmerksamkeit, seine Zeit und jede Hilfe, die er sich erlauben und nicht erlauben könnte, und nachdem sie ihren gesamten Schmutz bei ihm abgeladen hätten, wenn er einmal erfahren hätte, wie dreckig es ihnen gehe oder wie engstirnig sie seien, dann sagten sie, er mische sich zu sehr ein. »Die Menschen verwechseln oft die Ausnahmen in jemandes Verhalten mit so etwas wie ›seiner wahren Art‹. Lässt ein abscheuliches Exemplar der menschlichen Gattung auch nur einen Anflug von Empathie erkennen, dann urteilt die Menge der Umstehenden, dass dieser im Grunde doch ein großes Herz habe, begeht jemand, der sich sein ganzes Leben lang um seine Mitmenschen bemüht, eine angebliche Verfehlung, dann waren sein ganzes Kümmern und Geben nur eine dünne Schicht Anstand, die jetzt zu ihrer Befriedigung abgekratzt worden ist.«

Gerade hat er die Muscheln auf den Tisch gestellt und sie den Wein eingeschenkt, als sein Telefon summt.

»Nicht rangehen«, sagt sie. »Essen.«

»Entschuldige.« Es ist eine Nummer, die er nicht kennt.

»Hallo? Alphonse?«, sagt eine Mädchenstimme.

»Mila?«

»Nein, Lana. Ich möchte nicht stören.«

»Das passt schon. Leg los.«

Kat benutzt eine leere Muschelschale als Zange, um eine andere Muschel mit einem heftigen Ruck aus der Schale zu lösen.

»Du kennst meine Mutter doch ein bisschen?« Er hört an ihrer Stimme, dass es sie viel Überwindung gekostet hat, ihn anzurufen. Ihr Gekicher hat nichts mit Freude zu tun.

»Ein bisschen.«

»Vielleicht könntest du sie mal anrufen?« Wieder nervöses Lachen.

»Machst du dir Sorgen um sie?«

»Ja. Sehr große.«

»Wo bist du jetzt?«

»Bei meinem Vater und Peter.«

»Alles gut da?«

»Ja, hier schon. Aber meine Mutter ist jetzt allein zu Hause und manchmal denke ich, dass sie – ich weiß es nicht, sie hat eine Wiege gekauft – im Fernsehen gab's so'n Film, dass man mit den Menschen über ihre Probleme reden muss – sie redet manchmal mit sich selbst, sie hat mal gesagt, dass du zuhörst, wenn sie etwas sagt, und ich probiere das auch, aber …«

»Du musst das nicht tun«, sagt er. »Nicht auf die Art. Hast du mit deinem Vater darüber gesprochen?«

»Nein.« Sie schluckt. »Es macht ihn wütend, wenn sie sich so benimmt.«

»Ich werde sie anrufen.«

»Okay, danke«, lacht sie. »Und tut mir leid, was Mila vorhin gesagt hat.«

Er sieht ihre Zahnspange vor sich. »Ist nicht so schlimm. Guten Appetit.«

»Guten Appetit?«

»Falls du noch zu Abend isst.«

»Nein.« Kichern. »Vergiss bitte nicht, meine Mutter anzurufen, okay?«

»Versprochen. Ciao.«

»Ciao.«

»Solltest du nicht tun«, sagt Kat.

»Was?«

»Mit jungen Mädchen telefonieren. Einfach sein lassen.«

»Sie hat mich ja angerufen. Sie will, dass ich ihre Mutter anrufe. Sie macht sich Sorgen.«

»Alles sehr begreiflich, aber so eine Vertrauensbeziehung zwischen einem Kind und einem fremden Erwachsenen, das geht schon seit zwanzig Jahren nicht mehr. Ich sag einfach nur, wie es ist. Angenommen, jemand kontrolliert ihr Telefon und findet deine Nummer, das ist dann verdächtig.«

»So krank ist dieses Land nun auch wieder nicht.«

Kat hüllt sich in bedeutungsvolles Schweigen.

Das nationale Trauma, das sich in ihr Gespräch eingeschlichen hat, wird mit einem nationalen Brauch verscheucht. Haben sie dieses Jahr schon Muscheln gegessen? Sind sie klein oder groß? Schmackhaft oder nicht? Sie befinden synchron grinsend: »Sind gut.«

Sieglindes Stimme teilt ihm mit, dass sie gerade nicht da ist, ihn aber so schnell wie möglich zurückruft. Soll er zu ihrem Haus fahren? Nein.

Kat geht zur Yogastunde, ihre Abneigung gegen Gruppen scheint sich zeitweise gelegt zu haben. Er skypt mit seiner Mutter. Eine Frau, die er nicht kennt, steht neben ihr, mit einem Baby auf dem Arm, nach einer Weile geht sie weg. Seine Mutter spricht über entfernte Verwandte, bei manchen Namen sieht er kein Gesicht vor sich, Probleme mit der Wasserleitung in Dakar, Ebola und Schüsseln voller Chlorlauge, sie fragt nach Kat und deren Eltern, schnalzt mit der Zunge bei seinem Bericht über die Nacht von Samstag auf Sonntag – dass manche Menschen nicht wissen, wie sie um Liebe bitten sollen, ist ihre Schlussfolgerung. Und Aline, wie geht es ihr? Das für seine Mutter ungewöhnliche Zögern entgeht ihm nicht, sie sagt, es ginge ihr gut, doch dass sie manchmal seltsame Träume habe, und so.

»Über mich?«

»Ja.«

»Ihr müsst euch keine Sorgen machen.«

»Das hoffe ich.«

»Und ist die Stimme immer noch so gesprächig?«

»Ja.«

»Vielleicht sollte sie mit jemandem reden.«

»Sie redet mit mir.«

»Mit einem Psychiater, meine ich.«

Seine Mutter spielt mit ihren Ringen, ihre Stirn gerunzelt. In dem Augenblick, als sie wieder aufschaut, bleibt das Bild stehen, es zerbricht in Hunderte kleine Rechtecke, sodass er ihre Miene nicht mehr deuten kann. Auch der Ton ist gestört. »Aline« versteht er, »Kontakt«. Dann ist die Verbindung unterbrochen. Sie können es beide nicht ertragen, wenn ein Technikversagen über die letzten Worte bestimmt, die sie wechseln. Er ruft sie am Telefon an. Um Kosten zu sparen, setzen sie das Gespräch nicht fort, belassen sie es bei einem Abschied, einem Auf Wiedersehen.

Er sehnt sich nach ihr, spürt er nach dem Auflegen, und eine Schublade öffnet sich in ihm, in der alle alten Anlässe schlummern, bei denen er sich nach ihr gesehnt hat. Auch wenn ihre Liebe immer größer war als seine, die Sehnsucht war da, und dass sie ihn jetzt packt, liegt daran, dass er sie schon mehr als zwei Jahre nicht mehr umarmt hat. Wenn der Winter in Europa einzieht, wird er hinfliegen, vierzehn Tage, drei Wochen, Dezember ist nicht mehr weit, er hat keine Arbeit angenommen für diesen Zeitraum, er muss dringend die Flüge buchen.

Im Internet bleibt er bei einer neuen Folge des *Journal Rappé* hängen, gerappte Nachrichten, jeden Abend nach den gewöhnlichen Nachrichten im senegalesischen Fernsehen, er mag dieses Programm. Senegal hat Stromae entdeckt, wie es scheint, in einer Parodie von »Formidable« wird der Sohn des ehemaligen Präsidenten aufs Korn genommen. Kleine Welt. Björn folgt ihm überallhin, lässt sich erschöpft zu seinen Füßen fallen, als er sich endlich setzt. Alphonse blättert die Zeitung durch, kämpft mit den Buchstaben, bis sie auf ihrem Platz stehen, weil er den Artikel über einen Chinesen namens Chen Si lesen will, der im Alleingang bereits zweihundertachtundsiebzig Selbstmorde verhindert hat. Er konnte nicht mehr zuschauen, all die Verzweifelten, von seinem kleinen Laden aus, am Fuß der Brücke über den Jangtse in Nanjing. An jedem freien Wochenende wartet er auf der Brücke, er erkennt sie sofort, nötigt sie, hinten auf seinem Motorroller Platz zu nehmen. Falls er einmal zu spät kommt, schaut er weg. Früher ließ er sie bei sich zu Hause wohnen – seine Frau machte das rasend –, jetzt hat er eine Wohnung gemietet, und kommt dort jeden Abend mit einer Mahlzeit vorbei. Er gibt ihnen etwas Alkoholisches zu trinken und hört zu.

Alphonse schneidet den Artikel aus und befestigt das Papier mit vier Klebepunkten an der Wand, oberhalb der Stelle, wo die Musikinstrumente liegen. Er nimmt sich vor, eine Wand dieser Art von Helden zu widmen, seinen Helden, streift das Schulterband seines Basses über, denkt an seine Mutter, an Chen Si, es ist ein Abend für den Bass, für die Basis der Musik.

5

Er fährt an einer langen Reihe sich wiegender Platanen entlang, unterwegs zu Réginalds Haus, und denkt an eine Passage aus dem Buch Hiob. Germaine hat ihm diese seltsamen Intermezzi in Erinnerung gerufen. In einem seiner Wutausbrüche kann Hiob nicht verstehen, dass ein Allmächtiger sich mit etwas so Verwundbarem wie dem Menschen abgibt, dessen kurzes Leben so flüchtig ist wie ein Schatten, so rasch verwelkt wie eine Blume. Und dann sagt er als Kontrast dazu etwas Verrücktes über Bäume, etwas in der Art von »für einen Baum gibt es Hoffnung«, dass ein Baum, selbst wenn er alt und morsch sei oder umgehackt würde, noch austreiben könne, dass es nie zu spät sei für Zweige, für Blätter. Alphonse erinnert sich an seinen ungeduldigen Protest, damals als Jugendlicher: Das sei einfach nicht wahr! Als gäbe es keine abgestorbenen Bäume, keine Parkettböden, Tische und Stühle. Später begann er das anders zu sehen. Im Senegal haben jahrhundertealte Affenbrotbäume geduldig auf ihn herabgeschaut, und mit Kat hat er vor fünf Jahren – nach monatelanger Uneinigkeit über ein Reiseziel – eine Reise zum Urwald von Białowieża gemacht, dem ältesten, teils unzugänglichen Wald Europas, beiderseits der Grenze vor Polen und Weißrussland. Ohne großes Aufheben haben sie ihn auf seine Nichtigkeit hingewiesen, die Bäume, mit ihrem jährlichen Scheintod und ihrem neuen Leben. Und mit ihren Jahresringen zeigten sie ihm, wie entgegenkommend sie sind. Seitdem betrachtet er Holz mit einer gewissen Ehrfurcht, wie es riecht und sich anfühlt, wie es einen Nagel empfängt, ohne sich zu spalten, wie es sich der Raspel ergibt, sich knarrend fügt.

Ehe er sich's versieht, sind seine Gedanken von den Ästen auf die Straße gesprungen, in die Stadt und in die Vergangenheit geeilt, zu Evy, mit der er eine Weile befreundet gewesen war. Die Freundschaft verwässerte, als sie nach Berlin zog. Mit ausdrucksloser Miene hatte die maushafte, blonde Evy ihm anvertraut, dass sie sich Sorgen um ihre neue Freundin mache, die, nicht einmal diskret, mit Bäumen schmuse. Es war eine Fortsetzungsgeschichte, die damit endete, dass Evy die Beziehung beendete, als die Freundin damit begann, Pullover für die Stämme zu stricken. Die eifrig strickende Baumschmuserin tauchte lange Zeit immer wieder in ihren Gesprächen auf. Verträumt lächelt er sich wieder in die Gegenwart zurück. Solange ihm das Bedürfnis, sie zu kleiden, abgeht, lässt er seiner Baumliebe freien Lauf. Er würde sie gern einmal wiedersehen, Evy. All die Menschen, die verschwinden, bevor sie sterben.

Er sieht ein Schild neben der Straße, hält an, um die aufgemalten Worte lesen zu können. ENTSCHEIDE DICH FÜR EINEN SCHNELLEN, REALISTISCHEN WEG steht dort, »realistischen« in einer frivolen Handschrift. Bestimmt gibt es einen Kontext.

»That's the one«, sagt Réginald. »Dieser Betrieb aus Chicago hat dafür fünf Millionen Euro bezahlt.«

Alphonse schaut mit ihm durch ein Fenster, das Aussicht bietet auf ein Stoppelfeld. In der Ferne steht ein hoher Mast, an dem einzelne Satellitenschüsseln befestigt sind, noch höher und weiter entfernt löst sich eine Wolke auf.

»Und die Schüsseln senden dann Mikrowellenstrahlen aus, die die Datenübertragung an den Börsen von Frankfurt und London regeln. Denn heutzutage werden die Aktien von Computern untereinander gehandelt und deshalb kommt es auf Bruchteile von Sekunden an, und ich kann darüber ohne Weiteres reden, but frankly I don't understand, du?«

Alphonse schüttelt den Kopf. »Meine Mikrowelle hält sich da vorläufig raus.«

Réginald lacht überrascht. »Meine Großmutter hat ihre Mikrowelle zum Wertstoffhof gebracht. Sie ist fünfundneunzig und nicht dement oder so, sie hat diesem Gerät einfach nie getraut und findet, dass der Mast ihr recht gegeben hat. Der Rest der Familie meidet geflissentlich das Thema.«

Dies ist ein fröhlicher Mann, denkt Alphonse. Das seelische Tief, das er gestern mit nach Hause genommen hat, war nicht mehr als flüchtiger Stress und Müdigkeit.

»Es gibt Präzedenzfälle. Jahrelang hat sie sich am Telefon mit einer Männerstimme gemeldet, um einen ›Pfeifer‹ abzuschrecken, wie sie sich ausdrückte. Das war ihrer Meinung nach so etwas wie ein Stöhner. Er würde sie stalken. Am Ende kam raus, dass jemand versucht hat, ihr ein Fax zu schicken.« Sie lachen gemeinsam, können nicht so bald damit aufhören. Kichernd macht sich Réginald auf den Weg zur Arbeit.

Alphonse starrt noch eine Weile auf den Mast. Man muss kein Hundertjähriger sein, um dieser Sache nicht zu trauen. Vor einiger Zeit sah er ein Interview, in dem ein Börsenmakler gestand, seine Stelle aufgegeben zu haben, als ihm klar wurde, dass seine Kollegen genauso wenig Ahnung wie er davon hatten, was die Zahlen bedeuteten, die jeden Morgen auf ihren Bildschirmen erschienen. Er hält es nicht für ausgeschlossen, dass die Beschleunigung so sehr zugenommen hat, dass mittlerweile niemand mehr weiß, was wirklich geschieht, und alle sich nur noch den Anschein geben. Dass ein amerikanischer Betrieb auf Anweisung eines durchgeknallten Computerprogramms einen rostenden Sendemast im Westhoek kauft, wirkt nicht sehr vertrauenerweckend.

Mehrere Lagen werden nötig sein. Er füllt das erste Loch mit der ersten Schicht, die er mit dem schmalen Spachtel vom breiten abnimmt und mit einer raschen Bewegung über die Schadstelle streicht. Er hat das Radio eingeschaltet, und nach fünfzehn weiteren Löchern erfüllt, ungeachtet des Nieselregens, der die Stoppeln draußen im Modder versinken lässt, ungeachtet der Hunderten von winzigen Tränen, die am

Fenster herablaufen, und der klammen Kälte zwischen den Wänden dieses ungemütlichen Hauses, Billy Stewarts »Summertime« den Raum. Es ist die beste Version von Gershwins Song, die beste von vielen. Noch keine dreiunddreißig, als er verunglückte, Billy, mit drei anderen Bandmitgliedern in einen Fluss gefahren, und auch davor schon das falsche Image: extremes Übergewicht und zu viele Goldzähne. Aber das hier ist er. Noch während des *brrrrruck-chuck-chuck-chucka-chuck-chuck* vom Anfang legt Alphonse seinen Spachtel auf eine Zeitung und stellt das Radio lauter. Huh! Sein Kopf nickt überzeugt, seine Hüften müssen. Er versucht, sich nicht dagegen zu wehren, weiß, dass es keinen Sinn hat bei dieser Nummer, es nähert sich auf schnellen Donnerwolken. Die Trommeln und Bläser fordern ihn heraus, seine Arme auszubreiten, zu verlängern. Zeig mal wie weit, fordern sie, zeig mal wie viel. Sein Brustkorb fängt verzögert einen Ball auf. »Until that morning, there's nothing gonna harm you«, beruhigt der Sänger, der das nicht bloß wünscht, sondern sicher weiß. Alphonse wiegt sich jetzt, seine Knie wiegen ihn vom Fußboden zur Decke, er gleitet um seine Achse, seine Beine gehen ihm voraus, gewähren ihm Vorfahrt, trippeln auf der Stelle. Er tanzt nahe am Boden, so wie die Diola tanzen, von denen er abstammt, dann mit beiden Armen und Beinen zugleich, wie beim Mbalax, als wolle er die Gliedmaßen von seinem Körper wegschleudern. Der Himmel gehört ihm, er gehört dem Himmel, sie ziehen und drücken und schneiden einander in Streifen, die sofort wieder zusammenwachsen und sich weiterbewegen. Und, kaum warmgetanzt: dieses Scheinmanöver, die unverschämte, theatralische Verzögerung, das lange *hush, pretty baby* mit hochgezogenen Augenbrauen, ansteigend zu einem erneuten grimmigen *brr-chuck-chuck* und das Gewitter, das mit aller Heftigkeit losbricht, Billy Stewart, der irrsinnig wird, ohne einen Taktschlag zu verpassen, ihn einlädt, lautlos mitzudröhnen, unter den Blitzen, mitten im Tornado. Alphonse dreht und dreht sich, die Muskeln in seinen Armen wollen es, er geht in den Handstand, hinunter in die Brücke, springt auf mit brennenden Füßen. »Huh! Little darling do not let a tear fall-e from-e your eye«, so schließt Billy Stewart, mit italienischem Akzent, um dem Rhythmus Genüge zu tun, und der Verbeugung eines Zauberers, bevor er sich in Rauch auflöst.

Er schaltet das Radio aus, um das Gefühl zu halten, atmet mit schnellem Herzen, hat sich doch ein bisschen wehgetan im Rücken, brummt und lacht über sich, verstärkt durch die Stille. Ob wohl jeder hin und wieder so tanzt, ganz für sich und völlig losgelöst? Selbst die Ängstlichsten, selbst die Verbittertsten? Das wäre ein angenehmes Geheimnis. Mit dem Ärmel seines Overalls wischt er sich den Schweiß aus dem Gesicht. Also dann, spachteln.

Wieder wirkt Réginald völlig zerschlagen, als er nach Hause kommt, und wieder lässt sich Alphonse ein schweres Bier von ihm einschenken. Er erläutert, was er mit der Wand gemacht hat und was er noch vorhat, aber es ist zu sehen, dass sein Kunde nicht zuhört, auch wie das Bier schmeckt, muss ihm entgehen: in seinem Kopf geht etwas um, was seine Aufmerksamkeit fordert. Alphonse will sich nicht ungefragt einmischen. Der leuchtende Nebel nähert sich von selbst. Der andere wird reden.

»Hast du gerade noch Zeit?«, fragt Réginald.

Alphonse nickt, sagt dann laut »Ja«, weil er nicht angeschaut wird.

»Vor einigen Jahren ist etwas Merkwürdiges mit mir passiert«, beginnt sein Kunde. »Ich hatte eine schwere Zeit hinter mir. Die damalige Liebe meines Lebens verließ mich, und in meiner Verwandtschaft starben die Menschen reihenweise. Ich erreichte Stadien des Kummers, die ich mir vorher kaum hatte vorstellen können. Fötushaltung. Rotz und Wasser. Zu viel Alkohol. Die Welt schien sich gegen mich zu wenden, nur darauf aus, mir noch tieferen Schaden zuzufügen, und auch das Vergangene geriet in ein anderes, hässliches Licht. Jeder frühere Kummer schien noch unverarbeitet zu sein und sich schadenfroh über mich lustig zu machen. Ich konnte nur zu einer einzigen Schlussfolgerung kommen: Mein Leben war verpfuscht. Ich redete mir ein, dass ich am Leben bleiben müsse, weil ich es meinen Eltern nicht antun könnte, ein Ende zu machen. Also stürzte ich mich mit höchster Anstrengung auf Sport und frisches Gemüse. Manchmal zwang ich mich dazu, zu singen. Helft mir, dachte ich die ganze Zeit. Ein Jahr später passierte es dann, völlig unerwartet. Es war ein Moment von vollkommener Glückseligkeit, morgens, als ich an verschneiten Äckern unter einem hellblauen Winterhimmel entlangging. Es gab keinen einzigen erkennbaren Grund, weshalb mich das Glück in diesem Augenblick mit aller Heftigkeit überkam, doch plötzlich hatte ich das überdeutliche Gefühl, etwas überlebt zu haben. Damit einher ging eine große Zufriedenheit mit mir selbst, eine Verliebtheit fast, die mich davon überzeugte, bei mir angekommen zu sein, um für immer dort zu bleiben. Ich habe mich schon noch gelegentlich gefragt, ob es nicht doch etwas mit Einsamkeit zu tun hätte, dass ich mich plötzlich selbst so sehr liebte, und ob ich wohl der Richtige sei.« Er lacht. »Aber seitdem hat sich etwas Wesentliches geändert. Glaube ich. Alles was geschehen würde, durfte geschehen. Ich legte mir die Hand aufs Herz und wusste: Mit mir wird alles gut.«

Nachdem er einen Seitenblick auf Alphonse geworfen hat, bekommt sein Lächeln einen entschuldigenden Zug.

»Ich komme to the point«, sagt er.

»Sag mir alles.«

»Ich dachte also … denke, dass ich seitdem glücklich bin. Nicht, dass ich nie mehr traurig oder böse bin, aber dass die Basis stimmt, seitdem. Und es ist nicht nur Selbstliebe, es ist Liebe für alles und jeden. Anyway. Ich bin einfach glücklich darüber, dass ich lebe, glaube ich. Aber es gibt Menschen … Es gibt jemanden, ein Kollege bei meiner Arbeit, ein Verwandter auch noch, ein Vetter, der mich – ich weiß nicht, wie ich das sagen soll, es klingt furchtbar blöd –, der mich absichtlich ärgert. Mehr als das. Lange Zeit habe ich gedacht: Gut, er ist mir nicht besonders gewogen, wahrscheinlich kann man das nicht von jedem erwarten. Aber er lässt mich einfach nicht in Ruhe. Er ›schikaniert‹ mich, genauer gesagt. Darauf läuft es wohl hinaus. Und die anderen bei der Arbeit und in unserer Familie sehen das nicht. Mein Vater mag ihn nicht besonders, glaube ich, aber niemand sieht in ihm, was ich sehe: dass er vielleicht eine leidenschaftliche Führungspersönlichkeit ist, aber auch ein armes Schwein. Auch wenn das eine Bezeichnung ist, die ich ihm jetzt hinterher anhänge, früher hätte ich gesagt: ›verwundbar‹. Er ist auch mein Vetter, verstehst du? Mein Blut. Das bedeutet anscheinend nichts. Ich habe seine Zerstörungswut immer gesehen, ich habe lange geglaubt, dass sie sich vor allem gegen ihn selbst richtet. Ich glaube, dass ich ihn deshalb beschützen wollte, oder ihm deshalb doch … Verständnis entgegenbrachte. And I liked him, ich dachte, dass uns etwas verbindet, noch etwas anderes als Arbeit und Familie. Ist es das, was ihn so wütend auf mich gemacht hat, dass ich sah, was mit ihm los war, und dennoch sein Freund sein wollte? Oder habe ich etwas getan, wovon ich selbst nichts weiß? Auf jeden Fall habe ich ihn nie absichtlich verletzt, ich bin ihm nie im Weg gestanden. Im Gegenteil. Und jetzt tut er immer noch so, als wäre überhaupt nichts los, aber gleichzeitig schikaniert er mich, wo er kann. Hier und dort verbreitet er Lügen, erzählt Geschichten über mich, mir kommen sie dann tröpfchenweise zu Ohren. In der Arbeit verhindert er, dass große Aufträge an mich weitergegeben werden. Es sind keine paranoiden Gedanken, ich spreche mit niemandem darüber, weil es so aussehen könnte wie Paranoia. Vielleicht glaubst du auch …«

»Ich glaube dir«, sagt Alphonse. Er kennt diese Geschichte.

Réginald nickt, dankbar. »Es gibt noch mehr, Dinge, die ich nicht mal dir erzählen kann, weil ich mich, so lächerlich es klingt, dafür schäme. Wenn jemand ohne jeden Grund einfach nicht aufhört, dich zu bekämpfen, und dafür weder Zeit noch Mühe spart, dann fängst du irgendwann an – glückliche Grundstimmung oder nicht, das ist ja das Schlimme! –, dann fängst du an zu denken, dass es vielleicht doch an dir selbst liegt, dass da etwas ist, was dem anderen Lust macht, dich in Grund und Boden zu vernichten, etwas, das für dich selbst unsichtbar ist. Ich habe auch nie gesagt, dass ich perfekt bin und immer alles richtig mache, immer weiß, was richtig ist, das habe ich nie gesagt oder geglaubt.«

»Wie geht es weiter?«, fragt Alphonse. Der heller werdende Nebel scheint in seinen Kopf einzudringen, er weiß nicht, ob er das will, aber es macht ihn neugierig.

»Was meinst du damit?« Réginald hat für einen Moment den Faden verloren.

»Was hast du dagegen getan? Was wirst du dagegen tun?«

»I don't know! Das ist es ja gerade. Ich habe keine Ahnung, was ich tun soll. Wie ich es stoppen soll. Ich will nur, dass es aufhört, denn ich habe mir lange eingeredet, dass es mir nichts anhaben kann, weil ich stark genug bin. Aber es gibt nicht so etwas wie stark genug. Es gibt keine richtige Haltung, das ist keine Frage von ignorieren oder akzeptieren, wenn es jemand auf dich abgesehen hat, denn es hängt nicht von dir ab. So what's left? Geduldig abwarten in der Hoffnung, dass er irgendwann die Lust verliert? Und wenn das so ist, hoffen, dass er nicht durch einen anderen ersetzt wird, der es genauso auf dich abgesehen hat? Denn es geht nicht nur um ihn, sondern auch um die Vorstellung, dass du in jedem Augenblick zur Beute werden kannst, dass deine geistige und physische Kraft sehr wenig daran ändern kann.«

»Nein.« Alphonse sagt es resolut. Er sieht, dass der andere an seinen Lippen hängt, und er ist sich seiner Antwort sicher. »Du musst nicht abwarten. Du musst so weit wie möglich von ihm weg. Eine andere Arbeit suchen. Umziehen, wenn nötig.« Das ist es, was er selbst getan hat. Auch deshalb wohnt er inmitten dieser Äcker. Kat möchte von hier fort, sie ist jetzt gesund, und wenn es nach ihr ginge, dürfen ihre Eltern alleine alt werden. Aber er ist hier frei.

Réginalds Enttäuschung ist unübersehbar. »Das ist es, was du mir rätst? Dass ich die Flucht ergreife? Dass ich mich fortjagen lasse?«

»So musst du es nicht sehen«, sagt Alphonse. »Du musst dich für dein Glück entscheiden. An einem anderen Ort ist das möglich.«

»Ich habe eine glänzende Stelle, dafür habe ich hart gearbeitet. Ich habe gerade ein Haus gekauft. Ein hässliches Haus, okay, aber es ist meins. Das werde ich nicht alles aufgeben, weil jemand das will.«

»Was er will, ist, dass du in seiner Nähe bleibst.«

»Meinst du?«

»Ja.«

Der leuchtende Nebel ist flüssiger geworden. Es sind Wellen entstanden. Das ist der Zweifel, weiß Alphonse, und nicht nur der von Réginald. Dennoch glaubt er auch zu wissen, was er sagt: »Er braucht dich. Nicht auf eine Art, die für dich irgendwie angenehm wäre, das nicht. Deshalb musst du weggehen.«

»Aber ich will nicht nur nicht weg, ich kann auch nicht. Es ist außerdem auch nicht der richtige Moment, mit der Krise.«

»Fang etwas eigenes an«, sagt Alphonse, mit wenig Überzeugung. Er weiß, dass es keine guten Zeiten sind, um einen Betrieb zu gründen, es ist ein Wunder, dass es ihm geglückt ist.

»Dazu habe ich überhaupt keine Lust.«

»Okay.« Auch wenn die Situation ihm vertraut ist, Réginald ist ein anderer als er, das darf er nicht vergessen. Es gibt eine Stelle an seinem Rücken, an die er nicht gelangt und die immer aufdringlicher juckt. Er weiß nicht mehr, was er ihm raten soll. Das sagt er dann auch.

»Ich glaube, dass ich mich gegen ihn wehren muss«, sagt Réginald. »Ihn mit dem konfrontieren, was er macht. Ihm ins Gesicht sagen, wie ich ihn sehe, und ihn dabei nicht schonen.«

»Nein.« Matthieu de Schaepmeester taucht vor Alphonses innerem Auge auf. Die glitzernden Nasenlöcher seines Klassengenossen, sein Schmerz, der mit dem Staub auf die zuschauende Gruppe niedersank. Das gewöhnliche Raubtier, dass er, Alphonse Badji, seitdem nie mehr gewesen ist. »Tu das nicht«, sagt er. »Nicht Gewalt mit Gewalt vergelten. Dann hört es nie auf.«

»Du stellst es einfacher dar, als es ist«, sagt Réginald aufgebracht. »Ohne hört es auch nicht auf.«

»Aber dann bist du wenigstens kein Täter geworden. Dazu darfst du dich nicht machen lassen. Dazu darfst du dich nicht erniedrigen. Das wäre ein Verlust. Für dich.«

Réginald verschränkt die Arme und schaut ihm gerade ins Gesicht. Alphonse wendet sich nicht ab, merkt, dass seine Wahrheit einige Mühe hat, sich zu behaupten. Es scheint Minuten zu dauern, bevor jemand spricht.

»Vor Kurzem hörte ich eine Historikerin im Radio«, beginnt Réginald, viel ruhiger jetzt. »Sie sprach über den Ersten Weltkrieg, der oft als ein sinnloser Krieg beschrieben wird, ein Standpunkt, dem sie, aus belgischer Perspektive betrachtet, nicht zustimmte. Sie stellte eine Frage: Wenn man neutral bleiben will, und die angreifende Partei tritt deine Friedfertigkeit mit Füßen – und das nicht nur ein bisschen, sondern mit der denkbar größten Brutalität –, was macht man dann? Zuschauen, wie deine Liebsten abgeschlachtet werden? Pazifistisch sterben? Gibt es nicht Situationen, wo man sich wehren muss, den Selbsterhaltungstrieb?«

»Ja, das gibt es. Aber du kannst weggehen. Viele Menschen flüchten aus diesem Grund vor Kriegen. Und du befindest dich nicht mitten in einem Krieg.« Seine Gedanken flattern unruhig um die Senegalschützen, und was diese Sinnlosigkeit für sie bedeutet hatte. Die Schützen hatten hinterher nicht bekommen, was ihnen versprochen worden war, der Krieg hatte eine Emanzipationsbewegung genährt. Die Afghanen. Welcher Tag ist heute? Dienstag. Er hat sich für Mittwoch mit Brigitte verabredet, morgen. Wie spät ist es mittlerweile? Egal, er muss sich dies anhören.

»Ich kann weiterhin nicht darauf eingehen, denn man hört das ja oft: dass es deine Aufmerksamkeit ist, die diese Sorte von Menschen will, und dass du ihnen die verweigern musst. Und deshalb schweigst du, denn natürlich macht die

Sympathie, die man dir entgegenbringt, und die Anerkennung für deine Arbeit das alles mehr als wett. Du schweigst sogar aus Mitleid, weil es auch der Kummer deines Angreifers ist, den du heraushörst, und weil Einsamkeit verbindet. Du schweigst, weil es außer Frage steht, dass du das Leben mehr genießt als dein Angreifer, weil du froh bist, nicht er zu sein. Aber du schweigst auch, wie vergewaltigte kleine Jungen schweigen, und Frauen mit gebrochenem Kiefer, die zum dreißigsten Mal diese tückische Treppe runtergefallen sind. Und du fragst dich, ob du der Einzige bist, der diese Art von Angriffen auf sich zieht, ob du etwas an dir hast, das manche Menschen denken lässt: Da hau ich drauf. Auch ohne deine Zustimmung muss ich dir sagen, dass ich nicht mehr länger schweigen werde, und dass ich bleiben werde, wo ich bin«, sagt Réginald, der nicht mehr böse ist. »Denn nicht jeder kann fliehen, und niemand kann immerzu fliehen.«

Alphonse reibt sich die Kittreste von den Fingern. »Das ist richtig«, sagt er. »Du weißt also doch, was du tun musst.«

»Offenbar!«, ruft Réginald betroffen.

Er mag diesen Mann, mag ihn immer noch. »Spielst du ein Instrument?« Die Frage entschlüpft ihm.

Réginald lacht verwirrt. »Nein. Warum?«

»Nichts. Ich dachte nur kurz: Wir gründen eine Band.« Sie lachen jetzt gemeinsam. Merkwürdig, dass er das gesagt hat. »Ich sehe dich morgen?«

»Ja.«

»Ich werde noch einen halben Tag brauchen.«

Er nimmt mehr mit als sonst, nachdem er die Haustür hinter sich zugezogen hat. Warum hat er das mit der Band gesagt? Will er das? Will er wieder mit anderen spielen? Auch andere Fragen gehen in ihm um. Hätte er sich vor mehr als einem Vierteljahrhundert nicht gegen den unglücklichen Matthieu de Schaepmeester zur Wehr gesetzt, wäre das Hänseln dann weitergegangen? Wie lange? Hatte er sich damals mit Erfolg für Selbsterhaltung entschieden, Schlimmeres verhütet? Der Sendemast und seine Mikrowellenstrahlen wissen es auch nicht.

Abgesehen von der Verwirrung ist er in froher Laune. Die Stimmen aus dem Radio erreichen ihn nicht. Merkwürdig, dass es draußen noch so hell ist. Réginald muss früher als erwartet nach Hause gekommen sein, weshalb Alphonse früher aufgehört hat zu arbeiten. Die Sonne bricht durch die Wolken, der Himmel unter den Wolken wird mattgolden, trüb. Wüstensand?

Er bleibt bei einer Gabelung stehen, weiß nicht gleich, in welche Richtung er muss. Das Radio dringt zu ihm mit einem Lied, das einen Blumenkelch in seinem Brustkorb öffnet. »Crazy Love, Vol. II«, aus Paul Simons *Graceland*, die allererste Platte, die er sich gekauft hat, worüber er heftig mit Amadou aneinandergeriet, der die Meinung vertrat, dass Paul Simon den Boykott Südafrikas hätte respektieren müssen. Er selbst hatte mit ebenso großer Verbissenheit dagegengehalten, dass das Album gerade demonstriere, dass Musik die Politik überragt, etwas, womit er, wie er findet, recht behalten hat. Obwohl ihr Streit aufrichtig gewesen war, hatten sie es beide genossen, ihre Meinungsverschiedenheit öffentlich auszufechten, auf Niederländisch, in ihrer vermeintlichen Überlegenheit badend, umgeben von dreizehnjährigen Klassengenossen, die so taten, als hörten sie nicht zu, weil sie nicht mitreden konnten.

Doch erst jetzt begreift er, dass es in dem Song auch um ihn und Fabrice geht. Darum, dass jederzeit jemand ins Zimmer kommen und sagen kann, dass dein Leben in Flammen steht. Er sieht den Eifer, mit dem Schaden zugefügt wird, das Fieber hinter dem Hass, den schwachsinnigen Anspruch auf Liebe. Er hat gut daran getan, Fabrice aus dem Weg zu gehen, das weiß er jetzt sicher. Er hat es geschafft, ihm zu entkommen. Aber Kat hat recht: Es ist Zeit, woanders hinzugehen. Es ist vorbei.

Auch der Song ist zu Ende. Gerade hat er das Radio ausgeschaltet und den Motor gestartet, als etwas aus dem Himmel herunterfällt. Es kommt direkt auf ihn zu. Beim Versuch, ihm auszuweichen, entscheidet er sich für die linke Abzweigung, doch es ist bereits zu spät, mit einem dumpfen Schlag landet es auf seiner Motorhaube. Eine Kugel aus zerzausten braunen Federn rappelt sich auf, ein kleines schwarzes Auge, das sich auf ihn richtet. Die Feldlerche. Dieselbe, Alphonse zufolge.

Weil er sie nicht verjagen will, bleibt er sitzen. Er hat seinen Fuß vom Gaspedal genommen. Der Vogel hüpft über die Motorhaube, nach vorne, hinten, hinten, rechts, links, rechts. Fast Oktober. Wenn dies nicht einer ist, der über den Winter bleibt, dann wird er in ein paar Tagen ziehen. Ist er gekommen, um Abschied zu nehmen?

Es ist ein recht unauffälliger, schöner Vogel. Seine Haube und die Zeichnung um die Augen verleihen ihm etwas von einem Dieb aus einem Zeichentrickfilm. Alphonse sieht, dass er singt, bevor er den Gesang hört, gedämpft durch die Windschutzscheibe. Er klingt nicht mehr ausgelassen fröhlich, eher gehetzt, mitgenommen. Oder doch, doch auch: kleiner Vogel voller Leben. Er fliegt auf, und Alphonse drückt sofort aufs Gas, fährt weg, ohne nach hinten zu schauen.

Amadou ruft ihn am Abend an. Auf ein vages Murren über Beziehungen folgt das Wort »satt«, danach fallen »Raum«, »Abstand« und »Zeit«, bis Alphonse versteht und ihm vorschlägt, doch ein paar Tage allein bei ihnen zu verbringen. Sein Freund sagt, er werde darüber nachdenken, Samstagabend vielleicht. Alphonse weiß, dass er Samstag kommen wird, er trägt ihm auf, seine Gitarre mitzubringen. Als Björn bellt, fragt Amadou: »Ein Hund?«

»Nein«, sagt Alphonse. »Das war Kat.« Sonst würde Amadou sich nicht zu ihnen trauen, sein Freund hat Angst vor Hunden.

Er liegt, die Hände unter dem Kopf gefaltet, und starrt auf die Decke. Die Lichtkegel der Nachtlampen bilden darauf zwei Kreise und ein Venn-Diagramm. Kats Kopf kriecht an seinem

Bizeps entlang zu seiner Wange. Sie kläfft in sein Ohr wie ein Chihuahua, bis er sein Gesicht zu ihr wendet.

»Woran denkst du?«

»Ich weiß es nicht.« Das ist die Wahrheit. Er schien heute einer Sache auf der Spur zu sein, doch jetzt hat er den Faden verloren. Kat fragt nicht weiter. Er merkt erst, dass sie schläft, als er sie leise schnarchen hört. Die Kreise und ihr Venn-Diagramm bleiben leer.

4

»Was ist das?«, hört er Kat fragen, von seinem Musikzimmer aus.

Obwohl sich Björn schuldbewusst trollt, hat ihre ironische Entrüstung nichts mit ihm zu tun. Einen Arm in die Hüfte gestemmt, liest sie den Artikel über Chen Si.

»Warum hängt das hier?«

»Das wird eine Wand mit Helden. Ich habe jetzt einen.« Er knöpft seinen Overall zu.

Lachend befühlt sie seine Stirn, Wangen, Hals, eine schnelle und eigenartige Geste. »Warum?«

»Einfach so.«

Sie liest weiter, sagt, mit ihrem Blick noch auf dem Text: »Er meint es natürlich gut, aber die Menschen wollen doch gar nicht gerettet werden. Er macht sie zu totalen Versagern. Auch noch den Selbstmord versemmeln!«

»Die meisten Menschen, die einen Selbstmordversuch überleben, sind froh darüber.«

»Sagt wer?«

»Das habe ich gelesen, in der Zeitung.«

»Glaube ich nicht. Dass sie darüber froh sind, meine ich. So ein Zeitungsartikel ist einfach nur Propaganda für das Leben.«

»Propaganda für das Leben! Was sagst du denn da!«

Sie blickt ihn gekränkt an: »Die Zeitungen dürfen nicht schreiben, wie schlimm es ist. Es dürfen keine Zahlen darüber veröffentlicht werden, wie viele Menschen jährlich vor einen Zug springen, weil es sonst zu noch mehr Erfolgen dieser Art käme. Und meiner Meinung nach sind die Selbstmordzahlen insgesamt höher, als uns gesagt wird.«

»Das hat nichts mit ihm zu tun.«

Hinter seiner Sonnenbrille starrt Chen Si auf sie herab. Auf der Brücke über den Jangtse rasen Autos an ihm vorbei. Auf seinem runden Kopf thront eine weiße Mütze, der Schulterriemen seiner Tasche kreuzt seinen in einen roten Pullover verpackten molligen Körper, in der rechten Hand hält er etwas, was sein Schlüsselbund sein könnte.

»Doch, das hat es. In dem Artikel geht es darum, dass er in den letzten Jahren weniger Arbeit hat. ›Weniger Verzweiflung, mehr gute Menschen, als man glaubt.‹ Das müsste die Überschrift sein. Das ist die Botschaft.«

»Und die stimmt nicht, meinst du?«

»Natürlich nicht. Auch wenn mehr Gewalt unterdrückt wird als in früheren Jahrhunderten, so ist sie deswegen nicht verschwunden. Durch die Bevölkerungszunahme ist die Quantität sogar enorm gestiegen. Das ist so. Ich bin realistisch.«

Die Mühelosigkeit, mit der Pessimisten sich das alleinige Recht auf Realität aneignen, ärgert ihn normalerweise. Doch das wird schlagartig verdrängt durch die Art, wie sie hier steht, als sähe er mehr Luft um sie herum als sonst, als würde ihre Absonderung von dem sie umgebenden Raum hervorgehoben. Zu lang hat er übersehen, wie oft sie hier allein ist, wird ihm plötzlich bewusst. Er drückt sie an sich. »Wir gehen hier weg«, sagt er. »Wir gehen dorthin, wo du hinwillst. Ich vergesse manchmal deine Einsamkeit.«

Sie stößt ihn von sich. »Hör auf, mich so zu bevormunden. Es geht nicht um meine Einsamkeit. Scheiße, echt.« Sie geht von ihm weg, die Treppe hinunter.

»Was?« Er folgt ihr, mit ausgestreckten Händen. »Ich liebe dich, will ich damit sagen!«

»Dann sag es doch einfach. Einsamkeit! Schrecklich! Meinst du, dass du davon verschont bleibst?«

Sie laufen mit großen Schritten durch die Küche, wo Björn, unruhig geworden durch das Wortgefecht, sie abwechselnd beinahe zum Stolpern bringt. Kat dreht sich mit einem

Ruck zu Alphonse um. »Verwechsle mich nicht mit deinen Kunden! Du bist kein Engel, kein Jesus! Jesus ist wahrscheinlich nie fremdgegangen! Und ich glaube nicht, dass jemand Pornogeschichten für ihn geschrieben hat, die er dann vor seiner Frau versteckt hat.«

Er wirft den Kopf brüllend vor Lachen in den Nacken, er kann nichts dagegen machen, das Bild von Jesus als hinterhältigem Sexsüchtigen steht ihm vor Augen.

Sie steigen noch einmal die Treppe hinauf – sie nimmt etwas mit aus dem Bad, lacht nicht – und gehen wieder hinunter.

»Du bist mein Mann. Und ich bewundere dich für diese Lebenslust, die du seit ein paar Monaten aus welchem Grund auch immer die ganze Zeit im Überfluss ausstrahlst, ich glaube, dass ich dich dadurch sogar noch mehr liebe, aber was ich sage, ist nicht weniger wichtig! Ich bin nicht weniger wichtig!«

»Das habe ich doch nie behauptet.« Als würde er versuchen, seine Füße in viel zu kleine Schuhe zu zwängen.

»Du brauchst mich genauso wie ich dich!«

»Das weiß ich!«

Er zieht die Haustür so heftig hinter sich zu, dass die Glasscheiben klirren. Zwei Häuser weiter bewegt sich eine Gardine, mit einem Stich in der Brust lässt er den Wagen an. Am Ende der Straße wendet er. Es ist dem behinderten Jungen im Vorgarten vollkommen egal. »Tag, du Gauner!«, sieht er ihn rufen.

Sie sitzt auf der Schwelle, hat vorausgesehen, dass er zurückkommen würde.

Er zieht den Schlüssel wieder ab, steigt aus. »Das ist einfach lächerlich. Ich wollte dich nur umarmen und sagen, dass ich dich liebe.« Jetzt wird sie schmollend aufstehen und murmeln, dass er das dann einfach tun soll. Die ganze Idee einer Beziehung ermüdet ihn plötzlich maßlos. Streit und Scheidung gehören doch zu einer älteren Generation, das ist etwas für ihre Eltern, etwas, was sie überwinden werden, so lautet ein gemeinsam ersonnenes Gesetz, das sie nie ausgesprochen haben. Und er weiß, dass er ihr nicht entkommen kann. Was Réginald gesagt hat, kommt ihm in den Sinn. Nicht jeder kann fliehen und niemand immerzu. Sie hält ihn schon in den Armen. Sie ihn. Er entspannt sich.

Réginald hat überlegt, diesen Rainbow Man, diesen Alphonse, weitere Arbeiten im Haus machen zu lassen, doch die Vorstellung, was ihn das kosten würde, hält ihn davon ab. Natürlich, er hat seine Telefonnummer, aber wer ruft schon einen Handwerker an für ein Gespräch? Sollte das Alphonse schon passiert sein? Würde er ein Instrument beherrschen, dann könnte dieser Mann ein Freund werden und nach dieser Wand nicht wieder aus seinem Leben verschwinden. Vorläufig bleibt ihm nur die Chance, einen guten Eindruck zu machen, nichts zu erzählen von dem Traum, den er gehabt hat: Vor einem Klassenzimmer voller Kollegen und Verwandten schrieb er einen Text auf eine Schultafel, in dem er seine ganzen Emotionen auskotzte, seine Weigerung, ein Opfer zu sein. Er wird nichts erzählen über das Gefühl, befreit zu sein, das er in diesem Traum gehabt hat, und darüber, dass er beim Aufwachen, um dieses Gefühl der Befreiung zu bewahren, diesen Text zu einer E-Mail verarbeitet und an alle verschickt hat, um vier Uhr morgens, ein Schritt, den er auf der Stelle abgrundtief bereute. Er darf darüber nicht sprechen, denn dieser Mann, dieser Alphonse, wird nicht bleiben, um ihn zu beschützen, der Nebel, den er verbreitet, ist nur für kurze Zeit da. Réginald muss für sich selbst sorgen, die Liebe zu sich selbst, die er lange Zeit empfunden hat, wiederherstellen. Er will die Wertschätzung, die der Mann ihm entgegengebracht hat, bewahren. Schweigen über das, was ihn zerreißt, und außerdem nicht so viel Englisch sprechen, das ist dämlich.

»I did something stupid«, sagt Réginald.

Alphonse stellt den Eimer, den er angeschleppt hat, auf dem Boden ab, schaut seinen Kunden an. »Was denn?«

Obwohl er sich weigert, ihn die E-Mail lesen zu lassen, erzählt er ihm alles, Réginald, was er gut formuliert hat und was er nicht hätte sagen dürfen. Zum Beispiel war es vollkommen irrelevant, über den Hang zum Phrasendreschen seines Antagonisten zu schreiben, oder auch über sein Äußeres, seinen Bauch und seinen Schnurrbart. Er offenbart Alphonse alles, den Schmerz der Vergeltung, gesteht ihm, dass es genau das war: Vergeltung. Er beschreibt, was zu Recht, was zu Unrecht war, den Zweifel, der ihn ergriffen hat, eine Angst, denjenigen unter die Augen zu treten, die es wissen, denen er seine Wunde unter die Nase gerieben hat, damit sie ihr Salz hineinstreuen.

Und wie immer bei dieser Art von Zuhören gibt es keinen Alphonse, er hat sich selbst ausgelöscht, ist eine Hand auf einem Rücken, ein zustimmendes Brummen, ein Ohr, das wartet, bis nichts mehr kommt als ein zerstreutes: »Ich muss zur Arbeit.«

»Du kannst mich anrufen«, sagt er. »Heute Abend, oder danach.«

Réginald wischt sich den Schweiß vom Gesicht und dankt ihm.

An diesem Nachmittag fährt Alphonse unter lang ausgestreckten Wolken über die Grenze. In französischen Baumärkten ist das Angebot größer, das Material billiger. Er stellt seinen Lieferwagen zwischen den anderen Autos auf dem großen Parkplatz vor dem Leroy Merlin von Villeneuve d'Ascq ab. Gerade haben sich die Türen für ihn auseinandergeschoben, als er sein Telefon hört. Auf dem Weg zur Abteilung *Peinture & Droguerie* klemmt er das Gerät an sein Ohr.

Lana, in einem Sperrfeuer von abgehackten Vorwürfen und heller Panik. »Sie atmet«, versteht er und macht sofort kehrt, rennt wieder zum Ausgang hinaus. Zwischen den Autos nimmt eine Frau mit unter den Arm geklemmter Handtasche vor ihm Reißaus. Er rast rückwärts aus dem Parkplatz, schleppt missbilligende Gesichter hinter sich her wie leere Blechbüchsen am Auto eines frischverheirateten Paares. Er fährt wie ein Irrer durch die Straßen, immer kleinere Straßen, immer mehr Kurven, er ruft sie zurück, Lana, sagt ihr, sie soll dranbleiben, mit ihm reden, er versteht sie nicht. Sieglinde hat er nach einem ersten misslungenen Versuch nicht wieder angerufen, obwohl ihre Tochter ihn ausdrücklich darum gebeten hatte. Er hat versagt. Er muss rechtzeitig da sein.

Das Viertel träumt vor sich hin, ahnungslos. Sein Auto reißt die Ruhe mitten entzwei, ein erhobener Kopf über einem Zaun, jemand mit einer Schubkarre auf einer Auffahrt, der einen Schritt zurück macht, das richtige Haus, er klingelt. Bei den Nachbarn sieht er Licht, es ist dort, wo sich seiner Meinung nach Dieters Arbeitszimmer befindet. Dann steht Lana vor ihm, mit einem Kopf, der aufgedunsen vom Heulen ist und viel zu groß scheint für ihren schmächtigen Körper. »Komm!«

Das Erste, was zu ihm durchdringt, ist der Geruch von Kot, die dunkle Pfütze. Er kann nur eines denken, dass dies etwas ist, was nicht sein darf, auf jeden Fall nicht in der Nähe dieses Kindes. Das Hündchen Happy jault in hohen Tönen hinter einer Tür.

»Hast du einen Krankenwagen gerufen?« Die Festigkeit seiner Stimme befremdet ihn.

Sie schüttelt den Kopf, schüttelt ihn immer weiter. »Ich hab nicht mal Mila angerufen«, sagt sie. »Nicht mal meinen Vater. Ich will nicht, dass sie sie so sehen. Sie muss etwas genommen haben, es gibt kein Blut.«

Er hat sich neben den Körper gehockt, befühlt ihren Hals, ihr Handgelenk, ein Puls ist da, aber es ist deutlich, dass Sieglinde weiter weg ist als ein Traum. Sie trägt ihre Brille nicht, die Pupillen sind nach oben gerichtet. Er öffnet ihre Lippen, drückt ihre Zähne auseinander, ignoriert das »Was machst du? Was machst du da?« des Mädchens, stopft seine langen Finger in ihre Kehle so tief er kann, es folgt keine Würgreaktion, kein Erbrechen.

Auf dem Kühlschrank klebt ein Zettel mit »Sorry Lana«, sie weist ihn kreischend darauf hin, die schlampige Nachlässigkeit, die das Fehlen einer näheren Erklärung andeutet. Er stellt sich vor, wie ein Krankenwagen sich über die schmalen Landstraßen schlängeln muss, um hierherzugelangen.

»Komm«, sagt er. »Wir werden sie retten.«

Er hebt Sieglinde auf und wickelt sie in eine Decke, die er auf dem Sofa findet. Mit gezielten Befehlen versteht er Lanas Mut und Tatkraft wiederzuerwecken. Die zuschlagende Haustür lässt Happys Gekläff verstummen. Alphonse legt die Frau auf seine eigenen Decken im Laderaum seines Lieferwagens, das Mädchen nimmt vorne neben ihm Platz. Diese Sache darf nicht schiefgehen.

»Ruf deinen Vater an«, trägt er ihr auf.

»Wer fährt euch?«, hört er den Mann einige Male mit wachsender Unruhe fragen.

»Alphonse«, antwortet sie jedes Mal, gefolgt von: »Der bei uns gemalt hat.« Dann, noch zu Verlegenheit fähig: »Der Schwarze.«

»Er kommt«, sagt sie, während sie ihr Telefon einsteckt. Danach blickt sie mit aufeinandergepressten Lippen vor sich hin.

Die verfärbten Blätter in den Baumkronen entlang der Straße sind scharf umrandet von grellweißem Himmel. Es ist bestimmt zu viel verlangt von einem Fötus, einen Selbstmordversuch zu überleben, denkt Alphonse. Falls es wahr ist. Mit dem Mädchen kann er darüber nicht reden. Was soll er mit ihr machen? Ein Gespräch in Gang halten?

»Wie fühlst du dich?«, fragt er.

»Was glaubst du wohl?« Ihre Wangen und Stirn werden rot, ein Vorwurf steckt ihr in der Kehle.

Auf einer langen, geraden Straße bittet sie ihn schniefend um ein Taschentuch. Er verwünscht sich, weil er keines bei sich hat.

Endlich kommen sie bei der Notaufnahme des Krankenhauses an, für ihn ist es das dritte Mal in diesem Monat. Er klettert in den Laderaum, um Sieglinde zu sich auf den Schoß zu ziehen, kriecht dann vorsichtig mit ihr aus dem Auto und trägt sie zum Eingang. Er folgt den Menschen, die aufstehen, den Armen, die die Richtung anzeigen, beantwortet Fragen mit »Ich weiß es nicht«, legt Sieglinde auf das Bett, das zu ihm gerollt wird, folgt dem Bett, vergewissert sich, dass Lana nachkommt. Er würde gerne Brigitte über den Weg laufen, fragt eine Schwester nach ihr.

Er hält das Mädchen am Arm fest. Das Bett wird von ihnen weggefahren. Sie nehmen Platz auf einer Kunststoffbank, warten auf Lanas Vater. Die betäubende Wärme, die mit einem Großküchengeruch über dem Flur hängt, das Quietschen der Turnschuhe und Infusionsständer auf dem Linoleum, die mit Lachen durchsetzten Stimmen aus einem Sekretariat, das alles vermag kaum ihre Stille zu übertönen.

Endlich trifft Ronny ein, verschwitzt, mit großen Augen und einem beleidigten Zug um den Mund. Sie stehen auf. »Warum rufst du mich nicht sofort an?«, fragt er seine Tochter. Sie antwortet nicht, starrt auf seine Schuhe, bis ihr Vater in einer unbeholfenen tröstenden Geste ihre Nase an seine Schulter drückt. Ihr Schluchzen scheint ihn zu überfallen.

»Ich lasse euch«, sagt Alphonse, und angesichts der Panik in Lanas Blick: »Du kannst mich immer anrufen, auch heute Nacht oder so.«

Sie nickt. »Danke.«

Er möchte sagen, dass alles gut wird. Dass er sich da überhaupt nicht sicher ist, hält ihn davon ab.

Nachdem er Brigitte angerufen hat, trifft er sie zwischen zwei Behandlungen in der Halle im Erdgeschoss. Sie erkundigt sich bei Kollegen, um mehr über Sieglindes Zustand zu erfahren, und teilt mit, dass der Magen der Frau in diesem Moment ausgepumpt werde. Sie verspricht ihm, nachzufragen, ob Sieglinde schwanger gewesen sei. Im Weggehen will sie noch wissen, ob sie heute Abend zum Lager fahren. Er denke schon, meint Alphonse.

Muss er nicht bleiben? Sollte das Mädchen das wollen? Sie würde ihn doch anrufen, wenn dem so wäre? Er ruft sie an. »Ich komme heute Abend zurück, um zu sehen, wie es deiner Mutter geht«, sagt er.

»Okay«, sagt sie.

Nach kurzem Geraschel und Geknister übernimmt Ronnys Stimme, mit verhaltener Wut: »Das passt mir ganz und gar nicht.« Wonach er die Verbindung unterbricht.

»Was ist los?«, fragt er Kat. »Was ist los mit diesen Leuten?« Sie weiß keine Antwort darauf, streichelt seinen Nacken, sagt, er habe getan, was er konnte, er möge sich für den Rest des Tages ein bisschen erholen.

Zwei ruhelose Stunden später stellt er die Frage noch einmal, diesmal an Brigittes ängstliche Augen, und weil er jetzt derjenige ist, der die Antwort nicht kennt, wiederholt er sie, anders: »Was passiert hier?« Denn das letzte Stück Weg zum Lager der Afghanen ist durch landwirtschaftliche Fahrzeuge versperrt. Mit dem Auto kommt man nicht vorbei.

Er hat den Motor abgeschaltet. Durch die Windschutzscheibe starren sie auf die Traktoren, er über das Lenkrad gebeugt, sie mit geradem Rücken, den Kopf an der Stütze. Zum Glück ist Brigittes Mann zu Hause, um auf Hadrianus aufzupassen. Wenn das Kind dabei gewesen wäre, hätten sie sofort umkehren müssen.

»Komm«, sagt er. »Nimm deine Sachen. Wir gehen zu Fuß.«

Mit einem kurzen Nicken öffnet sie die Beifahrertür. Sie nehmen die Arzttasche und den Karton mit Lebensmitteln aus dem Laderaum und gehen los, schauen über die leeren Äcker, die geschlossenen Häuser.

»Wird es gehen, mit den Schuhen?«

»Ja, ja.« Die breiten Absätze der Ärztin klackern über den Asphalt. Sonst ist nur das Rauschen des Windes durch den Mais zu vernehmen, der hin und her schlagende Saum von Alphonses Jacke. Wildgänse ziehen über ihre Köpfe hinweg, lautstark bewundern sie gegenseitig ihre Kraft.

»Diese Frau«, beginnt Brigitte. »Sie war tatsächlich schwanger. Heute Nachmittag hat sie ihr Kind verloren.«

Also doch. Er bleibt mitten auf dem Weg stehen. In seiner Brust breitet sich ein immenses Mitleid aus.

Beim Hinuntersteigen in den Graben fällt ihnen die Veränderung sofort auf. An der äußersten Flanke, so weit wie möglich abgetrennt vom Rest, wurden drei Zelte aus Segeltuch und Plastikplanen hinzugebaut. Daneben brennt, unbewacht und nicht überdacht, ein zweites Feuer.

Nur noch wenige bekannte Gesichter. Sie grüßen. Es sind zwei ältere Männer hinzugekommen, doch die meisten Bewohner sind immer noch in den Zwanzigern, einige von ihnen noch jünger. Der Junge mit dem Lächeln ist nicht mehr da. Grinst er jetzt die Themse an?

»Wo ist die Frau mit dem Baby?«, fragt Brigitte.

Es werden Blicke gewechselt, es fällt ein Wort, vielleicht ist es ihr Name.

»Paris«, antwortet einer, den sie kennen, »Calais«, fast gleichzeitig ein anderer. »She's in Paris with her family«, sagt wieder der Erste.

Jemand zeigt seinen kaputten Fuß mit abgebröckelten Zehennägeln der Ärztin. Sie schaltet ihre Kopflampe ein, lässt die Ferse in ihrem Plastikhandschuh ruhen.

»We have problems here now.« Alphonse erkennt den Sprecher wieder, seine Augen. Mit dem Kinn deutet der Mann auf die abgesondert stehenden Zelte. »Syrians.« Er erklärt, dass dieses Lager bis vor Kurzem das einzige gewesen sei, in dem Afghanen unter sich sein konnten, und dass das jetzt anders sei. Es habe einen Streit mit den neuen Bewohnern gegeben. Vorläufig würde eine Grenze respektiert, doch sollten die Syrer wieder weggehen, wäre das besser für alle.

Alphonse berichtet von der Barrikade. Wissen sie davon?

»They try to stop the Doctors of the World. They try to stop you. They don't think we deserve any care.«

»Who?«

Er lacht bitter. »Many, many people. You should stay home.«

»I will not be chased away«, sagt Alphonse.

In diesem Augenblick kriechen auf der anderen Seite des Grabens drei der Neulinge unter ihren Planen hervor. Sie versammeln sich um ihr eigenes Feuer. Ein gesetzter älterer Mann mit einem blauen Auge und zwei schöne, verstört wirkende junge Burschen, der eine einen Kopf größer als der andere. Alphonse begibt sich mit dem Lebensmittelkarton zu ihnen. Hinter ihm verstummen die Gespräche auf Dari. Die Syrer geben ihm einer nach dem anderen die Hand. Nur der lange junge Mann spricht Englisch. Er übersetzt für den kleineren Mann, der seine Geschichte loswerden will und zwei Fotos auf seinem Smartphone zeigt. Sein Schwager. Lebend. Tot. »Baschar al-Assad.« Der kleine Mann macht aus seiner Hand eine schießende Pistole, setzt sich dann auf einen Stein neben dem Feuer, eine Hand am Kopf, sein Entsetzen noch auf die Fotos gerichtet.

Er kennt die beiden anderen erst seit wenigen Monaten, setzt der Lange fort, er selbst ist schon ein Jahr auf der Flucht. »Maybe this is my life?«

»I hope not«, sagt Alphonse. Seine Antworten können nur ungenügend sein. Es gibt nur den Karton mit Lebensmitteln, den er auspacken kann. Er wünschte, sie würden sich nicht so ausgiebig bedanken.

Er setzt Brigitte bei ihrem Auto auf dem Parkplatz vor dem Krankenhaus ab. Dann geht er noch einmal hinein. Das Wort »Koma« war ihm nicht eingefallen, als er Sieglinde hierherbrachte. Auf der Intensivstation sind nur Familienangehörige zugelassen.

Kat sagt, dass er den Fuß vom Gas nehmen soll. Es seien zu viele Emotionen für einen Mann, an einem einzigen Tag. Sie lassen Björn an der Badezimmertür kratzen, nach einer geraumen Zeit gibt er auf. Nackt sitzen sie nebeneinander auf dem Badewannenrand, sie mit den Füßen im Wasser. Sie redet leise mit ihm, ihre Haut berührt die seine und sie drückt kleine Küsse auf seine Schläfen, Hals und Schultern, bis sie sich durch den warmen Dampf in die Hitze gleiten lässt, und er ihrem Vorbild folgt.

Ich liebe ihn. Sie denkt es nicht, es überschwemmt sie. Es ist ein Wasserfall, der breiter wird mit den Jahren.

3

Er hat eine Verabredung, ein Reihenhaus mitten in einem Dorf. Auf der Straße ist mehr los als in den ruhigen Vierteln, in denen er meistens zu tun hat. Kinder schauen sich von Rückbänken und Fahrradsitzen aus nach ihm um.

Nach zweimaligem Klingeln wird immer noch nicht geöffnet. Drinnen brennt kein Licht. Er schließt die Augen, was keine Abhilfe schafft: Das Bild von Sieglindes leblosem Körper wird jetzt gegen die Rückseite seiner Augenlider projiziert, es spielt wild mit seinem Gehirn, lässt ihn befürchten, dass sich hinter dieser Fassade ein Familiendrama abgespielt hat. Er atmet tief ein und aus.

Ein Geräusch auf der gegenüberliegenden Seite der Straße veranlasst ihn, sich umzudrehen. Gerade noch sieht er eine goldfarbene Aluminiumhaustür ins Schloss fallen. Er wartet ab. Es folgt kein weiteres Anzeichen von Leben, genauso wenig im Haus seiner Kunden, wo er jetzt zum dritten Mal geklingelt hat. Er hinterlässt eine Nachricht auf dem Anrufbeantworter, überquert die Straße und klingelt an der Tür, die soeben zugegangen ist. Nichts. Erst als er fast bei seinem Lieferwagen ist, öffnet der Nachbar von gegenüber seine Tür. Es ist eine koboldhafte Figur, die ihm aus Leibeskräften etwas zuruft. Alphonse versteht es nicht, weil gerade ein Moped vorbeifährt und der Mann sich keine Mühe gibt, seinen Dialekt im Zaum zu halten.

»Es tut mir leid, aber ich habe Sie nicht verstanden«, sagt er. »Wissen Sie, wo Ihre Nachbarn sind?« Weil er während des Fragens auf den Mann zugeht, schließt dieser die Tür wieder, bis auf einen Spalt. Wieder entgeht ihm das meiste von dem, was ihm da zugebrüllt wird. »Da wird nichts draus werden«, versteht er immerhin.

Als würden Eiszapfen in seine Nasenlöcher gedrückt, so schlüpft die Wut in ihn hinein, danach wird sie zu einem Reifen, der sich eng um seinen Kopf legt. Er beherrscht sich, geht nicht näher heran. »Ich versuche nicht, bei ihnen einzubrechen. Ich habe eine Verabredung mit Ihren Nachbarn, um ihr Wohnzimmer auszumalen. Wissen Sie, wo sie sind?«

»Da wird nichts draus werden«, versteht er noch einmal, bevor die Tür zuschlägt.

Lana schickt ihm eine SMS, dass ihre Mutter aus dem Koma erwacht sei und es bisher keine Anzeichen gebe, dass sie Schädigungen davongetragen habe. Heute Abend werde sie möglicherweise schon auf ein anderes Zimmer verlegt, dann könne er sie besuchen.

Zu Hause verschweigt er den Vorfall mit dem Nachbarn. Er gönnt dem bösartigen Unbekannten weder Kats Tag noch seinen eigenen, auch wenn er weiß, dass dieser jeden Augenblick ohne Vorwarnung eingefordert werden könnte.

Er macht sich Vorwürfe, weil er sich, würde er seine E-Mails öfter kontrollieren, das Ganze hätte ersparen können. Es sind zwei darunter von der Frau, die ihn für den Job engagiert hatte. In der ersten eröffnet sie ihm auf umständliche Art, dass sie schließlich beschlossen hätten, ihren jährlichen Familienurlaub – nur die Provence diesmal – auf Ende September zu verlegen, denn es sei die letzte Chance, auszunutzen, dass die Kinder noch nicht im schulpflichtigen Alter seien, die Hotels und Flugtickets seien außerhalb der Saison doch ein gutes Stück billiger – was leider, mit großen Entschuldigungen und begleitet von einem Arsenal von Emoticons mit extrem gegensätzlichen Gemütszuständen, bedeuten würde, dass sie die Vereinbarung, die sie mit ihm getroffen habe, auf ein späteres Datum verschieben müssten. In der zweiten E-Mail drückt sie ihre Besorgnis darüber aus, dass eine Reaktion von ihm ausgeblieben sei, hoffentlich stehe er nicht, während sie dies schreibe, vergeblich vor ihrer Tür! Darunter hat sie ein sonniges Strandfoto von einer Familie platziert, bestehend aus zwei Erwachsenen und zwei Kleinkindern, allesamt rothaarig, sonnenverbrannt und rundum glücklich.

Er lacht darüber zusammen mit Kat, die sich auf seinen Schoß gesetzt hat.

Er will sich von dem kurzen Zucken ihres Mundes nicht stören lassen, als sie den neuen Zeitungsartikel bemerkt, den er neben den über Chen Si gehängt hat. Ein steinreiches maltesisches Ehepaar hat einundzwanzig Millionen Euro in ein Schiff investiert, mit dem gekenterte Flüchtlinge aus dem Mittelmeer gerettet werden sollen. Er hat keine Lust, darüber zu diskutieren, ob Reichtum und Güte einander ausschließen oder nicht, er glaubt an die Macht von Individuen, küsst den Rücken des Individuums auf seinem Schoß und kündigt an, dass er heute dann gerne ein bisschen mit dem Fahrrad im Umland herumfahren würde, ob sie mitmöchte? Nein, sie muss eine Gebrauchsanweisung für einen Handstaubsauger übersetzen und leidet schon an einer Überdosis Umland.

Weil Björn ihm mit aller Macht zu erkennen gibt, dass er sich freiwillig meldet, um ihn zu begleiten, und es draußen wieder anfängt zu regnen, entscheidet sich Alphonse dann doch für das Auto. Aus einer Anwandlung heraus nimmt er auch die Kora mit.

Zunächst halten sie bei dem verlassenen Grenzposten, an dem er immer wieder vorbeigefahren ist, die Geschäfte drumherum, die Tankstellen, das Hotel und das Restaurant. *English Spoken Here! Prix Belges!* schreien die Tabak- und Spirituosenläden. Auf einem Anhänger, zwischen zwei osteuropäischen Lkws, ruht eine stromlinienförmige neue Jacht, eingepackt in straff gespanntes, glänzendes Plastik. Die Makellosigkeit des Frachtguts wird noch hervorgehoben durch ein paar hastige Filzstiftkritzeleien. »Anvers / Baltimore, USA. Dufour 45, North Point Atlantic Compass.« Dies ist der Landstrich der rätselhaften Anweisungen und riesigen Kartoffelsäcke, verirrten Kriegstouristen, als schnurrbärtige Zöllner aus vergangenen Zeiten verkleideten Männer, des Brandholzes, des Friedens von Utrecht, der stückweise verkauften Pralinen, eines Klarinetten schmuggelnden Pastors, des Schlamms und der Überschwemmungen, der wiederholten Untergänge, der letzten Generation Grenzarbeiter mit privilegiertem Status, der Grenzen aus Freilichtmuseen und der immer unerbittlicheren Grenzen zwischen Land und Meer. Er kann dem Himmel, der heute für ihn aufklart, kaum glauben.

Fahrer starren sie aus den Kabinen ihrer Lkws an, die meisten mit polnischen oder rumänischen Nummernschildern. Die beiden, die sich draußen unterhalten, unterbrechen ihr Gespräch, um den Afrikaner mit dem Hund zu beäugen. Sie scheinen mit einem Zaubertrick zu rechnen. Die gefliesten Gebäude, die unlängst von der französischen Grenzpolizei übernommen wurden, sind noch nicht fertig renoviert. EIN NICHT BEIM ZOLL DEKLARIERTES TIER KANN SIE TEUER ZU STEHEN KOMMEN warnt ein vergilbtes Plakat hinter einer schmutzigen Scheibe. Björn lässt das kalt.

In der Kneipe begegnen sie verhaltener Abneigung an einzelnen Tischen, die schon bald von Gleichgültigkeit abgelöst wird. An der Theke sitzen vier alte Männer, von denen drei Rosé trinken. Sie reden ein schnelles, genuscheltes Französisch. Sie haben Ankäufe gemacht, die nichts taugen. Die Preise von Häusern und Grundstücken sind zu hoch. Der Ausdruck »casser les couilles« fällt einige Mal, und einer von den dreien stößt ein »godverdomme« hervor, mit französischem statt westflämischem Akzent. Falls jemand Alphonse fragt, was er hier macht, wird er antworten, dass er auf sie aufpasst. Die Aussicht darauf macht ihn auf eine angenehme Weise nervös. Doch niemand will das wissen. Im Radio redet ein Nachrichtensprecher auf Niederländisch über die Katastrophen, die auf die Welt losgelassen wurden. Es kommt eine Frau von »Ärzte ohne Grenzen« zu Wort. Ihr schneller, flammender Notschrei wird niemals laut, lässt sich jedoch nicht unterbrechen. Die Frau geißelt das Ausbleiben einer echten Reaktion seitens der internationalen Gemeinschaft und berichtet von Straßen in Sierra Leone und Liberia, die mit Leichen übersät seien, von Menschen, die aus ihren Augen bluteten. Kat und er haben Geld gespendet, besorgte Gespräche mit seiner Mutter geführt. Schlimmer als die Krankheit, so fährt die Frau fort, sei die Isolation, die Selbstverständlichkeit, mit der Westafrika seinem Schicksal überlassen werde. Es fehle an Infrastruktur, geschultem Personal. Sein Gemüt läuft über, bevor er sich's versieht. Um seine Tränen vor den Männern an der Theke zu verbergen, beugt er sich tiefer über seinen Kaffee, dann zu Björn, dessen Flanke er streichelt. Soll er dorthin? Kat meint ganz bestimmt etwas anderes mit ihrem Wunsch, in einer Stadt unter Menschen zu sein. Nach den Nachrichten kommen die Beach Boys zu Wort: Aruba, Jamaica, Bermuda, Bahama, Key Largo, Montego; die Aufzählung hat genau wie der vorausgegangene Notschrei aller Wahrscheinlichkeit nach nichts damit zu tun, dass zwei der Männer sich mit einem »Au revoir, tout le monde« von ihren Barhockern erheben und durch die Tür verschwinden.

Alphonse isst in einem Restaurant ein Stückchen weiter, das ein Top-Sommelier unlängst von seinen Eltern übernommen hat. Es ist ein Ort, an dem sich Geschäftsleute im Anzug neben Arbeitern im Overall zu einem dreigängigen Mittagessen niederlassen, eine ebenso gesellige wie zeitraubende Esskultur, die die Senegalesen von den Franzosen übernommen haben. Er erkennt den Besitzer von einem Foto aus der Zeitung. Der Mann steht an einem Tisch mit leergegessenen Tellern, unterhält sich und nickt dazu. Jemand sagt, dass die Menschen von der Grenze gelebt hätten, dass der Landstrich gestorben sei, als die Grenzen sich geöffnet hätten. Ein anderer argumentiert, dass der Einigungsprozess die kulturelle Vielfalt, die man hier früher gesehen habe, hat verschwinden lassen. Einer aus einem anderen Landesteil stammenden Schwiegertochter wird erzählt, dass man damals am Typ des Lkw-Fahrers ablesen konnte, was er transportierte: »Die einfachsten Leute hatten Gemüse geladen. Es gab distinguierte dänische Blumentransporteure und rohe Viehhändler, mit einem Bein in der Hormonmafia, aber meistens doch auch mit einer Art Ehrenkodex. Jetzt sind es nur noch überarbeitete Osteuropäer, die kein Geld haben, das sie hier ausgeben könnten, und sich nicht für uns interessieren.« Der Sommelier unterbricht die Nostalgie mit einer heldenhaften Tönung in der Stimme: »Tourismus«, sagt er. »Das ist die Zukunft. Dies wird die Toskana des Nordens.« Und dann, unsicherer: »Nur der Lehm, der lässt bei den Gewächsen so wenig Verfeinerung zu.« Er hat in den renommiertesten Restaurants von Monaco, Paris, Brüssel, New York und L.A. gearbeitet, weiß Alphonse. Er wirkt nicht unglücklich.

Immer aufgekratzter wird er von den Hügeln, den Kurven. Der Hopfen ist geerntet. Dankbarkeit fühlt er, weil die weite Landschaft in den vergangenen Monaten nicht aufgehört hat, ihn zu umarmen.

Auch Björn scheint mehr als sonst zu lächeln. Sie durchschneiden ein Dorf wie aus einer Schneekugel, das vor Gute-Nacht-Ruhe strotzt. Das meiste Leben konzentriert sich in und um ein Seniorenheim. Die Vorgärten sind frisch getrimmt, die Farbe auf Türen und Fensterrahmen könnte noch nass sein. Vor dem Seniorenheim sitzt ein alter Mann mit geschlossenen Augen zusammengesackt hinter seinem Lenkrad, das Radio dröhnt in ohrenbetäubender Lautstärke. Um sich zu vergewissern, dass er noch lebt, parkt Alphonse sein Auto hinter dem des Mannes, bis dieser sich aufrichtet.

Nach einigen Kilometern steigt er bei einem portugiesischen Soldatenfriedhof aus. Er liegt gleich hinter dem »Indian Memorial for the Missing« und gegenüber einer properen Kapelle zu Unserer Lieben Frau von Fatima. Der Friedhof der Portugiesen ist picobello gepflegt, erinnert aber mit seinen dunklen Gräbern an die schlichte und dadurch so eindringliche Schwermut deutscher Soldatenfriedhöfe. Mit strengen

Worten zwingt er Björn wieder ins Auto zurück, als dieser anfängt, ein Loch zwischen den Steinen zu graben, unter denen junge Menschen verwesen, die nicht mehr identifiziert werden konnten. Die Zeit lässt die eingemeißelten Namen derer, die noch einen hatten, gnadenlos verwittern. Zum ersten Mal wird Alphonse sich der Tatsache bewusst, dass die Toten sortiert werden. Obwohl diese Soldaten an demselben Ort umkamen wie ihre Schicksalsgenossen aus anderen Ländern, werden beim Begraben die Grenzen oft beibehalten. Praktisch und absurd.

Dieses eine Mal glaubt er an portugiesische Geister, für die er ein Lied auf der Kora improvisiert, nicht so düster wie Fado, doch sie werden es schon verstehen.

Er fährt an den Abraumhalden vorbei, durch Lens, hält nicht am von Japanern entworfenen zweiten Louvre – er ist erst unlängst dort gewesen – und lässt auch das Stade Bollaert hinter sich, in dem das Image der Region noch vor ein paar Jahren auf einem Transparent der Fans von Paris Saint-Germain vernichtend zusammengefasst wurde: KINDERFICKER, ARBEITSLOSE, INZÜCHTLER – WILLKOMMEN BEI DEN CH'TIS. Franzosen untereinander. Menschen untereinander.

Von Lens aus fährt er in einem Halbkreis nach Hazebroek, ein Städtchen, in dem er zuvor noch nicht war. »Caravan« im Radio. Hat er den Jazzstandard nicht vor Kurzem erst gehört, genauso zufällig, war es nicht auch im Auto? Dies ist die Version von Duke Ellington, mit Charlie Mingus, glaubt er, und Max Roach. Die tiefen Klavierklänge verleihen Französisch-Flandern ein vollkommen anderes Gepräge, die Umgebung fordert seine ganze Existenz ein. Sein Herz wird davon erfüllt.

Wird der Müllwagen hier wirklich von einem Zugpferd gezogen? Ja. Der Müllwagen wird hier von einem Zugpferd gezogen, gefolgt von einer langen Schlange im Schritttempo fahrender Autos mit ärgerlich dreinblickenden Fahrern und einem Lieferwagen mit einem dunkelhäutigen Mann, der das alles fantastisch findet. Alphonse parkt, nimmt Björn an die

Leine und geht auf Erkundungstour.

Es gibt auffallend viele Frisöre und Blumenläden, was erheblich zu seiner guten Laune beiträgt. Es gibt sogar einen Hundefrisör. Björn schnüffelt aufmerksam herum, kann jedoch nicht durchs Fenster hineinschauen. Alphonse schon: Ein dicker Pudel hängt gelassen in einem Geschirr, während eine Frau seine Beine schert.

Le Coq Flamand. Le Panier Flamand. Zichorienkaffee, Honigkuchen der in Belgien unbekannten Marke *Roodkapje* und das typisch flämische *Potjesvlees* in den Schaufenstern. Und wieder der heilige Eligius, Patron dieser Region und zahlreicher Berufe, Beschützer vor sieben Krankheiten und Hauptfigur in einer witzig gemeinten Erzählung über Frauenmisshandlung.

Mehr als tausend Soldaten sind in dieser kleinen Stadt begraben. Nicht weit von der Eligiuskirche entfernt befindet sich an einem Giebel eine Sonnenuhr, darüber die Worte ORTA EST LUX IN REGIONE UMBRAE MORTIS. Er prägt sie sich ein.

Sie sieht jünger aus als vorher, Sieglinde, so ohne Brille, im Schlafanzug, knapp dem Tod entronnen. Er ist der einzige Besucher. Statt auf Schwermut trifft er auf ein stilles, hellwaches Menschenkind und einen beherrschenden Duft nach altmodischer Seife. Jetzt wagt er es, sie danach zu fragen.

»Bist du froh, dass du noch lebst?«

Sie nickt. »Ich habe das überhaupt nicht als friedlich empfunden.«

»Was?«

»Die Nahtoderfahrung. Ich beschäftige mich schon seit Jahren damit, es ist eine Art Hobby. In den Berichten geht es fast immer um glückselige Gefühle und Licht und so. Fehlanzeige in meinem Fall. Stattdessen eine geballte Depression. Nichts, was ich so schnell noch einmal erleben möchte.«

»Gut«, sagt er einfach.

»Depresso ristretto.«

Er lacht ein bisschen mit.

»Für Lana finde ich es schlimm«, fährt sie ernsthaft fort.

»Sie hat dich gerettet«, sagt er.

»Das weiß ich. Ich bin die schlechteste Mutter, die es gibt.«

»Dann hätte sie dich wohl nicht gerettet, glaube ich.« Er ist sich da überhaupt nicht sicher.

»Ich bin auf jeden Fall die schlechteste Mutter, die ich kenne.«

Er betrachtet einen widerspenstigen Tropfen, der in den Behälter unter dem Infusionsbeutel fällt, folgt dem Schlauch, der bei der Nadel in ihrem Arm endet. Die Medikamente, die sie genommen hat, müssen sie ausgetrocknet haben.

»Das Baby …« Er weiß nicht, wie er das ansprechen soll.

Sie starrt ihn an, ohne zu blinzeln. »Es ist besser so.«

»Okay.«

Seine Füße sind unter Björns schlafendem Körper gefangen, als er den lateinischen Text der Sonnenuhr in das Google-Suchfeld eingibt. Etwas Ähnliches steht im Alten Testament beim Propheten Jesaja. »Habitantibus in regione umbrae mortis lux orta est eis.« – »Für die, die da wohnen im Gebiet des Todesschattens, ist das Licht aufgegangen.« Möge der Friede triumphieren bei Hundefrisören und in Blumenläden, denkt er, und er macht ein Gebet daraus, von dem er niemandem etwas erzählt.

2

Kat bereitet auffällig laut Kaffee zu. Björn hat sie und Alphonse aus einer heißen Umarmung gebellt, als Willem angeklopft hat, und Alphonse hat ihren Befehl, nicht aufzumachen, ignoriert. Als der Kaffee fertig ist, zieht sie sich mit einer Tasse und einem Buch in das Wohnzimmer zurück.

»Komme ich ungelegen?«, fragt Willem.

»Nie«, sagt Alphonse.

Der Nachbar erzählt, dass in der vergangenen Nacht ein früherer Kollege von ihm ein Dorf weiter bei einem Brand ums Leben gekommen ist. »Brandstiftung. Wer der Täter ist, weiß man noch nicht.«

Die Fähigkeit, Feuer zu erzeugen und zu kontrollieren, war vielleicht der wichtigste Schritt in der Kulturgeschichte der Menschheit, und dennoch vermag der Mensch immer noch nicht zu verhindern, dass es sich manchmal gegen ihn wendet, denkt Alphonse. Als ließe das Feuer gleichgültig zu, dass man sein Spiel mit ihm treibt, als gebe es nach und lasse sich zähmen, bis es ihm zu bunt wird und es wieder siegessicher seine Meisterschaft in Chaos und Vernichtung hervorkehrt.

»Ehrlich wahr, ich wusste nicht, was er angerichtet hat. Viel Kontakt hatte ich nicht mit ihm. Wenig auch nicht. Wir unternahmen schon mal zusammen etwas Kulturelles, ich war auch gelegentlich in diesem Haus zum Essen eingeladen. Wirklich sympathisch war er mir nicht, dafür war er zu unergründlich, aber ich glaube, dass ich ihn bewundert habe. Ich habe ihn bewundert, verdammt. Er war ein hochgebildeter Mann. Ich wusste es nicht, ich schwöre es.«

»Was wusstest du nicht?«

»Sagen wir, dass er sich über die Jahre viele Feinde gemacht hat im Internat, unter den Kindern, den Jungen, die jetzt erwachsen sind. Es gibt viele, von denen man Rache erwarten könnte. Verstehst du, was ich meine?«

Alphonse nickt. Ein Gedanke fängt an, um den Küchentisch zu schleichen, mit einem Gesicht, das sich noch verbirgt, und einem Gewand, das aus einem eiskalten Winter ins Haus geschlüpft ist.

Willem breitet die Arme aus. »Er konnte sich nicht beherrschen. Seine Hände im Zaum halten. Seine Hose zugeknöpft lassen.«

»Ich verstehe«, sagt Alphonse. Was hatte Gewijde gesagt? Etwas mit Stroh, das gut brennen würde, oder? Bildet er sich das jetzt ein?

»Was ist?«

»Nein, nein. Ich dachte nur … Ich habe mich gefragt, ob es dann, in diesem Fall, eine gute Sache ist, dass er umgekommen ist.«

Willem will etwas sagen, hält sich aber zurück. Mit geschürzten Lippen wischt er einzelne Krümel von der Tischplatte in seine hohle Hand. »Nicht jeder wird darüber traurig sein, das steht fest.« Er steht auf, blickt sich um, bis Alphonse ihm den Abfalleimer zeigt und er die Krümel dort hineinstreut. »Aber dieses ›umgekommen‹ heißt in dem Fall lebendig zu verbrennen«, sagt er. »Sie haben ihn bei der Hintertür gefunden.«

Alphonse nickt.

»Und er war alt. Älter als ich. Er kann Reue empfunden haben über das, was er getan hat. Das Leben mit der Reue könnte eine größere Strafe gewesen sein als dieses Ende. Oder?«

Eine Vermutung, das ist alles, was er hat, er weiß nicht einmal, ob der Tote wirklich Pater Blasmich ist. Kat kommt wie gerufen.

»Ich werde etwas vorlesen«, sagt sie. »Und ihr müsst sagen, um welchen Ort es geht.« Ihr Finger ist das Lesezeichen zwischen den Seiten des dünnen Buches, dessen Umschlag sie vor ihnen verborgen hält. »Der Autor schreibt, es sei dort ›selbstverständlich schmutziger‹ als da, wo er herkomme, man sei betroffen über das viele Leid und die Korruption, und doch herrsche dort so viel mehr Lebensfreude, auch wenn es vielleicht eher heitere Gelassenheit sei. Es ist«, sie liest jetzt, »›ein Reich, in dem geheimnisvolle und unvorhersehbare Ereignisse stattfinden, meistens von unangenehmer Art. Es scheint nicht ohne den Tod auszukommen. Eine dunkle Welt, in der wir uns zuweilen in einem unbewachten Augenblick sinken lassen und uns sinnlichen Genüssen ergeben.‹« Grinsend schaut sie auf: »Um welchen Kontinent geht es?«

»Afrika«, sagen Alphonse und Willem gleichzeitig, wenn auch beide mit wenig Überzeugung; die Liste von Stereotypen wird sich auf etwas anderes beziehen, warum sollte sie sonst fragen?

»Es ist von Henry Miller, aus dem Jahr 1947, und er spricht von Westeuropa.«

»Er hat Schönes über Frankreich geschrieben«, verteidigt Willem.

»Seine abgöttische Liebe zu allem, was französisch ist, kennt keine Grenzen, es ist geradezu lächerlich.«

Alphonse merkt, dass Willem dagegen ankämpft, einen persönlichen Angriff aus Kats Replik herauszulesen. Provoziert sie ihn mit Absicht?

»Vor allem hatte er die Vereinigten Staaten satt«, sagt Kat. »Aber wir lieben Frankreich auch, weißt du. Und die Franzosen, abgesehen von den rechtsextremen 25 Prozent. Wir könnten heute mal wieder nach Lille fahren.«

»Zurzeit ist Hopfenfest in Poperinge«, sagt Willem. »Aber ihr seid nicht solche Biertrinker, weiß ich. Mit Marie-Jeanne bin ich jedes Jahr hingegangen. Na gut.« Er schlägt sich auf die Schenkel und steht auf. »Der Alte geht endlich nach Hause.«

Mit ihrem Protest und »immer willkommen« können sie ihm noch ein jungenhaftes Lächeln entlocken.

Als sie wieder allein sind, erzählt Alphonse von seinen Mutmaßungen. Er wundert sich über sich, als er Gewijdes Namen dabei verschweigt, ist sich dennoch sicher, was ihre Antwort sein wird, wenn er sie fragt, was er in dieser Sache tun soll. »Good riddance«, wird sie sagen. Den Ausdruck hat sie das letzte halbe Jahr regelmäßig benutzt. Sie sagt jedoch: »Du musst erst herausfinden, ob er wirklich der Brandstifter ist. Und wenn es stimmt, musst du ihn anzeigen.«

»Ist das dein Ernst?«

Für einen kurzen Moment starren sie einander als Fremde an.

»Du hast ihn nicht gesehen, den möglichen Täter«, protestiert Alphonse. »Er braucht keine Zelle, er ist schon genug gestraft.«

»Niemand zwingt ihn zu trinken.«

»Nein. Und niemand zwingt Kriegsopfer zu flüchten. Und wie sollte es dem Täter oder wem auch immer helfen, wenn er eingesperrt wird?«

»Er wird bestimmt vorzeitig entlassen. Mildernde Umstände.«

»In Freiheit könnte er vielleicht neu anfangen, noch etwas Gutes tun.«

»Er hat jemanden ermordet, Alphonse. Jemand ist bei lebendigem Leibe verbrannt.«

»Wenn er es war! Und wenn es seine Absicht war, den Mann zu ermorden. Vielleicht ist das Opfer ja auch jemand anders. Ich muss meinen Kunden anrufen«, sagt er. »Der kennt ihn besser. Ich bilde es mir wahrscheinlich nur ein.«

Er weiß, dass er es sich nicht einbildet, hört es auch sofort an Marcos Stimme. »Komisch, aber ich habe mir schon gedacht, dass du anrufen würdest.«

»Dieser Brand. Ist das Opfer der Priester, von dem du gesprochen hast?«

»Yep.«

Im Hintergrund hört er einen Hahn krähen.

»Und glaubst du auch, dass …«

»Das werden wir nicht aussprechen. Ich habe noch nicht mit ihm geredet, aber ich stehe hier am Fenster des Gästezimmers und beobachte ihn. Er brät Heringe auf dem Grill. Er sieht gut aus. Nüchtern. Ich hoffe, dass es nicht noch zum Delirium tremens kommt.«

Er selbst würde trinken, wenn er in der vergangenen Nacht jemanden umgebracht hätte. »Was wirst du tun?«

»Ich werde Fisch essen gehen. Stinkt allerdings ziemlich, der Hering.«

»Ich finde das schwierig.«

Marco schnauft. »Glaub mir, da ist nichts Schwieriges dabei. Er hat nicht nur sich gerächt. Vor ihm hat es jemanden gegeben, und nach ihm, und davor und danach. Und das war alles möglich, ohne dass er je dafür bestraft wurde. Falls du Hunger hast, kannst du gerne vorbeikommen.«

Er hat keinen Hunger. Er kennt diesen Zweifel nicht. Es ist nicht deine Aufgabe, hält er sich vor Augen, doch dieses Mantra bekommt zwei Bedeutungen, die sich abwechseln. Vor seinem inneren Auge wird immer wieder ein Film projiziert, von einem brennenden alten Mann, der auf eine brennende Tür zustolpert, kurz davor jedoch zu Boden sinkt und dort zuckend seinem Ende entgegenbrüllt. Der Film wird abgelöst von Bildern eines mageren nackten Jungen, der auch brüllen würde, wenn seine Lippen nicht von einer haarigen Hand auf die Bodenfliesen gedrückt würden, bis sie bluten wie sein Anus. Was hat jenes schöne Kind, von Pan besessen oder nicht, von einem Gefängnis? Nein. Alphonse hat seine Entscheidung getroffen, Gewijde geht straffrei aus, er hatte das Recht dazu. Er hatte kein Recht dazu. Durch den Kopf des brennenden alten Mannes, erneut unterwegs zur brennenden Tür, schießt das Bild eines Jungen, dessen blutender Mund auf die Fliesen gedrückt wird, und dieser Junge ist er selbst, vor siebzig Jahren, sein zuckender Todeskampf dauert noch länger als beim vorangegangenen Mal. Und der magere Junge gleitet, älter werdend, an ihm vorbei, unzählige Male zusammengebrochen, nicht mehr schön, er schleppt sich an Duschkabinenwänden entlang, wird in jeder Ecke von tätowierten Bäuchen erwartet, seine Lippen bluten schon.

Es ist nicht meine Aufgabe, zu entscheiden, ich weiß nichts, so versucht Alphonse, sich aus der Schlinge zu ziehen, ich lasse diesen jahrhundertealten Fluch an mir vorübergehen. Er wird die Einzelheiten der Untersuchung abwarten. Es wird sich herausstellen, dass der unbekannte Brandstifter glaubte, das Opfer sei nicht zu Hause. Das Opfer brachte sich zuerst in Sicherheit, bevor es, von der eigenen Schuld getrieben, wieder hineinging, den Tod suchte. Es war gar nicht Gewijde, der verlässt kaum noch sein Haus. Und falls doch, dann soll er lieber Fisch braten. Er entscheidet sich für den, der noch lebt. Und außerdem verpfeift man keinen, das ist eine wichtige Regel. So.

So.

Sie reden nicht darüber, als sie Hand in Hand durch Lille laufen. Wie meistens, wenn sie in der Stadt sind, führt ihr Weg sie von allein zu dem einen Hutgeschäft, und genau wie bei den letzten Malen betritt es Alphonse, um ein neues Exemplar zu kaufen, das sich lediglich in einem Detail von dem vorigen unterscheidet. In dem kleinen Raum, der akkurat aus den Fünfzigerjahren zu stammen scheint, arbeiten vier Familienmitglieder, die die beiden schon kennen und wissen, dass Kat, nach vielem Anprobieren, wieder ohne Hut weggehen wird. Sie will schon, sagt sie, aber sie traut sich noch nicht. Er fragt sich, wie diese seltsame Angst vor Hüten sich in der Welt ausbreiten konnte. Lange Zeit trug jeder einen. Der Hut wurde höchstens abgenommen, um damit einem sich in die Lüfte erhebenden Doppeldecker hinterherzuwinken. Seit seinem fünfundzwanzigsten Lebensjahr geht er, abgesehen von seinen beruflichen Terminen, selten ohne Hut auf die Straße. Leute sprechen ihn darauf an, aus Sehnsucht nach Zeiten, die sie nie gekannt haben. Vor allem weiße Männer machen ihm Komplimente, oft auf Englisch, und bei jeder Begegnung von Neuem.

Sie kehren schnell nach Hause zurück, weil sie Björn dort allein zurückgelassen haben und ihre deswegen aufkommenden Schuldgefühle sich in die Gespräche drängen. Auf der Rückfahrt legen sie jedoch noch einen Halt bei Duran ein, der sich freut, Alphonse zu sehen, und Kat neugierig begrüßt.

»Machst du noch Männchen aus Eis?«, fragt sie. Es ist als Annäherung gedacht, lässt Duran jedoch glühen vor Verlegenheit. Er schielt zu den zwei Tischen, die besetzt sind, es hört ihnen aber niemand zu. Dann dreht er die Stereoanlage etwas lauter und beugt sich zu ihnen über die Theke. »Also, das halte ich echt lieber getrennt«, sagt er. »Später werde ich euch etwas zeigen.«

Sie setzen sich an ein Tischchen neben der Tür, um ihre Döner zu essen. Duran macht die heiße Bratplatte mit Öl sauber.

»Wann willst du zur Polizei gehen?«, fragt Kat.

»Ich warte ab, bis man Genaueres weiß.«

Sie mustert ihn, lässt es aber dabei bewenden.

Die Schwestern oder Freundinnen von dem einen Tisch laden ihren Abfall in Durans Mülltonne ab und gehen hinaus, bald gefolgt von dem stillen Ehepaar am anderen Tisch.

»Also, nein«, sagt Duran. »Eben keine Männchen. Was anderes.« Etwas, worauf er stolz ist, wie man sieht.

Alphonse schlägt mit der Faust auf den Tisch. »Zeigen!«

»Nicht hier. Ich habe eben einen größeren Gefrierschrank dafür kaufen müssen. Steuerlich absetzbar, zum Glück. Also, er steht in der Garage, wir können da durchgehen.« Er deutet auf eine Tür mit der Aufschrift PRIVAT. »Aber ich gehe zuerst. ›Ich bin fertig‹, werde ich rufen, und dann dürft ihr kommen. Wenn neue Kunden kommen, sagt ihr eben, ich wäre auf der Toilette.«

»Ist das nicht ein bisschen merkwürdig?«, lacht Kat. »Wenn wir sagen, dass du auf der Toilette bist, und du dann ›ich bin fertig‹ rufst.«

»Also, das ist echt nicht so gut«, pflichtet Duran bei. »Wenn ich also einen Kunden reinkommen höre, komme ich eben einfach zurück.« Nachdem er einen kontrollierenden Blick über die Bratplatte und die drehenden Fleischbatzen hat schweifen lassen, eilt er davon.

Alphonse und Kat warten neugierig auf seinen Ruf. Im Fernsehen läuft eine türkische Krimiserie, etwas mit Wölfen im Titel.

»Fertig!«, ruft Duran nach einer Weile. »Nicht erschrecken.«

Sie rennen hin wie die Kinder, nah beieinander, lassen den Lauf langsam austrudeln.

Was es darstellen soll, ist auf den ersten Blick nicht ersichtlich. Wie er dort steht, Duran, mit dem Rücken zu ihnen, wirkt er wie ein riesiger Pilz aus Eis. Unter dem Eis ist er nackt. Als er sich feierlich zu ihnen umdreht, ist er eine Art Samurai-Krieger, Schwert im Anschlag. Das Ganze ist mit manischer Sorgfalt ausgeführt. In das dünne, durchsichtige Eis sind Schwalben und Blumen geschnitzt. Wo kein Eis ist, sieht man Gänsehaut. Er kann sich kaum bewegen. Der wehrloseste Krieger, den man sich vorstellen kann.

»Wow!« Kat klatscht Beifall.

»Danke. Also, mit dem nackt, das muss eben sein. Sorry.«

»Ja, das muss ganz bestimmt sein!«, lacht sie mit.

»Wie hast du das denn so schnell hingekriegt?«, fragt Alphonse. »Hast du schon daran gearbeitet, als ich das letzte Mal hier war?«

»Nur auf dem Papier.« Duran klappert leicht mit den Zähnen. »Aber als du das gesagt hast, habe ich damit angefangen. Jeden Augenblick, den ich nicht im Laden stand, habe ich in meiner Garage daran gearbeitet. Es ist eben noch nicht ganz fertig.«

»Was hat er denn gesagt?«, fragt Kat. Sie dreht sich zu Alphonse.

»Das weiß ich nicht mehr«, sagt er, zu Duran.

»Also, dass ich in Japan eben das Schönste gesehen habe, was es gibt, und dass ich dazu beigetragen habe, und ich eben damit weitermachen muss, weil ich das kann.« Es macht ihn verlegen, die Worte wiederholen zu müssen, und es macht auch Alphonse verlegen, sie zu hören, hatte er das so gesagt? Kat kitzelt ihn im Nacken.

»Also, jetzt muss ich echt wieder raus aus dem Ding.« Duran spricht schnell und mit Nachdruck. »Oder es schmilzt eben.«

Nachdem er den Helm abgesetzt hat, helfen sie ihm, den breiten Harnisch abzunehmen und wegzuräumen. Das Ablegen des Hakama übernimmt er selbst.

Einige Stellen an seinem jungen, schlanken Körper sind knallrot. Rasch zieht er eine Unterhose mit dem Muster des Union Jack an. Danach räumt er alles in den Gefrierschrank zurück.

»Hast du vor, noch mehr davon zu machen?«

Duran trocknet seine Schultern mit einem Handtuch ab und nickt geheimnisvoll. »Eine Armee, das ist die Idee. Ich muss eben nur einen Lagerraum finden, und Statisten. Also …«

»Oh«, sagt Alphonse, als Antwort auf einen neckischen Blick. »Ich weiß nicht, ob das etwas für mich ist.«

»Im Winter trägt er zwei Jogginganzüge unter seinen Kleidern«, sagt Kat.

»Ich denk drüber nach, okay?«

Sie fahren auf einer vierspurigen Straße, Kat am Steuer, passieren ein Gewerbegebiet und ein Wohnviertel, in dem die Nachbarn Solarpaneele voneinander abgeschaut haben. Vor ihnen zieht ein Jeep eine verschwindende Reifenspur durch den Regen. Auf der Hülle um das Reserverad steht DAKAR.

Kat will etwas dazu sagen, als er einen Anruf erhält. Es ist Madeleine Claeys.

»Bitte fassen Sie es nicht falsch auf, aber alle Fußleisten in dem Zimmer oben haben sich wieder gelöst.«

Sie hat es selbst getan. Sie hat seine Arbeit kaputt gemacht, damit er zurückkommt. »Wie kann das denn sein?«, fragt er.

»Ich höre plötzlich ›Peng!‹ und geh nachschauen, und alle Fußleisten in dem Zimmer, das du ausgemalt hast, haben sich von der Wand gelöst.«

»Peng?« Er beißt sich auf die Unterlippe. Kat schaut weiter gelassen auf die Straße.

»Ja«, sagt Madeleine, etwas bedröppelt.

»Ich komme sofort.«

»Oh! Danke.«

Er legt auf.

»Ich sag nichts«, sagt Kat. »Sag mir nur, wie ich fahren muss.«

»Komisch, nicht?« Madeleine verlagert ihr gestiegenes Gewicht von einem Bein aufs andere. Auf Knien hämmert Alphonse die losgerissenen Leisten wieder fest. An den Stellen, wo Madeleine sie von der Wand losgehebelt hat, sind sie leicht beschädigt.

»Möchte Ihre Frau nicht doch kurz hereinkommen?«, fragt Madeleine zwischen zwei Hammersalven, durch die Kippfenster auf das Auto vor dem Haus spähend.

»Sie wollte ein Buch lesen im Auto. Sie liest viel.«

»Wie habt ihr euch kennengelernt?«

Da ist die Frage wieder. Kat und er bekommen sie oft gestellt. Manchmal gehört ein kleines, spöttisches Lächeln dazu, das Sichtbarwerden der Vermutung, dass hinter ihrem Zusammensein wohl der eine oder andere Deal steckt, die eine oder andere Perversion nötigenfalls.

»Einfach so«, lügt er. »Beim Tanzen.« Er hämmert einen Nagel in das harte Holz, lässt keine Pause vor dem nächsten, und dem danach.

»Wann könntest du denn noch mal kommen für die restlichen Zimmer im Haus?«, fragt sie, als er aufsteht.

»Montag schon. Es sind Termine frei geworden.«

Die Nachricht erfreut sie über alle Maßen, ihre Fäuste vollführen dazu sogar eine Jubelbewegung.

»Ist dein Bruder noch mal aufgetaucht?«

Sie schüttelt den Kopf. »Aber wenn ich hier lange allein bin, dann erwarte ich ihn immerzu.«

»Wann ziehen wir um?«, fragt Kat. Björn springt ausgelassen durch das Wohnzimmer und an ihnen hoch. Er ist schon seit einer halben Stunde völlig außer Rand und Band, weil sie nicht von der Erdoberfläche verschwunden sind, wie er sich mit wachsender Ratlosigkeit eingebildet hatte.

Alphonse küsst Kat, streichelt den Hund und geht die Treppe hinauf.

Weil sein Kuss keine Antwort war, vervielfältigt die Kora die Frage. Wann will er umziehen, und vor allem, wohin? Wie sollen sie diese Adoption angehen? Wie lang werden sie auf das Kind warten müssen? Werden sie gute Eltern sein? Wird er weiterhin Wohnungen renovieren? Was wird aus seinen Kunden? Den Flüchtlingen? Will er wieder mit anderen Musik machen? Vermisst er das Publikum? Und was ist mit dem verbrannten Mann? Die Kora schickt die Fragen über die abgeernteten Äcker. Sie bleiben unter den schweren Wolken hängen und treiben träge mit ihnen dahin. Dann ist er allein mit dem Instrument. Es gibt niemanden im Zimmer, es gibt kein Zimmer. Die Saiten laufen durch seine Finger, durch seine Adern, unter sein Schädeldach. Die Musik durchblutet ihn, zieht die Luft in seine Lungen, jede Kapillare, jede Zelle bebt mit, alles antwortet: Es ist gut, so wie es ist.

1

Kats Lippen kräuseln sich jedes Mal, wenn er sie mit den seinen berührt, doch der Rest ihres Gesichts bleibt in einem tiefen Schlaf gefangen. Er richtet sich auf, streichelt über ihre Haare und stellt seine Füße neben das Bett, eine Bewegung, die Björn in Gang bringt. Während er duscht und Kaffee aufsetzt, ist das Tier nicht mehr zu beruhigen, daher geht er, noch bevor er den Kaffee austrinkt, eine Runde mit ihm laufen.

Ein paar Häuser weiter in der Straße begegnet er der Frau, von der er bisher immer nur einen Teil gesehen hat, abgeschnitten hinter einer Gardine. Mit einem Küchenmesser rückt sie dem Unkraut zwischen den Bürgersteigplatten vor ihrem Haus zu Leibe. Als sie ihn mit dem Hund kommen sieht, steht sie auf, um das herausgekratzte Grünzeug in einem Eimer zu sammeln. Sie begrüßen sich.

»Wie geht es Ihrer Familie im Kongo?«, fragt sie. »Es ist ja furchtbar da unten, mit dieser Krankheit.«

»Meine Mutter und meine Schwester wohnen im Senegal.« Wie kann man ihn nur für einen Kongolesen halten?

Pedant, sieht er sie denken. »Aber sie sind doch noch gesund?«

»Ja. Danke.«

»Das ist das Allerwichtigste.«

Er nickt. Björn zieht an der Leine.

»Und dass sie da unten bleibt, natürlich, diese Krankheit. Das vor allem.«

»Der Hund will weiter«, sagt er. »Schönen Tag noch.«

Die Diskussion, die sie führen wollte, löst sich auf in der Luft zwischen ihren geöffneten Lippen. »Ihnen auch«, raunzt sie ihm hinterher.

Kat sitzt mit nassen Haaren und in einem Bademantel neben der Küchenspüle, liest die Zeitung und nippt an einer Tasse Kaffee. »Tag, schöner Mann«, sagt sie. Lust tanzt unter ihren Wimpern umher.

Er gibt Björn einen Keks, streichelt ihn, wäscht seine Hände, spürt ihren Venushügel, der sich an seinen Hintern drückt, etwas, was sie öfter macht, was ihn jedoch in diesem Augenblick ungeheuer erregt. Er weiß nicht, warum ihn die Erregung an seine ersten Orgasmen zurückdenken lässt.

»Ganz zu Anfang dachte ich, wenn ich mit meinem Pimmel gespielt habe, nicht an Mädchen, sondern an Radrennen und so«, erzählt er ihr völlig ungefragt, immer noch mit dem Rücken zu ihr. »Beim Ejakulieren gewann ich dann das Rennen.«

»Und das erzählst du mir jetzt?«, lacht sie. »Nach all den Jahren?«

»Ich habe schon lange nicht mehr daran gedacht«, kichert er.

Wieder drückt sie ihre Hüften nach vorne, zieht gleichzeitig seine zu sich hin und beißt ihn in den Rückenwirbel unter seinem Nacken.

»Manchmal würde ich gerne für kurze Zeit die Geschlechtsorgane tauschen können«, sagt sie. »Und dann aber wieder zurück, es hat nichts mit Neid oder Unzufriedenheit zu tun.«

An der Stelle, wo sich der Abdruck ihrer Zähne befinden muss, beginnt die Sonne zu scheinen. Ihre Strahlen kriechen bis in seine Zehen.

»Oder dass wir alle beide einfach beides hätten«, sagt er, nahe an ihrem fröhlichen Gesicht, er hat sich zu ihr umgedreht. »Wenn wir das wollten.«

»Ja«, sagt sie. Und dann schweigen sie, tasten, streicheln und greifen, ignorieren Björn, schwitzen, stoßen und empfangen, vertraut und dringlich wie immer, und immer wieder neu. Und dann keuchen sie und sagen nicht, wie gut sie es getroffen haben, denn das wissen sie.

Obwohl sie ihn gerne begleiten möchte, entscheidet sie sich schließlich, nörgelnd, für ihre unmittelbare Pflicht, die Übersetzung der Gebrauchsanweisung.

Jedes Produkt, das er für den eigenen Küchenschrank kauft, kauft er in dreifacher Ausführung für die Laufgrabenbewohner. An der Kasse belädt er das Laufband damit. Die Kassiererin nickt ihm zu, sie erkennt ihn seit dem Reklamegag mit der versteckten Kamera. Die ältere Kollegin und der depressive Jüngling sind nicht mehr da, das waren dann wohl Schauspieler.

Eine Flasche Olivenöl wird von zwei Packungen Spirelli zur Seite gedrückt und fällt zu Boden. Dicke Scherben ragen wie Schiffswracks aus der sich ausbreitenden gelben Pfütze.

»Entschuldigung«, sagt er. »Ich hätte meine Sachen nicht so hoch aufeinanderstapeln sollen.«

»Kein Problem«, sagt die Kassiererin. Durch ihr Mikrofon bittet sie um Verstärkung, die im Handumdrehen in der Person eines kleinen, älteren Mitarbeiters mit einer grünen Schürze zur Stelle ist. Er kniet mit einem Putzlumpen neben seinem Eimer nieder und beginnt, die Scherben mit den bloßen Händen aus der Pfütze zu fischen, legt sie auf ein Stück Karton.

»Es tut mir leid«, sagt Alphonse. »Ich kann es auch selber wegräumen.«

»Keine Sorge«, sagt der Mann.

»Es war meine Schuld«, sagt er.

»Das kann jedem mal passieren«, antwortet der Mann, der, das sieht er jetzt, dem gemalten Narren, der ihm im Museum in Cassel aufgefallen war, zum Verwechseln ähnlich sieht, auch wenn der eine Kappe mit Eselsohren trug. Wie kann es sein, dass dieser Supermarktangestellte, genau wie der Narr auf dem Gemälde, jetzt durch gespreizte Finger zu ihm aufschaut und sein ansteckendes Lächeln auf ihn richtet, auch wenn es nur eine Sekunde dauert? Ist es ein bewusster Hinweis? Aber dieses Gesicht. Langsam und sorgfältig liest der Mann weiter die Scherben auf, konzentriert sich auf seine Arbeit.

»Hallo, entschuldigen Sie?« Die Kassiererin weiß nicht, wo sie mit der Dose Tomaten noch hinsoll. Schnell schafft er Platz. Er räumt die Einkäufe für die Flüchtlinge in einen großen Karton, seine eigenen in Plastiktüten, und fährt alles mit dem Einkaufswagen zu seinem Auto.

Was für ein seltsamer Zufall, denkt er, dieser Narr. Wie oft hat ihn, seit er hier wohnt, die Empfindung beschlichen, ein Entdeckungsreisender in einem rätselhaften Märchen zu sein? Für einen kurzen Moment ist er vollkommen allein mit dem Porträt, mit dem Gesicht, von dem der unterste Teil, das Lächeln, verschwimmt. Und das, was vom rechten Augenlid hinabgleitet und in der Iris weitertreibt, ist ergreifend. Er wird überrumpelt von Erbarmen.

Die Barrikade aus Fahrzeugen ist verschwunden, der Weg ist frei. Er erkennt den Kreis aus Kopfweiden wieder, die mit aufrechtstehenden Haaren untereinander beratschlagen. Im Rückwärtsgang fährt er in den Feldweg hinein. Wie bei den letzten Malen, die er hier war, setzt er seinen Hut ab. Er weiß nicht genau, warum er ihn im Auto zurücklässt, eine Art Demut, denkt er, eine Art Trauer. Er holt den Karton aus dem Laderaum und geht durch das Gras zu den Stufen. Oben angelangt, bleibt er stehen.

Der Laufgraben ist verlassen, die Grube übersät mit verkohlten Resten von Tüchern, Decken, Planen. Einzelne schwarze Schuhe, zertretene Reste von Pullovern. Verbranntes Holz. Er stellt den Karton ab.

Die Afghanen und Syrer sind in Streit geraten. Das Feuer, an dem sie sich gewärmt haben, griff bei der Gelegenheit auf die Zelte über.

Der Gedanke an die Hitze lässt ihn schaudern. Ihm ist kalt, er hustet in seine hohle Hand.

Nein. Sie haben es nicht selbst getan.

Er hebt den Karton wieder auf, trägt ihn zu seinem Lieferwagen. Dann macht er kehrt, steigt hinab in die Grube, streift ziellos durch die Überreste, auf der Suche nach einer Erklärung, einem Hinweis, klettert wieder hinauf. Zwischen den dünnen Bäumen spähend, die entlang des unbefestigten Weges stehen, läuft er zu der größeren Straße zurück. Sie ist immer noch leer. Er hört Wind und lärmenden Vogelgesang, erkennt ihn, schaut auf.

Die Feldlerche stürzt mit hoher Geschwindigkeit aus dem Himmel, schlägt vor seinen Füßen auf, er sieht es geschehen, die Wirkung auf den Vogel, die gebrochenen Beine und Flügel, der abgeknickte Hals, die Blutspritzer. Nur der Schlag bewegt den kleinen Körper, und der Windhauch in den zarten braunen Federn, innerlich hat der Vogel aufgehört, sich zu regen.

Alphonse prallt einen Schritt zurück, spürt, wie der Schreck an seinen Gliedern zerrt, eine magnetisch aufgeladene Kugel vakuumverpackter Angst, die mehr begreift als er.

Der Lieferwagen ist zu weit entfernt, er hätte ihn hierherfahren müssen. Zurücklaufend blickt er erneut zu den dünnen Bäumen, und jetzt sieht er die Männer dort stehen. An ihrer Gestalt ist zu sehen, dass es Männer sind – vier, oder fünf – fünf. Dass er sie bemerkt, ist der Augenblick, auf den sie gewartet haben, sie gehen auf ihn zu und jeder ihrer Schritte überbrückt drei Schritte zugleich. Sie haben rostige Metallgegenstände in den Händen, Knüppel, krumme Stangen, spitze Bolzen. Jeder von ihnen trägt Sturmhaube und Handschuhe, die die Farbe ihrer Haare und Haut verdecken.

»Sprechen Sie Niederländisch?«, fragt er. »Parlez-vous Français?« Er wird es in allen Sprachen wiederholen. Er wird fliehen. Mit jedem Schritt, der ihn näher zum Lieferwagen bringt, kommen die Männer um so vieles näher. Er muss die Hände zwischen den Beinen halten, damit sie die nicht treffen können, besser sein Gesicht als seine Hände, er braucht sie für die Saiten, für die Haut seiner Geliebten, um die Tapete glatt zu streichen. Die Angst steckt jetzt in seinem Schweiß. Dass er nach ihr stinkt, macht ihn wütend, und mit der Wut verschwindet die Angst. Er wird kämpfen.

Die erste Stange, die in seine Richtung geschwungen wird, ergreift er. Er benutzt die Kraft, mit der ausgeholt wurde, um den Angreifer zu Boden zu werfen.

»Do you speak English? Habla español?« Er schreit jetzt, wird auf die Schienbeine geschlagen. Er selbst hat einen Kiefer getroffen. Als er seinen Arm aus einer Umklammerung befreit, spürt er den Schlag auf den Hinterkopf, unmittelbar gefolgt von einem, der sein linkes Auge zuklebt. Dann, auf der Straße liegend, dort wo der Feldweg beginnt, eine Orgie von Füßen und nacktem Metall auf alle seine Körperteile, ein Schmerz, der nicht an die Wut heranreicht, die von ihm Besitz ergriffen hat. Ein rhythmisches Schlagen, eine bloße Faust bleibt übrig, ein dumpfes noch, noch, noch.

»Poschar!«, ruft er. »Fotià!« Sie schlagen erneut auf sein Gesicht ein. Seine Zunge. Er fühlt etwas brechen in seinem Genick, das vor so kurzer Zeit noch geküsst wurde. Kat! Sie sind schon fertig mit ihm, so einfach geht das. »Im nächsten Frühjahr werden wieder Narzissen aus dieser Erde wachsen!«, würde er ihnen nachschreien, wenn er könnte. »Geschickte Männer werden Häuser bauen, Mauern werden leuchten, nicht alles kann man zerstören. Versucht doch mal, die Sterne zu löschen, ihr Wichte!« Die Wut rennt den Angreifern hinterher, wünscht sich eine Waffe – eine, zwei, drei, vier, fünf Kugeln – lässt ihn verzweifelt zurück auf der harten Straße. »Nichts gibt es nicht!« In seinem Kopf hallt der Satz wider. »Nirgends genausowenig!« Vielleicht warten Nichts und Nirgends, zappelnd vor Ungeduld, darauf, dass sein gurgelnder Atem stillsteht. In der Ferne hört er ein Auto mit quietschenden Reifen wegfahren. Er will jetzt nur noch fluchen, fluchen, wie schon so oft geflucht wurde in dieser Gegend, diesem Land, auf diesem Planeten. Er will, dass dieses Modderland, das ihm an jedem Horizont den Atem abschnürt, für ihn aufsteht, dass jeder, der hier vor der Zeit umkam, sich rührt.

Mutter. Wieder ein Auto, ein anderes, es nähert sich aus der entgegengesetzten Richtung – er hört es nur, kann seinen Kopf nicht auf die richtige Seite drehen. Er hört die Tür zuschlagen, dann eine Stimme, die ihm bekannt vorkommt, eine Frau: »Nein! Oh nein! Bist du das?« Niedersinkende Füße, Knie.

Die Autorin kniet neben ihm, ihre Augen sind Pisslöcher im Schnee. Das Entsetzen darin. Zitternd bleiben ihre Hände über seinen Wunden schweben. Die Frage, ob er aufstehen kann, ist offensichtlich nicht angebracht. Sein Körper ist eine Pfütze Schmerz, er kann seine Gliedmaßen darin nicht unterscheiden, weiß nicht, in welche Richtung sie zeigen. Er will ihr versichern, dass er sie hören kann. Aber seine Zunge. Er hört sich stöhnen, viel leiser als er möchte, spürt Blut an seinem Mundwinkel ausströmen, sein Kopf ist damit gefüllt.

Dann übernimmt die Autorin das Fluchen von ihm. Sie flucht, so wie in dieser Gegend, diesem Land, auf diesem Planeten schon so oft vergebens geflucht wurde. Sie benutzt Wörter, die er nicht von ihr erwartet, und schießt sie zwischen die dünnen Äste, wirft sie gegen die Kopfweidenstämme, streicht sie über dem Gras aus, lässt alles, was sie noch übrig hat, in den Himmel explodieren.

Der Himmel! Er späht danach durch sein übrig gebliebenes Auge, das brennt. Eine kleine weiße Wolke wurde von der Herde abgetrieben. Jetzt nähert sie sich, von Blau umgeben, um sich über ihn zu schieben. Sie ist beinahe da.

Tonlos beantwortet die Autorin die Fragen der Rettung, die sie angerufen hat. Dann wird sie von krampfartigem Schluchzen vornübergebeugt, immer noch auf den Knien, ein langgezogenes Heulen schließt sich daran an, als würde sie ausgewrungen, sie weiß sich keinen Rat.

Er auch nicht. Aber er hat nicht viel Zeit. Er kann noch ein paar Dinge denken, und als Erstes denkt er, dass er sich so lang wie möglich an diesem Gedanken festhalten muss. Sie wollen mit dir kämpfen, weil sie nicht wissen, wie sie mit dir tanzen sollen, denkt er, so fest er kann. Der Gedanke löst sich gleichgültig auf. Manche Menschen werden nie besser als der Gott, gegen den Hiob wetterte. Auch dieser erweist sich als unzureichend. Musik erklingt, ihm ist, als höre er »Águas de Março«, eine verzerrte Version, ein Dorn, ein Fisch, das Ende des Weges, ein Körper im Bett, die Sehnsucht nach dir. Solange es noch geht, sehnt er sich nach den Lebenden: Mutter, Kat, Aline. Die Stimme, die seine Schwester gehört hat. Amadou – er sollte heute Abend kommen. Er vermisst sein Leben bereits, am Leben sein – so sehr, so sehr hat er das geliebt – und bald wird diese Sehnsucht – messerscharf und glühend heiß – auf andere übergehen. Auch Fabrice taucht auf, Alphonse hat noch einen Satz für ihn: Wir hätten Freunde sein können, Idiot. Aber wie Kat riecht. Es sind plötzlich große Scharen von Menschen da, er erkennt sie alle, sein Onkel, seine Ex, seine Klassengenossen, die Musiker, mit denen er gespielt hat, seine Kunden sind darunter. Sie besichtigen Städte, die sie nicht kennen, in glänzenden Autos, nach langen Flugreisen, sie rennen durch Wälder und über Dünen und in Wellen hinein, schlüpfen unter frische Laken auf der Suche nach Haut, bewundern gegenseitig das Innere ihrer Häuser. Das Hundchen Björn lässt sich schwanzwedelnd streicheln. Es ertönt noch mehr Musik, natürlich gibt es Musik! Er erinnert sich der Akkorde, lässt die Saiten seines Basses schnalzen, spürt die Kalebasse der Kora auf seinem Schoß vibrieren. Und dann ist da noch eine ganz alte Erinnerung, noch älter als die an den Mann, der den Pelikan verkaufte. Er sieht die Fältchen an der Achsel seiner Mutter: zusammengedrückt sind sie dunkler als der Rest ihrer Haut. Er blickt darauf von ihrer Brust aus, er ist sechs Monate alt, ein Baby, und sie stillt ihn. Niemand kann sich daran erinnern, doch er hat jetzt Zugang dazu. Von allen Planeten muss dies der reichste sein, davon ist er überzeugt, immer mehr und mehr und mehr lässt sich hier finden.

Die kleine Wolke ist da, die Stille auch. Er wird zur Wolke, wird zu der Wolke, die sich über ihn geschoben hat.

Wie teuer ist ihm dieser Mann dort unten. So teuer und so viel zu klein. Wie teuer ist ihm dieser kleine Körper. Aber er muss sich auch noch umschauen, noch ein letztes Mal zu den Ästen der Bäume aufschauen, vom Stamm am Boden zum Himmel mit den lebenden Vögeln empor. Noch ein letztes Mal sehen, wie schön es hier ist. Wie schön es hier jetzt ist. Und dann ist er weg.

Danksagung und Quellenangaben

Die Beiträge einer ganzen Reihe von Menschen und Organisationen waren für mich unentbehrlich beim Schreiben dieses Buches. Mein großer Dank an sie.

Ad van den Kieboom und Sander van Vlerken vom Verlag *De Geus* für das Lektorat und ihren Enthusiasmus.

Lieven Keymolen, Laurence Van Elegem, David Van Reybrouck, Antje Van Wichelen und Peter Vermeersch für das Lesen des Manuskripts, für ihre Unterstützung und Kommentare.

Ich wohne nicht im Westhoek oder in Französisch-Flandern und bis auf einen ausgewanderten Urgroßvater stamme ich nicht aus dieser Region. Ich konnte also nur als Außenstehende dieses Grenzgebiet ins Herz schließen. Der Schreibauftrag, den ich für das Projekt *300jaargrens.eu/300ansdefrontière.eu* erhielt, viel dazu beigetragen. Ich danke allen Partnern dieses Projekts, dem Département du Nord und der Provinz Westflandern, und vor allem Bart Castelijn von *vzw De Boot* und Kristien Hemmerechts, die mich zu diesem Projekt gebracht haben.

Den vielen Französisch-Flamen und Westhoek-Einwohnern, die mir bewusst oder unbewusst ihre Geschichten erzählt haben, insbesondere Piet Hardeman, Jeff Markey und Pieter Verheyde. Alle von mir verwendeten Geschichten wurden fiktionalisiert.

Emmy Deschuttere von *Médecins du Monde / Dokters van de Wereld* in Brüssel und Cécile Bossy, Koordinatorin Nord-Littoral von *Médecins du Monde* in Dünkirchen, die mir ermöglicht haben, zwei Tage als Freiwillige mit *Médecins du Monde* in den improvisierten Flüchtlingslagern in Nordfrankreich auf Tour zu gehen. Ich danke den vielen Flüchtlingen, mit denen ich dort sprechen konnte, und wünsche ihnen alles Glück der Welt, wo auch immer sie sich mittlerweile befinden.

Für die Passagen über die Senegalschützen benutzte ich *De zwarte schande. Afrikaanse soldaten in Europa 1914–1922* von Dick van Galen Last (Atlas Contact, 2012) und *Wereldoorlog I. Vijf continenten in Vlaanderen*, herausgegeben von Dominiek Dendooven und Piet Chelens (Lannoo, 2008).

Meine Kurzgeschichte *De diëtiste en de stukadoor* (Die Ernährungsberaterin und der Stuckateur) erschien im Juli 2013 in der Zeitschrift *Humo*.

Ich danke A.S. für seine Geschichten und seine Gastfreundschaft.

Und vor allem danke ich Alou Ka, für seine Hilfe bei diesem Buch, für alles, was er mich gelehrt hat. *Mbe de yid ma. Dama la bëgg.*

Anmerkung des Übersetzers

Die Zeilen aus dem Gedicht *Zurückgezogenes Leben* von Fray Luis de León, das Bibelfragment aus Hiob 13, 15–16 und das Zitat aus Henry Millers *Remember to remember* (1947) wurden ins Deutsche übersetzt von Andreas Gressmann.